法医秦明

VOICE OF THE DEAD

万象卷 02

SILENT
EVIDENCE

无声的证词

法医秦明 著

死亡不是结束
而是另一种开始

江苏凤凰文艺出版社
JIANGSU PHOENIX LITERATURE AND
ART PUBLISHING, LTD

埋 尸 超 市

这个被烧死的人,
为何在大火里不做挣扎?

林｜中｜尸｜箱

光凭一张照片，
他们是怎么看出这女孩已经死了的？

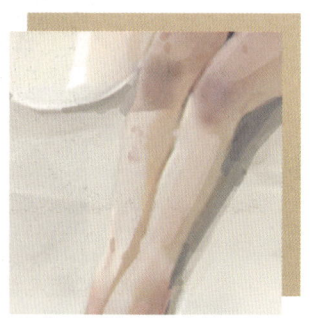

白 骨 沼 泽

这个隐蔽的沼泽池子，为何会有一具白骨化的尸体？

死亡不是结束，而是另一种开始……

献给支持和热爱着法医工作的人

法医秦明

VOICE OF THE DEAD

/新版/

序 言

Silent Evidence

万劫不复有鬼手,太平人间存佛心。

一双鬼手,只为沉冤得雪。满怀佛心,唯愿天下太平。

这本《无声的证词》是我从2012年6月开始动笔创作的,到现在已经六年多了。

继去年的《尸语者》再版之后,我的法医秦明系列第一卷万象卷第二季《无声的证词》也正式再版了。六年的光阴,真是弹指一挥间啊!

2013年,我在参加"一席"演讲的时候(那时候还很瘦,不信你们可以上网找视频看),就是用了这本《无声的证词》的名字作为演讲主题。可见我对这本书的感情所在。

全国一万多名公安法医,正是无时无刻不用自己的汗水和努力,去践行"鬼手佛心"这一法医职业的精神。他们面对着残忍、血腥的现场,出入蝇蛆满地的环境,忍受恶臭难忍的尸臭,承受着现场毒气、爆炸物的危险,承受着可能携带烈性传染病病毒的尸体带来的危害;他们拿着最基层公务员的微薄工资,却做着任何人都不愿意做的事情;他们有很强的学术专业能力,却要面对很多冷眼、讥讽,甚至诽谤,兢兢业业,几十年如一日,把自己的青春热血挥洒在工作岗位上。

鬼手佛心,就是这样了。

鬼手佛心的法医要做些什么呢?为了生者释然,为了逝者安息,为了洗冤,为了瞑目,为了魂安。可是,如何才能做到这些呢?对,就是解读那些"无声的证词"。

从另一个角度去看,法医更需要拥有客观的精神。

大家注意到了,这本书,我是用了一个"错案"来开场的。这个"错案"也

法医秦明
无声的证词

确确实实是我职业生涯中的不光彩所在。我的领导说过，搞技术的人，不喜欢承认错误。其实这真的是很不可取的。因为法医尊重的，只有事实和真相。面子在真相面前，一文不值。所以，我把我的失误，讲给大家听，算是对我自己的警示和督促吧。有过失误，才知道如何去避免失误，至少我是这样认为的。

这么多年来，谢谢你们的掌声和喝彩，让我有了自信、有了勇气，去一直不停地创作。而这本《无声的证词》正是在大家的瞩目之下诞生的，它对我来说有着重要的意义。正是因为当年有了它，才有了所谓的法医秦明系列。

所以，它是里程碑似的存在。

依照惯例，再次重申：**小说中每起案件的情节均系虚构，人名、地名都是化名，如有雷同，实属巧合，切勿对号入座。小说里唯一真实的，是书中法医的专业知识和认真态度，是书中法医一个个巧妙推理的小细节，是书中法医的睿智和明鉴。**

回头看看，六年前的我——文笔稚嫩，故事可能写得并不精彩，并不出众。但我知道，你们一如既往地支持我，正是因为每个故事的真实、接地气，正是因为我想表达的初衷，正是因为一个理科生辛苦码字的诚意吧。

回头看看，六年前的我，比起七年前写《尸语者》的我似乎有了进步。不错，这些年来，我都在默默努力着。因为我知道，报答你们的唯一方法，就是把我身边那些精彩的故事说给你们听。如果你们看到了我们法医职业的荣耀，如果你们理解了法医们的苦楚，如果你们愿意主动站出来为法医职业发声，如果你们学会了如何防范危险，如果你们不会再被网络谣言忽悠，如果有一些想去犯罪的人放下了屠刀，我就真的很满足了。

这就是《无声的证词》，乃至法医秦明系列小说的初衷和目标。

新版的《无声的证词》里，有了新鲜的内容，你们发现了吗？

2018年8月1日

目录

法｜医｜秦｜明

第一案 --- 致命失误 / 001

尸体后背黏附的水渍在他的指尖滑开，仿佛被辟开了一道分水岭。

第二案 --- 双尸谜案 / 023

"我一直在想，他那个时候不会是出现幻觉，见到黑白无常了吧？"

第三案 --- 埋尸超市 / 049

照片里美丽的妻子，如今已经面目全非，烧焦的鼻孔里藏着一根难以察觉的蓝色纤维……

第四案 --- 窗中倩影 / 071

把一个死人在家里放一天，这美丽的少妇怕是没有那样的胆量吧？

第五案 --- 无脸少女 / 095

她左脸的皮肤已荡然无存，这一半天使、一半魔鬼的脸庞，无声地震慑着在场的所有人。

Silent Evidence

第六案 --- 林中尸箱 / 113

光凭一张照片，师父是怎么看出这女孩已经死了的？

第七案 --- 暗中窥视 / 135

一个形迹可疑的黑影，伏在这破败不堪的平房窗边，他睁大了眼睛，等待着……

第八案 --- 白骨沼泽 / 157

尸体离开水面的那一刻，出现的是一颗半是淤泥半是白骨的头颅，以及全是白骨的手掌。

第九案 --- 红色雨衣 / 179

大厅的两边，布满了存尸冰柜，压缩机发出嗡嗡的轰鸣。

第十案 --- 站台碎尸 / 201

"不是不是……我看见的是一个女人的下身，没有腿……"

第十一案 --- 古院冤魂 / 223

孩子全身都浸泡在古院的水缸中，皮肤已经冻得通红且僵硬，一双漂亮的大眼睛瞪得滚圆。

第十二案 --- 坟场鬼影 / 245

五百米外的山北坡上，闪烁着一个人形的白影，飘浮在半空，逐渐消散。

第十三案 --- 人皮牢笼 / 267

最显眼的，还是房屋正中间的一个铁笼，它本应该装野兽的，此时笼中却隐约横着一摊黑乎乎的东西。

第十四案 --- 婴儿之殇 / 287

这是命案现场，在即将结束工作的时候，突然听到大宝叫了一声："别动！你们看，孩子在动！"

第十五案 --- 金屋残娇 / 305

她越来越觉得那种异味很不正常，越想越害怕，于是便去敲了敲女孩的房门，一片死寂。

尾　声 --- 无声证词 / 319

话筒那边传来了一阵静默，然后便是她难以抑制的哭声。

番　外 --- 欲望之名 / 327

如果不是一年前的犯案，是不是你们就抓不住我呢？

| 第一案 |

致 命 失 误

大多数人往往被事物的表象蒙骗，
只有少数智者能够察觉到深藏的真相。

——菲德洛斯

1

师父的手指落在了尸体的后背上。手指沿着尸体的脊柱，从后脑滑到了骶骨①，尸体后背黏附的水渍在他的指尖滑开，仿佛被辟开了一道分水岭，手指经过的印记清晰可见。

"为什么不打开后背？"随着手指的滑行，师父的眉头也渐渐拧成一团。

作为分管刑事技术的副总队长，我的师父陈毅然算是公安厅几位老总里脾气最为随和的一个。四十多岁的他，最大的爱好就是给我们讲冷笑话，总队的小伙子们都喜欢和他打成一片。现在他的表情可一点儿都不像是在开玩笑。我的心里默默打起了鼓。

"这个，咳咳。"石培县公安局主检法医桂斌清了清嗓子，准备接过话茬儿。

"没有问你。"师父把桂法医的话硬生生地挡了回去，"我在问秦明，为什么不打开后背？"

众目睽睽之下，我的脸一瞬间涨得通红，张了张嘴，竟说不出一句话来。

师父的手指又沿着尸体的脊柱滑动了一下，在几个位置使劲儿摁了摁，说："我觉得你们可能犯了不该犯的错误。"

听出师父的语气有所缓和，同门师兄弟大宝连忙为我解围："因为这次我们是初勘现场，时间又比较紧，所以就按通用的术式进行了解剖，没有进行后背解剖。"

我在一旁使劲儿点了点头。

通常来说，法医对尸体进行的是"三腔"检验，也就是解剖颅腔、胸腔和腹腔，只有在特殊的案件中才会打开尸体的后背，对后背和脊髓腔进行解剖。

---

① 骶骨：位置在骨盆的后壁，处腰椎下部，下端与尾骨相连。

第一案
致命失误

"不解剖,总要摁压检查①吧?"师父不客气地说,"我觉得只要你们认真检查了,就会决定开背检验的。"师父用止血钳指了指刚才他用手指摁压过的地方。

"嗯……这个……主要……"大宝总是在理亏紧张的时候结巴。

我伸手摁压了师父指的地方,并没有感觉到什么异常。

师父看出了我的茫然,摇了摇头,说:"多学多练吧,还是经验有限啊!打开。"

为了弥补过失,我连忙拿起手术刀,沿着师父手指滑过的痕迹切了下去。刀落皮开,露出黄白色的皮下组织和红色的肌肉。因为紧张,刀口显得歪歪扭扭。

我和大宝站在尸体的两侧,一起分离了尸体后背的皮肤,后背的整块肌肉顿时一览无余。肌肉的色泽很正常,并没有发现明显的出血和损伤。

我停下了手里的刀,双手撑着解剖台的边缘,暗自窃喜,师父这次的判断似乎有误,刚才气氛那么紧张,不知道一会儿他要怎么自圆其说。

师父瞥了我一眼,冷笑了一声:"别高兴得太早,继续啊。"

被师父看穿了心思,我的脸红一阵白一阵,赶紧重新拿起手术刀,手忙脚乱地开始逐层分离尸体的背部肌肉。

"呀!"大宝的手忽然不动了。

我探过头去,心里顿时一阵发凉。

一个月前的早晨。

"准备什么时候和铃铛结婚啊?"师父把我叫去他的办公室,却不急于进入主题,一边捻着香烟,一边问道。自从我把女朋友铃铛接到省城之后,开朗的铃铛很快就和总队的这帮家伙混了个脸熟。

"师父也开始八卦啦?"我四仰八叉地瘫在师父办公室的沙发上,"我才二十八呢,不急,不急。"

"别搁我这儿没大没小的。"师父说,"你现在是法医科的科长了,首先要做的是提高自身的业务水平,要能服众。你之前的表现是不错,但要时刻警惕,小心阴沟里翻船。"

做了这么多年的领导,师父做做下属的思想政治工作当然是家常便饭,我早就

---

① 摁压检查,尸表检验的一种手法。

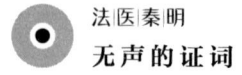

习惯左耳朵进右耳朵出了。

"等你结婚了,又是婚假,又是封山育林,又是生孩子什么的。"师父接着说道,"那时候时间就紧了,利用现在的大好时光,你就多去跑跑现场,别光是跑大案了,小案也要跑。"

听到这里,我心里一惊,才回过神来。虽然现在是和平年代,全省各地的命案却也不少,只要发生一起命案,当地的公安机关法医就要向省厅上报情况,如果每起命案师父都让我去跑的话,我岂不是真的要四海为家了?到时候铃铛跑了,我和谁结婚?和谁度婚假?和谁生孩子去?

"也不是让你每起案子都去。"师父看我一脸无措的样子,忍不住乐了,"挑一些可能存在难点的案子,比如这个案子我看就不错。"

师父扔给我一张纸。我拿起来一看,是一份公安机关内部的传真电报:

省厅刑警总队:

    我市石培县昨夜发生一起案件,石培县居民孙先发在自家门口被人发现身受重伤,经抢救,医治无效,于今日凌晨五点死亡。目前我市支队已派出人员赴石培县同当地侦技人员开展调查工作。

    特此报告。

石丹市公安局刑警支队

"这种案件我们也要去?"

"案件再小也是一条人命。"师父说,"去吧,搞细一点儿。"

刚从师父办公室门口经过的李大宝又倒退着走了回来,从门口探出个脑袋,问:"那个,师父,去哪儿?我也去行不行?"

"你文件归档整完了没?"我说。

大宝一脸无奈:"那个太复杂了,我都弄一个星期了,我坐不住啊!坐的时间长了痔疮会犯的,让我跑跑,跑跑呗!"

"大宝来省厅培训,可不是来培训怎么归档文件的。"师父显然是在帮大宝说话,"你俩一起去,还有,让痕检科派个人和你们一起,就叫林涛去吧。"

法医、痕检不分家,命案现场的勘查主要就靠这两大专业。林涛算是我的老搭档了,我们不仅在同一个勘查组,而且是同一个学校毕业,还同时进的省厅,只要

第一案
致命失误

对方没有别的突发事件，每次出勘现场我们总是出双入对。大宝经常笑我们是一对好"基友"，连铃铛有时候也跟着起哄。有了林涛一起出差，我的心情似乎又好了一些；但心情更好的应该是大宝，他一边准备着勘查箱，一边哼起歌来。我拿起文件敲了一下他的脑袋，说："还笑，还笑，档案科回头来找我麻烦，我就找你麻烦。"

大宝挠挠头，得意地摆了个剪刀手，笑道："出勘现场，不长痔疮，耶！"

一个小时的车程后，我们到了石培县。车子开过石河边时，我不禁默默地望向窗外。一年过去，又到了油菜花盛开的季节，那个曾经穿着碎花连衣裙的女孩却再也无法看到这美景了。①

已近中午，车子停在县城西北边缘的一个小村落，放眼望去，一座座两层的小楼依次排开，炊烟在小楼之间袅袅升起，饭菜的香味刺激着在场每一个人的嗅觉。

现场小楼的周围拉起了警戒带。这座小楼看上去和其他小楼没什么两样，外围围着一圈围墙，围出一个独立的小院子。围墙的一角，几名痕检员正蹲在地上观察着什么。我没有上前打扰，而是径直走到石培县公安局的桂法医身旁："师兄好！"

桂法医正在勘查箱里找着什么，被我吓了一跳："秦科长，你什么时候到的？挺快啊！"

我笑了笑，直奔重点："死者是什么人？"

"死者是个普通村民，叫孙先发，他老婆死了，儿子在外地打工，现在是一个人住。昨晚他去别人家帮忙料理丧事，到了晚上十点才离开。原先说好今天凌晨三点半再过去一趟帮忙出殡，但是办丧事那家等到四点还没有等到他。两户人家离得很近，走路就五分钟的距离。那家人出来找他，才发现孙先发躺在围墙角，当时还有呼吸，但已经失去意识了。"

"怎么是凌晨出殡？"我插话。

"是啊，这边的风俗就是天亮前要把逝者送到殡仪馆。"桂法医说，"没想到这个好心去帮忙的孙先发也遭遇了不幸。"

"有抢救的过程吗？"

"基本算是没有。"桂法医说，"凌晨四点才发现人受了伤，报案人到处喊人

---

① 见法医秦明系列万象卷第一季《尸语者》中"清明花祭"一案。

来抢救，几个人七手八脚地把孙先发送到医院的时候已经快凌晨五点了。医院的病历里记录的是孙先发被送到的时候，对光反射已经不灵敏了，抢救了大约半小时就没了呼吸心跳。"

"伤在哪儿？"我问。

"头。"桂法医说，"说是枕部①有个挫裂创②，抢救时他的瞳孔也不等大。尸体直接从卫生院拉去殡仪馆了，我准备看完现场再过去。"

"那现在案子有头绪了吗？"我问到了最关心的问题。

桂法医瞥了一眼隔壁的院子，邻居家几口人进进出出，正准备在院子里搭桌子吃饭。他压低了声音对我说："动机倒是不难找。孙先发原本帮忙办丧事那家的死者，生前和他就有私情。这个女人的感情生活比较混乱，和不少人都有暧昧。她出了交通事故之后，或许她的某个情人受了刺激，就把火撒到了孙先发的头上。"

2

"孙先发多大岁数？"我问。

"四十五岁。"桂法医顿了一顿，接着说，"他那位地下情人才二十多岁。"

"哟，嫩草哪是那么好吃的。"我一边说，一边穿上现场勘查服，朝着痕检员们聚集的墙角走了过去。

"现场的痕迹物证太少了，"林涛早已蹲在那里，一边用静电吸附仪来回探测着，一边对我说，"我们还没找到什么有价值的线索。"

地面上最显眼的就是一摊血迹，旁边还有一摊呕吐物。

"呕吐物在这个位置，应该是死者头部受伤后，颅内压增高导致的呕吐，再结合这摊血迹的形状，可以确定这里就是死者倒地的第一现场，也就是说，死者就是在这儿被袭击的。"我边分析边顺着墙根往上寻找痕迹。

这面围墙的墙面没有粉刷，暴露在外的红砖颜色深沉，的确很难发现什么痕迹物证。我从勘查箱中拿出放大镜，沿着墙面一寸一寸往上移。一片深红之中，

---

① 枕部，后脑勺儿下方的位置，枕骨所在的区域。
② 挫裂创，指的是钝性暴力作用于人体时，骨骼挤压软组织，导致皮肤、软组织撕裂而形成的创口，一般在头部比较多见。

第一案
致命失误

几个异样的斑点忽然跃入了眼帘。我连忙提取了一些可疑的斑迹，滴上几滴联苯胺试剂①，滤纸很快被染成了翠蓝色。

"看来这几滴的确是血迹。"我说，"看血迹的形态，应该是喷溅或者是甩溅上去的。"

林涛用钢卷尺测量了一下，有些疑惑："这几滴喷溅的血迹离地面只有20cm，这位置也太低了，难不成死者是趴在地上被别人打的？"

"听说死者头部只有一处创口，但人的头皮上没有什么较大的动脉血管，很难形成喷溅状的血迹形态，"我开始发挥法医的特长来推理，"所以，这里的血迹应该是甩溅血。也就是说，凶手用凶器打击了死者的头颅，血液黏附在凶器上，随着凶器的甩动，就被甩溅在了墙根处。"

从血迹上看来很难再推理出什么结论了，我转头问身边的侦查员："第一个发现孙先发的人，有没有说他当时是什么体位？"

侦查员走到墙根处的血泊旁，比画了一下："当时孙先发的头朝墙，脚朝院子大门，是仰卧着的。"

仰卧？我没有多想，先和林涛一起进屋继续观察。

屋里收拾得干干净净，孙先发生前或许是个非常勤快的男人，堂屋的家具、杂物都整整齐齐地摆放着，方桌的正中放着一串钥匙和两包未拆封的香烟。旁边是他的卧室，被子也整整齐齐地叠放在床头。

"看来现场没有任何翻动的迹象，可以排除是因财杀人了。我估计啊，十有八九真的是情杀。"我看林涛上了二楼，转头对身边的大宝说。

"嗯，钥匙放在桌上，看来死者已经进屋了。"大宝念念有词，"这两包烟应该是办丧事那家给的吧？"

"有一点很奇怪，死者已经进屋，但是并没有上床睡觉。"我和大宝走进卫生间，摸了摸挂在墙上的几条毛巾，"毛巾都是干燥的，没有洗漱的迹象。你觉得死者是刚进家门又出去被害的，还是凌晨准备出门的时候遇害的？"

大宝茫然地摇了摇头。

我笑了一下，说："笨。凌晨四点死者就被发现倒在地上了，如果他是凌晨出

---

① 联苯胺试剂，用作血液检测的化学试剂。

门时遇害的，按照之前约好的出殡时间，他应该是凌晨三点半左右出的门，半个小时的时间，在屋外能形成那么大一片血泊吗？"

大宝恍然大悟："对啊！毕竟没有伤到大的动脉血管，头部的挫裂创能形成那么大的血泊，至少也应该有几个小时的时间。"

"结合现场的情况，被子是叠好的，钥匙在堂屋。"我说，"死者应该是刚进家门，就又出门了，出门后被别人袭击了后脑。不过有个问题，如果死者要出门，应该是往院子的大门方向走，他却往反方向的围墙墙根处走，这是为什么？他去墙根干什么？"

"那个，还有，他出门不带钥匙，应该是没关门，"大宝说，"可是报案人坚持说他到的时候，房屋的大门是紧锁的，难道凶手杀了人，还想着帮他关门？"

"我们到墙根那儿再看看。"我一边说，一边拎起勘查箱，出了小楼，走进院子里。

院子不小，离墙根五米处，有一间死者自己用砖头砌的小屋，小屋里放着扫把、畚箕等清扫工具。我和大宝相视一笑，原来这个勤快的中年男人是来拿工具准备打扫卫生的。

"凶手应该是潜伏在房屋的门口，见孙先发走出房屋，走到墙根附近的时候动的手。"大宝推了一下鼻梁上的眼镜，说，"至于凶手为什么帮他关房门，就只有凶手知道了。"

我站在院子里抬头看了看小楼的二层。二层有一排铝合金的推拉窗户，靠近院墙的那扇窗户是开着的，林涛正沿着窗框聚精会神地检查着。我对大宝使了个眼色，笑道："林涛这小子还真是帅，怪不得那么多姑娘追他。"

"追的人多有什么用？"大宝说，"他还不是单身？哪有你幸福啊！"

远在二楼，林涛也听到了大宝的声音，他低头看到我，招呼道："冬瓜，你看，这个死者还真是没有防范意识。这扇窗户是开着的，如果有人想入室盗窃，只要爬上围墙，就能用手够到开着窗户的窗台，然后就能翻窗入室了。"

"你妹啊，"我骂道，"什么冬瓜？！大庭广众之下你叫我外号干吗？"

大宝在一旁咪咪地笑。我拍了一下他的脑袋，说："笑什么笑！我猜啊，要不是死者自投罗网从屋里出来了，凶手还真说不定会用这种方式入室呢。"

"二楼没有可疑痕迹。"林涛透过窗户对楼下院子里的我们说，"看来这个现场又是一点儿物证都没有，就指望你们的尸检工作了。"

/// 第一案
致命失误

午饭后,我和大宝赶到了石培县殡仪馆的法医学尸体解剖室。那间昏暗的小屋子和一年前一样,没有任何变化。桂法医早已经在殡仪馆等着我们了,和他在一起的还有石丹市公安局的法医负责人管其金。管法医已经五十多岁了,算是我们的老前辈,这次由他来做记录工作。

我们首先系统地检查了一下孙先发的躯干和四肢,没有发现任何一处损伤。

"还别说,保养得真好,"桂法医说,"身上雪白干净的。"

"看得出他还是很勤快的一个人,家里就他自己住,都打扫得那么干净。"我说。

"那个,也说不定是他的那位'嫩草'帮他打扫的。"大宝拿起手术刀,边剃死者的头发边说道。

孙先发的头发被完全剃除干净后,枕部的创伤便一览无余。

"创口两角钝,创口边缘沿皮肤的纹理裂开,创口内可见组织间桥[①]。"我拿起止血钳,一边探查创口,一边介绍着检查的情况,方便一旁的管法医记录,"创口的底部可触及碎骨片,可以确定是颅骨粉碎性骨折。"

我用酒精仔细擦拭了创口的周围,说:"这是典型的由钝器打击头部造成头皮撕裂而形成的挫裂创。你们看,创口边缘的皮肤有擦伤,这意味着什么?"

"致伤工具的表面粗糙,接触面大于创口。"大宝的理论知识很扎实。

"那会是什么工具呢?"我双手撑在解剖台的边缘,活动了一下已经开始发僵的颈椎,"难不成是粗木棍?"

见我们迟迟不动刀解剖死者头部,一直在旁记录的管法医有些着急了:"这个不重要,我们知道致伤工具的大体类型就行了,快点儿吧,我不像你们年轻人,我这老腰椎可撑不住啊。"

我们三个人都已经上了解剖台,除了管法医还真就没人记录了,于是我也不好多说什么,低下头开始切开死者的头皮。

挫裂创的下方果真对应着一处颅骨的粉碎性骨折,打开颅盖骨后发现,这处粉碎性骨折的骨折线[②]一直从枕部沿着颅底延伸到了额部。

[①] 组织间桥,是钝性暴力作用于人体时,导致皮肤、软组织撕裂而形成的现象。因为是撕裂,而不是被锐器切断,所以挫裂创的创腔内会有相连的组织纤维(未完全断裂的血管、神经和结缔组织),即组织间桥。组织间桥是判断钝器伤的特征之一。

[②] 骨折线,骨折后,骨头上形成的骨裂缝。

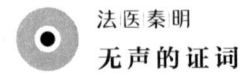

"嚯,这力道可真大,颅骨都碎成这个样子了。"桂法医说。

我皱起眉头,说:"木质工具是形成不了这么严重的骨折的,看来应该是金属质地的工具,而且这个工具的表面很粗糙,那会是什么呢?"

看到我又开始纠结致伤物的具体类型,管法医在旁边不耐烦地撇了一下嘴。管法医在法医系统干了大半辈子,没有犯过什么大错,也没有立过什么功劳,只要安安稳稳地再这么过两年,就可以光荣退休了。看得出来,他对我们的推测完全不以为然,虽然我很反感这种糊弄工作的态度,但也不好意思当众驳他的面子,只好继续小心地取下死者的脑组织。

"咦?那个,额部怎么有脑出血?额部头皮没损伤啊!"大宝抬起胳膊推了一下眼镜,又翻过死者的额部头皮确认了一下,"对冲伤①?"

"不是吧,"我说,"对冲伤只有在摔跌的时候才会形成。"

我用止血钳剥离了颅底的硬脑膜,露出骨折线,说:"你看,骨折线从枕部延伸到了额部,因为骨折,所以才会在额部形成血肿,这和对冲伤的原理不同。我觉得吧,还是骨折引起出血的可能性大,应该不是对冲伤。"

"是啊。"在一旁拿着死者颅盖骨研究的桂法医说,"你看这枕骨上的骨折线有截断现象。"

我们都知道只有多次受力、多次骨折,骨折线才会彼此交错截断。

"这么说,死者头部是被打击了两次以上,不过只有一次形成创口而已。"我说。

3

缝合完毕,我说:"后背要不要看一下?"

话音未落,管法医就提出了抗议:"我看不用了吧。天就要黑了,这里光线又不好,关键是这个案子,我们法医也发挥不了太大作用吧,死亡原因很简单,死亡时间又不用推断,致伤物你们也搞清楚了,案件的矛盾关系又那么明显,你们还怕

---

① 对冲伤,指的是头颅在高速运动中突然发生减速,导致着地点的头皮、颅骨、脑组织损伤出血,同时着地点对侧位置的脑组织也因惯性作用和颅骨内壁发生撞击,形成损伤出血,但是相应位置的头皮不会有损伤。

/// 第一案
致命失误

破不了案？再说了，这个案子又不可能有犯罪分子骑压死者的过程，看后背有什么意义？"

我点点头，颈椎病貌似又犯了，感觉一阵眩晕，便说道："管老说得也是，任务基本完成了，收工吧。"

回到宾馆，我们总结了一天现场勘查、尸体检验的结果，在晚上九点专案会开始前，抵达了专案组办公室。

"死者孙先发因头部遭受钝性工具的暴力袭击，导致重度颅脑损伤死亡。"虽然不算是身经百战，但是站在这里的我，也是一路摸爬滚打过来的，语气里已经有了师父那般的自信，"现场勘查中发现，死者家没有被翻动的迹象，应该排除侵财杀人。据我们分析，因仇杀人的可能性很大。死者并不是处于要入睡的状态，应该是刚到家，又出门后遭袭。凶手用的工具应该是金属质地、表面粗糙的钝性工具。我们的技术目前只能提供这么多支持。这个案子矛盾关系明显，调查出头绪应该不难。"

专案组组长点了点头，给主办侦查员使了个眼色，示意他介绍调查情况。

"孙先发参加情人刘具叶的丧礼，在丧礼上和村民陈长林发生了口角冲突，这是目前调查到的最突出的矛盾点。"主办侦查员说，"刘具叶今年二十四岁，前天晚上横穿马路时被车辆撞击身亡。她生前的私生活很混乱，据调查，和她有奸情关系的人至少有十七个，从十八岁的小伙儿到六十岁的老头都有。"

整个专案组的人都在摇头。

主办侦查员接着说："目前我们正在围绕刘具叶生前的关系人进行逐一梳理，以备下一步排查。另一方面，我们也派出一个工作组排查孙先发的其他矛盾因果关系。"

"那行。"专案组组长说，"除了晚上有任务的，其他人都休息吧，我相信这个案子破案不难。"

"等等。"我打断道，"据我分析，凶手应该是尾随被害人到家的，被害人回家的时间也不算晚。所以，我觉得应该加派人手访问附近村民，问问有没有人看见被害人当晚被人跟踪。如果知道了凶手的体貌特征，就可以缩小侦查范围，更容易排查了。"

"秦法医言之有理。"专案组组长说，"辖区派出所的人今晚别休息了，去事发地点附近蹲守，看看有哪些人晚上路过现场附近，问一问昨晚的这个时候有没有

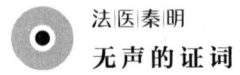

路过此地,有没有看到被害人和那个跟踪他的人。"

专案会散会后,我得意扬扬地回到了宾馆,对躺在旁边床铺上的大宝说:"这个案子看来法医发挥不了太大的作用,我估计很有可能会通过路访行人破案,你信不信?"

大宝点了点头,说:"你分析得很有道理,跟踪尾随,伺机杀人,希望能早一点儿破案吧。"

第二天早晨,我们就回到了省城。

"怎么样,这个案子有没有把握?"师父见我出差一天就回来了,问道。

"没问题,这个案子矛盾关系明显,估计很快会破案。"我拍着胸脯说道。

师父点了点头,没有深问,说:"去年全省各地招录的新法医已经完成新警培训了,但是这一批招录的法医绝大多数不是法医专业毕业的,而是临床医学毕业的,必须要经过法医学专业培训。鉴于人数比较多,有四五十人,分头培训难度太大,我们省又有皖南医学院这样的老牌法医专业高等院校,资源不能浪费,所以省厅决定统一组织培训。你是那里毕业的,所以具体的事宜你去办,半个月内完成准备工作,再给学员半个月时间交接工作,6月初开始落实培训工作。"

省厅的工作就是这样,除了日常的鉴定、检案和出勤现场以外,还包括了繁重的行政事务性工作。行政工作虽然看起来枯燥无味,但是想想这些工作可以有效提升全省法医的整体办案水平,我也心安了,工作也就有了动力。

半个月的时间说长不长,说短也不短,但是这一忙,就感觉时光飞逝。半个月来,我打报告、发通知、核对名单、联系学校、制作预算、设计课程、预约教授,忙得不亦乐乎,早已把石培县孙先发的案件抛到了九霄云外。

培训的准备工作超时了,我整整用了二十一天的时间才全部准备妥当。点击了正式通知的"发布"按钮后,我重重地靠在椅背上,仰天长舒一口气:"终于搞定了。"

"冬瓜,你看你天天忙得面色苍白的,不怕铃铛抛弃你?"林涛恰巧经过我的办公室门口,奚落道。

"才不会。"我说,"谁像你啊,被抛弃了无数次。"

"怎么可能?"林涛歪着脖子说,"是我抛弃了别人无数次好不好?"

第一案
致命失误

我用双手搓着脸，说："好吧，好吧，你帅，你吃香，你御女无数，好了吧？我得休息会儿，太累。"说完，我掏出香烟，扔给林涛一根。

"休息什么？"林涛说，"石培的那个案子，陷入僵局了。"

我腾地一下坐直了身子，说："僵局？怎么会？矛盾关系不是很明确吗？"

"矛盾关系是明确。"林涛说，"但是十几个关系人全部排除掉了，都没有作案时间，其他的关系点也没有摸上来，所以现在专案组不知所措了，测谎仪都用上了，还是无果。"

"是不是办事不力啊？"我说，"简单案子搞复杂了吧？"

"不知道。陈总说过几天等他闲一点儿，他要再带我们下去复核。不在你这儿聊了，事儿挺多，我先忙去了。"林涛转身走出了办公室。

"看来师父不太放心我们啊！"我对在一旁发呆的大宝说，"不过这是好事，案子不破，总是脸上无光的，我相信师父能发现更多的线索和证据。"

"怎么这两天总是无精打采的？"铃铛端着碗，打断了我的沉思。

也许是受到了孙先发案件的刺激，抑或是担心自己在出勤工作中有所遗漏，在得知案件一直没破后的几天，我确实是情绪低落，提不起精神来。

"哦，没事。"我极力掩饰自己的情绪，岔开话题，"能不能在家吃饭啊？这天天来这家鸡店喝鸡汤、吃鸡肉，难受不难受？"

"什么叫鸡店！"铃铛捂着嘴笑道，"说话真难听。喝鸡汤补脑的，而且你不是天天嚷嚷现在记性不好吗？你看，这是鸡杂，里面就有鸡心，鸡心鸡心，吃了有记性。"

"亏你还是学医的。"我摇了摇头，继续往嘴里扒饭，嘟囔道，"当个医生，还搞封建迷信，这有科学道理吗？"

铃铛收起了笑容，说："你肯定有心事，逗你乐你都不乐，说，是不是和谁有奸情？是不是干了对不起我的事情？"

"哎哟，姑奶奶！"我不耐烦起来，"谁闲得没事去搞奸情啊，工作上的事，工作上的事。"

"工作上的事也和我说说嘛，闷在心里好玩儿吗？"

我见铃铛有些不高兴了，说："没事，就是上次去石培的那个案子，居然到现在都没破，师父明天要去复核，我有些担心，怕自己有疏忽。"

013

没有想象中那样释然，铃铛的眼神反倒迷离了起来。沉默了一会儿，她抬起头看着我，一双大眼睛闪烁着，说："我和你说个秘密呗。"

铃铛总是和我说"秘密"，但是她的那些秘密我一点儿也不感兴趣。我敷衍地"哦"了一声，继续埋头往嘴里扒饭，心想，又该是那个谁谁谁和谁谁谁有一腿，那个谁谁谁瞒着老公买了个LV。

"其实我以前有个堂妹，如果还在的话，该有二十五岁了。"铃铛放下碗筷，慢慢说道。

我也停止了狼吞虎咽，这个爆料有些噱头。

"是我亲叔叔的大女儿，叫林笑笑。"铃铛接着说道，"可惜的是，她在七年前被杀了。"

4

"七年前？"我说，"那时候我们还不认识吧？不过怎么从来没听你说过？"

"家里人一直很忌讳说这件事。"铃铛面露难色，"叔叔受了很大的刺激，没人敢在他的面前提起这个案子。"

"是你叔叔的仇人干的？"听见案件，我的神经就会不自觉地敏感起来，"不然谁会对一个十八岁的小姑娘下手？"

铃铛慢慢地摇了摇头，一丝悲凉跃上眉梢："案子到现在都没破。"

"没破？！"我几乎跳了起来。即便是七年前，各地公安机关对命案侦破工作的重视程度也已经非常高了，一遇命案几乎全警动员。那个时候，命案侦破率达到百分之九十的地市在全省占大部分。一直崇尚命案必破的我，万万没有想到自己的身边居然有这么一起悬案，而且被害人还是铃铛的亲人。

"那是发生在你老家云泰的事？"

铃铛点点头，说："是的，在云泰第十二中学发生的案件。那时候你还在上大学，所以一定不知道这起命案积案。"

铃铛和我在一起时间长了，对于公安的俗语也了解了很多。命案积案就是指未破的命案，指警察欠百姓的账。命案不破，势必会在刑警的心里留下心结。

"那……你们猜测过会是谁干的吗？"我问。

"唉，这就是家里人不愿意再提这件事的原因。"铃铛顿了顿，叹了一口气，黯然地说道，"笑笑她……被奸尸了。"

我暗自咬紧了牙关。

"笑笑的尸体是在学校的公共厕所后面被发现的。"铃铛接着回忆道，"当时围观的人很多，笑笑就那么……唉，她一直都是个很乖很开朗的小姑娘，小时候我去叔叔家玩儿，看到墙上贴满了笑笑的奖状，真的，连幼儿园的都有。叔叔是最得意这个女儿的，亲眼看到那个景象，他整个人都崩溃了。我不知道他最后是怎么熬过来的，总之，从那时候开始，再也没有人敢提到笑笑的名字，过去的就让它过去了。"

我低下头，重新拿起碗筷，慢慢地吞咽着米饭。

"当时这案子没有什么线索，警察查了一年多，盘问了很多人，我们都看在眼里，但凶手就是找不到，怎么都找不到。最开始的痛苦和愤怒过去之后，我们也开始慢慢接受这个现实。或许不是什么事情只要努力就一定能做得到，如果事情没有按照你想的那样收场，那就得慢慢学会放下，才能继续往前走。"铃铛说到这里，用筷子轻轻戳了戳我，"喏，我说了这么多，你懂我的意思了没？"

我放下筷子，捏了捏她纤细的手指，微微一笑。铃铛的好意我明白，但她眼中一闪而过的泪光也让我心里微微一沉。一切真的都能过去吗？笑笑也好，孙先发也好，他们需要的也许只是真相。

第二天一早，师父便带着我、大宝和林涛奔赴石培县。来到孙先发家的小楼前，师父率先下了车，和石培县公安局局长简单寒暄后，他拎起现场勘查箱走进了现场。我给大宝使了个眼色，大宝赶紧跑上前抢过师父手上沉重的箱子。

我和大宝在院子里看着师父进进出出观察现场，侦查员在一旁介绍着现场的情况和尸体的位置。师父突然朝我们招了招手，我和大宝赶紧走了过去。

"你们在现场没有发现矛盾点吗？"师父问道，"尸体的体位、血迹形态都能解释得过去？"

我想了想，无言地点了点头。

"你说死者是在靠近墙根的位置被凶手从背后打击枕部倒地的。"师父站在我们设想的位置，重建着过程，"那么，死者倒地，要么是头朝院门仰面倒地，要么是头朝墙根俯卧倒地。"

我沉思了一下，听起来确实应该是这么一回事。

"但死者是头朝墙根，仰面着地。"师父说，"怎么解释？"

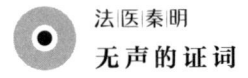

我支支吾吾，一时语塞。

"行了，现场就这样。"师父并没有对这个矛盾点进行解释，指着现场堂屋桌子上的两包烟，对身边的侦查员说，"去查一查，办丧事的那家发的是什么烟。"

"尸体昨天早上就拖出来解冻了。"桂法医说，"现在可以进行检验了。"

"那我们现在出发吧。"师父脱下手套，说。

没有按照常规的解剖术式，师父选择先检验孙先发的后背。在我和大宝手忙脚乱地把尸体的后背肌肉逐层分离开以后，居然发现尸体的后背真的有损伤。

"师父真神！"大宝惊讶地叹道，"那个，您怎么摁了两下就知道有损伤？"

师父显然还在因为我们第一次工作的疏忽而生气，没有回答大宝的问题，说："七根椎体棘突骨折，深层肌肉大片状出血。我现在想问，这样的损伤通常在什么情况下形成？"

此时的我大脑一片空白，我隐约意识到自己犯了大错。

"作用力巨大，作用面积大。"桂法医替我们回答道，"通常在高坠伤中比较多见。"

师父瞪着我，一动不动，就这样足足瞪了半分钟，才厉声说道："打开颅腔！"

我颤抖着手，沿着原切口，剪开了缝合头皮的缝线。拿开颅盖骨，死者的脑组织咕噜一下从颅腔里翻滚了出来。

师父用脏器刀一层层切开脑组织，说："说后背没打开，是工作疏忽，但是这个头颅损伤，你们看不出来是怎么回事？"

"您是说对冲伤？"我辩解道，"我觉得这个损伤不是对冲伤。虽然他是枕部着力，却在额部形成血肿，我觉得额部的血肿是横跨颅底的骨折形成的。"

"你有依据吗？"师父皱起了眉头，"我猜，你的潜意识里认定了这是一起凶杀案件，所以用猜测的态度排除了它是对冲伤的可能。"

"不，我们发现死者的头部有骨折截断现象，应该不止一次打击，高坠怎么会有多次受力？"我极力辩护着。

"你说的是这处？"师父指着颅骨上的骨折线说，"凹陷性骨折，会在颅骨受力中心点周围形成同心圆似的骨折线，同时也会以此为中心点，形成放射状的骨折线，放射状的骨折线遇见同心圆似的骨折线，自然会截断。所以，这不是截断现象，而是凹陷性骨折的典型现象。"

我盯着颅骨仔细地观察着，心里还有些不服气。

"别不服气。"师父说，"如果是骨折线形成的血肿，应该在整个脑底沿着骨折线的地方都有血。而死者枕部和额部的两处血肿彼此孤立，并无连接，这是对冲伤的典型特征。而且，骨折形成的血肿，血是黏附在脑组织外的，对冲伤形成的血肿是在脑组织内的。这是因为骨折形成血肿的原因是骨折断段刺伤脑组织，而对冲伤形成血肿的原因是脑组织撞击颅骨形成的内部脑组织挫裂。这个死者额部的血肿，用抹布是擦不掉的，所以血肿是在脑组织内部的，符合对冲伤形成的脑内血肿。"师父一边说一边用抹布擦拭他手里脑组织上的血块。

我像是泄了气的皮球，站在一旁发呆。

师父接着说："另外，如果死者遭受多次打击，下意识的反应应该是用手护头，这样，他的手上就可能因为凶手的第二次打击而形成抵抗伤，或者手上沾有血迹。可是，死者的手上既没有伤，也没有血。"

这些论点都很有说服力，我暂时没了反驳的依据。

"不可能吧，"桂法医说，"您真的觉得他是从高处坠落摔死的？"

5

师父点了点头："依据尸体上的损伤，我有充分的证据确认，死者系从高处坠落，背部和枕部着地，导致死亡的。"

"我还有个疑问。"我仍在负隅顽抗，"现场死者躺着的位置，离地面20cm高的地方发现了死者的血迹，高坠怎么会有喷溅状血迹？"

师父想了想，突然眼睛一亮。他用止血钳指了指死者颅底的骨折线，说："颅底骨折，颅内的脑脊液和血会通过颅底的骨折裂缝漏到口鼻腔内。由于死者的意识模糊，所以血液和脑脊液会被死者吸进气管，这样死者会呕吐、呛咳，血迹自然会被死者呛咳到墙壁上。"

我想起了现场血泊旁的呕吐物，看来师父分析得丝毫不差。

师父用刀划开死者的气管，说："看，不出所料，他的气管里都是些血性泡沫。"

最后一个疑点都被师父解释合理了，我彻底放弃了抵抗，看来死者还真的是摔死的。

"可是，"我说，"半夜三更的，孙先发为什么会从高处摔下来呢？如果是高

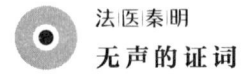

坠的话，他原始躺倒的位置正上方就应该是他坠落的起点。"

我说完，脱下手套，走到解剖室外的办公室里，打开了电脑里的图片："那么，坠落的起点应该是靠近小楼外墙墙壁的围墙墙头上。他半夜三更爬自己家的墙头做什么？"

"那……那个……既然是摔死的……"大宝因为我们的失误而乱了方寸，"是不是要赶紧撤案啊？"

"别急，"师父说，"死亡方式是高坠，并不表示这一定是一起意外，下面我们就要搞清楚死者半夜高坠的原因。"

"死者从自己情妇的丧礼上喝完酒回家，把香烟和钥匙放在屋内，自己又走出屋外，锁了屋门，爬上墙头，然后跳下来摔死。"我一边回溯时间顺序一边说，"殉情，还是偷窥？"

看到我们都开始深入思考，师父的气才消了一些，他被我的这个假设逗乐了："你还真有想象力，偷窥都能想得出来。他的邻居都是些老弱病残，有什么好窥的。"

师父的话音刚落，侦查员就走进了解剖室："报告陈总，按照您的指示，我们去调查了刘家办丧事当天参加丧礼的部分人员。这些人都反映，刘家没有给每个人发香烟，饭桌上放着的香烟是玉溪。"

我一时丈二和尚摸不着头脑，这发什么香烟和破案，不，现在应该说是对还原事件过程有什么用呢？

师父一边脱下解剖服，一边拿出一根烟，点上后，深深吸了一口。

我们都整齐地站在师父身边，等他开口指示下一步工作。

突然，师父说："应该是这么回事。"

我们都是一头雾水，我忍不住问："应该是怎么回事？"

"你们之前说死者是进了屋以后，又出门爬墙头，是吗？"师父问。

"是啊，"我说，"他把香烟和钥匙都已经放在堂屋的桌子上了嘛。"

师父笑了笑，说："桌子上的物品，有可能是死者回到家后放在桌子上的，也有可能是死者下午离开家去参加丧礼的时候，根本就忘记带在身上的。"

被师父一点，我恍然大悟："哦，对，是啊！"

"是？那个，是什么？"大宝还没能反应过来。

我接着说："如果是死者根本就忘记带钥匙和香烟出门，香烟不要紧，没钥匙，他晚上怎么进家门呢？"

/// 第一案
致命失误

"嗯,"桂法医抱着双手,慢慢地补充道,"所以陈总才会让侦查员去调查香烟的问题。目前看来,刘家给参加丧礼的人提供的是玉溪,而死者家里放着的,是云烟。"

我补充道:"既然死者家里的烟不是下午丧礼上的烟,那么就不能根据香烟、钥匙在屋内而推断死者已经进了家门。这样看来,死者下午出门的时候,很有可能忘记带钥匙和香烟了,所以他晚上就进不了自己的家门。"

"进不了家门,"师父继续发问,"如果是你们,你们该怎么办?"

我重新坐在解剖室外的办公室里,在电脑上一张一张翻看着现场照片。

"知道了!"我眼前一亮,"你们看,死者坠落的地方上方是墙头,墙头旁边就是小楼的二楼窗户,别忘了我们第一次勘查现场的时候,二楼的窗户是开着的,当时林涛还说这样开着窗户很危险。"

"是了。"林涛一直在旁边听我们分析,这时候也开了口,"死者应该是爬墙头想移到窗户旁边,翻窗入室,可是他喝了酒,手脚不稳,就从墙头上摔了下来。"

"现在我们该怎么办?"我摩拳擦掌,蠢蠢欲动,想赶紧弥补自己之前犯下的错误。

"不好办。"师父说,"现在的一切都只是推断,更糟糕的是,之前县局已经立案而且通知了死者家属。如果没有充分的事实依据支持,我们就这样去通知家属,那人家一定会说是你们公安破不了案就说死者是自己摔死的,要我,我也不信服。"

我低下了头,知道这是师父在变着法儿数落我。

"行了。"师父看见我自责的表情,又于心不忍,接着说,"现在我们去现场吧,希望能在现场找到有用的证据。"

"这事儿不能全怪冬瓜。"林涛也听出了师父责怪我的意思,上前帮我挡了一"枪","我们痕检也有责任。我觉得我们这次是可以找到线索的,因为第一次勘查,我们只勘查了坠落点地面和二楼的窗框,对于死者可能触碰到的墙头、二楼窗台,我们并没有仔细看。"

"这不能怪你。"师父铁了心地让我担全责,"法医没有搞清楚致伤方式,错误重建现场,你们自然不可能在对的地方寻找痕迹,秦明这次难辞其咎。"

我又低下了头,这次的教训的确够深刻的了。

到了现场,林涛只身爬上了近两米高的墙头,用放大镜在墙头寻找着痕迹,另几名痕迹检验员在二楼研究窗台。此时此刻，帮不上忙的我只能焦虑地在院子里打转，期待着他们的好消息。

师父的推断又一次接近了事实，很快，林涛和他的弟兄就在墙头和窗台找到了直接证据。

"墙面、墙头的痕迹已经可以证明一切了。"回去之后，经过比对，林涛高兴地向师父汇报道，"虽然过去一个月了，但是现场一直封存得很好，痕迹物证都没有遭到破坏。墙面有明显的蹬擦痕迹，应是死者上墙的时候留下的。墙头也有几枚死者的完整足迹，其中一枚右足足迹有变形，有擦挫，应该是滑落的时候留下的。"

"窗台上也有死者左手的指纹和掌纹，从方向上来看，是从外到内的，也就是说，死者的左手已经搭上了窗台，但是右手没有来得及搭上来。"另一位痕迹检验员说。

"我也有发现。"师父拎着死者的一双鞋子，说，"我仔细看了死者鞋子的边缘，右脚的鞋子边缘有和硬物摩擦形成的损伤，方向是从下到上，这个证据也可以印证死者的脚和墙头有摩擦滑落。"

"那么，现在看来，"大宝插话道，"死者应该是左手上了窗台，左脚和右手悬空，右脚突然滑了，导致他仰面下落着地。这样也就解释了死者为什么会是头朝墙根仰面着地的姿势。"

我在一旁默默无语，看着他们一点点重建出现场，还原出事实真相。

有了充分的现场证据，案件很快就撤销了。

又睡了一晚上郁闷觉，我起了个大早，到师父办公室主动检讨。

师父的态度和我想象中大相径庭，他温和地问："知道自己犯了什么错误吗？"

我点了点头，说："知道，先入为主，工作不细致。"

"嗯，总结得很好。"师父说，"你刚去，所有人都说是命案，所以你也认为是命案，但是你忘记了一个法医最先应该搞清楚的，就是死者的死亡方式。因为先入为主的思想，所以你主观臆断地排除了一切意外事件的可能，最要命的是没有细致解剖，遗漏了背部损伤这么重要的一个线索。其实，你当时要是打开死者后背，你的判断一定会发生天翻地覆的变化。"

"其实，是老管一直在催我快点儿结束，所以我没打开后背。"来之前我已经想好了无论如何不辩解，结果这时候却又忍不住为自己辩解。

第一案
致命失误

师父语重心长地说:"你是省厅法医,错和对都要你来承担责任,你不应该受到任何人的影响。幸好这个案子一直没有抓人,如果让别人蒙冤入狱,你的良心又如何得以安宁呢?"

师父说得在理,我默默地点头。

"法医不好干啊。"师父说,"好在你运气好,这次失误并没有造成什么严重的后果。错误判断一起案件,浪费大量警力不说,还可能会让清白的人蒙冤,也可能会让犯罪分子逃脱法网,所以说法医的责任真的很大。你要想当好一名法医,就要时时刻刻都不忘记认真、细致,不要害怕失误,要有信心继续迎接挑战,因为我们有我们的武器,那就是法医科学!科学是可以战胜一切的。"

我深吸一口气,抬起头来:"相信我,师父,给我一次将功赎罪的机会。"

| 第二案 |

双尸谜案

没有人性的怪兽就隐藏在人群当中。

——斯蒂芬·金

1

天气渐热,也就进入了法医工作的"旺季"。有心理学家研究认为,夏季人们心情烦躁,极易被激怒,所以犯罪也就随之增加。的确,在我们法医的档案记录里,夏季的自杀事件、意外事件和命案发生的频率都比其他季节高得多。所以法医都不喜欢夏天,不仅因为活儿多得干不完,更因为炎热的天气给尸体带来的腐败加剧,那个味道总是让人几天都回不过神来。

"我要是生在冰岛就好了。"大宝翻看着基层公安机关送来的一起高度腐败尸体案件的照片,说道,"没有夏天,没有高度腐败的尸体,在冰岛当法医一定是一件很惬意的事情。"

"你就知足吧。"我心不在焉地说,"没把你生在非洲,你就该谢谢佛祖了。"

一个月来,我总是被同一个噩梦所干扰,无法专心做事。噩梦的场景总是大同小异,尖叫的女孩、看不清面目的男人、哭泣的老人、围观的人群……自从铃铛将笑笑的故事告诉我之后,这件悬案便成了一根鱼刺,时不时地鲠在我的喉头。

但案件总是连续不断,我一直没有机会好好调查这起陈年旧案,或许现在就是最好的时机。我坐在电脑前,打开省厅的系统,在被害人一栏中输入"林笑笑"的名字。多亏了强大的协同办案系统,案件资料很快呈现在我的眼前。

那一天发生的事,和铃铛说的大致相同。

那时候还在住校的中学生林笑笑晚上离开寝室去上厕所,这一去就是两个多小时,寝室熄了灯,她还没有回来。同屋的女孩们出去找了一圈没找到她,后来便报了警。警察找到半夜,在厕所后面的树林里发现了林笑笑的尸体。

档案里当然也有现场的照片。第一张是个全景,现场在一个阴森的小树林里,四周黑乎乎的,隐约只能看到一团红色的影子。下一张近距离的特写照片里,林笑笑的惨状才醒目地出现在面前。她整个人俯卧着,长长的秀发遮盖了她的面容,双

第二案
双尸谜案

手被一条绿色的尼龙绳反捆在背后。她上身的红色睡衣凌乱地散着,下身却是赤裸的。睡裤和内裤都散落在尸体的一侧。林笑笑的双腿叉开,腿下的泥土有明显的蹬擦痕迹。看来这就是她遇害的第一现场。如果铃铛的叔叔看到的是这样的景象,怎么可能不被狠狠刺激呢?

法医的尸体检验报告也附在档案中,报告里写着,发现死者口鼻腔变形,口腔和气管里有泥土杂质,分析死者的面部被凶手摁压在软泥土上,导致机械性窒息[①]。双手捆绑处以及阴道内的损伤生活反应[②]不明显,也就是说,凶手是把林笑笑挟持到案发地点后,将其面部摁压在泥地里,直到她窒息不再挣扎后,恐其未死,所以捆绑她的双手,然后实施强奸。其实,这个时候林笑笑已经死亡,凶手是在奸尸。

这么看来,案件不难啊,我心里想。简单几张照片和鉴定书,我就基本还原出了凶手的作案过程,为什么林笑笑的案子一直没破呢?我接着往下翻看,直到看见"证据"一栏,我才知道,原来这个案子没有发现足够的证据,没法甄别犯罪嫌疑人。

不对,既然是强奸案件,精斑总是有的吧?为什么没有提取到生物检材[③]呢?看死者的阴道损伤,以擦伤为主,且损伤分布均匀,不像是猥亵,而应该是奸尸啊。为什么找不到证据呢?

正当我陷入沉思的时候,尖锐的电话铃声响了起来,是师父让我到他办公室去。

"正好,我去问问遴选的事。"我关掉林笑笑案子的窗口,对大宝说道。

这几年,命案现场的出勤主要是师父带着我跑,两个人工作压力巨大,所以我们准备从基层公安机关遴选一名法医,加入我们省厅法医科。最为理想的人选当然是大宝。他在省厅的一年学习期将满,留下他是我们的愿望。但一进门,师父就给我泼了冷水,告诉我遴选考试和面试并不由我们做主。

"凭什么我们用人单位没有自主权?"我不服气地嚷嚷。

"遴选是有正规的组织程序的。"师父皱起眉头,"这样做都是为了公平、公正,不然人家政治部凭什么帮你干活?你想要谁就要谁,那还不乱了?"

[①] 机械性窒息,指的是由于机械性暴力作用,导致有异物堵塞呼吸道或呼吸道被压闭导致的窒息死亡,比如捂死、勒死、溺死等。
[②] 生活反应,是指人活着的时候才能出现的反应,如出血、充血、吞咽、栓塞等,是判断生前伤、死后伤的重要指标。
[③] 生物检材,泛指有生命的动植物的组成全部及部分残留于刑事案件中的痕迹物证,在这里指的是与人体有关的毛发、分泌物、人体组织、骨骼等。

"什么公平、公正？！"我说，"我就想要李大宝。"

"李大宝？"师父龇着牙，笑着说，"你就是想要李昌钰[①]也没用，也得考试。别废话了，让大宝专心备考，你赶紧准备准备去汀棠，昨晚汀棠市区发生了命案，一死一伤，性质恶劣，破了案再说别的事。"

看"上访"无果，我也没有继续追问汀棠市案件的始末，低头悻悻地回到办公室，默默地收拾着现场勘查用具。

"没事。"大宝早已预料到了这个结果，"我努力就是。"

我突然站起身，解下腰间的皮带，抽了一下桌子，说："别废话，复习，快！"

一路无话，我很快就驾车赶到了汀棠市。已经结束了在省厅学习的汀棠市公安局法医赵永站在高速出口翘首等着我。几个月没见，我下车和他亲热地搭了搭肩。

"一死一伤还要我们法医来吗？"我说，"犯罪过程伤者不都可以亲述吗？不需要现场重建吧？"

"是啊。"林涛下了车，捋了捋头发，附和着说道。

"别提了。"赵永说，"死的是那家的老婆，警察到得快，老公当时没死，昨晚抢救了一夜，今早醒了，感觉意识不太清楚，警方还没谈几句话呢，刚才你们还在路上的时候，死了。"

"死了？"我大吃一惊，这一死一伤的案件变成两人死亡的案件了。

"是啊。"赵永说，"伤者被诊断为心脏破裂，昨晚急诊进行心脏手术，术后病情一直不稳定，今早心搏骤停，就死了。"

"死者是什么人？"我问。

"死者是老两口儿，都是小学老师，平时为人低调，也没发现有什么仇人。"赵法医说，"凶手是上门捅人的。"

"可以排除是侵财吗？"听说两个人都死了，我急于了解案件的基本情况，以便在进行现场勘查之前，做到心中有数。

"不可能是侵财。"赵法医说，"男死者生前和侦查员说，凶手进门就捅人，什么话都不说，而且捅完人就走。"

我默默点头："动作简单，干净利索，应该是仇杀了。"

[①] 法庭科学博士，刑事鉴定专家。

第二案
双尸谜案

"怪就怪在这里。"赵法医说,"老两口儿生活很简单,侦查员查了一夜,一点儿矛盾点都没有摸出来。没有任何产生因仇杀人的因素。"

"难不成是杀错了人?"我后背凉了一下,"如果是报复错了人,那就不好查了。"

"我们先去局里,看看侦查员在男死者被抢救后清醒的时候询问他的录像吧。"

我点了点头,算是对汀棠市公安局取证意识强的赞许。

到了市局法医室,赵永拿出一张光盘,塞进了电脑光驱。很快,显示屏上出现了一个医院ICU(重症监护室)的场景。我晃了晃脑袋,总觉得自己是在看电视剧。

ICU里的一张病床上躺着一个五十岁左右的男性,白色的被子盖到颈下,被子的一旁伸出各种管子、电线,一旁的监护仪上扑腾扑腾地跳着一个黄点。男人鼻子里也插着管子,疲惫地半睁着双眼。

床边坐着两名便衣警察,其中一位问:"我们经过医生的允许,问你几个问题,你觉得可以回答就回答,觉得不适,我们随时终止谈话。"

男人无力地点了点头。

警察问:"昨天你受伤的经过是怎么样的?"

男人:"十点多,有人敲门,我开了门,进门就捅我。"说完剧烈咳嗽了几声。

警察:"几个人?你认识不?"

男人:"一个不认识的痞子。"

警察:"知道他为什么捅你吗?"

男人摇了摇头。

警察:"他长什么样?"

男人:"黑衣服、白衣服,平头,其他不记得了。"

"个子有多高呢?胖还是瘦?有没有什么特征?到底穿的是什么颜色的衣服?"

男人又摇了摇头。

"你有什么仇家吗?或者最近得罪了什么人?"

男人沉默了半响,摇了摇头,说:"我活了一辈子,从没树过敌人。"

这时,可能是警察注意到了男人面色的异常,突然站起来握住了他的手,并招呼另一名警察去喊医生。十几秒后,几名医生、护士冲了进来对男人实施急救。最终医生直起了上身,一边摇了摇头,一边开始收拾器械。

我看得头皮发麻。虽然是做法医的，整天面对死亡，但在医院实习期结束以后，我就再没见过一条活生生的生命逝去的过程。

我定了定神，问："他突然死了，不会是询问给问的吧？家属没找警察麻烦吗？"

赵永说："死者家属情绪比较激烈，强烈要求我们去询问死者，要尽快破案，不然我们不会贸然去问的。而且他们经过了医生的允许才去问的，为了防止意外才架了摄像机，没想到真发生了意外。不，也不能说是意外，后来医生说，他生前有冠心病，加之这次外伤导致心脏破裂，虽经手术，但不可预测的后果很多，随时可能心搏骤停，和询问无关。"

我心里稍感安慰，点了点头，脑子里想的全是男人说的那简短的几句话。

"从这段视频里只能知道凶手是进门就杀人，杀了就走。"林涛说，"还有就是凶手是个平头。连衣服都说不清楚，信息量太少了。"

"我一直在想，"赵法医说，"他那个时候不会是出现幻觉，见到黑白无常了吧？"

2

我承认我的笑点低，虽然知道这个时候实在不该笑出来，但还是被赵法医一脸严肃却说出这么有想象力的话逗笑了："那个时候他的神志确实不太清楚，和黑白无常有什么关系？这种情况下说的话，不能全信啊。"

汀棠市公安局刑警支队支队长许剑突然走进了法医室，打断了我们的谈话："省厅领导来了啊，看完录像了？那我们一起听听专案组介绍情况吧。"

专案会上，主办侦查员介绍了案情："男性死者杨风，五十三岁，女性死者曹金玉，四十九岁，是夫妻俩，都在市红旗小学教书，杨风教六年级数学，曹金玉教三年级语文。两人有一儿一女，都在省城上班。家里人都为人低调温和，从不和人发生矛盾。经过昨晚和今天上午的调查，没有发现任何情仇矛盾关系。昨晚十点三十分，红旗小学教工楼附近的小店刚准备关门，店主看见杨风从楼道里冲了出来，满身是血，然后倒地不起，就报了案。派出所民警到达的时候，看见杨风奄奄一息，就立即拨打了120。救护车到达后把他送到了医院。另一组民警从小店老板那里得知他是楼内住户，就上到位于二楼的现场，发现房门大开，客厅内侧的卧室

第二案
双尸谜案

门口躺着一个女人,随行的医生经过抢救,没能挽救女人的生命。"

许支队补充说道:"案情就是这样,看似很简单,其实很难,没有任何线索。现场附近两公里内都没有监控,死者家邻居也都称没有听见任何动静,没有看见过任何陌生人。毕竟这个时候,现场又处于市郊,附近路上没有什么行人了。"

我点了点头,说:"不浪费时间了,去看现场吧。"

现场位于汀棠市城郊红旗小学校园后侧的教工楼。这是由三栋并排的四层小楼组成的一个小院子,东西两侧都有门,楼后楼前都有围墙。东侧的门旁有间自建的平房,是一家小超市。楼房是20世纪80年代建的旧楼,楼道里很黑,即便是白天也是这样。

中心现场位于中间一栋小楼的二楼,为了不妨碍其他住户的出行,楼道没有封锁,派出所派出的民警端了把椅子坐在门口守着现场。见我们到来,派出所民警赶紧起身开了房门。

虽然房屋很老,但是内部结构居然比较符合现在的潮流,可见在当时这样的房屋结构一定属于极其另类的。

一进房门,我们就站在了一个比较大的客厅的最西侧。客厅东北侧墙壁靠着一套沙发,客厅的东侧是两间卧室的门。

现场是水泥地面,有很多残破的地方,客厅中央的桌子上堆放着杂物。整体感觉这间房子一点儿也没有书香门第的气息,更像是独居懒汉的巢穴。

房门口的地面上有一摊不小的血泊,沙发和墙壁的夹角处也有成片的滴落血迹形成的血泊,两摊血泊之间有密集的滴落状血迹,一大滴一大滴的,没有明显的方向性。

沙发另一侧靠卧室门口,有一大摊血泊,血泊还有拖擦的痕迹。

"那里就是女死者倒地的位置吗?"我指着卧室门口的血泊问。

现场的痕检员点了点头。

林涛看了看地面,说:"现场怎么这么多血脚印?"

痕检员说:"这些我们都仔细辨别过了,全是男死者和参与抢救的民警、医生的足迹,没有发现陌生足迹。"

林涛说:"不可能吧,现场有这么多血,凶手怎么会没有留下足迹?"

我说:"有可能。如果凶手动作简单,捅完两个人就走,血还没来得及在地面

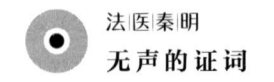

堆积，当然不会留下血足迹。"

我沿着血迹绕了现场客厅一周，接着说："另外，血迹全是滴落状的，没有任何喷溅状血迹，应该是没有伤到大动脉，伤的都是重要脏器。既然没有动脉喷溅血，凶手身上不一定有多少血的。"

"手法相当狠辣。"林涛说，"有什么深仇大恨呢？"

我招了招手让林涛过来，我们俩一起蹲在沙发和墙壁的夹角处。我说："你看，这里的滴落血非常密集，但是这里怎么会有滴落血呢？"

林涛看了看大门口处的血泊说："是啊，这里离大门口有五米多远，死者说凶手是进门就捅了他，那这摊血是谁的呢？"

我摇了摇头，说："不对，我就说过神志不清楚的时候询问是没有用的嘛，我觉得凶手不是进门就捅人，而是在沙发这边捅人的。"

我和林涛一起沉思了一会儿，我说："如果是在门口捅了人，为什么死者受伤后又走回沙发旁边，然后才跑出现场呼救呢？这不合情理啊。"

林涛点了点头。

我想了一想，又说："不对，还有一种可能，就是凶手在门口就捅了男的，然后看见女的在卧室门口，就走进去捅女的。这个时候男的受伤了，忍着痛往里面走，应该是想救女的，走到沙发西侧这摊血迹的地方时，发现凶手已经捅伤了女的离开了，男的就在这里站了一会儿恢复体力，然后拼尽全力跑出去呼救。"

林涛说："你说的这种可能完全可以解释血迹形态，但是解释不了痕迹形态。你看，沙发西侧的血泊和大门口的血泊之间有隐约的血足迹，是男死者的足迹，足尖是朝大门口的，也就是说男死者是从沙发西侧往大门口走。我们并没有发现从大门口往沙发走的足迹。"

我点了点头，说："是的，男死者如果从大门口往里走去救女死者，应该有一定的速度，血迹的滴落不应该是这样基本垂直的滴落形态。这两摊血迹之间的滴落血全是垂直大滴，应该是大量出血，人缓慢移动时滴落的。"

林涛说："但是你说的那种英雄救妻说也不能完全排除，说不定他就是缓慢地移动到沙发西侧，又缓慢地移动到大门，然后奔跑出去呼救，恰巧又没留下血足迹，毕竟男死者生前自己说了是在大门口被捅的，大门口又有血泊，还是符合的呀。"

"是的，这个还需要进一步判断。"我说。

"判断这个有意义吗？"林涛说。

第二案
双尸谜案

我笑了笑,指了指放在沙发上的一个袋子说:"你看了袋子里是什么东西吗?"

林涛显然还没有看,立即好奇地掀开袋子口,说:"哇,这个小学老师生活不错啊,喝五粮液。"

我说:"也不一定是待遇好,现在的老师都吃香,独生子女的家长当然希望老师能照顾自己的孩子,给老师送点儿礼物也正常。"

林涛说:"你不会怀疑是凶手给死者送的五粮液吧?"

我说:"如果死者是在沙发这里被捅的,那么很有可能是有人来送礼时发生的打斗;如果是在门口被捅的,这两瓶五粮液就和案件无关了。"

"我倒是觉得不可能是凶手来送礼。"林涛说,"如果是凶手送礼时发生口角激情杀人的话,男死者生前为什么一个字都没提呢?他说的是一个不认识的痞子捅他。他再神志不清,也不会幻想是个痞子捅他吧?至少要说是个家长,或者说是个送礼的吧?"

"你说得也有道理,我们还是继续找找别的线索吧。"我回头对痕检员说,"现场提取的血迹进行DNA检验了吗?"

许支队的声音突然在门口响起:"做了,结果刚出来,我就来向你汇报了。"

我笑了笑,问:"有什么惊喜的发现吗?"

许支队说:"非常遗憾,和我们设想的一样,楼道里一直延伸到小店附近的滴落血全是男死者的,现场大门口、沙发西侧血泊以及两摊血泊之间的滴落血也全是男死者的。沙发东侧两间卧室门口的血泊全是女死者的。"

我沉思了一下,问:"你们提取了多少?"

"我们把现场有血的地方分了五个区域,每个区域提取了五份。"

"一共就提了二十五份检材?"我摇了摇头,说,"太少了,现场这么多血,只提二十五份不能全部代表了啊。"

许支队说:"秦法医,你不会是指望我们能在现场提到犯罪嫌疑人的DNA吧?现场这么多血,凶手动作狠辣,现场停留时间很短,即使他受伤了,留下一两滴血,在这么多血迹中找到犯罪分子的血,岂不是大海捞针?更何况,凶手有没有受伤我们还不知道呢,这个概率也非常小啊。"

我没再争辩,就现在掌握的情况,的确还无法做出对案件有帮助的推断。我凭空指责别人现场检材提取少了,许支队当然会不服气。看来能不能找到有用的线索,全看下面的尸检了。

3

我脱下手套,和许支队握了下手,又拍了下林涛的肩膀,说:"你们继续在现场加油,我和赵法医去殡仪馆了,先看看尸体再说。"

看过那段录像之后,再看到解剖台上的尸体,我的心里非常不是滋味。眼前的这个男人,早上还在温暖的病床上安静地躺着,下午就躺在了冰冷的解剖台上。生与死只有一线之隔,一切又都发生在眼皮底下,就算是法医也有点儿难以接受。

为了克服这种心理障碍,尽快进入工作状态,我们决定先对女死者曹金玉的尸体进行检验。

曹金玉的损伤很简单,凶手一刀贯穿她的睡衣,在她右侧上腹部形成了一个黑洞洞的创口,抬动尸体的时候,腹腔的积血还在汩汩地往外流。

赵永打开死者胸腹腔的同时,我仔细地分离着死者的颈部肌肉。

"损伤很简单。"赵法医说,"单刃刺器,一刀从肋间隙刺入,导致肝脏破裂,腹腔积血……"

赵法医用勺子舀出腹腔的血液,说:"至少一千毫升。肝脏贯穿了,应该是伤到了肝门处的动脉。"

我没有吱声。

赵法医说:"你在看什么?这具尸体好像没有什么功课好做吧?凶手一刀致命。"

我摇了摇头,说:"怕是没那么简单。"

我剥离出死者的胸锁乳突肌[1],左右两侧的颈部肌肉中段豁然可见片状出血。我又用止血钳夹起死者的嘴唇,在牙龈和口唇的交界部位,也发现了乌黑的出血区域。

"有捂压口鼻腔和掐扼颈部的动作,但是尸体没有任何窒息的征象。凶手应该对曹金玉有一个控制的过程。"我示意赵法医过来看。

"嗯,"赵法医说,"杨凤先受了伤,曹金玉出来呼救,这时候凶手控制了曹金玉也是正常的,没有什么价值啊。"

---

[1] 胸锁乳突肌,起于胸骨柄前面和锁骨的胸骨端,止于颞骨乳突(耳后突起的骨头)的斜行肌肉。

第二案
双尸谜案

我想了想，觉得自己的推断还不成熟，便没再说话。

接着我们检验了尸体的颅腔和背部，没有发现什么异常。我们俩互相配合着缝合了切口，又默默地把杨风的尸体抬上了解剖台。

杨风是从ICU直接送来殡仪馆的，全身赤裸，倒是省去了脱衣服的麻烦。他的胸口有一条缝合的手术疤痕，疤痕的附近还有一些小的缝合的创口。

"这条手术创口没有皮瓣①，"我拆开手术缝线，说，"说明这创口是医生留下的，不是原有的创口。他的致命伤不在胸口。"

"可他是死于心脏破裂啊。"赵法医说。

我取了探针，依次探查躯干的几处小创口，沿各个方向检测创口的深度。忽然，在某一处，探针陷入了创口深处。我小心地拨动着探针，感觉到探针的顶部碰到了内脏。

"就是这里了。"我指着死者左侧季肋部②的一处创口说，"这一处捅进了胸腔，方向是斜向上的。"

赵法医点了点头，我随即沿着死者胸部的正中线联合切开了他的胸腹腔，露出了红白相间的肋骨和粉红色的腹腔内脏。

"死者季肋部和腋下的这六处创口，应该都是凶手捅的，和手术无关。"赵法医说。

我点点头表示认可："创口形态一致，创角一钝一锐，符合单刃刺器形成的创伤特征，创口的长度在3cm左右，所以凶器的刃宽也是3cm左右。"

"和曹金玉肚子上的创口形态一致，应该是同一种工具形成的。"赵法医说，"不过这也是白说，一个人哪会带两种工具来杀人啊，是不是？呵呵。"

"这把刀很快啊。"我没有回答赵法医的话，仔细地分离着每一处损伤，"六处损伤，五处没有进入胸腹腔。"

"没进入胸腹腔，还敢说刀快？"赵法医笑着凑过头来看我分离的每一处创口。

"这个凶手其实挺背的。"我说，"你看，这六处创口，五处都是直接顶上了肋骨，刀刃要么就是别在两根肋骨之间，要么就是沿着皮下走，没有进入胸腔。其实起作用的就是这一刀。"

---

① 皮瓣，是指皮肤破裂以后，皮肤块掀起的部分。
② 季肋部，通常指肋骨的下方。

我拿起探针,从刚才发现的季肋部的那处创口伸进去,查看探针的走向。很快,探针就通过肋骨进入了胸腔,然后一直延伸到了心包①的位置。

"我说刀快的原因是,"我补充道,"永哥你看,这致命的一刀正好从两根肋骨之间刺入心脏,刀刃的这一面肋骨断了,说明这把刀的锋利程度足以切断肋骨。"

"那其他几处刀伤为什么没有刺断肋骨?"赵法医问道。

"你仔细看,"我说,"这几刀的方向不对,没有能够对肋骨施加压力,只有其中一处别在了两根肋骨之间,虽然没有进入胸腔,但肋骨上也留下了削痕。"

赵法医点了点头,表示认可:"心脏确实破裂了,这样的损伤,即便做手术,也很难救活。唉,刀歪一点儿就没事了。"

我们没有再说话,一起打开了杨风的颅骨和后背,再也没有发现其他有价值的损伤。和曹金玉不同,杨风的颈部和口唇是完好无损的。

我们默默地缝合,默默地把尸体抬上停尸床,默默地把尸体推进冰箱。这件案子的细枝末节在我的脑海里流动着,却很难拼凑出一幅完整的画面。

脱下解剖服,我和赵法医并排站在盥洗间里,默默地洗着手。

"这个案子,好像法医起不到什么作用啊。"赵法医先开了口,"损伤简单,貌似除了死亡原因、致伤工具,我们没法再确认其他线索了。"

"死亡时间都已经明确了。"我冲着手上的泡沫,"需要我们解决的就是犯罪分子刻画的问题,他是什么人,他为什么要杀人,他现在处于什么状态。"

"我们能做的基本都做完了。"赵法医关上水龙头,说,"其他的,是不是有些勉强了?这种事,推断对了还好,推断错了,案子破不了的责任可就全推给法医了。"

赵法医说的是实情。

我摇摇头:"一切都是为了破案,我们必须做到自己力所能及的。就算有失误,就算会被批评,也不能因为这样就不做分析了啊。"

"你是省厅领导,"赵法医耸耸肩,"你说错了没事,那你就多说点儿嘛。"

我们洗完了手,坐上勘查车,天色已经渐渐黑了,赵法医和司机商量着晚上去哪里吃饭。我的脑海里闹哄哄的,根本没有听清他们在说什么。车子引擎启动的刹

---

① 心包,是心脏外周的一层薄膜,它保护着心脏,使得心脏跳动的时候不会和胸腔摩擦而受伤。

/// 第二案
双尸谜案

那,我突然灵光一闪,脑海里的那团迷雾瞬间消散得一干二净。我定了定神,开口道:"永哥,我觉得通过尸检,我们至少可以分析出四个非常重要的问题。"

这句话就像是投进水里的一枚炸弹,他们的讨论戛然而止。赵法医猛地转过身来,双眼放光,开口就问:"哪四个问题?"

我笑了笑,法医都是这样,发牢骚归发牢骚,想要破案的迫切心情却不会因为牢骚而改变。

"第一,"我打开手中的矿泉水瓶,喝了一口,说,"凶手的目的,不是杀人,而是报复。他的初衷不一定是置人于死地。"

赵法医想了想,点头赞同:"没错,死者身上虽然被捅了好几刀,但位置都是在腋下和季肋部,都不是朝着重要的脏器去的。嗯,这一点很重要,对于以后的定罪量刑起关键作用。"

"这个作用可能不大,"我笑着说,"上门杀人,杀了两个,估计也是难逃死罪。我是想通过凶手的行为,分析一下他的心态,以便更好地了解我们的嫌疑人。"

赵法医点了点头,用期待的眼神看着我,等待着我的下一个分析。

我接着说:"第二,我认为凶手是右手持刀,而且他的右手可能受伤了。"

赵法医在省厅学习过一年,对这种判断思路并不陌生,他点了点头,说:"同意。死者的损伤位于左侧腹部和左侧腋下,这就意味着凶手是右手持刀和他正面接触。如果是左手持刀没法形成这样方向的损伤,也不可能是左手持刀从死者背后袭击。"

我补充道:"尸体上的六处损伤,三处顶上了肋骨,两处刺断了肋骨,这说明凶手用的力量很大。刃宽3cm的小刀一般都没有护手,所以凶手捅人的时候,他的手会随着用力而向前滑动。之前我也说了,这把刀很锋利,紧握小刀的手一旦滑动到了刀刃的部位,就很有可能受伤。"

"嗯,"赵法医说,"这个不用解释了,我完全赞同。那么第三点呢?"

我清了清嗓子,接着说:"第三点,我认为凶手可能是死者的熟人,或者说,就是死者的学生家长。"

"什么?"赵法医一脸惊愕,"这可涉及侦查方向了,有什么证据吗?"

4

"永哥别急,你先听我分析,"我笑了笑,说道,"之前我和林涛一直在讨论这个问题,杨风究竟是像他自己所说的那样,一开门就在门口遭到了袭击,还是走到沙发附近才遭到了袭击?这一点很重要,但是的确也很难辨别,因为两处都有血泊和滴落状血迹。"

"那你是怎么判断的呢?"

"从血迹分析来看,杨风应该是在沙发附近受的伤。"我说,"我仔细地观察了血迹的形态,沙发附近的血迹是以一大滴一大滴的滴落血迹为主,血迹周围的毛刺①较长,说明滴落的位置离地面比较远,也就是受伤部位比较高。而大门口的滴落血迹则毛刺较短,说明受伤部位比较低。这就正好与人受伤后的移动轨迹相吻合。体力急剧下降之后,人的身体重心也会下移,杨风受伤后往外走,体力不支,很有可能就在门口蹲了一下,积攒体力再跑出门去呼救。"

"你这样说,我也想到了一点。"赵法医说,"如果是一开门就被捅了一刀,杨风还站在大门口,应该会叫喊吧?邻居能听不见声音吗?"

我点了点头,说:"还有一个最最关键的证据。"

赵法医瞪着眼睛等着我说话。我卖关子似的喝了口水,笑了笑,说:"不知道你注意到了没有,男死者身上的损伤有个特别显著的特征。"

赵法医想了想,不知道我指的是什么,于是摇了摇头。

我解释道:"你看,杨风的身上有六处损伤,三处在季肋部,三处在腋下,都在左边,每两处创口之间的距离不超过20cm。这六处创口,你不觉得过于集中了吗?"

"明白了!"赵法医豁然开朗似的叫道,"进入现场的大门,就是广阔的客厅。如果凶手这个时候用刀子捅人,那么杨风有足够的空间去躲避,那样就不可能形成密集的创口了!"

"对!就是这个意思。"我补充道,"凶手应该是先刺了杨风的左侧上腹季肋

---

① 毛刺,一种血迹的形态。一般在一定的高度,血液滴落在不光滑的载体上时,类圆形的滴落血迹周缘有"毛刺样"的改变,那是血滴受重力影响与载体表面碰撞后近距溅散的结果。

部，杨风反射性地抱头躲闪，才会把左侧的腋下暴露给凶手。这说明死者被捅的时候，根本没有空间去躲避，只能反射性地保护自己。"

赵法医的眼睛里闪烁着激动的光芒："沙发西侧的大片血迹，就是位于沙发和墙壁的夹角，如果杨风是在这个位置被刺，就没有空间躲避了！"

"如果杨风是在客厅里侧的沙发旁边被人刺伤，而客厅的地面又没有打斗的痕迹，那么说明这个凶手是可以和平地进入杨风家里的人，换句话说，是杨风把凶手引入了客厅。"我继续说道，"这样，我们就不得不把这起案件和沙发上放着的两瓶五粮液联想到一起了。"

"你是说，凶手是来送礼的？"

"是的。"我斩钉截铁地说道，"一般人不会把这些高档礼品放在客厅显眼的位置的，杨风是个老师，更不会破坏他自己为人师表的形象。如果他收了家长的礼品，不会放在大庭广众之下，唯一的可能就是他刚收到礼品，还来不及收起来。这样，结合前面的分析，我现在非常怀疑凶手就是来杨风家送礼的学生家长。"

"我还有个问题。"赵法医看来已经基本同意了我的观点，"如果是家长，那么杨风应该认识啊，那民警询问的时候，他为什么说凶手是个自己不认识的痞子？"

我沉思了一下，说："这个确实不太好解释，有可能出于两个原因，第一，老师未必能认全学生的家长，所以凶手可能只是自报家门，说自己是某某的家长，就进入了现场，而杨风确实不认识他；第二，杨风在接受询问的时候，不知道自己的老婆死了，也没想到自己会死，所以他为了保护自己的声誉，可能会对这个情节进行隐瞒。"

"唉，他这样隐瞒，可就苦了我们公安。"赵法医说，"你说的这些我都同意，那你的第四个推断呢？"

"我觉得凶手可能不止一个人。"我说。

"不止一个人？"赵法医说，"怎么可能？！死者说了，是个不认识的痞子，说明就只有一个人啊。而且两名死者身上的刀伤都是一种工具形成的，怎么可能会有两个人？"

"死者说一个不认识的痞子，指的只是捅他的人，第二个人未必动了手。"我说，"后来死者还说了'黑衣服、白衣服'，是什么意思？我觉得是在描述一个人穿着黑衣服，一个人穿着白衣服。"

赵法医皱起了眉头，这个推断很难让人信服。

我接着说:"我的主要依据是曹金玉身上的损伤。除了右侧腹部的一刀以外,她的颈部和口腔黏膜都有损伤,尤其是颈部,两侧的肌肉都有出血。"

"嗯,那说明什么呢?"

"两侧颈部肌肉都出血,口腔黏膜还有出血,我觉得一只手是完成不了的,必须要有两只手才能完成上述的损伤。"

"哦,"赵法医这才点了点头,"你是说,凶手如果用手同时掐住曹金玉的颈部、按住她的嘴,那么他就没有第三只手拿刀捅人了?"

我笑着点了点头,不得不承认赵法医真是一点就通。"我怀疑是在凶手刺伤杨风的时候,曹金玉从床上惊醒,跑了下来,这个也有依据,曹金玉穿着睡衣,却没有穿鞋,这符合紧急情况下下床的表现。曹金玉慌慌忙忙地光着脚下床,跑到卧室门口,看见杨风受伤,就会忍不住叫喊,这个时候另一名凶手就上前捂压她的嘴巴,掐扼她的脖子。一般捂压口部的目的都是防止喊叫嘛。控制住她以后,拿刀的凶手已经刺了杨风六刀,于是过来刺了曹金玉一刀,刺完,两个人迅速离开了现场。"

"你的现场重建,听起来还真像那么回事。"赵法医说。

"当然,这只是猜测。"我说,"要确定是否有两个凶手,还需要更确切的依据。"

车子里又陷入了沉寂。司机缓缓地开着车,我和赵法医咀嚼着刚刚讨论的几点分析,努力想要从中找出新的线索。

赵法医率先打破了沉默,他说:"可是现场勘查提取了几十处血迹,全是杨风和曹金玉的血,包括楼道里的滴落血迹都提取了好几处,也没有发现第三人的血迹啊。"

"我倒是有新的想法。"我没直接回答他的问题,"我觉得凶手用的,可能是弹簧刀[①]!"

"这个有点儿玄乎吧?"赵法医说,"作为法医,我们只能说是刃宽3cm左右,长10cm以上的单刃刀具,不能肯定地说是哪一种刀具啊。"

"我有依据啊。"我说,"第一,凶手携带的刀具应该是易于隐藏的,对吧?不然杨风就不可能让他进入客厅了。所以凶手敲门的时候,刀应该是藏着的。大夏天的,衣服上的口袋也不多,既然能把那么长的刀藏住,说明刀必须是可以折叠

---

① 弹簧刀,一种刀身能够自动弹出的刀具。

的。不能折叠的刀，放到口袋里，岂不是会伤到自己？"

赵法医点点头。

我接着说："第二，这把刀从折叠状态变成伸直状态必须要快。杨风的手臂上没有抵抗伤，说明被攻击的时候是出其不意的，凶手掏刀、把刀刃伸直必须要在杨风来不及反应的情况下完成，一般的折叠水果刀是很难完成的。"

我喝了口水，接着说："第三，不知道你注意到没有，杨风身上的六处创口，方向都是上锐下钝。也就是说，凶手拿刀的时候，刀刃是朝上的，即刀刃是朝虎口部位的，这不符合一般人的拿刀习惯。一般人拿刀，刀刃是朝下的，即刀刃朝四指。如果是弹簧刀，按了按钮，刀刃从刀柄里弹出来，必须是从拇指和四指之间弹出，这样握刀，刀刃就是朝上的。"

"有道理！"赵法医说，"被你这么一说，我也认为是弹簧刀的可能性比较大。刚才我问的那个问题，你怎么看？"

"别急，我接下来就说这个。"我说，"既然是刀刃朝虎口部位，凶手又有可能受伤，那么他受伤的部位应该就是虎口。虎口位置血管丰富，一旦受伤，必定有较多的出血量，所以凶手的血肯定会遗留在现场。"

"可是，现场确实没有找到凶手的血啊。"赵法医说。

"我早就说过，前期提取的血远远不够，因为在现场那么多血迹里发现相对少得多的凶手的血，无异于大海捞针，很难。"我说，"我有个办法。凶手杀完人肯定要逃离现场，现场外，应该会有他的血迹吧。"

"是啊。"赵法医说，"外围搜索以搜索物品为主，还真没下大功夫找细小的血迹。"

"今天天黑了，条件不好。"我说，"明天一早，我俩就去现场外找血迹。"

吃完饭就没有什么别的事了，我和赵法医信步溜达到公安局，找了台公安内网的电脑打开，想看看协查的情况。如果明天能在现场外找到凶手的血迹，下一步就是将血迹的分析结果录入系统，看看能不能串并上其他的案件，如果能顺藤摸瓜发现凶手的身份，那么案件也就迎刃而解了。

想到这里，我不由自主地又想起了林笑笑。她的死会不会也和别的案件有关联？

我进入了串并案件系统，在受害者姓名栏里填上了"林笑笑"三个字，刚刚点下"确定"按钮，意外的事情发生了，屏幕上竟然出来了三起其他案件。

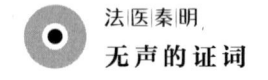

"串并了这么多？"我忍不住自言自语，心中充满疑惑。

算上林笑笑被杀案，这四起案件在系统里已经被命名为"云泰案"。直接用地名来命名，可见当初这案子的确不小。案件的串并，一般都有确定性的证据，但"云泰案"的证据并不完整，依据的是作案的手段和侵害对象的共同点。四起案件的受害人都是正在上中学或大学的女生，施暴的地点也都在公共厕所附近。所有受害者都是俯卧着，双手被捆绑在背后，死于机械性窒息，都有被奸尸的迹象，却找不到精斑。

四起案件中，两起发生在云泰市，一起发生在云泰市所辖的云县，另一起发生在云泰市的邻县龙都县。这个"云泰案"看起来确实不那么简单，发生了四起都没有侦破，在命案必破的年代，确实是很少见的。这系列案件究竟是因为什么才陷入了困境呢？

正在胡思乱想，赵法医走了过来，问我："今晚的专案会，咱们参加不参加？"

我说："不参加了，困了，回去睡觉吧，明天有了发现，再和他们一起说。"

一夜无眠。

第二天一早，我就和赵法医来到了现场外的小院里。

"这个小院子的东西两边都有门，西门门口有个小超市，当时也是超市的老板发现杨风冲出楼道倒在地上的，说明凶手应该不是朝西走的。"这个问题我昨晚已经想得很成熟了，"那么凶手肯定是从院子的东门离开的，我们就沿着他逃离的路线找吧。"

有了方向，事情就好办多了。我们动用了先进的寻找血迹的仪器，不出半个小时，就听见赵法医大喊："看，找到了！"

5

在凶手离开的路线上，我们找到了七八滴连续的滴落状血迹，非常新鲜，但是离楼房很远。

"为什么血迹这么孤立？"赵法医问。

"我觉得吧，"我说，"可能是凶手离开楼道的时候，捂住了自己的伤口，走到这里的时候，捂住伤口的手松开了，所以伤口会继续往下滴血。不要满足，要继续找。"

果然，用同样的办法，我们在杨风家的楼道里发现了几小滴血迹。这几滴血迹在杨风留下的大滴大滴的血迹旁，虽然不起眼，但还是被我们发现了。

"这个也很可疑。"我说，"提取，赶紧做DNA检验。"

DNA检验很快开始进行，与此同时，我和赵法医仍在坚持不懈地寻找可疑的血迹。夏季的烈日很快烤得我们汗如雨下，但我们一刻也没停，一直找到下午时分，才惋惜地发现，的确再没有其他可疑的血迹了。

但是之前找到的这几滴血的DNA检验结果一出来，还是让我们彻底兴奋了。

这几滴血不属于任何一位死者，而是属于一个陌生的男性。

"永哥，走！"我眉飞色舞地喊道，"我们马上去专案组！"

在专案会上，我把之前通过现场勘查、尸体检验得出的几点推断逐一阐述，并且说明了理由。我信心满满地说完了全部的依据，并没有迎来想象中雷动的掌声，反而是一片冷场。

专案组成员一个个瞪着眼睛看我，好像彻底被我的推理给绕晕了，似乎有些异议，却又不知道该如何反驳。这诡异的气氛直到DNA室的阮主任冲进了会议室才被打破。

阮主任眉飞色舞地说："并上了！"

专案组成员的注意力全部被阮主任吸引了过去。许支队急忙问道："身份清楚吗？"

这就是法医的悲剧。法医累死累活地干一整天，绞尽脑汁地推断，还不如DNA实验室的一次串并。我经常说法医是"我猜我猜我猜猜猜"。其他的刑事技术都是看到仪器出什么结果，就下什么鉴定结论，只有法医和痕检两个专业是要凭经验和主观认识拼了命地推断、推理、猜测。猜对了还好，一旦猜错了，名声可能就此臭了。很多领导在意的是DNA结果有没有做出来，而对法医辛辛苦苦在现场和尸体上提取DNA检材的过程并不感兴趣。

阮主任很自豪地说："身份清楚，血是一个叫洪正正的二十二岁男子的。该男子是本地人，长期在外打工，去年因为打架斗殴被处理过，恰巧也取过他的血液样本。"

许支队转头对我说："秦科长，貌似你的推断错了。"

"嗯？"我仍沉浸在那种不公平的情绪当中，被许支队这样一说，更是愤然，"我哪条推断错了？"

"你刚才说凶手可能是家长。"许支队眯着眼睛说，"现在看来，凶手才二十二岁，孩子不可能都上六年级了吧？"

侦查员中传来一阵嬉笑。

我的脸一阵红一阵白，但是依旧稳住情绪，坚持道："我说过，我认为本案作案人数应该是两人，这个洪正正只是其中一人，另一人不能排除是学生家长。"

许支队呵呵一笑，并没有接我的话，只是轻声地对侦查员们说："先去把洪正正抓回来，就什么都搞清楚了。"

我打断了许支队的话："那，家长不查了？"

许支队说："查家长的那组人现在终止任务，去抓洪正正。把他抓回来，剩下的事都好办。"

我没有再辩驳，郁闷地和散会的侦查员们一起走出了专案组会议室。

一下午的时间，我都坐在市局法医室里，反复看着电脑上"云泰案"的照片，照片乱糟糟地塞在脑子里，理不出任何头绪。仅凭这几组照片，实在没有什么好的办法去破案，更没法去甄别犯罪嫌疑人，可能这也是该系列案件至今没有破获的原因吧。

次日凌晨，宾馆的电话响起，是赵法医打来告知我洪正正已经到案的消息。洪正正右手虎口处确实有伤，现在侦查部门正在对他进行突击审讯。我睡眼蒙眬，"哦"了一声，就挂断了电话继续睡觉。

因为忘记定闹铃，一觉醒来居然已经上午十点了，我急忙洗漱完毕跑去了市局法医室。

"你是不是早上给我打电话说洪正正抓到了？"我不敢确定凌晨接到的电话是真事儿还是梦境，于是问了赵法医一句。

赵法医笑着说："年轻就是好，睡眠好才是真的好！是啊，抓到了，不过，到现在一个字也不交代。"

"不交代就行了吗？"我说，"我们有证据！"

话还没有说完，我的表情就僵硬了。我仔细地想了想，说："永哥，不对，我们没证据。"

"怎么说？"赵法医一脸惊愕，问道，"楼道里和逃离路线上都有他的血啊！"

第二案
双尸谜案

我摇了摇头，说："所谓的证据，要有排他性，必须能定死是他杀了人，而不是他到过现场附近。"

赵法医说："你是说我们现在可以肯定他到过现场的楼道，但是不能肯定他杀了人，是吗？"

"是的。"我沮丧地说，"如果是现场房间内提取到他的血，或者在现场外楼道地面提取到他和死者的混合血，都可以确定是他杀了死者。但是只在现场外楼道提取到他一个人的血，就不能确定他杀了人。律师可以说是他到过现场楼道，鼻子流血了。"

"那不是强词夺理吗？"赵法医说，"怎么会有这么巧的事情？调查反映洪正正和死者没有任何来往关系，他不可能跑到离他家那么远的现场，还恰巧在现场楼道里流了鼻血！最关键的是，洪正正的右手虎口确实有一处新鲜的刀伤，和我们推断的完全相符，这还能赖得掉吗？"

我耸耸肩膀，说："律师可以说，洪正正既然和死者没有来往，为什么要杀他呢？"

赵法医愣了半天，问道："那怎么办？"

"现场重建。"我斩钉截铁地说道。

和赵法医回到中心现场，我们开始模拟凶手和被害人当晚的动作。我让赵法医站在沙发和墙壁的夹角处，我站在他的对面，模拟拿着刀捅他。

我说："你看，我用这种姿势拿刀捅你，导致自己的虎口受伤，受伤后我会继续拿刀捅你，这时候我手上流出的血迹应该……"

我在自己虎口处滴了几滴水，然后继续挥动手臂模拟捅人的姿势。手上的水滴因为惯性作用被甩落在地面上。

我指着地上的水渍说："好了，把水滴周围的血迹都提取一份。我之前说过，凶手虎口受伤，那里血管丰富，肯定有不少出血，这些血没有被提取到，是因为现场的血迹太多了，提取到相对少得多的凶手的血就会很难。但用这种办法，我就不信提不到他的血。"

"好办法啊。"赵法医说，"这可比大海捞针准确率高多了！"

我们提取了十六份血迹，急送DNA实验室，然后回到专案组静静地等待。

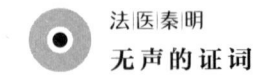

时间缓缓地流逝着，我的心里七上八下，究竟能不能一招制敌呢？

忐忑的心情很快被化解了，因为DNA实验室传来消息，真的在这十六份血迹中检测出了洪正正的血。

"好！"许支队拍桌子喊道，"这次不怕他不交代了。我要给DNA室记功！"

虽然许支队把功劳给了DNA室，但是我和赵法医并不感到委屈，因为我们追求的并不是那些虚名，我们追求的是那种无法抑制的成就感。我默默地回到宾馆，睡起了大觉，相信明天一早就会传来洪正正认罪的喜讯。

果然，洪正正在铁的证据面前低头认了罪，他承认自己持刀杀害了杨风夫妇，却一直说不清杀人的动机，而且坚持凶手只有他一个人。

许支队不得已又把我请到了专案组会议室商讨解决的办法。

我问："洪正正当晚穿的是什么衣服？"

"黑色T恤。"侦查员说。

"那我们现在就要去找那个穿白色衣服的人。"我信心十足地说，"洪正正说不清楚杀人的动机，我觉得是因为他根本就没有动机。有动机的人，是他现在正在极力掩护的人。"

"看来你判断两人作案的可能性真的很大啊。"许支队对我又恭敬有加了。

"那么下面，我们继续从家长开始查起。"我说。

6

"主要是分两个组。"我说，"第一组，查洪正正和杨风班上的哪名家长有过来往。第二组，找杨风班上的小学生谈话，找那些比较聪明伶俐的孩子谈，注意，谈话的时候要有老师或者家长在场。另外我有个请求，如果第二组同志发现有什么情况的话，及时告诉我，我想参与谈话。"

许支队点头认可了我的安排，两组侦查员迅速开展工作。

我一直认为第一组会很快查出问题，但是事与愿违，经过半天的工作，第一组侦查员反馈的信息并不多。原来洪正正已经有一年多没有回汀棠了，他在案发当天才刚从外地归来。而且他从来都不用手机，连通话记录都无法查找。

"那就继续查啊！这几十个孩子的家长，有没有谁去过洪正正在外地打工的地点？有没有谁一年前和洪正正有过来往？"许支队在电话里发起了火。

第二案
双尸谜案

"这需要时间啊。"侦查员在电话那头委屈地说道。

"许支队别急,"我说,"说不定第二组能有什么消息反馈过来呢!"

我的话音刚落,许支队的电话再次响起,第二组真的发现了情况。

当我赶到红旗小学教学楼的时候,一眼就看见一个十二三岁的小女孩,她怯怯地靠在母亲的怀里,一名女民警正在和她谈话。我默默地走过去旁听。

"你说,小青是你的好朋友对吗?"女民警问道。

小女孩点了点头。

"那如果小青被欺负,你是不是应该告诉阿姨呢?"

女民警温柔地劝说着。小女孩欲言又止,沉思了一下,问道:"那杨老师会不会知道是我说的?"

看来这个小女孩还不知道他们的老师已经永远都不会知道她们说些什么了。

女民警说:"阿姨向你保证,我们今天的谈话只有你妈妈、你、我和我身后的这位叔叔知道,好不好?"

我暗暗鄙视了一下这位长得非常漂亮的女民警,因为她的这个保证肯定是个谎言。

"漂亮女人的话真是不能信啊。"我心里这样想着,暗自想笑。

可是小女孩看了我一眼后,说:"那也不让这位叔叔知道,行不行?叔叔在这里,我不好意思说。"

我隐隐地觉得我可能猜到了真相,于是知趣地躲到门外,从光明正大的听转为偷听。

"事情是这样的。"小女孩吞吞吐吐地开始了她的叙述,"前两天,下午自习,小青被杨老师叫去办公室,过了一节课,小青才回来。她坐到我旁边的时候,我就觉得她不太对劲儿,她全身都在发抖,脸色苍白。我问她是不是生病了,她只是摇头,偷偷地哭。我不知道怎么回事,就把她拽到教室外我们经常谈心的地方。然后,她就告诉了……告诉了我一个秘密。"

"嗯,你别怕,慢慢说。"美女民警说道。

"她趴在我身上哭了好久,才告诉我,其实杨老师已经欺负她很多次了……"

"我的天!强奸幼女!"每次听见强奸案都会急火攻心的我,在门外握紧拳头暗自骂了一句,"披着老师皮的禽兽!"

"欺负是什么意思呢?"女民警还在往下问,我都觉得有点儿尴尬了,大概知道个意思不就得了?

小女孩沉默了一会儿,说:"她说、她说、她说杨老师把手伸进她的裙子里,抠她下面。"

门口的我,沉默地捏紧了拳头。

女民警干咳了一声,说:"那后来你怎么和她说的?"

"我叫她告诉她的爸爸,让她爸爸来打这个坏蛋。"小女孩的自我保护意识很强。

"你见过她爸爸吗?你怎么知道她爸爸能打得过杨老师?"女民警的这个问题问得非常有水平,一是探一探杨风有没有可能认识小青的父亲,二是打听一下小青父亲的来路和特点。

"没见过。小青妈妈死了,她爸爸好忙,每次家长会都是她爸爸店里的阿姨来的。小青真是可怜。"小女孩带着哭腔说道,"不过,小青和我说过,她爸爸以前是武警,打架特别厉害。"

我朝着女民警招了招手,示意她停止谈话。我们现在掌握的线索已经足够,无须再给这个无辜的孩子带来心理负担。

女民警安慰了她几句,转身离开,和我一起赶往市局。

"动机真的查出来了。"许支队非常高兴,"马上把这个吴伍(小青的父亲)请回来问问情况,同时查他和洪正正的关系。"

"许支队,我想要张搜查令。"我说,"既然我们都猜到了他可能是凶手之一,他当晚可能穿的是白色T恤,为什么不去找找看他的这件白色T恤上有什么证据呢?"

拿着搜查令的我,边走边听侦查员介绍小青家的情况。小青是单亲家庭,父亲吴伍是武警退役军人,现在自己经营一家小店。小青的母亲在数年前就因车祸身亡,小青一直和父亲相依为命,吴伍也把女儿当成了自己生命的全部。刑警支队已经做工作让吴伍店里的一名女店员先行一步把小青带离家里,怕她看见自己父亲被抓走的情景。

我看着警察把表情非常从容的吴伍带进了警车,然后和赵法医走进了吴伍家

第二案
双尸谜案

里。搜查工作并不困难，我们很快就找到了一件带有几个点状褐色印迹的白色T恤。依照我的经验，这褐色的印迹就是没有洗干净的血迹。

几个小时之后，白色T恤的检测结果终于出来了，正是洪正正和女死者的血迹。

吴伍被带到刑警队后，没有做任何抵抗，直接交代了全部案情。

原来，七年前，吴伍和他的妻子乘坐大巴回丈母娘家，和他们并排坐着的是一名十几岁离家出走的小男孩。大巴在行驶过程中突然侧翻，车上的乘客大都受了伤，现场乱成一团。吴伍的妻子因为坐在窗边，被碎裂的玻璃割破了颈动脉，当场就去世了。而坐在另一边的小男孩，因为颈部受压严重而窒息昏迷。吴伍救不回自己的妻子，强忍悲痛，用自己在部队里学过的急救术，对小男孩进行心肺复苏，最后终于救活了这个小男孩。

这个小男孩就是洪正正。

七年后，洪正正返乡闲逛的时候，偶遇吴伍，一眼就认出了他。聊起当年的事情，吴伍不禁老泪纵横。两人也算是经历生死的忘年交了，聊了半天意犹未尽，洪正正便买了酒到吴伍家中畅饮。酒过三巡，小青放学回家，向父亲哭诉了杨风对她进行猥亵的经过。吴伍当时差点儿气晕过去，洪正正也是义愤填膺。借着酒劲儿，两人决定去讨个说法。吴伍考虑到杨风不认识他，可能会给他们吃闭门羹，就带上了两瓶五粮液，决定以送礼为借口，先进门再说。

到了杨风家，吴伍谎称是小青好朋友的家长，骗杨风带他进了客厅。当吴伍告知杨风自己的真实身份后，杨风大惊，躲到沙发和墙壁的夹角处。而此时，洪正正早已利刃在手，于是冲上去就捅。

吴伍本是来找杨风讨说法的，如果杨风不认账，就打他一顿解解气，没想到洪正正居然上来就动刀。这个同样有着坎坷经历的小伙子，居然用这种办法来报答自己的恩人，殊不知这正害了他的恩人。

吴伍被洪正正动刀的举动惊呆了，而此时杨风的妻子听见动静下床查看，看见杨风满身是血，就尖叫起来。吴伍心里害怕，赶紧冲过去捂她的嘴。此时杨风已经失去抵抗能力，洪正正见吴伍正在和女人搏斗，就跑过来给了女人一刀，拉着吴伍，两人一起离开了现场。

"真的被你说中了。"听完吴伍的交代，赵法医说，"杨风其实很清楚另一人就是小青的父亲，但是他存在侥幸心理，认为自己能活。他若是能活着，就不能把这种丑事抖出去，不能坏了他全市优秀教师的荣誉。他要误导警察破不了案，即使自己吃个哑巴亏，也总比一辈子背个衣冠禽兽的名声强。但是当他知道自己快死的时候，他一定后悔自己说了谎，所以才会说出什么黑衣服、白衣服。那时候，他想说出实情，已经力不从心了，他是带着遗憾死去的。"

虽然破了案，但是我的心情仍无比郁闷。我没有说话。

赵法医接着说："别郁闷了，我知道你在想什么，我都迷茫了，到底谁才是好人，谁才是坏人呢？"

"黑与白，一纸之隔，一念之差而已。"我转头对许支队说，"就是可怜了那个小青，希望政府能想办法照顾她，别让她误入歧途，要让她好好地成长，等着她爸爸出狱。还有，要让她知道，她爸爸虽然犯了罪，但并不是坏人。"

| 第三案 |

埋尸超市

我们行至桥边,径直跨过,又转身烧毁,烧掉了前行的证据,只留下记忆中的滚滚浓烟以及也许曾经湿润的双眼。

——汤姆·斯托帕德

法医秦明
无声的证词

1

省厅的法医难免要参加一些行政会议，虽然我知道这些会议很重要，但是开会毕竟没有破案有成就感，所以我对开会实在是缺乏兴趣。当然，除非是去云泰。

自从接触林笑笑的案件之后，"云泰案"就成了我的心结。光是在内网上查阅资料似乎已经没有什么新的信息可以挖掘了，最好的办法就是直接去云泰市再找找线索。

于是我就出现在了云泰市公安机关的法医工作会议上。

磕磕巴巴地念完稿子，我擦了擦额头上的汗，便开始琢磨着需要去问些什么问题、翻阅些什么材料。虽然我知道仅凭这些就想破获一起多年的悬案是异想天开，但还是暗自憋了一口气。

晚饭后，我借用了师兄黄支队的办公室，让刑警支队内勤搬来了"云泰案"的卷宗，打开串并案系统，埋头在卷宗里开始了研究。

卷宗的确不少，十余本厚厚的资料册堆满了办公桌。我细细地翻着询问笔录、现场勘查笔录、尸检笔录和照片，期待能有所发现。三具尸体的照片清晰地摆在我面前，都是十几岁的女孩，都是夜间独自去公共厕所时遇害的，年轻的脸上写满了惶恐与不甘。凶手的目的很明确，就是奸尸。但案件很蹊跷，没有目击证人，没有任何证据，所以根本就无法甄别犯罪嫌疑人。从记录上看，三起案件分别锁定了数十名犯罪嫌疑人，但是因为没有甄别依据或者不具备作案时间而被一一排除。卷宗里还夹着几页新的排查记录。案件过去不少年，仍有几名民警还在锲而不舍地继续开展摸排活动。

卷宗翻完了，依然没有找到什么新的线索，我翻来覆去地看着几起案件的现场照片，希望能将它们深深印在脑海里，说不定哪天灵光一现就能想到点儿什么。最让我费解的是，三起案件中死者的阴道擦拭物经过精斑预实验都有微弱的阳性反应，DNA却无法检测出属于任何人的基因型[①]。

"下次找个DNA检验专家问一问吧，是不是检验过程出现了什么偏差。"我自言自语道。

"十一点多了，还没回去？"黄支队这时候推门走了进来。

我摇了摇头，眨了眨通红的眼睛，伸了个懒腰，说道："师兄怎么这么晚还来？"

"刚才在参会的公安部二所法医专家的房间和他聊了聊。"黄支队一边拿起一次性纸杯，一边说，"怎么不自己泡点儿茶喝？我今天真是受益匪浅，专家就是专家，听他一席话，胜读十年书啊。"

我站起来说："师兄别泡茶了，我肚子饿了，你请我去吃炒面片儿吧。"

黄支队做出一脸惊恐的表情："上次就是去吃炒面片儿，吃出个碎尸案件[②]来，你还去？"

"你还真迷信。"我笑着说，"如果真的那么邪门儿，那这次吃面片儿的时候也能出个命案。"

"祖宗哎，"黄支队扔给我一根烟，"请你吃还不行吗？积点儿口德吧。"

晚上十一点半，云泰的街上已经没什么车了，就连平时人口密集度最高的步行街也只有三三两两的情侣和巡逻员经过。步行街的两侧，延伸开几条平行的巷子，此时已人眠灯灭，路灯的灯罩被晚风吹动，无奈地晃个不停，地面的灯光也随之摇曳，竟然有几分诡异感。

"这几条巷子，白天可是很繁华的，卖什么的都有。"黄支队说，"现在房价飞涨，估计这里的门面都要卖到两万多一平方米了。"

我对房价没什么兴趣，问："我们来这里干吗？搞得跟查案似的，这里能有吃饭的地方吗？"

"乌鸦同志，你就不能不说案子吗？"黄支队指了指前方，说，"前面那条巷子都是吃夜宵的，想吃啥都有。"

果然，走了不到一百米，就到了另一个巷子口，里面果真是灯火辉煌、人声鼎

---

① 基因型，又称遗传型，是某一生物个体全部基因组合的总称。它反映生物体的遗传构成，即从双亲获得的全部基因的总和。通过DNA检验技术，可以分析个体基因型从而进行同一认定。
② 见法医秦明系列万象卷第一季《尸语者》中"天外飞尸"一案。

沸，烤肉、麻辣小龙虾的香味夹杂着烧烤的烟尘扑鼻而来。我下意识地揉了揉鼻子。

"我改变主意了。"我看见火红的龙虾就兴奋，"我们吃龙虾吧。"

"真会宰人。"黄支队笑着说，"早知道这样，就带你去我家让你嫂子给你下面片儿了。龙虾现在好贵的。"

半个小时的时间，眼前的一盆龙虾就被我和黄支队"解剖"成了一盆龙虾壳。我拿起饮料喝了一口，伸了个懒腰，说："这一觉绝对会睡得舒服。"

突然，尖锐的警报声划破了夜空，我循声望去，看见一辆消防车从巷口呼啸着驶过。

"着火了？"我警觉起来，"我们过去看看吧，看看能不能帮上什么忙。"

"大吉大利。"黄支队说，"你少说两句吧。"

起火现场就在我们刚才经过的一条巷子，我和黄支队快步跑了过去。

这条巷子比较宽敞，路面有十几米宽，前后共有两三百米长，路的两侧都是联排门面，银行、超市、网吧、饭店、五金商行，应有尽有，可以看得出白天的繁华。

"看来这些门面的店主晚上都不住这儿啊，这么大动静都没人围观。"我见消防车旁边只有十几个人在围观，说道。

巷子正中的一间门面的卷闸门下方往外冒着浓烟，消防官兵忙忙碌碌地一边接起高压水枪，一边给卷闸门降温。突然，卷闸门"哗"的一声掉落下来，原来屋内已经是一片火海。见到了屋内的情况，消防指挥官开始提高声调，指挥战士迅速灭火，围观人数也慢慢多了起来。

"婉婷超市，"黄支队笑着说，"听起来是个年轻女孩开的。"

"我觉得现场有点儿奇怪啊。"我说，"你有没有注意到，卷闸门是没有完全闭合的，之所以有人能够发现这里起火，是因为有浓烟从卷闸门下面冒出来。"

"我们来得晚了。"现场温度很高，黄支队擦了擦额头上的汗，说，"说不定是消防队把门给撬开的。"

"可是卷闸门没有被撬的痕迹。"我一边说，一边想走近一些看看已经摊在地上的卷闸门，可是被消防队员伸手挡开了。

"这么晚了，卷闸门没道理还开着。"黄支队说。

"是不是进了小偷，偷了东西以后点燃了现场？"我说。

"什么小偷这么狠？没有必要吧。"黄支队说。

/// 第三案
埋尸超市

消防队忙了半个多小时，大火终于被扑灭，好在报警早，火势并没有波及附近的店面。一名消防队员走进现场进行探查，没想到他走进去不到一分钟就又慌慌张张地跑了出来，大喊道："队长！里面有死人！"

本来有些困意的我顿时清醒了。我转头看向黄支队，黄支队也正转头看我，说："不会吧，真邪门儿了！"

站在消防车旁边的一名中尉已经拿了电话出来请求刑警部门支援。黄支队出示了警官证，说："我们是刑警支队的，我要进去看看现场。"一旁维持秩序的派出所民警也过来说："是的，他是我们的领导。"

"不行，要先排除险情，其他人才能进去。"中尉说，"可以把尸体先抬出来。"

我探头看了看，超市里面已是一片狼藉，货架被高压水枪冲射得东倒西歪，满地烧焦的货物，还有一摊摊的积水。我深深吸了一口气，说："这个现场怕是很难有发现了，破坏得太严重了。"

"好吧，"黄支队对中尉说，"那麻烦你们拍下照片，记清楚尸体躺着的位置。"

不一会儿，四名战士用帆布抬出来一具黑乎乎的尸体。黄支队不忙着检验尸体，而是和赶来的其他刑警开始询问报案人和消防战士。

"我在网吧上网上到晚上十二点，路过这里的时候，发现这家超市的卷闸门没关好，从门下方的缝隙里可以看到隐约的火光和冒出来的烟，所以报了警。"报案人是一名老实巴交的学生模样的人。

"那就很可疑了。"我看着眼前这具已经被烧得面目全非的尸体，歪头对黄支队说，"门是真的没有完全关上。"

"会不会是因为天气太热？你看这店面没有窗户，要是关上了门，就会很闷热啊。"黄支队站在超市门口往里看去，指着店面的内墙说道。

"这间超市朝南，一共有三间店面，但有两个卷闸门是一直闭锁的，只有西侧的这个卷闸门用来作为出入口。整间店面里放的都是整齐排列的货架，收银台在西侧，最东侧是店主自己临时居住的空间，用布帘做的隔断，现在布帘已经被完全烧毁了，只有上方悬挂的轨道处还能看到一些残片。里面有个衣柜，已经被水枪给冲倒了。还有一张靠着墙的床。家具烧毁得都很严重。尸体仰面躺在床旁，和床边垂直，头靠近床，脚远离床。"

"起火点和起火时间可以判断一下吗？"黄支队问中尉。

"起火点在临时居住空间的南侧，空调插头部位附近。"中尉说，"我们觉得可能是空调插头短路起火，所以使用了高压点射的方式灭火。时间嘛，如果没有化学助燃物，我们分析是在报案前半小时起火，才能在发现的时候形成那么大的火势。"

我从脱落卷闸门的位置走进了现场，看了看挂在东面墙壁上的空调，转头对黄支队说："可以排除店主因为热故意不关门的可能。你看，虽然空调的线都被烧毁了，但它的挡风板是开启状的，说明起火的时候空调是开着的，那就没有必要虚掩卷闸门。"

黄支队点头赞许我的观点："那，你是什么意思？"

"我看像是一起谋杀。"

2

"就凭没关门你就判断是谋杀是不是武断了些？"黄支队说，"如果是门锁没有锁好，也可能会造成没有完全闭合的假象。"

我说："我是觉得尸体躺着的位置不对。如果是死者发现起火时已经一氧化碳中毒无力逃脱的话，那么她从床上坠落的姿势应该是和床边平行，不应该是和床边垂直才对。"

我走到尸体旁边蹲下来，一股尸体被烧熟的味道迅速蹿进了鼻孔。我揉了揉鼻子，说："另外，这个超市给人的感觉是很狭长、很深，如果是最东侧床边起火蔓延到超市最西头的话，东边应该比西边烧得更严重。但是我感觉整个超市烧得都很严重。"

"你的意思是说，可能有多个起火点？"黄支队说，"封闭现场，明天白天我让支队理化科的同志来采样，到时候就知道有没有助燃物，有几个起火点了。"

"还要等到明天吗？"我说。

"如果根据消防队的推测，是电起火，那就是意外，我们现在没有依据证明这是刑事案件，所以没有权利强行解剖尸体，要等她出差在外的老公赶回来。"黄支队说。

"死者是什么人？调查死者的邻居了吗？"刚才我在粗略地看现场，所以没有听见调查得来的死者基本情况。

"死者俞婉婷，女，三十岁，个体商户老板，丈夫是骅庭保险公司业务员，叫刘伟，二十八岁。俞婉婷十多岁时父母双亡，本地没有亲戚。她和刘伟结婚四年，

第三案
埋尸超市

在我市贵苑新村有一套房子，但他们没有孩子。"负责外围调查的民警介绍道，"刚才我们用电话和刘伟联系，他说一般情况下俞婉婷不在超市里住，但是如果他出差的话，俞婉婷就会住在超市里。今天上午刘伟去上海出差，所以俞婉婷才会住在这里。超市的空调插座已经坏了好几次，刘伟本人怀疑是插座短路引发的大火。刘伟正在往回赶，估计明早能够到达云泰。"

黄支队拍了拍我的肩膀，说："你累了一天了，回去休息吧，现场封存了，尸表检验等明天刘伟赶回来再进行，外围调查我会安排他们连夜开展的。"

"可是破命案哪有等天亮的？"我知道自己一着急，睡觉也睡不好。

"我们没有充分证据证明这是一起命案。"黄支队说，"她又没有其他亲属，还是等刘伟回来再说吧。养足精神才能干得好活。"

急也没有用，确实太累太饱了。躺在宾馆床上的我，脑子里翻动着现场画面，翻着翻着就睡着了。直到早上七点，黄支队的电话把我喊醒："起床吧，吃点儿东西，我们去殡仪馆。"

到达殡仪馆的时候，刘伟已经在解剖室的门口等着了。一眼看去，他又瘦又高，皮肤白皙，眉眼棱角分明，有点儿明星的感觉。我多看了一眼，瞥见他右臂外侧有两条浅浅的痕迹，用法医的眼光看，应该是抓伤。

"可以描述一下你妻子的长相吗？"我突然问道。

一时间没预料到这个问题，刘伟显得有些紧张："哦……她，她挺漂亮的，就是那种长头发、大眼睛、高鼻梁……"

"有照片吗？"黄支队知道我的意思是要先确定死者就是俞婉婷。

"哦，对，有的，有的。"刘伟拿出了钱包，里面有一张俞婉婷的大头照。

照片中的女子确实是一个美少妇，黑色长发，齐眉刘海，唇红齿白，美丽而不失优雅。我注意到照片中的女子戴了对非常精致的钻石耳环，又转头看了看解剖床上的尸体，耳朵上并没有耳环。我摇了摇头，暗自感叹，一个美女就这样成了一具可怕的尸体。

"我们需要到你家找一些俞婉婷的日常用品，提取DNA和尸体的DNA进行比对。"我说，"毕竟烧得面目全非，耳环又不相符，我们首先是要确证死者身份。"

"是她，就是她，烧成这样我也认得的。"刘伟带着哭腔说道。不知为什么，在我看来，他哭得似乎有点儿假。

"那也需要科学的鉴证。"我一边说，一边穿上解剖装备，开始尸表检验。

黄支队安排刑警拿了刘伟家的钥匙去取俞婉婷的DNA。

我已经做好了这是一起谋杀案的心理准备，所以看到一些不符合烧死的征象时，并没有过多的惊讶。我一边检查一边说："尸体全身重度炭化，全身呈斗拳状[①]，衣物、头发烧毁，睑球结合膜可见点状出血，鼻腔内经纱布擦拭未见灰烬。额部可见多处弧形创口，暂时无法判断是否为生前损伤。"

我用力掰开已经形成尸僵的下颌关节，用光源照射死者的口腔："口腔内壁未见明显灰尘黏附，舌下未见明显灰尘黏附。双手烧毁，见不到指甲。"

黄支队摇了摇头表示遗憾，他知道我的意思。夏天时候人们穿着较少，身体裸露部位多，如果死者和凶手发生打斗，死者又留有指甲，就很容易抓伤凶手，也有可能留下能证明凶手是谁的证据。

"目前看，这很有可能是一起谋杀案件。"我对坐在解剖室门外地上的刘伟说道，"我们现在要对尸体进行解剖检验。"

"不行！不行！"刘伟突然从地上弹射了起来，大声喊道，"婉婷生前最爱漂亮，我不允许你们在她身上动刀！谁也不准动她！"

刘伟的过度反应吓了我一跳。我压着怒火说："我们怀疑这是一起谋杀案件，为了她沉冤得雪，我们必须进行解剖。我给你承诺，解剖完我们会缝合得很整齐的。"

"你们这是要抢尸体吗？"刘伟说，"网上说你们警察经常抢尸体，原来是真的。她是我的，我不许你们对她动刀！"

"根据《中华人民共和国刑事诉讼法》规定，我们怀疑这是一起刑事案件，且死者死因不明，公安机关有权决定解剖。"黄支队说，"希望你配合。"

刘伟一直在哭喊。黄支队示意身边的警察把他拉到门外，刘伟还在喊着："不准动她！你们都是土匪，都是土匪！"

我和黄支队对视了一眼，都觉得这个刘伟十分可疑。黄支队示意手下的高法医穿上解剖服和我一起开始解剖工作，同时嘱咐身边的刑警看好刘伟。

死者的皮肤及皮下组织都已经炭化，解剖刀切上去的时候发出清脆的咯咯声。逐层分离完尸体的颈部皮肤和肌肉，真相基本就露出了水面。死者颈部两侧肌肉都

[①] 斗拳状，人体遇到热反应后，肌肉组织收缩，导致肢体牵缩，尸体会形成看似拳击的姿势，称为斗拳状。

有明显的出血痕迹，舌骨、甲状软骨都有严重的骨折、出血迹象。

"窒息征象非常明显，颈部损伤也很严重，虽然看不到颈部皮肤损伤情况，"我说，"但是同样可以断定，死者是被一个力气很大的人用双手掐住脖子，导致窒息死亡。"

"双手掐住了脖子，没有办法约束死者双手，那么凶手很有可能会被抓伤。"黄支队在一旁补充道。

"就是头部的损伤非常奇怪。"我切开死者的头皮，前后翻开。头皮已经被烧焦，用力稍大都会破损。头皮的额部有七八处弧形的小创口，对应的皮下有连接成大片状的皮下出血。颅骨的骨膜没有伤及，更没有颅骨骨折或者颅内损伤。

"这些小伤口都非常轻微，不是致死的原因。"我说，"但是生活反应非常明显，说明是在掐死之前形成的。"

"弧是朝上的，圆弧在下，两角朝上弯，弧度还不小，如果是圆形的一部分，那么这个工具就应该是直径5cm左右的圆形。这会是什么工具呢？"黄支队说，"头皮下出血这么多，创口里有组织间桥，肯定是钝器形成的。"

"我担心的不是工具。"我说，"创口这么密集，应该是死者处于一个固定位置形成的。那么就有两个问题出现了，第一，凶手既然要杀死她，为什么还要在她头上砸出这么多小伤；第二，死者为什么会在没有死的时候不动弹，保持固定位置让凶手砸。"

"凶手可能是心理有问题。"黄支队说，"死者也有可能是在中毒、昏迷的情况下被打击头部的。"

"颅脑没有损伤，如果是昏迷，只有可能是用药物了。"我说，"取心血做毒物化验吧。"

"调查清楚死者是什么时候吃的晚饭了吗？"我一边用手术刀切开尸体的胃、十二指肠和小肠，一边说，"烧死的尸体没法用温度来判断死亡时间，想准确判断，只有看胃肠内容物的消化、迁移情况了。"

"这个没问题，"黄支队说，"经调查，死者下午六点去巷子口的小吃店吃了晚饭。"

"根据消化情况，"我用手术刀拨弄着那些黄油油的胃内容，抬胳膊蹭了蹭鼻子，说，"胃内还有不少食糜状物质，我判断死者是末次进餐后五小时内死亡的。"

"消防队说晚上十一点半起火的。"黄支队说，"你判断十一点之前死亡，这就有至少半个小时的时间差。那么，凶手杀害死者后，半小时才点火，他在做些什么呢？"

"你们看，这是什么？"在一旁观察死者头面部的高法医突然一句话把我和黄支队从思考中拽了回来。

3

我和黄支队凑过头去看，原来高法医在死者的鼻孔里夹出了一根蓝色的纤维。

黄支队接过纤维，放在解剖室的显微镜下观察："这是防水布的纤维，很多衣服都是用这样的材料制成的。"

"看来，这样的纤维还不少啊。"我仔细用刀片刮着死者脸上的烟灰炭末，果真在刮下来的漆黑的物质中，发现了一些蓝色的防水布片，最大的一块儿有几个平方毫米。

高法医还在死者耳部附近用止血钳钳下来一块和皮肤粘连在一起的白色布片，布片的边缘也可以看到蓝色的纤维，布片上面印着M开头的一排英文，字迹无法辨认。

我接着说："可以断定，现场燃烧的时候，有一件蓝色的衣服覆盖在死者的面部。这个白色的布片是衣服的商标。"

"这能说明什么呢？"高法医问道。

"心理学家有过一项研究，"我说，"如果一个人杀死了自己比较尊重、敬畏的人，会害怕看见死者的脸。有些人会用一些物体遮盖住死者的脸，减轻自己的心理压力。"

"你是说，熟人作案？"黄支队说完，转头看向窗外蹲在地上的刘伟。

"调查情况显示，俞婉婷为人吝啬，没有什么非常要好的朋友，没有什么明显的矛盾关系，没有不正当男女关系。"侦查员在一旁说，"如果判断是熟人作案，那么她丈夫具有重大作案嫌疑。"

"可是刘伟说他昨天上午就出差去了上海。"高法医说。

"他可以故意这样说，伪造不在场证据。"黄支队说，"我还看见他手臂上有抓伤。"

我点了点头，低声说："我也看见了。刚才我们分析死者可能抓伤了凶手，只是因为死者的指甲被烧毁，所以不能确证。我想，世界上没有这么巧的事情吧？"

"是啊,"黄支队说,"刚才他还那么激烈地阻碍尸体解剖。"

我脱下解剖服,走到刘伟旁边,说:"你下了火车就直接赶到这里来了对吧?麻烦你把返程火车票给我看看。"

刘伟一脸惊恐:"啊?什么?哦,火车票,火车票我……我……火车票出站的时候被工作人员收了。"

"那去上海的火车票呢?"我问。

"也……也被收了。"

"原来你们出公差,差旅费报销是不需要票据的?"我盯着刘伟,看着他闪烁的眼神,逼问道,"还是出公差要私人出费用?"

刘伟的脸顿时红一阵白一阵。

黄支队说:"如果这样,那就对不起了,麻烦你跟我们回去协助调查吧。"

两名侦查员架着垂头丧气的刘伟乘车离开了。

"这起案件,不会就因为死者脸上的那个布片而破获了吧?"我说,"我总感觉没那么简单。"

"哎哟,祖宗,"黄支队说,"简单点儿不好吗?你可别乌鸦嘴了。"

我低头笑了笑,说:"还有好多检验没有出结果,用这个时间,我们去现场看看吧。这么久了,现场险情也应该都排除了,可以进去看了。"

现场依然一片狼藉。除了没法儿燃烧的物品,其他的家具、货物基本都已燃烧殆尽。超市东面隔开的临时居住区域里也是如此,一个大衣柜被高压水枪冲倒在地上,一个光秃秃的床板横在那里,都被熏得漆黑。

我和黄支队简单巡视了一下,超市地面尽是积水,我们穿着胶鞋从东倒西歪的货架上跨来跨去,没有发现什么有用的线索,估计有用的线索没被一把大火烧得干干净净,也被高压水枪冲得干干净净了。

我走到床旁,戴上手套掀起了床板。突然,我看见床板的侧面和下面有一些点状的颜色加深区,和附着的烟灰炭末颜色并不一样。我打开勘查箱,取出联苯胺试剂,对这些区域进行血液预实验,得出的结果是阳性。

"师兄,你看,"我说,"床板侧面和床板底侧都有血,这样看,应该是喷溅状血迹。"

黄支队走过来拿出放大镜看了看床板上的血迹,说:"嗯,从形态上看,可以确定是喷溅状血迹，方向是从外侧向内侧。"

我说："尸体是头朝床躺在地上的，头部又有创口，那么形成创口的时候，血迹确实是沿这个方向喷溅的。"

黄支队说："我知道你的意思，尸体躺的位置就是杀人的原始现场。"

我点了点头。

黄支队补充道："既然这里是杀人现场，死者又没有约束伤①，说明凶手是可以和平地从最西侧的入口进超市，再走到最东头的床边的。"

"大半夜的，"我说，"一个落单的美少妇会让什么人进到自己的超市里呢？她一点儿警惕性都没有吗？"

"除非是熟人。"黄支队说，"开始通过死者面部的布片推断熟人作案我还有些忐忑，现在通过现场情况，基本可以肯定就是熟人作案了。看来抓她老公没抓错。"

我站在现场闭着眼，试图把现场的情况还原一遍，可是总觉得损伤问题有些不能解释。于是我摇了摇头，说："先回去吧，一边等检验结果，一边去看看对刘伟的审讯。"

我们在视频观察室看着审讯室内的刘伟耷拉着脑袋，一副无精打采、死猪不怕开水烫的模样。

"招了没？"黄支队问。

侦查员摇了摇头："反复强调他没有杀人，但是对于昨晚的行踪，他只字不提。"

"去火车站调一下监控，看他到底有没有去上海。"黄支队说。

侦查员面露难色："这，火车站那么多人，有些难度啊。"

"不用，"我说，"去查一下宾馆开房登记，我突然觉得他不像是凶手，他之所以不提昨晚的行踪，可能有其他原因。"

黄支队惊愕地看着我，愣了一会儿，转头对侦查员说："去办吧。"

黄支队看着侦查员离开观察室，对我说："你这样说是不是武断了些？如果因为你的直觉改变了侦查思路，可不是小事。"

我摇了摇头，说："不仅是直觉，我觉得死者的损伤有些奇怪。"

---

① 约束伤，凶手在行凶过程中，如果对被害者进行约束，则可能会在被害者身上的双侧肘、腕关节和膝、踝关节等处留下损伤，这些关节处的皮下出血，就是约束伤。

第三案
埋尸超市

"你是说她额头上那些密集的小创口？"

"是的。"我说，"如果不是用药致晕死者，在死者清醒状态下同时形成额部创口和颈部损伤，除非这件事不是一个人做的。如果是刘伟想杀她，不需要找个帮手那么麻烦。"

"时间不早了，"黄支队说，"各项检验和调查的结果夜里才能出来，你先休息吧。"

躺在宾馆的床上，现场的情景在脑海中一幕幕呈现。突然，被水枪冲倒的大衣柜的样子闪入我的脑海里。

"不对啊，衣服、被褥怎么会在大衣柜下？"我自言自语道。我仿佛想起白天现场勘查的时候，发现大衣柜的下方好像压着衣服和被褥。总觉得好像有些不对头的地方，可是不对头的地方在哪儿呢？

想着想着，我就睡着了。

因为有心事，所以我起了个大早。专案组会议室正在汇报昨天一天的工作情况。

"经比对俞婉婷平时所用牙刷上的DNA，和死者的DNA吻合，确证死者系俞婉婷。经过对俞婉婷的心血进行毒物化验，可以排除俞婉婷生前有中毒致死或致晕的可能。通过对现场多处多点位提取的灰烬进行理化检验，可以判断现场有多处起火点，但是没有助燃溶剂。也就是说，凶手杀人后，在超市里多处可以燃烧的货物上点火，导致大火。"云泰市公安局刑事科学技术研究所所长汇报道。

"可是在多处点火，也不需要半个多小时啊。"我说，"我们法医判断，死者死后至少半小时以上，现场才点火。"

"凶手在做什么呢？"黄支队说。

"另外，"我说，"如果排除了死者有中毒致晕的可能，通过法医检验死者头部损伤也不至于致晕。那么，死者为什么会在清醒状态下，保持一个固定不动的姿势，让凶手来敲击她的头部？还有，凶手是如何一边掐压死者的脖子，一边用钝器打击死者的头部？"

"骑在她身上，一边掐脖子，一边打。"有侦查员说。

"不可能。"我说，"我们知道，手指接触颈部，只会留下小片状出血，手掌接触，才会留下大片状出血。经法医检验，死者颈部两侧的肌肉都可见大片状出血，说明是有两个手掌同时掐住死者的颈部两侧，压闭气管和颈动静脉，导致窒息死亡。这个时候,凶手没有其他多余的手去打击死者头部。"

"为什么可以肯定是同时形成两种损伤呢?"

"因为两种损伤都有明显的生活反应,额头部的损伤也只有死者颈部被压住,头部位置相对固定的时候才能形成。"我说。

这时候,负责对刘伟进行外围调查的民警推门进来,说:"刘伟的嫌疑排除了。"

4

"查到什么了?"黄支队早有心理准备。

"刘伟案发当天确实没有离开云泰。"侦查员说,"经过对入住登记的查询,我们发现刘伟当天上午在一家宾馆开了一间房。我们调取了该宾馆的监控视频,刘伟是上午十点开房入住,第二天早上七点离开的。"

"也就是说案发时他并没有离开房间,直到第二天早上才离开直接去殡仪馆的,是吗?"我问。

"是的,"侦查员说,"确定他没有作案时间。"

"看来我们抓错人了。"黄支队说。

"没有抓错人。"侦查员喜上眉梢地说,"和刘伟一同入住的还有一名女子,通过面部比对,确定是一名外号叫莹姐的女子,这个莹姐涉嫌一起团伙贩毒案。目前可以肯定刘伟和这桩贩毒案有关系,我们已经通过刘伟获取了莹姐的线索,现在派人去抓了。"

"可是刘伟手臂有抓伤啊。"我说。

"这个我们也问了。"侦查员说,"刘伟和这个莹姐有一腿,抓伤是在亲热的时候被莹姐抓的。"

"看来这个刘伟是真的不想我们对他老婆动刀,他还是真的爱他老婆的。也怪不得他对那天晚上的事情只字不提,一是犯法,二是对不起他老婆。"黄支队说,"也好,顺带破了一起贩毒案件。不过,这桩命案,我们应该从何处下手呢?"

我喝了口水,说:"再去现场看看吧。"

重新回到案发现场,我仿佛比上次勘查有了更多的信心。想起在宾馆思考的问题,我径直走到大衣柜的旁边。我没有记错,大衣柜的下方确实压着一些衣物和被褥。

第三案
埋尸超市

我叫来两个侦查员，合力把大衣柜扶起，大衣柜下方散乱地堆着一些衣物和被褥，大衣柜压痕以外的部分都被完全烧毁了。我拉开大衣柜的门，两扇门是靠强力吸铁石关合的，门没有上锁。

衣柜里面还挂着几件大衣，没有被大火烧毁。我戴上手套，伸手去检查大衣的口袋和大衣柜里的其他杂物。检查中，我发现了一个相框，拿出来看，里面是一张俞婉婷和刘伟在冰天雪地中的合影。照片上的俞婉婷身穿一件蓝色的羽绒服，蜷缩在刘伟的怀抱中，笑容灿烂。

"把这张图片技术处理一下，看看能不能看清衣服的牌子。"我把照片递给身边的黄支队。

大衣柜的旁边，放着一个不锈钢的茶杯，已经被烧得变了形。我走过去拿了起来。茶杯挺重的，底座是圆形的棱边。我用联苯胺测试了一下底座，出现了潜血反应[①]。

"这个茶杯底座直径5cm，呈圆形棱边突起，和死者额部的细小创口刚好吻合。茶杯底座又有潜血反应，说明这个茶杯很可能就是凶器。"我说。

"可惜茶杯已经被烧，黏附大量灰烬，已经没希望从这上面提取到指纹了。"黄支队说。

"或许它对我们的下一步推理分析有一点儿用处。"我胸有成竹地掂量了一下手中的不锈钢茶杯。

我绕过正在用筛子清理现场灰烬的痕迹检验民警，走到超市的收银台前。收银台是玻璃制作的，已经被完全烧毁，柜台里放着的杂物都已无法辨认。我捡起一截铁棍扒拉着柜台里的炭末，突然，在外面明媚的阳光照射下，一个亮闪闪的东西吸引了我的注意。

我找来痕检民警照了几张柜台的照片，然后小心地围绕闪光的物体把周围的灰烬分离开，映入眼帘的，是一堆一元钱、五角钱的硬币。

"这是超市老板放钱的钱盒？"我说，"这个私人小超市是没有电子收款台的，看来收的钱都是放在这个钱盒里。"

痕检员用筛子慢慢筛出了硬币附近的灰烬，说："据痕检角度看，这确实是一个钱盒，应该是用竹篮编制的。"

[①] 潜血反应，当现场黏附的血迹量极少，肉眼无法观察得到时，可通过鲁米诺、四甲基联苯胺等化学药剂显现出来极微量的血迹形态，这就是潜血反应。

"我知道了。"我说,"云泰盛产螃蟹,就类似那个装螃蟹的竹篮是吗?"

痕检员点了点头:"不过基本已经被烧毁了。"

"有纸币的残渣吗?"我问。

痕检员摇了摇头。

黄支队这时候走了过来,说:"刚才你说的照片通过技术处理,可以看出俞婉婷穿着的羽绒服胸口绣有MCC商标字样。看来和我们在死者脸上提取的布片很吻合啊,你是在怀疑凶手就是用照片上的这件衣服遮盖死者脸部的吗?"

我摇了摇头,说:"师兄,这是一起以侵财为目的的杀人案件,凶手不一定和死者熟识。"

黄支队低头思考了一下:"有依据吗?"

"有。"我胸有成竹,"首先,刚才我们在柜台附近发现了死者收钱用的钱盒残骸,里面有一些硬币,却没有任何纸币的残渣。"

"纸币可能都被烧毁了啊。"黄支队说。

"不会,"我说,"竹子是隔热效果不错的材料,竹篮尚未被烧毁殆尽,那么放在它里面的纸币即便是燃烧,也不会一点儿残渣都不留下。"

"会不会是死者把纸币都收起来了?"痕检员说。

"那倒不会。"黄支队说,"据调查,俞婉婷平时离开超市,也只拿一些一百元的大钞,零钱再多也不拿走,更别说她知道案发当天自己不离开超市。"

"那就是说钱盒里应该有一些纸币,即便是十块、几十块的纸币也应该有一些,"我说,"现在没有了,只有一种可能,被别人拿走了。"

黄支队点点头:"接着说。"

"还有,"我说,"开始我们认为凶手把衣服覆盖在死者的脸上,是熟人作案的特征。排除了刘伟的嫌疑后,这个问题就一直扰着我。今天看来,凶手之所以用衣服覆盖住了死者的面部,纯属意外。"

"现在我们已经确定,覆盖在死者面部的,是她自己的一件蓝色羽绒服。"我走到大衣柜旁边,说,"现在是夏天,羽绒服不可能放在外面,应该是放在大衣柜里面的。死者睡的床上有毛巾毯,有床单,凶手为什么不用这些顺手能拿得到的东西,而非要去拿应该放在大衣柜里面的东西盖死者的脸呢?"

"不能肯定羽绒服就是放在衣柜里面啊。"黄支队说,"没有依据,说不定就是叠在床头当枕头呢?"

第三案
埋尸超市

"别急，我还有推断。"我一边拉开大衣柜的门，一边说，"这个大衣柜的门是通过强力吸铁石闭合的，不用一点儿力气是打不开的。也就是说，凶手有主动打开大衣柜大门的动作，还有把大衣柜里的衣物、被褥翻出来的动作。"

"不能是被高压水枪冲倒以后，衣服、被褥掉落出来的吗？"黄支队说，"如果是凶手事先翻动出来的，被翻出来的衣物应该会被完全烧毁了啊。"

我说："如果是消防动作导致大衣柜倒下，并且倒下的同时里面有东西掉落，则大衣柜的门应该是开着的。不可能是在大衣柜倒下的瞬间，里面的衣物掉了出来，大衣柜倒下后，门又合上了。即便那么巧能合上，也会把地上的衣物夹一部分在门内。你们再看，大衣柜后面的腿比前面的长，放不稳，所以我分析是凶手火急火燎地翻动大衣柜，把衣物拽出了衣柜，在关门的时候，因为紧张，用力过度，大衣柜向后倾倒，碰撞墙壁后，由于反作用力向前倒下，才造成了这种现象。"

说完，我指了指大衣柜后方墙壁上的一个新鲜磕碰痕迹。

大家点头。

我接着说："根据上述两点，结合死亡时间的推断，我们可以判断，凶手在杀死死者后，用了半个小时以上的时间来翻动超市，寻找财物，至少翻动了柜台和大衣柜。凶手的目的应该是侵财。"

"侵财多数不会是熟人，即便是认识的人，也很少有非常熟识的人。"黄支队说，"可是这个案子明显应该是熟人作案啊。"

"不，"我说，"我现在觉得不一定是熟人作案，至少不是非常熟知的人。"

"可是事实是俞婉婷把凶手从西侧大门带到了东头的居住区域。"黄支队说，"不是熟人的话，那么这个俞婉婷也太没有警惕性了吧？深更半夜敢把陌生人带进自己的屋子？我觉得不太可能。这个俞婉婷还长得这么漂亮，晚上估计还穿得比较少，她就不怕陌生人？"

"这个问题我也矛盾过。"我说，"不过我刚才仔细地筛了一下尸体附近的灰烬，现在我搞清楚了尸体附近的这个货架摆放的是什么货物，所以我也就理解为什么俞婉婷会在衣冠不整的状态下，带个陌生人走进自己的超市了。"

我用止血钳夹起尸体位置附近倒伏的货架下压着的一片塑料包装纸碎片，上面印着"七度空间[①]"。

---

① "七度空间"，是一种卫生巾的牌子。

"师兄，明白了吧？"我笑着说，"我的推断，有没有道理？"

5

黄支队若有所思地点了点头。

一旁的侦查员有点儿丈二和尚摸不着头脑，问道："这是怎么个意思？"

黄支队说："尸体附近的货架是放卫生巾的，所以我们现在怀疑，凶手是个女人。如果是女人，半夜来买卫生巾，俞婉婷很有可能会放松警惕，带她到放置卫生巾的货架附近，然后凶手趁机行凶。"

"师兄忘了吧？"我打断黄支队的话，"我们开始怀疑不是刘伟作案的依据，是我们觉得本案应该是两个人作案哦。"

"哦，对对对。"黄支队说，"女人可能只是敲开门的，凶手应该是个男人。"

我说："我们在尸体上发现了两种损伤，都有生活反应，也就是说，我们觉得一个人不可能在双手掐压死者颈部的同时，又拿钝器打击死者的头部，所以我们开始就怀疑是两人作案。尸体上的两种损伤反差极大，掐压颈部的力度非常大，导致了颈部的软骨都严重骨折，但是头部的损伤比较轻。今天我又找到了这个凶器——茶杯，这么重的茶杯，如果是力气很大的人挥舞起来，反复击打在死者头上，很容易造成颅骨凹陷性骨折，但是尸体上只有轻微的表皮和皮下组织损伤。"

我咽了口口水，接着说："经过现场勘查，现在我更加可以肯定，凶手应该是一男一女。女的骗开超市大门，男的趁俞婉婷带女人进入现场的时候溜门入室，在床边这个货架附近将俞婉婷按倒，掐压住她的颈部。女人则顺手拿来一个不锈钢茶杯反复打击俞婉婷头部，逼她说出钱的位置。由于男人的力气过大，将俞婉婷掐死，于是他俩翻动超市，拿走了柜台里的纸币，在超市里容易起火的货物货架处点火，毁尸灭迹，然后离开。"

"可是，这样的案子，从什么地方找突破口呢？"黄支队一筹莫展。

"别急，师兄，"我说，"我们去巷子口看看。"

我和黄支队绕着这条两三百米长的巷子走了一圈，有了很显著的发现。这是一条两头通马路、中间封闭的巷子，也就是说，凶手如果想进入现场地段，必须从巷子的两头进入，离开也是这样。巷子的东头是一个三岔路口，有红绿灯，也就是有监控录像。巷子西头有一家银行，门口也有监控。

第三案
埋尸超市

"等于是我们掌握了小巷两头的进出口资料。"我说,"通过看监控,应该可以发现可疑的人员吧?"

黄支队摇了摇头,说:"这个侦查部门早就想到了,奇怪就奇怪在这儿,案发时间段附近,没有任何可疑的人进入巷子或者离开巷子。"

"那就说明犯罪分子在案发时间段附近,就住在这个巷子里,作完案也没有离开。"

黄支队说:"可是这里只有店面,没有住家啊。"

我说:"可是我们当天看见着火,哪里来的那么多围观群众呢?"

"你提示我了,"黄支队说,"这里有家网吧!虽然现在网吧不准通宵营业,其实这些网吧还都是偷偷摸摸通宵营业的。"

我笑着说:"那就去看网吧的监控吧!"

调取了网吧当天晚上的监控录像,很快我们就发现了线索。一个穿白色衣服的魁梧男子和一个短发女子在案发当晚十点多先后离开网吧,但是没有去服务台结账。晚上十一点四十分,这两个人又一起回到了网吧。十二点十分,两人又和网吧的数十个人一起出了网吧,应该是去围观灭火现场的。

"原来当天凶手和我们一起在现场。"我感觉背后一阵发凉,转头问侦查员,"网吧的上网记录呢?"

侦查员摊了摊手,说:"这些网吧晚上偷偷摸摸开张,都不登记身份证,所以掌握不了上网人的信息。"

"唉,这么好的线索,因为网吧不守规矩,没戏了。"我无奈地说。

"可是这个短发女子出门的时候穿的是红色的T恤,回来的时候穿的却是浅色的。"黄支队看出了一些蹊跷。

我想了想,说:"我还记得我们在床板处发现喷溅状血迹区域中间有个空白区。这个空白区应该就是拿杯子打击死者头部的人站的位置,她的存在挡去了一部分喷溅血。"

"你是说,她是因为衣服上黏附了血迹,怕人发现,所以换了衣服?"

我摇了摇头,说:"监控上看,衣服的款式应该是一样的,就是颜色不太一样。嫌疑人的身材明显比俞婉婷瘦小多了,不可能是在现场换上俞婉婷的衣服。所以,最大的可能是嫌疑人反穿了衣服。"

"我去问网吧老板。"侦查员跳了起来,快步出门。

法医秦明
无声的证词

我和黄支队在专案组耐心地等了两个多小时，侦查员才推门进来。

"怎么去了这么久？"黄支队问。

侦查员高兴地说："因为我们直接把犯罪嫌疑人抓回来了。"

这个喜讯出乎意料。

侦查员说："网吧老板称当天晚上上网的人很多，自己在服务台里侧早早睡觉了，网管看了监控也不认得嫌疑人是谁，也不知道他们什么时候出去又什么时候回来的，上网有押金，所以也不用怕他们跑。但当我们提出这个人可能反穿衣服的时候，网吧老板说晚上起火的时候他也出去围观了，无意中看到了我们说的那个反穿衣服的嫌疑人。他认得是在网吧隔壁打工的服务员李丽丽，当时还在奇怪这小妮子为什么要反着穿衣服呢。"

"太符合了！"我兴奋地道，"正好在附近打工，和俞婉婷怎么说也是个面熟，俞婉婷就更加可能对她没有警惕了。"

"我们去听听审讯情况吧。"黄支队高兴地说。

对李丽丽的审讯无法开展，李丽丽拿着一份诊断为怀孕的B超报告，在审讯室里不停地哭、不停地吐，就是一个字也不说。

于是我和黄支队来到了审讯李丽丽的男朋友陈霆威的审讯观察室。审讯室里，侦查员递给浑身发抖的陈霆威一根烟。陈霆威摇了摇手，说："谢谢，我不会。"

侦查员说："说吧，从网吧的监控里已经看到你了。"

陈霆威瑟瑟发抖，说："其实我也不想，其实我也不想啊……我和李丽丽都在外打工，每个月的工资加在一起只有不到两千块钱，还要寄回老家给双方父母一千块，我们真的活不下去啊，现在丽丽又怀孕了，一罐奶粉都要一百多，我们怎么养得活自己的孩子？"

我看着眼前这个魁梧的二十岁男孩，心中浮起一丝恻隐。

陈霆威说："丽丽说这个婉婷超市每天都有好几千块钱的进账，我们就准备去偷。晚上我们估计她关门回家了，就从网吧出去，到超市撬门，没想到刚撬了一下，就听见超市里有动静，于是我就赶紧躲到了一旁。丽丽很沉着，没有躲开。超市老板拉开卷闸门上的小窗，看见是丽丽，就打开了卷闸门。丽丽说自己正在上网，突然来了例假，要买卫生巾，就来敲敲门试试，结果婉婷姐还真在。于是超市老板就和丽丽说笑着走进去了。进去前，丽丽给我使了个眼色。我知道她是示意我去抢劫。我趁黑溜进卷闸门，看见老板正背着我看丽丽挑选卫生巾，我就扑了上去，按倒老板，掐她。丽丽跑过去拉下卷闸门，又不知从哪儿拿了个茶杯回来打老板的头部，问她钱在哪里。可是老板就是不说话，我一生气就使劲儿掐她，没想到，过了几分钟她就不动了。我们见她死了，很害怕。丽丽说不能白杀个人，于是我们就开始到处找钱，可是只在柜台里找到了几百块的零钱。"

"你们为了毁尸灭迹，所以烧了超市，是吗？"侦查员厉声道。

陈霆威哭着点头。

"案子破了，这两个孩子，再穷也不该犯法杀人啊。唉，可惜了。"我叹了口气。

"我觉得我们的证据还不太扎实。"黄支队担心地说道。

"有监控证明他们在发案时间内离开网吧，又有口供，而且李丽丽应该还有血衣。"我还没说完，就听见审讯室里侦查员说，"你们当天晚上穿的衣服呢？"

"丽丽回家就洗干净了。"陈霆威抽泣着说道。

我看了看黄支队，说："真被你说中了，现在没物证了。"

"是啊，证据链不完善。"黄支队说，"虽然他是主动招供了，但是如果碰见个无良律师唆使，上庭翻供，说是刑讯逼供什么的，不好办啊。"

"别说人家律师，"我笑着说，"证据链不完善，是我们的责任，律师质疑是对的。我们去他们俩租住的房子里看看吧。"

看得出来，这一对小青年还是很勤快的，租住的房子里收拾得干干净净，监控录像里看到的他们穿着的衣物已经整整齐齐地叠好放在柜子里了。

黄支队拿出来仔细看了看，说："洗得很干净，找到血的希望不大了。"

我摇了摇头，走到一个五斗橱附近，随意拉开其中一个抽屉。抽屉里赫然放着几条白沙、红塔山香烟。

"我们有证据了。"我一边招手让侦查员过来拍照，一边和黄支队说，"监控里，陈霆威出去、回来都是拎着一个包的，虽然看不清包的外形变化，但这些香烟很有可能是用那个包拎回来的。"

"烟的档次不高啊，"黄支队说，"会不会可能是他自己买来抽的呢？"

"他不抽烟。"我笑着说，"审讯的时候，他拒绝了侦查员递给他的香烟，说他不会。"

"那他拿这些廉价烟回来做什么？"侦查员问。

"我觉得吧，可能不止这几条，应该有其他高价烟，已经被他卖了。"我说，"因为他不抽烟，可能不一定认识这种白沙烟，所以一起拿来，只是卖不掉罢了。"

黄支队点点头，开始下达指令："嗯，可能性极大。一方面通过烟草公司验证下这几条烟是不是配送到婉婷超市的；另一方面调查附近回收礼品的店铺，找到被他卖掉的香烟。"

云泰市公安局的办案效率很高，在第二天早上我离开云泰的时候，黄支队就走过来对我说："证据查实了。"

我摇了摇头，对这一对可怜、可悲又可恨的小青年表示了惋惜："他俩的父母，还有丽丽肚子里的孩子，以后该怎么办呢？"

| 第四案 |

窗中倩影

我的爱是那么深,已近疯狂,

人们所谓的疯狂,在我看来,是爱的唯一方法。

——弗朗索瓦丝·萨冈

1

夏天还在继续。气温已经超过了人体的正常温度，也给腐败细菌的滋生、繁殖提供了良好的环境条件。上班族都躲进了空调房里，法医们却还在酷日底下，跋山涉水，打捞着形态各异的尸体，搬回解剖室检验。说形态各异一点儿都不为过，尸体腐败是一天一个样，从尸绿[①]到腐败静脉网[②]出现，再到尸体发黑、膨大，当然还有最让法医头痛的巨人观[③]状。无论尸体变成什么样，法医都不能甩手不予理睬，也不能糊弄任务。所以热到中暑、晒到脱皮等情况在基层法医中很是常见。

我属于不耐晒的那种，每年的夏天和冬天，我都会以两种肤色出现，这一年也不例外。周一，我黑黢黢地进了办公室，看见大宝正坐在办公桌前啃早点。

"一个月不见，你干什么去了？"大宝说，"去非洲的机票贵吗？"

"去你的。我到夏天就这样。"我也很讶异大宝回来上班了。一个月前，他为了准备遴选考试，师父给了他一个月的假期专心复习。看见他回来，就知道他的考试结束了。

"考得怎么样？"我问道。

"禀包大人，考得很好，不就是法律嘛，比司法考试要简单多了。"大宝信心

[①] 尸绿，是尸体皮肤上出现的污绿色斑痕。一般会先出现于右下腹部、右季肋部和鼠蹊部，渐渐扩展到全腹壁，最后波及全身。

[②] 腐败静脉网，是尸体腐败后，尸体内部器官及血管中的血液受腐败气体的压迫，流向体表，使皮下静脉扩张，充满腐败液，在体表呈现出暗红色或污绿色树枝状血管网。一般在死后两到四天出现，早期多见于腹部和上胸部，逐渐扩展至全身。

[③] 巨人观，是尸体高度腐败后，受到腐败菌群的作用，体内会产生大量的气体，并逐渐扩散到全身，使之看上去膨胀如巨人的尸体现象。这时候的尸体，全身的表皮湿润，易于脱落，眼球、舌头都会因为膨胀作用而膨隆出来，面貌丧失。

第四案
窗中倩影

满满。

听大宝这么一说,我放心了许多,既然用人单位不能选择自己想用的人,那我唯一能做的就是祈祷。

电话铃声突然响起,大宝停止了咀嚼,含着一嘴食物说:"运气不是这么好吧,我重出江湖的第一天就有活儿干?"

"到底是运气好还是运气不好?"我皱着眉头接通了电话。

"我在楼下,很晒啊,所以如果你们五分钟内不到楼下,我就不带你们去青乡市的这个现场了。"看来最近师父心情不错,不仅能放下繁重的行政管理工作出勘现场,还能用这么轻松的语调来调侃。

挂了电话,我对大宝说:"你复出的第一起案件,又是你老家的,赶紧的吧。"

电梯里,我和大宝遇见了满头大汗、睡眼惺忪的林涛,看见他手里拎着的箱子,我知道我们又要同行了。

"青乡美女多。"我笑着说,"你这种形象出场,不是你的性格啊。"

林涛摇摇头:"可别提了,昨晚我值班,接了一晚上的各种骚扰电话,本想今天早上睡晚一点儿,结果七点多青乡来电话说有命案。这不,牙都没刷呢。"

"知道是什么案件吗?"林涛凑上前来展示自己的一口白牙,我赶紧捏了鼻子闪开,问。

"电话里说,今天早上有个村民发现邻居家的美少妇死在自己的床上,裸着的,应该是命案,就报了警。"林涛拿出餐巾纸擦了擦头上的汗。

"我们出勘的是重大、疑难案件,怎么现在只要是美少妇就得去了?还兴师动众的,连师父都去。"大宝说。

"不是,我还没说完呢!"林涛这口气喘得够长的,"派出所民警到的时候,发现另一个房间里还有一个裸老头,也死了。"

"同一家的?"我问,心想,现在裸睡这么流行啊?

"应该是吧。"林涛说,"陈总是自己要求去的,这种专家级人物,天天让他搞行政,就像是逼着南方人天天吃面食,受不了的。"

师父在楼下正抬腕看表,见我们来了,笑着说:"四分四十九秒哈,差一点儿就没你们仨什么事儿了。"

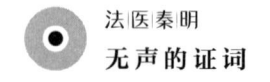

一钻进车里，我就忍不住问："师父，有什么情报吗？"

早一些知道现场情况，就会给现场勘查员们多一些思考的时间，也许就是多出的这么一些时间，就能找到案件侦破的关键。

"估计难度不会太大。"师父缓缓地说，"从前期调查情况看，是公公和儿媳妇双双死亡，目前死亡性质不清楚，说是家里有轻微的打斗痕迹。"

"不会是乱伦吧？"我暗自汗了一下。

"你脑子里都想些什么呢，日本片儿看太多了吧？"师父说。

我嘟囔着："林涛说的，都是裸死。"

林涛瞪着眼睛，摊着双手表示无辜。

师父说："男死者几个月前脑出血，目前是半植物人状态。"

"哦。"坐在后排的我们三个异口同声。我心里暗想，什么人这么心狠手辣，植物人也要杀？有必要吗？看来肯定是深仇大恨了。或许是和男死者有仇，女死者只是倒霉碰上了。但如果我是男死者的仇家，与其杀了他，不如就看着他植物人的惨样儿，多解气啊。

一路上，我和大宝争论着他参加遴选考试的题目，林涛则靠在椅背上睡得很香。

"他还没找到女朋友吧？"坐在副驾驶座上的师父回头看了一眼林涛，对我说。

"你怎么知道？"我说，"师父也八卦啊。"

"废话。"师父说，"我的兵的家庭问题很重要，我关心下属，怎么是八卦？我之所以知道他没女朋友，是观察。你看，一上车，你和大宝一人发了条短信，没猜错的话应该是向女朋友汇报你们出差了。但是林涛一上车就睡了。"

我和大宝顿时无语，心想要不要这样啊，现场分析无处不在？

下了高速，就看见青乡市公安局的车闪着警灯已经候在那儿了。刘支队看见坐在副驾驶座的是师父，赶紧跑过来敬礼："陈总好，陈总亲自来啦？"

"哦，我是来测验一下这帮小子最近有没有长进。"师父指了指我们。

我和大宝对视一眼，心想，这个师父，自己憋不住就憋不住，出现场还要找个理由。

在警车的带领下，我们穿过了繁华的市中心，又经过一番颠簸，到达了偏僻市郊的一个小村落。小村里的路很窄，十几辆警车都停在村口。

我们下了车，拎着箱子往中心现场方向走去。

第四案
窗中倩影

我还挺喜欢这种拎着箱子在围观群众中穿行的感觉的，听着群众的纷纷议论，还可以沐浴着年轻姑娘们崇拜的目光。虽然我知道比起我这个"黑包公"来，姑娘们更愿意盯着林涛看。

现场是一座修砌得不错的院落，院落里有一座白砖黑顶的平房。平房只有一扇大门，但从外围的窗户来看，应该有一个客厅和东、西两个房间。

刘支队叫来主办侦查员，向我们介绍案件前期的调查情况。

"早晨七点，现场隔壁一家住户老太太报的警。老太太说，这家的男主人叫孔威，两年前花光了所有的积蓄买了一个媳妇，据说这价钱的确不便宜，因为全村人都知道孔威买的媳妇很漂亮。这个媳妇姓蔡，大家都喊她小蔡。小蔡是云南人，被卖过来之后倒也没有闹，安心在这儿过上了日子。不过她性格内向，为人谨慎，一般不和别人打交道，天天锁着门，大家也都很难见到她。但今早她家大门是虚掩的，老太太觉得很奇怪，怕遭了贼，就进了院子，一看房门也是开着的，觉得不对，进客厅后一眼就看见小蔡死在床上。"

"孔威呢？"师父问。

"我们正在找。"主办侦查员说，"据调查，半年前孔威托亲戚帮忙，在上海找到一份还不错的工作，所以一直在那边打工，很少回来。三个月前，孔威的父亲孔晋国突发脑出血，虽然后来送医院抢救，勉强保住了一条命，但因为发现得晚，基本上就成了植物人的半昏迷状态，没有了自理能力。"

"孔威当时赶回来了？"

"是的。孔威第二天就赶回来了，知道父亲变成植物人是因为小蔡发现晚了，气得打了小蔡。他照顾父亲出了院，才回了上海，之后的日子，还是由小蔡来照顾老孔。"

"孔威也算是个孝子啊。小蔡照顾老人照顾得怎么样？"我问。

"因为小蔡一般不和人打交道，所以大家都不是很清楚。"侦查员说。

"孔威现在在哪里？"我问。

"目前还没有联系上。"

我摇了摇头，心想，这个孝子如果得知自己的父亲和花钱买的漂亮媳妇同时殒命，不知会是什么心情。

师父招手示意我们穿上勘查服，进入现场。

进了大门，便能看到一个宽敞的客厅，客厅里家具不多，只摆了一个连体沙发和一张木制餐桌。客厅的东、西两侧都有门,分别通向东、西两间卧室。西侧卧室的物品摆放很整齐,东侧卧室里感觉有些打斗的痕迹,但是衣柜、橱子并没有被翻动的迹象。

"门窗完好,没有撬压痕迹。"

"先看看尸体情况,再分析现场吧。"师父看见林涛和几名痕检员在勘查现场,于是转头对我和大宝说。

我们进了东侧的卧室,床上躺着一具女性裸尸,皮肤很白,是惨白的那种,身材姣好,确实是村民说的美少妇。死者的身体下侧已经形成了红色的尸斑①。床的内侧胡乱地扔着一条被撕碎的连衣裙和一条白色的内裤。

"看起来像是强奸现场啊。"我的声音透过口罩,减少了不少分贝。

师父点点头,说:"你看啊,尸僵僵硬,但尸体没有达到所有关节都最硬的状态,这大约是死亡了多久?"

"十个小时左右吧。"我一边看着插入尸体肛门里的尸温计,一边说,"从尸温算,是死亡十一个小时。现在是将近十一点,也就是说,小蔡的死亡时间是昨天晚上十二点左右。"

师父说:"对啊,昨天晚上十二点死的。刚才说了,这个小蔡非常谨慎,在村子里也没有什么关系好的人。现场大门虚掩,窗子是关好的,若是强奸,强奸犯是怎么在那么晚的时候进入现场的?小蔡这么谨慎,不会半夜还不关门。"

我低头沉思。

师父说:"去看看老孔的尸体。"

我们走回客厅,林涛正在西侧卧室门口寻找足迹,见到我们过来,说:"不是说昨晚的事情吗?怎么尸体都臭了?不会腐败得这么快吧?"

我笑着说:"你不是没刷牙吗?你闻到的不会是你自己的味儿吧?"

林涛站起来捶了我一拳头。

"林涛说得不错。"师父说,"看来这个案子复杂了。"

---

① 尸斑,是由于人死后血液循环停止,心血管内的血液缺乏动力而沿着血管网坠积于尸体低下部位,尸体高位血管空虚、尸体低下位血管充血的结果。尸体低下部位的毛细血管及小静脉内充满血液,透过皮肤呈现出来的暗红色到暗紫红色斑痕,这些斑痕开始是云雾状、条块状,最后逐渐形成片状,即为尸斑。尸斑是死亡确证征象之一。

第四案
窗中倩影

2

"什么说得不错？"我走过去看尸体。

老孔的尸体上盖着一床毛巾毯，他双眼微睁，嘴唇微开，嘴角还有几处类似擦伤状的痕迹。

"这个确实很奇怪。"师父说，"老孔看来比小蔡早一天就死了。"

我抬了抬老孔的胳膊，说："尸僵程度和小蔡差不多啊。"

师父说："先别下结论，看看这个。"

师父随手掀开毛巾毯，露出了老孔的肚皮。

"死者胳膊和腿都出现了明显的肌肉萎缩现象。"我说，"但肚子还是挺大的，看来这个小蔡是尽心尽力地照顾老孔了。"

"重点不在这里。"师父说，"你看老孔的腹部，出现了绿色，腐败静脉网都已经开始出现了，但是小蔡的没有。"

"明白了，"我说，"尸僵是慢慢形成后再慢慢缓解的。这种强度的尸僵要分辨是形成期还是缓解期，就要看尸体的腐败程度了。出现尸绿，应该是一天以上了。"

"是的，根据尸僵情况和尸体腐败情况综合考虑，"师父低头想了想，说，"老孔应该是前天夜里死亡的。"

"也就是说，"我说，"老孔比小蔡早死了一天。这是什么情况？"

"这是什么？"大宝的话打断了我和师父的思考。

我转头望去，大宝手里拿着一个最大号的注射器，说："床头柜上放了一个注射器，老孔是半植物人状态啊，不需要打针吧？再说了，打针也不需要这么大的注射器吧？"

"难不成是注射毒物致死？"我说。

师父在床头柜附近看了看，说："不像。附近没有发现针头，不像是打针用的。回头注意一下尸体上有无针眼，再进行一下毒物检验就可以了。"

我拿过注射器，发现针管里好像有一些残留物质，晃动了一下，发现主要是液体，但是里面有明显的杂质。

我把针管装进物证袋，随手递给林涛，说："回去化验看看这里面是什么东西。"

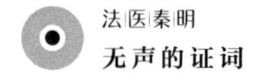

师父带着我们重新进入了东侧卧室，开始更仔细地勘查。

现场很简单，从林涛那里也得知并没有发现有价值的指纹和足迹。一台电话机散落在地上，已经完全损坏了。床头上方的空调还在呼呼地往外吹着冷风，但是空调的叶板已经掉落在枕头上，被小蔡枕在头下。

我端来个板凳，站上去观察空调。

"空调外下方有明显的损伤痕迹。"我说，"应该是硬物砸到这里，塑料裂了，于是正在扇动的叶板掉落在枕头上。"

"那很可能是这个东西砸的。"大宝指着空调一旁地上的电话机说。

"而且是先砸东西，人再躺到床上的。"师父指了指死者头下方枕着的叶板说，"这个叶板提示了先后顺序。"

我们纷纷点头。

"我们一会儿会在电话机上仔细找找，"林涛说，"看有没有可能发现新鲜而且有鉴定价值的指纹。"

师父蹲在地上拿起电话机，对林涛说："关键是电话机的底座面。你想想，如果要把电话扔出去，就必然会有手指触到底座。如果底座有新鲜指纹，那指纹的主人就有重大嫌疑。"

林涛点点头，说："我们马上把电话机送去检验，两个小时左右出结果。"

师父说："好的，我们先去殡仪馆。"

一路上，我都在想老孔的死状。这个老头四肢纤细，肚皮却很大。关键是死者全身赤裸，没有看到一处可以致命的损伤，也没有明显的窒息征象。这个脑出血的患者，不会是自然死亡吧？如果是自然死亡，小蔡为什么不赶紧去找其他村民帮忙呢？把一个死人在家里放一天，一个女子怕是没有那样的胆量吧？

很快，我们就到了殡仪馆。青乡市公安局的孙法医早已等候在解剖室门前。

青乡的解剖室是全省领先的，可是没等师父开口夸赞，孙法医就满怀歉疚地说："前两天解剖室的新风系统坏了，现在排风和空调都不能使用，解剖室里现在像个蒸笼。"

我走进解剖室感受了下温度，确实就像是钻进一辆晒了一天、没有贴窗膜的汽车一样，脑袋里"嗡"的一声，于是赶紧退了出来。

师父无奈地摇了摇头，说："尽快找人修吧。看来我们今天只有露天解剖了。"

第四案
窗中倩影

"师父，咱们先从谁开始？"我穿上闷热的解剖服，找了个阴凉的地方站着。

"先看老孔吧，"师父说，"我一路上都在想这个老孔的死因。"

我暗自高兴，原来自己和师父的思维居然已经如此高度统一了。

解剖很快开始。我们切开死者的头皮，发现死者的颅骨少了一块，颅骨断端的边缘已经圆钝，这应该是医院进行的去骨瓣清除脑内积血的手术形成的。少了这一块骨瓣，给开颅减少了不少麻烦。

老孔已经缝合的硬脑膜被我们打开，他的颅内看起来很干净。

"可以排除是脑出血复发死亡。"师父说，"头没什么问题。"

"颈部也没问题，"我说，"而且没有明显的窒息征象。"

"那……更像是……自然死亡啊。"大宝微弱的声音引起了我们的注意。

我看见大宝面色苍白，额头上豆大的汗珠不断往下落，忙问道："大宝，你没事吧？"

大宝摇了摇头，说："有点儿中暑症状，一会儿就好。"说完，他走到一旁的树荫下待着去了。

师父回到正题，说："我分析，这个小蔡应该是尽心照顾老头的。"

"从哪里能看得出来？"我问。

"我也是猜的。"师父说，"如果公公和媳妇同处一室，公公又没有自理能力，媳妇能不见外地让公公裸体，只会是为了更方便地为公公擦身吧。"

我点点头，说："是啊，毕竟是夏天。而且这个老孔身上没有一点儿脱皮、脓疮，这个对于长期卧床的人很难做到，应该是时刻保持了清洁。"

"说不定真的是自然死亡。"师父说。

正说着，天空忽然乌云密布，雨点毫无预兆地砸下来。我们赶紧把尸体推进了闷热的解剖室，孙法医张罗着让一旁负责照相的民警帮忙打开窗户。

"看来不是自然死亡啊。"师父笑着说，"你看老天都有意见了，都兴风布雨了。"

我被师父说得后背一阵冷汗："师父，我们要讲科学，不能封建迷信。"

师父哈哈大笑，说："我看你们那么严肃，大宝严肃得都中暑了，说来乐和乐和。"

大雨落下，空气立即凉爽了很多。我站到窗口边，享受大风刮在后背的感觉。大宝苍白的面色也随着这凉风缓和了许多。

可是当师父的手术刀刀尖划开老孔腹部的那一刹那，我们全都惊呆了。

随着刀下的皮肤向两侧分开，跃入眼帘的竟然是满腹的黄色。没有内脏，没有小肠，眼前的黄色触目惊心，更腥臭扑鼻。一点儿都不夸张，满腹都是……仿佛粪便一样的东西。

"这……这是什么……"我抬起胳膊揉了揉鼻子，说，"难不成是内脏腐败？"

师父转脸看了看我，说："你见过内脏腐败成这个样子的？"

"我也没见过这样子的腹腔，"我摇了摇头，"难不成是一肚子大便？"

师父说："的确少见，不过现在搞清楚了，我们直接打开了死者的胃。"

"胃？"我知道人体的胃是柔韧的，且位于腹腔的正后侧，一般是不会轻易被手术刀划开的。

"是的。"师父用止血钳夹出一层薄薄的软组织说，"你看，这就是死者的胃。"

"明白了。"我说，"死者胃里有大量物质，把胃撑到了极限，和腹壁紧贴在一起，所以我们一刀就把胃给划开了。"

师父说："是的，胃内的食糜应该保持食物原有色泽，但死者的胃里是粪便状。冰冻三尺非一日之寒啊。"

"您是说日积月累攒下来这么多食糜，"大宝问，"然后食糜消化腐败成粪便？"

"是的。"师父沿着死者的肠系膜把小肠剪下、捋直，说，"你看，这里有一处肠套叠①。"

"肠套叠会导致肠大部分梗阻。"我说，"说明死者每天吃下去的多，但拉出来的少，日积月累，胃就被越撑越大。"

"可惜他脑出血术后不会说话，"师父说，"别人喂，他就只能吃。"

"不张嘴不就好了？"大宝说。

"就怕是有好心人办了坏事。"师父指了指躺在一旁的小蔡，说，"你们忘了那支注射器了吗？"

"哦，"我突然想起了那支大号注射器，"怕老头吃不饱，所以用注射器灌服。老头只要张一下嘴，就停不下来了，只能继续吞咽。"

"等注射器里的残留物检验出来就明白了。"师父说。

"因为死者的胃不断增大，压迫了腹腔里的重要血管和脏器，导致各脏器供血

---

① 肠套叠，指一段肠管套入与其相连的肠腔内，并导致肠内容物通过障碍。

不足，最终压迫到了一定程度，器官功能衰竭导致了死亡。"我说，"所以看起来像是自然死亡。"

大宝说："那个，原来撑死是这么个死亡机理啊，之前我都不清楚。不过，师父的封建迷信还真的应验了。"

我环视了一下四周，感觉到仿佛有什么人正在看着我。

3

"注射器里的液体是米汤，杂质是米粒碎片。"这时刘支队走进了解剖室，说，"另外，现场的电话机底座真的发现了四指连指的指纹，经鉴定，和注射器上发现的指纹一致，都可以确定是小蔡的。"

"嗯，我觉得也应该是这样。"师父说，"刚才检验所见，死者系长期被注射器灌服食物，但由于肠套叠不能正常排便，导致过度胃扩张，压迫腹腔静脉血管，器官脏器供血不足而功能衰竭死亡。"

听师父呼啦啦说了一大串，刘支队向上翻着眼睛，显然是反应不过来。

"撑死的。"我补充道。

刘支队恍然大悟，点点头说："原来凶手是小蔡。"

"她应该是无意的。"师父说，"从老孔的尸体看，他生前的身体应该一直保持清洁状态，没有生成什么褥疮，说明小蔡是尽心尽力照顾他的，不应该有杀死他的动机。可能只是因为小蔡不懂得一些常识，所以不小心弄死了她的公公。"

"听你这么一说，"刘支队说，"会不会是小蔡发现自己照顾的公公死了，因为内疚，所以自杀了呢？"

"净想些好事儿。"我说，"自产自销①了，你们就可以不熬夜了是吧？"

刘支队在一旁打了个哈哈。

此时孙法医已经和实习的法医一起把解剖床上的尸体换成了小蔡。师父走过去，按照从头到脚的顺序，对小蔡进行了尸表检验。

"睑球结合膜点状出血，口唇青紫，面颊青紫，甲床绀青。"师父说，"窒息征象明显啊。"

---

① 自产自销，是警方内部常用的俚语，意思就是杀完人，然后自杀。

081

"颈部有明显的条状皮下出血。"我用止血钳指着死者的颈部，说，"基本上可以肯定是被扼颈致死。"

师父笑着对刘支队说："看来你的愿望破灭了。人有很多种死法，但扼颈致死这一种是自己做不到的。小蔡死于他杀。"

虽然已经基本明确了死因，但师父还是带着我们按照解剖程序剖验了小蔡的尸体。尸体稍微一动，会阴部就有黄白色的液体流出。

我拿了纱布缠绕在止血钳上，取了死者的阴道擦拭物。

"肯定是精液，而且量不少。"我皱着眉头说，"阴道口肿胀，内壁擦伤明显。这是一次非常粗暴的性行为。"

"一会儿解剖完了，再送检吧。"师父看大家都在忙着，于是说。

"高度怀疑是性侵害啊。"大宝说，"死者是被扼颈致死，手腕有轻微的约束伤，阴道内有大量新鲜精液且有阴道损伤，后背肩胛部有挤压形成的小片状出血——完全符合强奸杀人案件中死者的损伤特点。"

"可是师父说了，"我说，"小蔡为人谨慎，一般不会在半夜给陌生人开门的，小蔡又没有什么熟人。"

"这个案子，就要结合起来看了。"师父皱着眉头说，"时间点很特殊，小蔡的死，是在老孔死亡后的第二天晚上。老孔是前天夜里死的，小蔡发现老孔的死也应该是昨天白天，而她昨天夜里就遇袭了。不应该有这么巧的事情，两件事应该有千丝万缕的联系。"

"怎么联系呢？"我感觉脑子里一团糨糊，"若硬要联系起来，那么只有她丈夫才有可能。"

"是啊，她丈夫。"大宝说，"为什么不能是她丈夫干的呢？"

我双手撑着解剖台，又回忆了一下现场的情况，说："现在想起来，真很有可能是她丈夫干的。"

"那你说说你的依据。"师父开始提问。

"一来，经过调查，孔威是个所谓的孝子，因为老头住院都会打自己的爱妻。如果他发现自己的父亲是被老婆喂饭喂死的，后果可想而知。"我说，"二来，我回想了一下现场情况。现场是先有砸家电的过程，空调被砸坏，然后再扼颈杀人的，而且我觉得这个过程不会太长，因为空调叶板没有被拿走，还在枕头上。现在已经确定是小蔡用电话机砸那么高的空调，一般都是夫妻之间吵架打架才会砸东西，如果是和外人搏斗，用电话机抵抗，怎么会砸到那么高的地方去？说白了，现场看就是夫妻吵架，小蔡用电话机砸了空调，然后被人按倒在床上掐死，那么她丈夫就有明显的作案嫌疑。"

"那性行为和阴道损伤怎么解释？"大宝问。

我说："很正常，阴道损伤有生活反应，大量精液也没有流失，说明死者是活着的时候被强奸，然后直接就被掐颈致死了。换句话说，性行为结束后，死者并没有体位变动，不然精液就流淌到别的地方了，不会有这么多。至于损伤和衣服被撕扯坏，我觉得可以理解。孔威长期在外打工，缺乏性生活，回来后被妻子这么一气，上去强奸也不是没有可能。"

"那孔威知不知道他爸死了？"大宝问。

"我觉得应该知道。你看现在不是节假日，也不是农忙日，是在外打工挣钱的好时候，这个时候他回来做什么？"我说，"最大的可能还是小蔡发现老孔死了后，打电话把孔威叫了回来，时间也对得上。"

"我去让他们查一查通话记录就知道了。"刘支队走到一旁安排侦查员查询小蔡和孔威的通话记录。

"你说得很有道理。"师父终于发话，"之前的分析有理有据，现在应该马上找到孔威，进行精液的DNA检验。不管怎么说，孔威应该和本案有直接关系。至于是不是孔威干的，我心里还有个疙瘩。"

"什么疙瘩？"我和大宝异口同声地问道。

"现在也说不清楚。"师父说，"你们先去DNA检验，我也要捋一捋思路。"

我和大宝驱车赶到青乡市公安局DNA实验室。青乡市局的DNA检验师郑大姐是我省第一代DNA检验工作人员，有着非常丰富的经验。

郑大姐看到我们进来，说："来得真巧，刚刚出了孔威、孔晋国和小蔡的DNA图谱，孔威的DNA是侦查员在孔威家提取的，有比对的条件。"

"孔威半年不在家了，在他家提取的DNA可靠吗？"我问。

郑大姐说："这个我也考虑了，也对样本的Y-STR[①]进行了比对，可以确定是孔晋国的儿子。"

[①] Y-STR检验，是法医学对精子的一种DNA检测手段。

我点点头，敬佩郑大姐想得周到："郑大姐，这是女死者小蔡的阴道擦拭物。目前我们分析孔威有重大作案嫌疑，而且小蔡发生性行为以后就没有再从床上起来过，所以这个精液很有可能就是孔威的精液。"

"好的，"郑大姐接过检材，"我需要六个小时的时间。"

"师父吩咐我们就在这里等结果。"我笑着说，"因为结果出了，很有可能就破案了。另外，我还正好有问题要请教郑大姐。"

"什么问题？"郑大姐好奇地问道。

"您先忙吧。"我说，"这个案子是大事儿，等您取材、上样结束，做样本扩增的时候，您就有空了，到时候我再问您。"

郑大姐微笑着点了点头，说："好的，你们等着吧。"说完，转身通过门禁系统走进了装修精致的DNA实验室。

我和大宝见DNA室的工作人员开始忙碌起来，就分别躺在了实验室门外的联排椅上。因为累了一天，不一会儿，我俩都迷迷糊糊地睡着了。

大约睡了三个小时，我被郑大姐摇醒了。

我擦了下嘴角的口水，说："嗯？大姐，样本开始扩增了？"

郑大姐笑着说："早就扩增了，看你们睡成那样，一直不忍心喊醒你们。说吧，什么问题要请教我？"

我看了一眼还在呼呼大睡的大宝，说："他今天差点儿中暑，让他多睡一会儿吧，我们去办公室说？"

进了办公室，我便开门见山了："我碰见一个案子，是个系列案件，几起案件中，死者都被奸尸，在尸体的阴道擦拭物中，均检出精斑弱阳性，却无法做出犯罪分子的DNA基因型，这一般会是什么情况？"

"你说的是'云泰案'吧？"郑大姐微笑着说。

"您也知道这个案子？"我非常惊讶。

"知道，当时也请了我去会诊。"郑大姐说，"第一起案件发生的时候，DNA技术还不是非常成熟，大家都认为是机器的问题。后来又发生了几起，尤其是一两年前在龙都的一起，也同样无法检出基因型，现在DNA技术已经非常成熟了，所以不会是技术和机器的问题。"

"那您觉得是什么原因呢？"

"精液中的酸性磷酸酶可分解磷酸苯二钠，产生奈酚，后者经铁氰化钾作用与氨基安替比林结合，产生红色醌类化合物。这就是精斑预实验的原理。"郑大姐说，"既然精斑预实验呈弱阳性，说明死者的阴道内确定是有精斑的。一般这样的情况，我们也是有把握做出DNA分型的。"

"那为什么没有做出来？"我问，"难道不是人的精斑？"

问完我就后悔了。郑大姐也不过四十岁左右，脸上顿时一阵绯红。

"不会，"郑大姐说，"动物的也可以做出基因型。"

"那会是什么原因呢？"我百思不得其解。

郑大姐接着说："当时有人问，会不会是戴了避孕套。"

"戴了避孕套，就不会弱阳性了呀。"我说。

"可能是开始没有戴，后来戴的。"郑大姐说，"如果是那样，就可能留下极少量精液，但是不留下精子。你知道的，只有在有精子的情况下，才能检出DNA。"

我点点头，说："对啊，除了戴套，还有可能体外排精。"

"但这两种可能都排除了。"郑大姐说，"首先，死者的阴道擦拭物没有检出避孕套外侧的油脂成分，说明肯定没有戴避孕套。其次，现场附近和尸体的其他部位都没有检出精斑，体外排精是排哪里去了呢？"

郑大姐接着说："我不是医生，所以对医学方面不是很懂，有人提出有一种病叫作不射精。"

"不会。"我打断了郑大姐的话，"不射精获得不了性快感，这样的人不可能接二连三去强奸杀人。对了，结扎有没有可能？结扎是掐断输精管，导致精子不能排出，但前列腺是可以分泌精液的，精斑预实验检测的酶就是前列腺液里的酶。如果是结扎的男人，排出的前列腺液可以预实验阳性，但因为没有精子，所以无DNA分型。"

郑大姐说："你很聪明。当时很多人想了很久，最终得出的结论就是这个男人结扎了，但我一直不是很同意这种说法，一来现在农村很少有男人结扎，都是女人结扎，因为女人戴节育环是可逆的，可以取下来的，男人就不行了；二来即便是结扎了，分泌出的前列腺液也应该是大量的，不应该测出弱阳性的结果。"

"这个不好说，"我说，"说不定是犯罪分子清洗了死者阴道呢？"

郑大姐说："也只能这样解释了。"

DNA实验室的小吴此时走进了办公室，说："郑科长，DNA检验结果出来了，经比对，死者体内检出精斑，不过，确认不是孔威所留。"

4

"什么？！"我大吃一惊，这样的结果实在出乎我的意料，"那，那会是谁？"

"目前不知道。"小吴说，"确定不是孔威、孔晋国的，能不能串并上其他犯罪嫌疑人，这个还不好说，目前数据正在系统内比对。"

我昏昏沉沉地和大宝一起回到了专案组办公室。此时夜幕已经降临，但专案会还没有开始，师父一人在电脑前翻看着现场和尸体的照片。

"师父，精斑居然不是孔威的，也不是孔晋国的。"我垂头丧气地说。

师父抬眼瞥了一下我们，说："我早说嘛，我心里就是有个疙瘩。"

我见师父并不惊讶，说："可是我觉得我们开始的分析没有错啊。现场那样的打斗痕迹应该是夫妻吵架才会出现的痕迹，对物不对人嘛。"

"我很赞同你的分析。"师父说，"但是即便现场有夫妻打斗的痕迹，也不能推断小蔡就是被她丈夫杀死的。"

我点点头，说："按理说是这个逻辑，但是空调叶板被砸下掉在枕头上后，并没有被收拾、拿走。通过死者体内精斑大量存在的现象分析，小蔡被强奸以后，直接就被扼死了，没有体位变动，说明夫妻打架后到小蔡被杀之间的时间并没有多久。"

我顿了顿，接着说："关键是小蔡身上没有威逼伤[①]，一个杀人凶手可以在被害人丈夫在家的时候，深更半夜，进入室内，强奸杀死被害人？这说不通啊。"

"你的假设就错了。"师父说，"精斑的主人和小蔡发生性关系的时候，孔威肯定不在场。我觉得你分析半天，有点儿乱，我给你捋一捋。"

我点点头，确实觉得自己的思路乱了。

师父说："现在我们知道的，一是小蔡很有可能和丈夫发生了打斗；二是小蔡被人扼死；三是小蔡和一个陌生男人发生了性关系。"

师父喝了口水，接着说："那么就有两种情况，一是小蔡有奸夫，关系被孔威发现，孔威杀了小蔡。"

---

① 威逼伤，指的是凶手威逼死者的时候在死者的身上留下的损伤。

第四案
窗中倩影

"不可能。"我打断了师父的分析,"如果是这样,那么有两种可能,一是捉奸在床,二是奸夫走后孔威才回来,那小蔡的体位肯定会有变化,看见丈夫回来,总不会一直躺那儿吧。那她体内不可能残留大量精斑,而且她的衣服不会被撕毁。还有,打斗形成的空调叶板就不会被小蔡枕在头下。"

"说得对,所以这一种可能排除了。"师父说,"第二种可能,就是和小蔡发生性关系的人,和杀小蔡的人是同一个人。"

"目前看,这种可能性大。"我说,"毕竟衣服撕破、手腕有约束伤、性行为动作粗暴,这都像是强奸。"

师父说:"但是就像你刚才说的那样,小蔡身上没有威逼伤,那么凶手是怎么做到在深更半夜进入一个平时非常谨慎的少妇家里呢?而且要先进入院门,再进入房门。难道是骗门吗?那这个凶手也太有本事了吧?"

"听你们这样一说,"大宝插话道,"只剩下一种可能了。那就是夫妻吵架之后,丈夫弃门而逃,没关好门,犯罪分子趁机溜门入室。"

我和师父都点头表示认可,目前看,只有这一种情况能完全解释现场状况和尸体状况了。

"不过,如果真的是这样,案件貌似就麻烦了,"我说,"除非能在DNA库里比对上人,不然很难破案。"

"是啊,"师父说,"这样的话,随机性太大,目标很难锁定。如果要做犯罪分子刻画,除了犯罪分子年轻力壮、是男性,其他的刻画都没有依据。"

"我们推断得对不对,得看孔威怎么说。"我说。

话音刚落,刘支队推门进来,说:"不早了,你们还在这里啊,快回去休息吧。"

"不是八点半开专案会吗?"师父抬腕看了看手表。

"今晚专案会取消了。"刘支队笑眯眯地说,"孔威被抓回来了。"

"抓?"师父问,"你们怎么抓的?"

"晚上侦查员在走访的时候,看见孔威一个人正从村口往自己家里走。"刘支队说,"侦查员上去就摁住了。"

"你们也不想想,"师父说,"如果真是孔威杀的人,他会在这个时候回自己家吗?那不是自投罗网吗?"

"怕是你们的'讯问'要改成'询问'了。"我说,"刚出的结果,精斑不是孔威的,据我们分析,基本可以排除孔威的作案嫌疑。"

"那你们分析是个什么过程呢？"刘支队问。

"我们就不影响侦查审讯了，省得先入为主。"师父摆手示意让我闭嘴，说道，"你们先搞清楚孔威何时回的家，和小蔡有什么接触过程，今天一天他去哪里了。"

刘支队打开本子，记下师父的话，转身离去。

师父伸了个懒腰，说："今天挺累的，早点儿回去休息。虽然目前定的是生人作案，但我心里还是有个疙瘩解不开，解开了，可能会对破案很有帮助。"

"师父疙瘩真多。"大宝堆着一脸笑，说。

我看了一眼大宝，心想，你这马屁是拍到马腿上了，忙问师父："什么疙瘩？"

"还没想明白，"师父说，"明早再说。"

回到宾馆，我敲了敲隔壁房间的门，开门的是厅里的驾驶员。我往房间里瞥了一眼，看见了早已熟睡的林涛。

"这孩子估计是累坏了。"我笑着走进房间，摸了摸林涛的脑袋，"昨晚值班，今天又看了一天现场，看来他暂时是醒不过来了，也不知道他有没有什么发现。"

驾驶员也摇了摇头，说："我也不知道，他回来就睡觉，澡都没洗。"

"那明天，他岂不是要臭了？"我笑着和大宝回到了自己的房间。

因为在DNA实验室外面睡了一觉，所以晚上我的精神很好。

我打开电脑，翻看着案件的照片，心里琢磨着，破案应该从哪里下手？如何刻画犯罪分子？侵害目标如果没有特定性的话，总是会为案件侦破加大难度。

"不过这样的案件也不少。"我心里暗暗鼓劲儿，"我们优秀的刑警总是能找出蛛丝马迹，顺利破案。"

"我觉得这个案子必破，就是时间的问题。"大宝也在和我想着同样的问题，"我们有嫌疑人的DNA，大不了把村子里的男人都取样，不信找不到犯罪嫌疑人。"

"是啊，"我点头说，"我们有DNA证据，有抓手[①]，不怕不破案，就是效率的问题。你看，网上都出消息了。"

"老人、少妇裸死家中，警方锁定犯罪嫌疑人。"斗大的标题在青乡市的网页上很显眼。

[①] 抓手，行内通用语言，指破案的依据和方法，或指可直接甄别犯罪嫌疑人的重要物证。

第四案
窗中倩影

"估计记者们也以为孔威是嫌疑人。"我摇了摇头,说,"消息不算太灵通。这也是逼着我们尽快破案啊。"

第二天清早,师父打电话喊我们起床,驱车赶赴现场。车上,师父告诉我们,侦查员对孔威的询问结束了,并简单地把询问得知的情况告知了我们。

孔威被捕的时候,面露惊慌和不解,从侦查员的经验来看,他确实不像杀人凶手。当孔威得知自己的妻子已经死亡后,先是惊愕,再是号啕大哭。同时失去父亲和妻子的他,整整哭了一个小时,才勉强稳定住情绪,开始诉说案发当天的过程。

案发当天上午七点,孔威就接到了小蔡的电话。电话里小蔡的声音充满了惊恐,结结巴巴地表达出的意思就是早晨发现孔威的父亲没气儿了,身体都硬了。孔威从小是被父亲拉扯大的,一听到这个消息,怀疑是小蔡没有照顾好父亲,或是故意害死了父亲,于是要求小蔡不准动尸体,老老实实待在家里,自己立即买火车票赶回青乡。

孔威回到青乡,已经是晚上九点钟了。在父亲的尸体旁恸哭了一会儿后,孔威就注意到了床头柜上的注射器。他认为很有可能是小蔡故意害死了自己的父亲,于是就上去打了小蔡两个耳光。但这次小蔡的反应非常激烈,称半年以来,自己尽心尽力照顾老孔,到头来却要担上这么个责任,甚至扯断了电话线,拿电话砸坏了空调。看到小蔡的激烈反应,孔威顿时觉得心虚,但是怒气依然无法平息,于是摔门而出,到附近网吧对付了一夜,想明白了小蔡可能真是被冤枉的,于是今天一天他都在市区的殡仪服务商那里咨询殡仪事宜。

"孔威今天一天都在到处咨询殡仪事宜。"师父说,"这个都查实了。"

"那他摔门走的时候,门关好了没?"我问。

"孔威自称是记不清了。"师父说。

"看来,又被我们推断中了。"我说,"还真的应该是有人溜门入室。"

复勘现场是法医的一项重要工作,就像是答题答不上来,过一段时间再看,可能问题就迎刃而解了。

到现场后,我发现林涛和青乡市公安局的痕检员们早已在现场。

"这小子昨晚是睡好了。"我笑着向围在现场东侧卧室床边的痕检员们走去。

林涛神采奕奕地拿着一个多波段光源往床上照射。

"有发现吗?"我问。

林涛点点头,说:"有的。你先看看女死者穿的鞋子。"

我低头看去，床边地上整齐地放着一双女式凉鞋，凉鞋的鞋底和侧面沾有淡淡的黄色泥巴。

"这鞋子怎么了？"我问，"案发前一天下雨了，她在院子里的菜地上劳作的话，肯定会沾有泥巴。"

"再结合床上的痕迹看。"林涛指了指床上的凉席中央。

师父也凑过头来看，说："不用特殊光源看还真看不到，这是蹬擦痕迹吧？"

林涛说："是的，昨晚就发现了，但不确定，早上又来仔细看了看，而且取材回去显微比对，可以肯定这是蹬擦痕迹，而且是这双女式凉鞋所留。"

"如果这样，"师父脸上洋溢出自信的微笑，"我心里的疙瘩就解开一半了。"

5

"究竟是什么疙瘩？"我的好奇心又被师父吊了起来。

师父戴上手套，从物证箱中拿出小蔡生前穿着的衣服：一条白色的睡衣模样的连衣裙和一条白色短裤，都已经被完全撕碎了。

"床上有小蔡穿鞋蹬踏的痕迹，对吧？"师父说。

我说："是啊。"

师父问："说明了什么？"

我想了一下，说："我知道了，您是说，小蔡被侵犯的时候，是穿着鞋的。"

"对啊，"师父说，"她是穿着鞋被按在床上遭受了侵犯，但是为什么鞋子会整齐地摆放在床边呢？"

"凶手为了脱她的衣服，所以脱了她的鞋子。"我说。

"你觉得衣服已经被撕成这样，还需要脱鞋子吗？"师父抖开已经被完全撕裂的衣服说。

我点了点头，说："是啊，即便是没有撕碎衣物，脱这样的衣服也不需要脱鞋子。"

"你对脱衣服很有研究啊。"大宝在一旁调侃。

师父瞪了大宝一眼，说："严肃点儿。既然不需要脱鞋子就能完成整个强奸、杀人的过程，那么凶手为什么还要脱死者的鞋子？"

"是啊，关键是死者身上的抵抗伤并不太多。"我拿起凉鞋看了看，说，"这

/// 第四案
窗中倩影

种老式的鞋子直接脱还不太好脱，鞋子的扣襻是打开的，说明凶手是先解开鞋子扣襻，再脱下死者的鞋子。如果这样，凶手就没有其余的手去控制死者。"

"凶手脱鞋的时候，死者已经丧失了抵抗能力。"大宝说。

我点点头，说："强奸造成的损伤是有明显生活反应的，这说明凶手是完成了强奸、杀人行为以后，才去脱死者的鞋子的，这确实是一个比较奇怪的多余动作。"

"所以我说疙瘩只解开了一半。"师父说，"去殡仪馆，复检尸体。"

车上，我忍不住问师父："我们检验尸体的时候，并没有在死者的脚上发现什么痕迹、损伤啊。而且昨天晚上我还仔细看了照片，死者的脚并没有什么异常。"

"别急，"师父摆了摆手，"如果是轻微损伤，可能并不那么容易被发现。但是尸体经过冷冻以后，会有显现损伤的作用。"

我点头认可。确实，在很多案例中，都是通过冷冻，发现了尸体上原先并没有被发现的损伤。在《中国法医学杂志》上也曾刊登过《利用冷冻显现尸体损伤》的论文。

一路无话，我们很快来到了殡仪馆停尸间。

在满耳的冰箱压缩机轰鸣声中，我们找到了停放小蔡的尸柜。尸体刚被拉出来，我们都同时注意到了小蔡脚趾部位的损伤。

"居然真的有损伤！"我惊讶地喊道。

"第一次尸检，我们就该发现的。"师父戴上手套，用止血钳刮擦着损伤位置，"有轻微的表皮剥脱，可是初次尸检时因为和周边皮肤颜色一致，所以没有能够发现。"

我用止血钳夹起一个酒精棉球擦拭着损伤部位，几处微小的表皮剥脱逐渐显现出来。

"这是濒死期的损伤啊。"我说，"有表皮剥脱，但是没有明显的出血迹象，只有极其轻微的皮下出血，属于濒死期损伤特征[①]。"

"那就说明我们推断正确了。"师父说，"小蔡在被扼颈窒息死亡后，机体细胞仍处于短暂的存活期，凶手就在这个时候脱下小蔡的鞋子，在她的脚上形成了

[①] 濒死期的损伤，指的是人已处于脑死亡的阶段，但此时部分组织细胞还没有死亡，所以会呈现出少量的生前损伤特征。

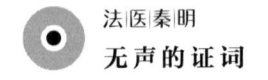

样的损伤。你们看看，致伤工具是什么？"

"多处损伤整齐排列，单个损伤长不足0.5cm，宽不足1mm。"我的脊梁突然凉了一下，"是牙印！"

"强奸杀人以后，咬她的脚？"大宝瞪大了眼睛。

"没见过吧？"师父说，"我也很少见到，是恋足癖。"

"可是我听说，恋足癖是只对脚有兴趣，对其他部位没兴趣的。"我说，"这个案子有强奸行为啊。"

"你说得对。"师父说，"不过性倒错心理因为个体差异而多种多样，有的恋足癖也会和别人发生性行为，有的恋童癖、恋尸癖也会和正常人发生性行为。这一种恋足癖，在强奸后并不能完全得到性满足，而要通过恋足来继续获得性快感。"

师父顿了顿，转头对林涛说："我看这个损伤有条件提取牙模，和DNA一样能作为证据使用。"

林涛点了点头，转身拿出电话，通知市局痕检同志携带提取牙模的工具尽快到殡仪馆来。

专案组里，师父公布了我们之前的所有工作，并圈定了侦查范围："显而易见，这是一起溜门入室实施强奸杀人的案件。凶手应该是一名性心理变态患者，更详细地说，是一名恋足癖患者。这样的人，平时会喜欢看别人的脚，喜欢别人的袜子，甚至希望别人来踩踏他。至于侦查范围，应该圈定在附近村落。"

"为什么不是本村的人所为？"刘支队问出了我的心声。

"要说依据，不是很充足。"师父说，"可能是直觉吧。我觉得如果是本村的人，想实施强奸，总会找到机会，比如白天小蔡出门、回家的时候。如果是外村人，过多在本村停留，就会引起村民的注意，那么他就只会在夜间寻找机会。我们知道，小蔡为人谨慎，夜里都是紧锁门窗的。相对于因为孔威的一次疏忽，凑巧就被犯罪分子抓住机会的观点，我更愿意相信是凶手晚上经常在现场附近徘徊，才抓住了这个机会。"

"那好吧，"刘支队说，"重点查邻村、夜间会经过现场或是经常在现场附近徘徊的，可能有恋足癖的青壮年男性，同时小部分警力查本村的人。有了恋足癖这个线索，我相信我们的命中率会很高的。有DNA作为证据，不怕没有办法甄别犯罪嫌疑人。"

第四案
窗中倩影

"我有个线索。"一名辖区派出所民警举手说。

"说。"师父眼里闪烁着希望的光芒。

"我们所半年前处理过一个小孩,是案发现场隔壁村的。"民警说,"因为有人抓住他在偷女性内衣,被当作色狼扭送到我们派出所的。当时我还在奇怪,缴获的赃物里,除了女人的内衣,还有袜子。"

"小孩?有多小?"师父问。

"十五岁。"

"不太可能吧?"刘支队说,"现在小孩都这么早熟?"

师父看了刘支队一眼,说:"怎么不可能?如果不计划生育,三十岁当爷爷也很正常。十五岁,完全可以具备性能力。"

"我觉得很有可能。"我说,"死者身上的约束伤不重,甚至凉席上还有大面积的蹬擦痕迹,说明凶手的约束能力有限。如果是身强力壮的男人,约束伤会重很多。"

"看来,这个小孩不仅有恋足癖,还有恋物癖啊。"师父默认了我的观点,"这个孩子什么情况?有晚上出门的条件吗?"

"有。"民警说,"从小父母都不在身边,爷爷奶奶带大的。奶奶前两年死了,爷爷也没能力管他,天天逃课,在外游荡。"

"抓人!"刘支队重重地拍了一下桌子。

师父带着我、大宝和林涛一起坐在审讯室隔壁的监控室里,看着电脑屏幕上那个正在接受审讯的眉清目秀的男孩。

因为DNA和牙模都比对无误,侦查员有了信心。没过几个回合,在侦查员步步紧逼的攻势下,男孩就败下阵来。

"我没想杀死她。"男孩在抽泣,"我一直喜欢她,喜欢了好久,可是她不认识我。"

"你怎么会喜欢她?"侦查员说,"你经常见到她吗?"

"这几个月来,我一想她,就会爬墙头翻到她家院子里,隔着防盗窗,从窗帘缝里看她,她的脚好美,真的好美。"

师父看了一眼林涛,林涛会意:"如果在墙头找到他的痕迹物证,就更是铁案了,我现在就去翻墙头。"说完,拎着箱子走了。

"说一说那天晚上的事情吧。"侦查员说。

"那天晚上,我在网吧上网,上着上着就想起她了,于是我就溜达到了她家附近。"男孩说。

"没想到她家的院门是虚掩着的,我心想不用翻墙了,就走了进去。"男孩擦了下眼泪,接着说,"走进去以后,我从窗户里看见她正靠在床头哭。我心里着急,就推了一下她家的房门,没想到就推开了。我走进去想安慰她,没想到她看见我就大声喊叫,还拿一旁的扫帚打我。她越这样我就越兴奋,于是就把她按倒在床上,捂她的嘴,掐她的脖子。"

"你是想强奸她吗?"侦查员问。

"开始不是,开始只是想让她别叫。"男孩说,"可是我感觉到她的脚不停地蹬到我的腿肚子,我就控制不住自己了,于是就……"

师父拍了拍正紧攥着拳头的我的肩膀,站起身来打开监控室的大门:"走吧,后面不用听了,和我们分析的一样,知道你最恨强奸犯。"

我也站起身来,狠狠地看了一眼监控里的这个男孩,摇了摇头,和大宝一起走出了监控室。

"案件破了,你们就没什么感言吗?"师父说。

"那个……师父好厉害。"大宝在拍马屁。

"我说对这个事件有什么感言。"师父又瞪了一眼大宝。

大宝说:"哦,那个……那个……要关注留守儿童的心理健康。"

"十五岁,判得不会多重,只希望他的这种性心理障碍能够得到纠正。"师父转过头来看着我,"你看呢?我知道你是不会同情强奸犯的。"

我点点头,叹息一声,说:"原来美丽也是一种罪啊。"

| 第五案 |

无 脸 少 女

人类是唯一会脸红的动物,
或是唯一该脸红的动物。

——马克·吐温

法医秦明
无声的证词

1

对法医来说，工作上的事情，就没有什么好事，不是有人受伤，就是有人去世，所以我们总会期盼自己能够闲一些。法医闲了，也就天下太平了。

但在这个特别的夏天里，法医科迎来了一件工作上的好事，这让全科人兴奋不已。

李大宝终于不负众望，通过了遴选考试，从十七名一起参考的基层法医中脱颖而出。公示期过去后，李大宝也就名正言顺地成了省厅法医科的一份子。

省厅法医科是刑事技术部门中最为繁忙的一个科室，能够多一名独当一面的法医，是一桩令人高兴的事。而李大宝的女朋友也在省城工作，所以对他来说能够调来省厅当然也是幸事一桩。双喜临门，只有通过喝酒来庆祝啦。

这顿酒，理应是李大宝请客，也理应是他喝得最多，所以当大排档的小龙虾被我们吃了十几斤，白酒也被我们喝了好几瓶之后，李大宝兴奋的心情充分表现了出来。他推了推脸上的眼镜，揉了揉通红的脸，说："那个……走，K歌去！"

法医科都是些年轻人，K起歌来一个比一个厉害。看着麦霸们轮番上阵，我借着酒意靠在沙发上拿出手机和铃铛聊起了QQ。大宝不知什么时候已经倒在我身边的沙发上，醉得不省人事，睡得鼾声大作。

手中的手机突然振动起来，屏幕上显现出"师父"两个字。

我全身的汗毛都竖了起来，心想不会又有什么大案件吧，这都快凌晨十二点了，难不成要连夜出发？可是我喝了酒，按照五条禁令，是不能再去出勤现场的，而且法医科的兄弟们都喝了酒，怎么办呢？还好省厅没有科室值班制度，不然我们就犯错误了。

我连忙起身找了个安静的地方，接通了电话。

"怎么那么吵？你在干什么？"师父的声音。

"在……在唱歌。"

/// 第五案

无脸少女

"怎么你们电话都没人接?"师父问。我心想,都在号呢,谁听得见电话铃声。

"哦,今晚科里聚会。"

"别闹了,赶紧都回家,明早你们派人出勘现场。"

我的心总算放回了肚子里,只要给我们休息的时间,出勘现场而已,不怕。

"好的,我们马上结束,明天什么现场?我和大宝去,保证完成任务。"我放下了心,拍着胸脯说。

"车祸。"师父简明扼要。

"车祸?车祸也要我们去?"虽然我们是物证鉴定部门,但刑事技术多是为刑事案件服务,所以我们也经常以刑警自居,交通案件也需要我们涉足,我不是很理解。

"怎么了?有意见啊?我们是为全警服务的,伤情鉴定不涉及治安吗?毒物检验不涉及禁毒吗?文件检验不涉及经济侦查吗?"师父对我的狭隘感到愤怒,连珠炮似的教育我。

"知道了,那明天我去。"既然拍了胸脯,我也只有悻悻地应了下来。

挂了电话,我就张罗着收拾随身物品,打发大家回家了。

出租车上,科里几个人都在好奇地问我明天的案件。

"具体情况我也不清楚。"我说,"听师父说,在丹北县的一条偏僻公路上发生了一起交通事故,死了一个人。"

"交通事故都要我们跑,岂不是要跑断腿了?"肖法医说。

"我猜吧,是信访案件。"我说。

"哪有刚发案就信访的?"肖法医说。

"说不定是家里人心中疑点很大,所以反应也就激烈啦。"我说。

第二天早晨,我已经完全醒了酒,精神抖擞地坐上了现场勘查车。等了十几分钟,才看见大宝骑着电动车歪歪扭扭地驶进厅大门。

看着大宝疲惫的眼神,我知道他昨晚是真的喝过了量。

"你行不?"我问,"不行就别去了,我和肖哥去。"

大宝摇摇头:"这是我正式来省厅上班后的第一个案子,不仅要去,还必须成功。"

不知不觉,我们就来到了丹北县城。丹北是云泰市辖区的一个县,位于云泰

097

的最北边，是国家级贫困县。车子离开县城，进入周边的郊区，两边的房屋显得破破烂烂的，路况也变得越来越不好。车子颠簸了半个小时，颠得大宝连连作呕。终于，车子在一条看起来还不错的石子路边停了下来，云泰市公安局的黄支队已经等在路边，走过来和我们亲切地握了握手。上次超市女老板被杀案之后，我们俩有一阵子没见面了。

"支队长都来了，是什么大案件啊？"我笑着问。

"昨天下午，一个小女孩被人发现死在这条路上，县局的法医初步判定的结果是符合交通事故造成的损伤。"黄支队说，"可是交警部门认为不是一起交通事故，因为有争议，所以觉得还是请你们过来。不能放过一个坏人，不能冤枉一个好人嘛。"

我走到路的中间，左右看了看，说："交通事故现场，我们不擅长啊。交警事故科的同志怎么说？"

"交警勘查了路面，觉得很奇怪，因为现场没有任何刹车痕迹。"黄支队说，"但法医认为尸表的损伤符合交通事故损伤的特点。"

"也就是说，现场和尸检确实有矛盾。"我皱起眉头。

黄支队说："是啊，交通事故的现场，尤其是撞死人的现场，应该是会有刹车痕迹的。"

我点了点头，说："车撞人有两种情况，一种是驾驶员看到人突然出现，下意识地刹了车，但仍然由于种种原因撞到了人；另一种情况是驾驶员在撞人前并没看到人，撞上之后会下意识地踩刹车查看情况。这两种情况，无论哪种都会留下刹车痕。"

黄支队说："是啊，尤其是这种摩擦力大的石子路面，更应该留下痕迹。"

我站在石子路的中央，四下张望。这是村与村之间相通的一条公路，位置很偏僻，我们站着的这段时间里，几乎没有什么车子经过。派出所的民警告诉我们，这里的车流一直都很少，交通事故更是罕见。

道路的正中央，醒目地用粉笔画着一个人形的轮廓，应该就是当时小女孩的尸体所处的位置。

"什么时候发生的事情？"我问。

"昨天下午六点，收麦归来的村民发现的。"

丹北县的法医负责人是名女同志，姓洪，也是我的师姐。女法医在哪儿都是"珍稀动物"，跑现场的女法医更是凤毛麟角。洪师姐接着补充道："我们是六点半赶到的,根据尸体温度的情况,分析应该死亡两个小时左右。"

我低头思考了一下,说:"这事确实很蹊跷。"

黄支队很敏感,伸过头来听我发表意见。

我看了看道路的四周,说:"小女孩的死亡是下午四点多发生的事情,你看这边的道路,视野很开阔,确实不容易发生交通事故。"

大宝点点头,压抑着宿醉的难受,咽了口口水,道:"下午四点多,天色还很亮,驾驶员能很清楚地看见路面的情况,行人也很容易看到两边的来车。"

我说:"没错,关键是死者位于路面的正中间,除非是横穿马路,不然不会在路中间被撞。这么好的视野、这么笔直的路面,确实很难发生这种意外。"

洪师姐若有所思,说:"那你们的意思是说,这是一起杀人抛尸案,伪装成了交通事故?"

我点点头:"前两年,在洋宫县就发生了一起案件[①],当初所有人都认为是交通事故,但是我们通过损伤分析,发现那是一起凶杀案件。"

"真的有伪装成交通事故的案件啊。"洪师姐叹道。

"我觉得这起案件可能和那起很相似,"大宝说,"说不定真的有隐情。"

"那也不能先入为主,还要看证据。"我说,"师姐,现场还有什么物证吗?"

"死者身处俯卧位,穿了一件后背处有一排纽扣的蓝色T恤。她的后背被刮了一个洞,我们在附近的地面上发现了一枚散落的纽扣。其他就没有什么了。"

洪师姐一边说,一边从物证盒中拿出一个透明塑料物证袋,里面装着一枚金色的纽扣,纽扣中间的小洞里还残留着几丝蓝色的缝线。

我戴上手套,拿过物证袋,仔细观察着纽扣。随着我的轻轻摇晃,纽扣从物证袋的一端滚动到了另一端,纽扣中央的蓝色缝线也从小孔里掉落出了一根。

我拿起放大镜,凝视着纽扣中央的线头,脑子里有些混乱。

"奇怪了,"我皱眉道,"这样看来,又像是一起交通事故了。"

2

"是啊,"大宝也凑过头来说,"如果是伪装成交通事故的话,抛尸的时候哪

[①] 见法医秦明系列万象卷第一季《尸语者》中"死亡骑士"一案。

里还会记得把纽扣带到现场啊,那犯罪分子的心思也太缜密了。"

"不仅如此,"我补充道,"纽扣中间的丝线还保留着,说明这个纽扣掉落之后就没有再被移动过,不然丝线会自然脱落。"

"如果行凶的地点就是在这里呢?"黄支队说。

我点点头:"现场的线索也只有这些了,检验完尸体或许就能找到关键。"

国家级贫困县自然没有像样的法医学尸体解剖室,就连殡仪馆也是破烂不堪。走进尸体存储间就能闻到一股刺鼻的味道,可见冷冻柜的质量也令人不敢恭维。环境阴森也就罢了,那种夹杂着腐臭和骨灰味道的气息不断地刺激着我们的嗅觉神经,对正常人来说,在这儿多待一分钟都是一种莫大的煎熬。

我们来到保存小女孩尸体的水晶棺前,说是水晶棺,其实也就是盖着一个透明塑料罩的敞开式冰柜而已。打开塑料罩,瘦削的女尸便一览无余。这个小女孩应该还没有发育完全,身高只有一米五左右,看起来弱不禁风。

一眼望去,最触目惊心的,便是她那不成人样的脸庞。左脸的皮肤已经荡然无存,绽开鲜红的血肉,左眼的眼睑也已经倒翻过来,露出阴森森的苍白结膜。但即便是这样,还是难掩她右半边脸庞的清秀。右脸的皮肤虽然失去了血色,却更显得白皙动人。

这一半天使、一半魔鬼的脸庞,无声地震撼着在场的所有人。

我在心中轻轻叹息了一声。

"这么严重的擦伤,不是交通事故难以形成啊。"洪师姐急于证明她判断的准确性。

我摆了摆手,示意洪师姐不要过早下结论,然后穿上解剖服,和大宝张罗着把小女孩的尸体抬上了一辆停尸车。

"那个……咱们出去看吧,这里的味儿太浓了。"宿醉的大宝一边做干哕状,一边说。

我看了看窗外的烈日,转回身来揉了揉鼻子,觉得炎热比尸臭更容易忍耐,于是点头应允。

解剖服密不透风,在外面没站多久,我们就已经汗流浃背了,但太阳底下的光线很充足,所有细微的损伤都能清晰地被观察到。

"死者左侧面部擦挫伤,左下颌骨皮肤挫裂伤伴下颌骨完全性骨折。"大宝一

/// 第五案

无脸少女

边检验尸表,一边述说。洪师姐在一旁奋笔疾书。

"这是典型的磕碰伤,而且是和地面形成的磕碰伤。"我用止血钳从尸体下颌部挫裂伤口伸进去,探查着下颌骨骨折的损伤情况,说,"应该是下颌骨先着地,然后左侧面部和地面擦挫。"

"两侧前肋多发性肋骨骨折。"大宝摁压了一下尸体的胸前,继续说。

"不知道骨折形态怎么样,又不能随便解剖。"我说。

大宝沿着从上到下的顺序,又开始检查小女孩的双手。"先看完尸表再说,她的双手掌擦挫伤,上臂内侧擦挫伤。"大宝说到这里,顿了一顿,"这都符合以一定的速度和地面接触、擦挫形成的损伤。"

我点点头:"嗯,这么严重的擦挫伤,说明落地速度不慢啊。"

"她的足尖也有擦伤。"大宝脱下小女孩的凉鞋,看了看足背,说,"足背也有,左侧大拇指趾甲也有擦伤痕迹。"

"上重下轻,符合头胸先着地的过程。"我翻开小女孩右眼的眼睑,"看起来这个小孩的熊猫眼很严重啊。"

熊猫眼指的是眼睑周围有明显的瘀血、瘀青迹象,排除眼部受伤,最大的可能就是颅底骨折了。

我拿起止血钳,轻轻敲了敲小女孩的天灵盖,头颅发出"噗、噗"的像是破罐子的声音。叩听"破罐音"是通过尸表检验确定颅底骨折的方法之一。

"看来头部也受伤了,可是这么长头发,看不到伤口啊。"我拨开尸体的长发,希望能窥见头皮上的损伤,可是这个孩子的头发长得太浓密了。

"那个……也不能刮头发。"大宝说,"目前看来,这样的损伤完全符合交通事故损伤的特点啊。"

我点点头,说:"是啊,擦伤严重,躯体损伤外轻内重,损伤集中在身体一侧。而且这么重的擦伤,也只有以非常快的速度和地面擦挫才能形成,这是不可能通过人为形成的。"

"如果没有发现可能是刑事案件的证据,只是一起交通事故的话,"大宝说,"那么不经过家属同意是不能解剖尸体的,刮头发也不行。"

我蹲下来,在盆里洗了洗手套表面附着的泥,说:"脱了衣服,看看能不能发现其他什么线索。"

刚才查看小女孩的牙齿磨损程度时,我们估计她不会超过十四岁,但是从身体看,她发育得非常成熟。我们小心地除去了小女孩身上的衣物,开始分工检查,我检验衣服,大宝检验尸表。

小女孩上身穿的是一件蓝色的T恤,后背有一个口子,应该是被突起的硬物刮擦所致,尸体对应的部位也有个轻微的擦伤。这说明外力的方向与小女孩身体的竖直方向是平行的,所以衣服损伤重,尸体损伤轻。

女孩下身穿的是一条破旧的牛仔裤,看不出来是因为条件艰苦还是因为赶时髦。除去T恤和牛仔裤上方向明显的擦蹭痕迹,她的胸罩和内裤都是完好无损的。

"生殖道干燥无损伤,处女膜陈旧性破裂。"我在检验衣物的时候听见大宝报述,摇了摇头。

检验了约一个半小时,我和大宝早已全身汗透,仿佛能闻见自己被烤焦的味道。

"差不多了,"大宝说,"从损伤看,的确是交通事故的损伤特点,没有什么好争议的,看来我们师姐的结论是对的。"

洪师姐露出释然的笑容。

"说不定驾驶员和你一样喝多了,偷了人家的麦克风开车就跑,所以连刹车都不会了。"我一边调侃着大宝,一边拿起小女孩的左手,前前后后观察。

大宝白了我一眼,笑着向参与尸检的同行们解释这个段子。

"等等,这是什么伤?"我忽然惊呼了一声。

刚刚才松弛下来的气氛,顿时变得严肃起来。大家纷纷凑过头来,看着我止血钳指向的地方。在小女孩右手的虎口背侧,我发现了十几处密集的小损伤。因为与上臂、手掌的擦伤交错覆盖,之前我们并没有注意到这些形态独特的损伤。但如果仔细观察,就能发现其实它们和其余地方的擦伤并不相同。

这十几个方向一致、半月形的小挫伤,即便不是专业人员,也能够一眼认出,这是指甲印。

"指甲印啊……"大宝说,"这能说明什么问题啊?不至于一惊一乍吧?"

"不,"我摇了摇头,一脸神秘,"这恐怕能说明大问题。"

我看着大家迷惑的眼神,笑着说:"你们看,这些指甲印都破坏了皮肤结构,方向是朝内侧的,这样的伤口自己是不可能形成的。而且,你们仔细看,这些伤口都没有任何结痂的痕迹。"

"明白了!"大宝一副恍然大悟的模样,"这就意味着,从形成这些损伤到小女孩死亡,时间非常短暂。不然在这么干燥的天气里,伤口很快就会结痂了。"

/// 第五案
无脸少女

"可惜没有这方面的研究，"我说，"不能通过这个来判断准确的时间。根据经验，我觉得肯定是在半个小时之内。"

"半个小时？"洪师姐思忖着，说，"那就很可疑了，受伤半小时就死亡，虽然这样的损伤和她的死亡没有什么直接的关系，但是至少可以推断致伤她的人很有可能知道她是怎么死的。"

"是的。"我说，"虽然我们还没有证据证明这是一起案件，但是至少可以证明死者死亡之前和别人发生过争执，剪下死者的指甲，说不定能发现那个人的DNA。"

"那现在，还是不能解剖吗？"大宝可能是感觉自己手中的解剖刀嗡嗡作响。

我虽然能体会到一名法医在发现疑点后又不能彻查清楚时的情绪，但还是瞪了大宝一眼，说："先找尸源，再说别的话，尸体又不会跑掉。"

我和大宝收拾好解剖器械，脱掉解剖服，坐上勘查车，准备简单地吃点儿午饭，然后就到派出所去看看有没有什么新的发现。

"十三四岁的女孩，穿的还是那么有特征的衣服，我觉得尸源应该不会难找吧。"大宝说。

我点点头："嗯，都过一晚上了，我估计我们到了派出所就能听到好消息了。"

好消息比我想象中来得快，刚扒拉了一口面条，电话就响起，是黄支队的。

"找到了，"黄支队说，"这个小女孩是当地村办中学初二的学生，十四周岁，叫唐玉。她的父亲早亡，母亲在附近找了临时的手工活儿干，平时很少管教她。昨天中午唐玉是和母亲一起吃的饭，下午就没见到人了。因为唐玉经常以住校为由夜不归宿，所以她母亲也没在意。今天侦查员挨家挨户去核对衣服特征，才确定死者就是唐玉。"

"找到了就是好事，"我咀嚼着嘴里的面条，说，"现在，一是要赶紧搞清楚唐玉生前有什么矛盾关系、情爱关系；二是要争取她母亲的同意，让我们解剖尸体。"

"好吧，我们现在就做工作。"黄支队说。

尸源查清了，就可以进一步检验尸体了，离真相也就越来越近了。我们这一顿饭吃得非常香，一吃完，便迫不及待地赶到了派出所。我刚推开会议室的大门，就听见里面传来一个中年妇女刺耳的声音。

"你们凭什么解剖我女儿？我女儿是我生的，我没有发言权吗？我要求火化，必须火化！"

103

3

大宝在我身后戳了我一下，小声说："那个……尸体要跑掉了。"

我皱起眉头，走进了会议室。

"你当然有发言权，"黄支队红着脸说，"我们这不是在征求你的意见，希望你能配合。"

"我不配合！"唐玉的母亲抹着眼泪说，"我知道我女儿是被车撞死的，她死了还要遭罪，我不忍心啊！"

"如果你女儿是冤死的，"我插话，"那她才是在遭罪。"

唐玉的母亲完全没有注意到我是什么时候进来的。她惊讶地转过头，泪眼婆婆地看着我，说："怎么会是冤死呢？去那条路上看过的人都说我女儿是被车撞死的……"

"我也没有否认你女儿是被车撞死的，"我说，"但是我们看到了一些奇怪的现象，觉得这件事可能有一些隐情，所以我们想为唐玉查清真相。"

听到"隐情"两个字，唐玉母亲的嘴角突然抽搐了一下。她抹开眼泪，说："没隐情，怎么会有隐情，唐玉很乖的，没做过坏事，没隐情，真的没隐情。"

"你看，这大热天的，我们也不想在外面多干活儿，对吧？"我劝说道，"但是既然发现了疑点，我们就必须解开，不然别说我们不甘心，你女儿死了也不能瞑目啊。"

"你就不怕你女儿托梦来找你算账吗？"主办侦查员这时走进了会议室，重重地将一本卷宗摔在桌子上，怒目瞪着唐玉的母亲。

唐玉的母亲显然是被这阵势吓着了，低下头摆弄着衣角，嘟嘟囔囔地说："你们这是干吗呀？"

"你不想我们彻查事情的原委，究竟有什么隐情，你自己心里清楚，我不多说。"侦查员冷冷地说，"但是我相信你女儿的死，你也是搞不清原因的。你只是一味地想息事宁人，你有没有站在你女儿的角度考虑？"

唐玉的母亲突然泪如雨下，哭得抽搐起来。我好奇地看着侦查员，不知他意指何事。

侦查员仿佛不情愿当面拆穿些什么，就这样一直冷冷地瞪着唐玉的母亲。直到哭得身子都软了，她才默默地瘫坐在桌前，拿起笔在尸体解剖通知书上签了字，一

第五案

无脸少女

边抹着眼睛,一边转身离开了会议室。

"你们这是干什么?"我见唐玉母亲无声无息地下楼,离开了派出所,有些于心不忍,忍不住问道,"她已经够可怜的了,后面的日子都要一个人过了,你们还这么凶她干什么?"

"是她自己造的孽。"侦查员翻开卷宗,说,"我们已经掌握了充分的证据,证明这个女人强迫自己的女儿和大队书记发生性交易。"

"性交易?"我大吃一惊。

"是啊,我们有几个证人的证词,说去年唐玉和大队书记发生了性交易,小姑娘自己据说是不愿意的,但是她妈妈强迫她非去不可。每次交易完,大队书记就会给她们家钱,还能给她们家一些政策上的优惠。"侦查员摊开卷宗说道。

我望向窗外唐玉母亲已经走远的背影,顿时一阵心凉。她刚才哭得那么惨,却狠得下心让自己的亲生女儿去卖身,世界上竟然真有这种只认钱不认亲的狠毒角色。

"你们是怎么调查出来的?"我说,"可靠吗?"

"可靠。"侦查员点点头,"有人是偷窥偷听到的,有人是听大队书记酒后自己说的。这个村子里就唐玉长得不错,很多人对这件事情很不齿,当然,这种不齿有可能是建立在嫉妒的基础上。"

"不管怎么说,小姑娘太可怜了,现在要搞清楚她的死亡真相。"我说,"我这就去进行尸体解剖检验,你们去提取大队书记的血液,看看唐玉的指甲里有没有他的DNA,说不定唐玉生前的打斗,就是和大队书记进行的。"

重新回到那座破烂不堪的殡仪馆,重新回到那种腐败气息的包围中,我长舒一口气,暗自鼓了鼓劲儿,穿上了解剖服。

刮去唐玉的长发,头部损伤清晰地暴露在眼前。

唐玉苍白的头皮枕部,有一块直径在10cm左右的青紫区。

"这里有头皮下出血。"大宝抬胳膊推了推眼镜,说。

我没有吭声,手起刀落,划开头皮,把头皮前后翻了过来。

"头皮下的出血局限于颅骨圆弧突起部位,应该是和一个比较大的平面接触所致。"我说。

"头撞了地面啊?"大宝说。

我摇了摇头，说："不，不可能是地面。你还记得吧，现场是非常粗糙的石子路，地面的摩擦力很大，即便是垂直撞击地面，也会在头皮上留下挫裂伤。可是唐玉的头皮皮肤很完整，没有任何擦挫伤痕迹。"

"会不会是头发的原因呢？"洪师姐在一旁插话。

"不会。"我说，"头发再多，路面上突起的石子也会在头皮形成痕迹，所以我觉得她的头部损伤应该是与光滑的地面撞击形成的。"

黄支队在一旁问道："到底是摔跌还是撞击？如果是光滑的平面撞击上去呢？"

"嗯，"我点了点头，心想黄支队说到了点子上，"摔跌是头颅减速运动，撞击是头颅加速运动，这个好区分，看一看有没有头部对冲伤就可以了。"

要看对冲伤就要开颅，丹北县的条件的确很不好，连电动开颅锯都没有，居然还是用手工锯锯颅骨。人的颅骨非常坚硬，手工锯开要花很大的力气，不知道身材瘦弱的洪师姐这么多年来是怎么坚持下来的。

这次当然是我和大宝上阵。手工锯或许是使用得太久了，并不是很锋利，我们俩笨手笨脚地锯了半个小时，汗如雨下，总算把颅盖骨给取下来了。我忍不住转头看了一眼洪师姐，眼里尽是钦佩。

硬脑膜剪开后，脑组织的损伤一目了然。唐玉的枕部大脑硬脑膜下附着着一块巨大的血肿，脑组织已经有挫碎的迹象。对应的前额部也附着了一块相对较小的血肿，脑组织也挫伤了。我仔细看了看唐玉的前额部头皮，确认头皮上没有损伤，说："是头颅减速运动导致的对冲伤，可以确定死者的损伤是枕部摔跌在光滑平面形成的。"

此时大宝已经切开尸体的胸腹部皮肤，在检查死者肋骨损伤情况，他听我这么一说，问道："说来说去，不会又说回去了吧？真的是在光滑的地方摔死，然后移尸现场？"

"不会，"我说，"这么大的硬膜下血肿，还伴有脑挫伤、颅底骨折，是很严重的颅脑损伤了，唐玉很快就会死亡，如果再移尸现场，身上其他损伤就不会有生活反应。但是唐玉的两侧肋骨都有多根肋骨骨折，断端软组织都有出血，肝脾破裂也有出血，身上皮肤擦伤都伴有出血，都是有生活反应的。"

"那你觉得肋骨骨折是怎么形成的？"洪师姐问。

"摔的。"我说，"尸表检验的时候就发现死者应该是上半身俯卧着地，所以肋骨骨折也很正常，胸部皮肤也是有擦伤的嘛。"

"听你的意思，还是倾向于交通事故损伤？"大宝说。

我点点头："肝脾的破裂都位于韧带附近，是典型的震荡伤，这种损伤，人为形成不了。"

解剖现场沉默了一会儿。

我接着说："不过，如果撞人的车辆是大队书记的，那就又是一种可能了。"

"怎么确定撞人的车是他的呢？"洪师姐问，"刚才侦查员说，大队书记的车是普通得不能再普通的越野车。"

我没回答，用卷尺在尸体的几个地方量了量，说："你们看，尸体处于俯卧位的时候，离地面最高的部位是肩胛部，约22cm。"

"嗯……所以呢？那能说明什么？"大宝一脸纳闷地问。

"不要忘了，尸体背后有个被刮开的口子，方向明显，刮伤的力道很大。可能性最大的，就是车子从她身上开了过去，只是轮子没有轧到她而已。"我比画着，"一般轿车坐上去一个人，底盘最低点离地面的距离在15cm左右，如果是轿车开过去，那车底最低点的金属得把她背后挖去一块肉。"

"明白了，"大宝恍然大悟地说，"贫困县的车辆本来就少，家里有车的，一般都是货车，拉货用的。货车的底盘显然远远超过22cm，不可能在唐玉背上形成一个轻微的擦伤。"

我点头笑着说："没错！背部之所以形成一个轻微的擦伤，说明这辆车的底盘最低点恰好就在22cm左右，所以既不会形成特别严重的损伤，也不会一点儿伤都没有。"

"底盘最低点在22cm左右，这个高度一般都是越野车了。"黄支队点着头说，"这附近开越野车的只有大队书记一家，我们这就去检查他的越野车。"

"咦？"大宝突然叫了一声。

我们转头望去，他已经在检查小女孩的子宫了。大宝的声音有些异样："这子宫内壁，怎么和正常的不太一样啊……"

4

我走到大宝的身边，发现子宫上黏附着大量的黏液和猩红色的腐败液体。我拿起纱布擦了擦，顿时也惊出了一身冷汗。

子宫里竟然蜷缩着一个小小的胚胎!

"她怀孕了!"看大宝的表情,他应该和我一样惊讶。

"不是坏事,"黄支队倒是很淡定,"所有对大队书记和唐玉有性行为的调查,都只限于口供。口供是可以翻供的,那样我们就没有任何可以定这个大队书记罪的证据了。"

我点了点头:"嗯,如果对这个胚胎的DNA检验可以确证这是大队书记的孩子,他的强奸罪名想赖都赖不掉了。"

"那我们就不多说了,"黄支队说,"我先差人把检材送去市局DNA实验室,另一方面得赶紧把大队书记的车扣了,看看能不能通过痕迹检验查出一些痕迹物证,林涛也在往这边赶。"

我点头:"好的,我们这边还要看看背部的损伤情况,结束后,我们派出所见。"

切开唐玉的后背皮肤,我们又有了新的发现,她的腰部有五根腰椎的棘突和横突同时骨折了,附近的肌肉有大片的出血。

"怎么这里也摔着了?腰椎的位置不容易摔成这样啊。"大宝提出了疑问。

我也没想明白,就没有回答,说:"先缝合吧,去看看黄支队那边的情况。"

抵达派出所的时候,夜幕已经降临。我发现黄支队真是个性急的人,大队书记已经被他抓到审讯室里了。

"有证据吗?就抓人。"我在审讯室门口悄悄问黄支队。

黄支队说:"有,经过一下午的检验,唐玉的指甲里检出了他的DNA。"

"好!"我赞叹了一声,和黄支队一起上楼走进监控室。

监控室的电脑屏幕上,一个五十岁左右的老头坐在审讯室里,一副死猪不怕开水烫的样子,但是听不真切他和侦查员说些什么。

"你先去休息吧,"黄支队说,"让他们审着,林涛今晚还要把大队书记的车子吊起来检验呢。"

我点点头,一天的解剖工作之后,全身都有一种酸疼的感觉。我伸展了下身体,转头看向黄支队,问道:"对了,师兄,'云泰案'后来不是说要排查结扎了的男性吗?你们有目标了吗?"

一提到"云泰案",黄支队就一脸苦相:"别提了,我们反复排查了很多人,也有几个嫌疑人,但实在是没有甄别的手段。"

/// 第五案
无脸少女

"外围调查也查不出什么结果?"

"是啊,现在基本都排除了。"黄支队一脸沮丧。

我低下头沉默了一会儿,站起身说:"走,睡觉。"

躺在宾馆的床上,直觉告诉我,唐玉的案子胜券在握了。有了指甲里的DNA,有了子宫里的小胚胎,如果再在车辆上提取到一些痕迹,基本就可以肯定是大队书记撞死了唐玉。

可是,即便能肯定这一点,又怎么去分辨他是不是主观故意呢?仅凭没有刹车痕迹这一点来推断大队书记故意撞死了唐玉,可行吗?

我翻来覆去地回想着唐玉身上的每一处损伤。交通事故的损伤是最难现场重建的,因为一切都发生在瞬间,损伤的形态和人、车、路的形态与位置都有关系,这么多处损伤,都是怎么形成的呢?我闭着眼睛,让唐玉身上的损伤一一在脑子里滑过。

枕部,摔跌伤,接触面是光滑载体;

下颌部,磕碰伤,接触面是石子地面;

面部擦伤、手臂擦伤、胸腹部擦伤、肋骨骨折,这些都可以用一次摔跌来解释;

腰椎又有骨折……

这些伤,怎么才能串联在一起呢?

想着想着,所有的损伤都变得模模糊糊的,我隐隐约约看到了真相,却又无法看得清晰。睡意涌上来,我脑海里那个半是天使半是魔鬼的女孩飘得越来越远,越来越远……

第二天一大早,我从床上跳起来,驱车赶往派出所。

推门走进会议室,主办侦查员正在向专案组汇报昨晚的审讯结果:"这老家伙很狡猾,晚上十点就要求睡觉,一觉睡到今早六点多,审讯才正式开始。开始他一直回避我们的问题,直到我们拿出唐玉指甲里的DNA报告,再比对他脸上的抓伤,他才承认当天下午和唐玉有过争执,说是因为唐玉母亲工作的问题吵起来的,但矢口否认他们之间有过性关系。"

这老浑蛋!

侦查员接着说:"唐玉子宫内胚胎的DNA检验结果出来之后,证实孩子的父亲就是大队书记,他见到了证据,才承认自己和唐玉的确有过性关系,但反复强调唐玉是自愿的,他是付钱的。他还说有好几个证人都能证明他是付了钱才和唐玉发生性关系的。对开车撞唐玉这件事,他完全不承认,只是说他们厮打完以后,唐玉就哭着跑了,他根本不知道她跑哪里去了。"

"那也没用,"黄支队说,"唐玉刚满十四周岁,胚胎已经有两个月了,他和十四周岁以下的女子发生性关系,我们可以告他强奸。"

"我也是这样说的,"侦查员苦着脸说,"可是他讽刺我们不懂法,说他的行为只构成嫖宿幼女罪①。"

"去他的嫖宿幼女罪!"黄支队狠狠地捶了一下桌子。

"没办法,"侦查员无可奈何地说,"我们立案是以强奸罪立的,但是到了检察院、法院,实在不好说会不会更改罪名。"

会议室里的气氛顿时一阵压抑。这时,门口传来一阵轻快的脚步声,林涛脸上挂着招牌式的笑容,提着一个物证袋进来了。他的微笑一下子就驱散了房间里的阴霾,几个女警的目光全聚集在了他的身上。

"如果有证据可以证明撞死唐玉的车子就是他的呢?"林涛看出我们心情不太好,上来就笑眯眯地说,"昨晚我确实什么都没发现,但是老天开眼啊,今天早上我又去看了一下,在他车底的两块挡泥板夹缝里,提取到了一根纤维。刚才在显微镜下比对了一下,和唐玉衣物的纤维完全吻合,说明从死者身上开过的车,就是这个大队书记的越野车!"

"我就说嘛!"找到了证物,大家的士气都为之一振,我拍着桌子,感激地看向林涛,"把车子洗得再干净,还是落下了一根纤维。现在有了证据,看他怎么说!"

侦查员二话不说,拿起笔录纸就跑向楼下的审讯室。我们在会议室里静静地等待着。等待的时间很漫长,我打开笔记本电脑,慢慢翻看着昨天尸检的照片,努力地将死者的损伤串联在一起。林涛坐在我身边,也打开了自己的电脑,细细地翻看着车辆勘查的照片。

我们俩就这样各自默默地看了一个多小时。我起身伸了个懒腰,转头看了一眼

---

① 嫖宿幼女罪,《刑法》中曾规定:"嫖宿不满十四周岁幼女的,处五年以上有期徒刑,并处罚金。"后因该罪不利于保护未成年人,2015年10月30日,最高人民法院、最高人民检察院联合发布《关于执行〈中华人民共和国刑法〉确定罪名的补充规定(六)》,删除了嫖宿幼女罪的罪名。本书第一版出版时,该罪名尚未被删除。

第五案
无脸少女

林涛的电脑,俯身搭着他的肩膀,指着一张照片问:"哎,这车的引擎盖是不是有问题啊?"

"是啊,有个圆形的凹陷。"林涛揉了揉眼,说,"缴获车辆的时候,我就发现了。大队书记辩解说,一个月前,他把车停在学校篮球场上,这是被篮球砸的。不过这个凹陷有点儿太新鲜了,不像是一个月前形成的啊。"

我凝神看了一会儿屏幕,忽然跳了起来:"别听他胡扯,有了你这个凹陷,我彻底解开心中的谜了!小林子,你太棒了!"我一把搂过还没回过神来的林涛,在他脑门儿上响亮地亲了一口。女民警纷纷捂嘴偷笑起来。

这时侦查员也回来了,脸上挂着喜色:"他招了,全招了!大队书记说,那天唐玉找他有事儿,他就开车载着唐玉到了案发现场。唐玉告诉他自己怀孕了,向他索要更多的钱,他不给,两人就发生了打斗。打斗过后,唐玉下了车,准备走。他一时生气,开了车准备离去,结果没想到唐玉突然又拽住了车门。因为他起步速度快,所以把唐玉带倒了,可能车子是从唐玉的身上开了过去。"

"在车的侧面摔倒,车辆也能从尸体上骑跨过去?"黄支队问。

"这个倒是有可能,"一位交警同志说,"如果车子的速度很快,死者倒地瞬间有翻滚,是有可能被卷入车下的。"

黄支队点点头,脸色依然沉重,说:"那也只能给他加一个过失致人死亡罪。"

一直在旁默默听着侦查员汇报的我,听到这里,站了起来,一边把自己的电脑接上会议室的投影仪,一边说道:"他这是狡辩。他犯的不是过失致人死亡,而是故意杀人。"

整个会议室的人,都溢出惊异并且兴奋的表情。

我一边播放着尸检照片,一边解说:"唐玉头部的损伤,是摔跌在光滑载体上形成的;她全身多处的擦伤,是在路面上摩擦形成的;她的下颌骨骨折和肋骨骨折是和路面撞击形成的;另外还有一处伤,就是腰部的损伤,一般在交通事故摔跌中,很难形成腰椎的骨折,因为腰椎是向内凹陷的,不是背部突起部位。背部突起部位是肩胛,但肩胛并没有明显损伤,腰椎却骨折了,腰椎的横突、棘突同时骨折,只能说明一种情况——撞击!也就是说,唐玉的腰部才是本次交通事故的撞击点。"

"其他损伤怎么解释?"黄支队问。

"这辆越野车的保险杠是不是离地面90cm左右?"我转头问林涛。

林涛翻阅了车辆勘查笔录,点了点头,说:"嗯,是92cm。"

我笑了笑，说："刚才我看见林涛的车辆勘查照片，才茅塞顿开。现场还原很简单，首先，92cm高的保险杠撞击在唐玉的腰部，唐玉因为惯性作用而迅速后倒，枕部撞击在车辆的引擎盖上，形成枕部损伤和引擎盖的凹陷。现场没有刹车痕，说明此时车辆并没有任何减速，而是继续前行。由于和引擎盖的强大撞击力的反作用力，唐玉被车辆抛掷出去，落地时上半身着地，形成了下颌骨、肋骨骨折和全身的整体擦伤。车辆此时又从尸体上骑跨过去，因为车辆底盘的最低点恰好和尸体背部最高点高度基本一致，所以车辆底盘的挡泥板刮擦掉了死者衣服后背的扣子，并在后背上形成了轻微的擦伤。"

会议室里一片寂静，每个人都聚精会神地思索着，消化着我刚才的分析。

"只有这一种可能，"我斩钉截铁地说，"没有第二种可能可以完美解释尸体上的所有损伤。而且我要强调的是，整个撞人的过程，车速都是非常快的，车辆是直接冲着死者的后背撞上去的。"

"结合现场是白天、路面很宽、车速很快、没有任何提前刹车的痕迹，正面撞人也没有任何刹车减速的迹象，基本可以判断，这起车祸是一起故意杀人。"黄支队下了结论，"何况这个肇事者还有着明显的作案动机。"

"即便他不承认，也赖不掉他的罪行了。"侦查员兴奋地说。

在铁的证据面前，大队书记不可能再抵赖，很快就交代了实情。他被唐玉以怀孕为由要挟敲诈后，两人撕扯打斗了一番，唐玉气鼓鼓地在车前走，并扬言要去纪委告状。在后面开车缓缓跟随的大队书记临时起意，猛踩油门撞上了唐玉的腰部，并直接开车离去。

回省城的路上，我对大宝说："我还特地叫侦查员查了一下案发当天那个大队书记有没有喝酒，确证了他没喝酒我才敢下结论，你知道是为什么吗？"

正在发呆的大宝摇了摇头。

我笑着说："喝醉酒的人，偷人家麦克风自己都不知道，那么，撞了人没刹车也有可能自己不知道啊。"

"别取笑我。"大宝一脸严肃，多愁善感地说，"那孩子才十四岁啊，这个社会到底还有多少阴暗面呢？"

| 第六案 |

林中尸箱

照片是关于秘密的秘密，

它揭示得越多，你知道得就越少。

——黛安·阿勃丝

1

这个年代有了个新玩意儿：微博。

据说微博的影响力已经远远超过平面媒体和广播、电视了，当时的我自然无法理解，因为那时候我用的还是诺基亚板砖，不，诺基亚手机。

虽然我也申请了微博，但一直没有怎么登录，工作不忙的时候，我还是喜欢偷偷溜去省城的城市论坛看一看八卦新闻或是美女照片。

以前我是不喜欢上网的，直到有一次，科里的同事处置一起伤情鉴定的复核案件，鉴定结论出来之后，一位姓房的当事人看到结果对自己不利，于是不断上访。但事实永远是事实，即便再上访也不能扭曲事实。这位房女士屡屡上访无果之后，便开始在网上搜索起法医科成员的信息来。也算是无巧不成书，她一眼就看到了我的名字，更巧的是，和她起纠纷打架的那个四十多岁的女人也姓秦。

就这样，这位从没见过我的房女士展开了丰富的联想，既然这位秦明是法医科科长，那肯定是个小老头，于是第二天，省城的城市论坛上多了一篇帖子：《公安厅法医科科长秦明上蹿下跳为堂妹开脱罪行》。帖子写得声泪俱下，说我是那个秦某的堂兄，为了帮她脱罪，制造了假鉴定，等等。

这真是躺着也中枪。

这篇帖子跟帖的人还不少，开始我还非常气愤，连忙去找师父，问怎么办。师父哈哈一笑，说："怎么办？开除党籍、开除公职呗。"

这件事情也被厅里传为笑谈，我这个不到三十岁的小青年就这样变成了一个四十多岁女人的"堂兄"。从此，我又多了一个"堂兄"的外号。

师父让我无视这种诽谤，但是那时候年轻气盛的我，依旧默默关注着帖子后面的回复。还别说，这帖子红了好长一段时间，好多网民也不管是真是假，看了帖子就先痛骂一顿。幸好也有一些理智的跟帖者，询问了事情的经过后，发现这帖子破

/// 第六案
林中尸箱

绽百出，判断出这篇帖子纯属造谣。这样的回复总是能给我带来一些安慰。

一来二去，我成了论坛的常客。

这天一大早，我打开论坛就看见一个人气颇高的帖子。帖子里放了两张照片，都是同一个女孩的，第一张照片拍得不是很清晰，长宽的比例也很怪，隐约可以看见一个身材纤细的女人穿着一条短裙斜靠在一个马桶上，背着手，低着头。下一张照片就是女孩的大头贴了，看起来倒是个普普通通的姑娘。帖子里说，这个女孩二十二岁，刚刚大学毕业，莫名其妙就失踪了，希望网友能够提供一些线索找到她。让人眼前一亮的是发帖人提供的酬金，整整一百万元。

乖乖，一百万元！我一辈子能赚到一百万元吗？我忍不住算了算我可怜的工资。

网民也够无聊的，后面的回复没有一个正经的，要么就是在评论这个女人的胸和大腿，以及那两腿之间若隐若现疑似走光的白色斑点；要么就在意淫那炙手可热的一百万元；还有就是说现在的女孩真有想法，居然喜欢和马桶合影。

我一边看着神一般的回复，一边龇着牙偷笑，直到电话铃突然响起，才吓了一大跳。

"那个，一个电话都能把你吓尿，你肯定没在看好东西。"大宝缓缓走到我身后，"哟，这妞的腿漂亮呀！"

我见来电显示是师父的号码，做了个"嘘"的手势，接起了电话。

"来我办公室一趟。"

师父坐在办公桌前，盯着电脑若有所思，手里拿着一个由文件卷成的纸筒，有节奏地敲打着桌沿儿。

完了，师父一思考，准没好事儿。

我凑过去飞快地扫了一眼，咦，师父的电脑屏幕上……怎么是我刚刚看的那张美女马桶图？

"啊？师父对这个也有兴趣？"

师父瞪了我一眼："是案件。"

"案件？"我很是诧异，"网络上的事儿可信吗？再说了，失踪也有很多可能啊，不一定就是案件吧。"

师父皱着眉头，没有理我。

115

我只好赔着笑脸："师父是在哪儿看到这图的？您也上省城论坛？"

师父的目光依旧盯着电脑屏幕："不，微博上看到的。"

"您玩儿微博？"我大吃一惊，"您也会玩儿微博？"

师父没有回答我的问题，用手中的纸筒指着电脑屏幕说："你仔细看看这张图，这是今天早上我让声像检验科进行过模糊图像处理之后的，比原来的清晰多了，你能看出有什么问题吗？"

照片里的长发女孩耷拉着头，齐刘海垂在额前，看不清眉目。她的发梢微卷，显现出一种淡淡的黄色，发丝之中隐约可见高挺的鼻梁和涂着唇彩的嘴唇。她的身上穿着一件粉色的紧身T恤，下半身是一条贴身的牛仔小短裙，身材看起来玲珑有致。女孩坐在卫生间的地上，斜靠在马桶边，伸着两条并拢的长腿，双手背在身后，无法看清。

我皱着眉细细地看了一遍，斜倚着的女孩、马桶和那看不清楚花纹的白色地板砖……图片里也就是这些东西了。

"这照片一定被剪裁过，信息量太少了，马桶也就是个普通的马桶啊。"我挠着脑袋说。

师父没说话。

我又盯着照片看了一会儿，忽然想起网友的评论，忍不住瞄了一眼女孩的裙下："网友眼睛真尖，还真是走光了。"

师父用纸筒狠狠敲了一下我的头："搞什么？总没个正经，看哪儿呢？"

我摸摸头，吐了吐舌头，又看了一会儿，坦白说："不知道。"

师父沉默了一会儿后，突然开口道："她死了。"

"死了？"我讶异地叫出声来。光凭一张照片，师父是怎么看出这女孩已经死了的？

"我有几个依据，"师父一边用纸筒敲打着桌沿儿，一边说，"首先，我可以判断尸体已经产生了尸僵。"

尸僵能看得出来？我心里嘀咕着，继续看着照片，感觉像是找到了一些窍门。

"你看，"师父说，"女孩的右侧肩胛斜靠在马桶上，这种姿势下，如果是正常耷拉着头的话，下巴应该会自然地偏向右侧，但这个女孩的下巴是往左偏的。所以我怀疑这个女孩死亡的时候颈部处于一个向左偏的姿势，所以形成尸僵后，就出现了这样的情况。"

第六案
林中尸箱

我没吱声。

师父知道我不太信，接着说："最关键的是脚尖。一般人小腿外旋的时候，脚尖肯定是向外指的。但是这个女孩呢，她的俩脚尖是向内相对，而且向下绷直。你来做一个小腿外旋、脚尖向内相对向下绷直的姿势我看看，别不别扭？"

我坐在一旁的沙发上，比画了一下，确实很别扭。我问："所以呢？"

"所以我觉得她死的时候，应该是面部朝下，脚尖被地面压住，形成向内向下的姿势。为什么小腿会外旋呢？是因为她的身上被人施加了压力，所以就出现了脚尖不动，但小腿外旋的姿势。"师父说，"一般女孩即便是照相的时候喜欢把脚尖相对，小腿也是内旋的，绝对不会外旋。"

"按您说的，尸体一直保持死亡的姿势，直到尸僵都形成了，才被移动到马桶旁边，那么她的髋关节[①]也应该形成尸僵了，尸体怎么可能呈现出坐姿？"

"尸僵的形成，一般是按照下行顺序，也就是说，颈部、下颌会先形成尸僵，然后往下慢慢形成，而从关节上看，也是先在小关节处形成尸僵，然后在大关节处形成。你看这个女孩，嘴不是张开的，说明下颌尸僵已经形成；脚尖异常，说明踝部的尸僵也已形成；而髋关节是最大的关节，此时还没有形成尸僵，或者形成的尸僵还比较软，容易被破坏也是正常的。所以凶手能搬动尸体，把她变成坐的姿势，而小关节的异常形态则没有被凶手注意到。"

我点点头表示认同："但这还是不足以判断她死亡啊，如果这个女孩就是喜欢用这个古怪的姿势来拍照呢？"

师父摇摇手，接着说："我为什么先说尸僵，是逆向推理。你看，假如我们刚才分析得都对，那么这个女孩死的时候应该是俯卧位，身体受压，对吧？"

我点点头。

"既然是俯卧位，尸斑就应该在尸体底下的部分形成，也就是胸腹表面、颈部、脸颊和腿的前面。你仔细看看，有尸斑吗？"师父说完，调整了一下照片的色彩对比度。

果然，之前没有发现的细节，在对比度增大之后变得清晰起来，女孩的右侧脸颊和两腿前面有明显的红晕，这种大面积的红晕，从不同角度都能观察到，不可能是光线问题或是损伤所致，应该就是尸斑。

[①] 髋关节，由股骨头与髋臼相对构成。通俗地说，就是大腿上段和骨盆构成的关节。

我盯着屏幕,将信将疑:"我还是有两个问题,一是尸斑为什么这么浅;二是按照我们之前的分析,如果小关节尸僵已形成,大关节尸僵仍未形成,也就是说,女孩是在死后四到五个小时被搬动了位置,这个时候尸斑应该会转移到尸体新的底下部位,也就是臀部和两腿后侧呀。"

师父摇了摇头,说:"不是这样的。我来解释你的两个问题,第一,尸斑形成的初期,都是浅红色的,后期可能会加重。第二,尸斑在死后十二小时内确实可以随着尸体位置的变化而重新形成,但是尸斑的原理,是人在死亡之后,血管通透性增强,红细胞透出血管沉积到身体底下位置的软组织里,在皮肤上表现出颜色的变化。这其实和沙漏的原理是一样的,身体的体位变化以后,红细胞也就像沙子一样慢慢沉积到另一侧,请注意,是慢慢地沉积到另一侧。"

听师父这么一解释,我顿时茅塞顿开。如果凶手在挪动完死者之后立即照相的话,尸斑应该还来不及重塑,还会沉积在原来的位置。

"另外,她的膝盖也有异常,疑似是瘀青。你看这瘀青的颜色和周围红晕的颜色是不一样的,所以更加能确定红晕部分就是尸斑。在膝盖位置有瘀青的话,也恰恰印证了她是在俯卧位被施压的推断。"师父补充道。

尸斑和尸僵是确证死亡的两个依据,既然推断出女孩同时具备了这两项尸体现象,那么这女孩的确已遭毒手了。

"除此之外,"师父慢慢点击鼠标,放大了图片,说,"你看她下巴侧歪后露出的颈部,有什么?"

真心佩服模糊图像处理的同事,居然能把一张那么模糊的图片处理出了这么清晰的效果。

颈部还能有什么?索沟[①]。

"原来她是被人勒死的。"我摇头惋惜道。

"你在论坛上也看到这张照片了?"刚才一直在忙着比画的师父现在又恢复了拿纸筒敲桌沿儿的动作,敲得我心慌。

"是的,说是寻人启事,还配了女孩的一张正面照。"我说,"最吸引眼球的是,悬赏居然高达一百万元。"

---

① 索沟,是人体软组织被绳索勒、缢后,皮肤表面受损,死后形成局部皮肤凹陷、表面皮革样化,完整地保存下被绳索勒、缢时的痕迹。

师父点点头:"微博上也是这样写的。"

"那您看,是怎么回事?"我问,"如果是凶手发的,他怎么会有女孩的大头照?而且他发这个做什么?是炫耀他杀了人,还是为了迷惑别人?如果是女孩家属发的,他们又怎么会有女孩死了以后的照片?而且死了为什么还要发帖寻人?家属有什么目的?"

师父用鄙视的目光看着我:"这都猜不到,你是我徒弟吗?"

2

大家应该都猜得出是怎么回事了,可当时我大脑里的动脉估计都被排泄物堵上了,怎么都想不明白。

"你完蛋了你,"师父说,"被你'堂妹'的仇人骂傻了吧?"

正说着,林涛走进了师父的办公室,抬头说:"刚刚我和大案科的亚青去网监部门查了一下,发微博的是中达公司一位姓赵的老总的老婆。那个女孩就是这位赵总的女儿,赵雨墨。"

"走,人死了,也没什么顾忌了,去中达公司看看。"师父终于扔了手上的纸筒,让我这个"频率恐惧症"的人松了口气。

中达公司是省城一家有名的房地产公司,走进公司大门,我就被装修豪华的大厅和来来往往的员工盛气凌人的面孔给震慑住了。一路走进赵总的办公室,我顿时有一种大开眼界的感觉。已经不能用"奢华"两个字来形容了,眼前分明就是座小型宫殿,大量的金色被夸张地使用着,无不透露出一种暴发户的气息。

难怪出手就是一百万元的悬赏呢,这派头,一百万元算什么啊!我又想到我那可怜的薪水。法医在国外明明还是高薪职业,可事实上我们一个月只能拿到三千块钱的工资。三千块啊!在省城的二环外也只能买到半个平方米的房子。

坐在宽大的高级皮制软椅上的赵总,已经在等着我们了。虽然只是这家公司的副总,脸上也带着一抹无法掩饰的愁容,但他扬着下巴,依旧有一股居高临下的气息。

"赵总好,我们是公安厅的,现在在调查你们发帖寻找女儿的事情。"亚青开门见山地说,"据我们的调查,你们好像没有去任何派出所报案。"

"报什么案?找你们警察有用吗?"

我愣了一下,找警察没用,难道要去找城管?

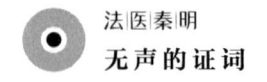

"这不是您找不找的问题，"亚青说，"我们怀疑这是一起绑架案件。"

我这才豁然开朗，对啊，应该是绑架啊！这就解释了为什么女孩的父母会有那张厕所的照片了，因为绑匪肯定要把女孩的照片发给她的家人，但没有法医的知识，一般人肯定看不出来拍照时女孩已经死了。

"是，确实有人绑了我的女儿。"赵总依然一脸的倨傲，"可是我不信任你们警察，我自己能解决我女儿的事。"

"自己能解决，就不需要上网求助了，对吧？"师父说。

是啊，哪有收到绑匪发来的照片之后，不找警察却找网友求助的，这不是天方夜谭吗？

"我就是上网求助也不找你们警察。"赵总的脸色阴沉着，"如果绑匪知道我找警察，肯定会撕票的。"

"你女儿已经去世了。"师父看着他，突然冒出一句。

赵总的脸色并没有太大的波动，他没有我想象中那样迅速崩溃，仿佛这个结果早就在他的预料之中："你们……找到她的尸体了？"

"尸体还没有找到，"师父说，"但是作为一名法医，从那张照片里，我推断出你女儿已经去世了。"

"什么？"刚刚还沉稳如常的赵总顿时脸色大变，一拍桌子，气得连手都抖了起来，"你说什么？！墨墨她……她拍那张照片的时候，就已经……就已经死了？这个王八蛋！狗娘养的骗子！"

我们面面相觑。

赵总的嘴角颤抖着，他努力克制着自己，但眼角的泪水还是止不住地流了下来。他深深吸了一口气，哽咽了几声，才断断续续地说道："唉，我那可怜的孩子……三天前，我接到墨墨手机打来的电话，那时候是凌晨两三点钟，我听到手机里不是墨墨的声音，而是一个男人的，他说墨墨在他手上，要我给他五十万元。我开始不信他，要他给我发一张墨墨的照片，没过多久，他就把那张照片发了过来，没想到……本来我们说好，一手交钱，一手交人，约的时间是昨天晚上十二点，我们按照他的要求把钱放到了他说的地方，然后回家等着他放墨墨回来。一直等，一直等，过了约定的时间，还是没有等到墨墨，我们再去那个地方看的时候，钱已经没了。那时候我心里就咯噔了一下，但还是存有一丝侥幸，就上网发了那个帖子，心想，说不定有人认得那个地方，说不定有人见到了墨墨……"

/// 第六案
林中尸箱

赵总捂着脸，陷在他的扶手椅里，失去了所有的威仪与神采，泣不成声。

我们都沉默着。这个悲伤的父亲，明明那么爱自己的女儿，却因为自己的一时糊涂，错过了抓住凶手的机会。尽管绑匪在打电话要钱之前就已经杀害了赵雨墨，但交易赎金的时候是擒获他的最佳时机，现在绑匪拿到了钱，离交易时间又已经过去了十多个小时，再想抓到他，就很难了。

师父沉思了一会儿，对仍在哽咽的赵总说："赵总，你节哀吧。小秦，我们走，让市局马上立案，成立专案组，这案子必须破！"

专案组依旧是烟雾缭绕。

遇上这么一桩案子，每个人的脸上难免是愁云密布，因为实在不知道要从何下手。尸体，不知道在哪儿；现场，不知道在哪儿；因为报案晚了，连死者的手机都无法定位。

这个专案组由省厅的刑警齐支队长亲自挂帅，法医工作则由我来组织，这也是师父交给我的又一个考验。我和专案组的大多数人一样抽着烟，脑海里仍是一片迷雾。

"对了，我有一个疑问。"我又抽出一根烟，一边点上火，一边问，"既然现场有马桶，那说明是一个室内的空间，赵雨墨是怎么进入这个空间的呢？"

"可能性很多，"齐支队长摊开手指，一个一个细数，"熟人诱骗、劫持、下药、死后移动到室内、死者走错门……太多可能了。目前我们正在从两方面开展工作，一是寻找尸体和可能见过赵雨墨的人，二是从赵雨墨生前的熟人入手。"

我点点头。依据现有的线索，如果不查熟人，还能查什么呢？作为一名法医，在一个没有找到尸体的专案组里，除了没话找话，我还能说什么呢？

我焦虑地等待着尸体的出现。

或许是我的祈祷感动了上天，中午时分，专案组接到报告，尸体可能找到了！

整个专案组最激动的是我，因为我已经闲了一上午了。当技术人员拎着勘查箱下楼的时候，我已经坐在勘查车里等着了。

尸体其实离我们不到两公里。

公安局的附近，就是省电业大学。现在正是快要开学的时候，校园里到处都是拖着箱包来学校报到的学生。校园一角的小树林里，静静卧着一只皮箱，但拎着皮箱的人那么多，根本就没人注意到它的存在。直到中午时分，一个女生经过小树林时，意识到整个上午都没有人来拖过这个皮箱，心生好奇的她叫来了自己的男朋友。男生一边笑话着这个多疑的姑娘，一边上前拉开皮箱的拉链。拉链很紧，他用力一扯，也只拉开了一点点，但这一拉扯，两个人都忍不住尖叫了一声。

那个皮箱被拉开的缝隙里，散出了一缕长发……

一向安静的小树林里，此时此刻挤满了围观的学生。发生这种事，学校里肯定会谣言四起，难免被传成一个恐怖的怪谈。只有尽快破案，才能平息这种四处弥漫的恐惧感。

我看到痕迹检验部门已经在皮箱附近收集物证了，也不急着靠近现场，自己背着手，带着一个侦查员径直去了保安室。

"你好，我是公安厅的，负责本案的调查工作。"我最喜欢掏出警官证亮明身份的这个瞬间了，只见保安顿时肃然起敬，"我现在需要查看你们学校的监控录像。"

能够装得下一个人的皮箱，绝对是一只显眼的大皮箱，所以拎着皮箱的人，也一定很容易被人注意到。既然如此，他肯定会选择人少的时候来抛尸。我坐在保安室里，用八倍的速度同时播放着学校三个门口昨晚的视频。

我盯着屏幕看了一个小时，发现昨天晚上进出校门的人还真不少。因为是新生报到，所以甚至从深夜到凌晨都有很多人和车进入学校，也有拎着皮箱的，但是绝对没有拎着大皮箱的。

我挠挠头，难道凶手真的有那么大胆子，敢白天进学校？不，不会的，说不定他是开车进来的。

"你们学校能让外面的车随便进出？"我指着夜间的监控视频问。

在我身后站了很久的保安顿时一脸戒备："不是。但这两天是新生报到，人多车多行李多，我们也是给新生行个方便，所以就不管了。"

看来最可疑的就是这些进出学校的车辆了。可惜是晚间，学校的摄像头又很劣质，被车灯一照，什么都看不清，只知道那是辆车。从监控录像找到本案突破口的可能性，没了。

我让随行的侦查员拷贝下监控录像带回去继续观察，抱着侥幸的心理希望能有一些发现。我抬腕看看表，觉得时间差不多了，便向现场走去。

这个案子，还是要从尸体入手。

第六案
林中尸箱

箱子已经被打开，一个披着长发的女孩蜷缩在里面。

作为一名法医，看惯了人间生死，看惯了社会阴暗，但是看到这一具尸体，我的心里还是为之一震。

普通人看尸体，只会注意到尸体的全貌，法医看尸体，最先看到的是尸体的损伤。和师父的判断一样，女孩的颈部有一条深深的索沟。但是并不像电视里看到的那样，被勒死的人眼球突出，舌头伸出，死状恐怖，这个女孩真的像是在箱子里睡着了一样，安静而柔弱。她的双手被捆绑在身后，下巴贴着膝盖，穿着和网络照片上的一模一样。虽然人死后的面容和生前会有一些差别，但是学过人像鉴别学的我一眼就看出了这就是赵雨墨。

此时的尸体尸僵已经缓解，在市局王法医的帮助下，我们把尸体从皮箱里抬了出来，平放在已经铺好的塑料布上。抬动尸体的时候，不知道有什么东西从尸体上哗啦啦地掉了下来。我探头一看，是一粒粒白色的东西。

"这是什么？"不知什么时候，大宝和林涛也已经到了现场，大宝戴上手套，从箱子里捡起一粒，一边端详一边说，"这是蛆卵？也太大了吧？而且这个天气，不至于……"

我白了大宝一眼，说："傻呀，这明显是米。"

"米？"大宝惊诧地反问道。

我沉思了一会儿，说："唯一可能的解释，就是这个箱子原来是用来装米的，所以箱子里还有一些剩余的米……"

"你见过谁用行李箱装米的？"大宝拿着那粒米凑近了观察。

"没。"我摇了摇头，"但除了这种解释，还能有什么解释呢？"

"这事好像有点儿耳熟，"林涛也加入我们的讨论，"但我一时想不起来了，印象中好像米和殡仪之间有什么关系。"

林涛一来，警戒线外的女生们就开始看着他窃窃私语，眼神里都是满满的花痴样，真是让人忍不住羡慕嫉妒恨。

"不管是什么传说，你得给我们搞清楚。"我对林涛说。林涛点点头。

我简单地查看了下尸体，说："这里有风，别损失了什么物证，把尸体拉去殡仪馆吧。你们刚才有什么发现吗？"

林涛摇摇头，有些无奈："这里的地面条件差，皮箱质地粗糙，很难获取物证。"

"那只有从皮箱的来源查起了。"齐支队长说。

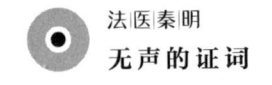

伴随着支队长的命令，我们坐上了赶往解剖室的车，离开了校园。

解剖室内，赵雨墨背着双手，躺在台子上。

"衣着整齐，而且干净。"我和大宝将赵雨墨的衣服一件一件脱了下来，摊开在一张展开的塑料布上。我问大宝："这说明什么问题？"

"一是遭受性侵害的可能性不大，二是作案现场应该是室内。"大宝说完顿了顿，接着说，"她失踪的时间是8月21日和22日，这两天全省都在下雨，如果她是在室外被摁压在地面上，衣服就会被弄脏了。"

我笑着说："看来我在专案组浪费时间的这一上午，你是做了功课啊。其实我一直认为她是在室内被杀的，不然从室外再运回室内太麻烦，凶手完全没有必要这么做。"

赵雨墨的尸体静静地躺在解剖台上，现场看尸斑，比在照片里清晰得多了。师父此前的分析没错，凶手在赵雨墨死亡四五个小时后，把尸体放置到马桶边，之后就再也没有动过她，直到四十八个小时后，尸斑稳定，不会重塑，才将她装进了箱子。

"嗯，赵总收到照片的时候是22日凌晨三点左右，按照这个推断，赵雨墨应该就是在21日的晚上十点到十一点死亡的。23日的晚上，凶手才将赵雨墨装进了皮箱。24日的早上，皮箱就出现在了校园里。"大宝一边听我分析，一边算着时间，"这时间安排还真是紧凑啊！"

赵雨墨的颈部有一条在颈后交叉的索沟，切开颈部皮肤，发现索沟下方的皮下组织和肌肉内都有片状出血，这是生活反应。加上甲状软骨骨折，基本可以断定她死于勒颈。

下面的工作是残忍的，我们要将这个美丽的女孩一层层地解剖。

我们通过检查内脏瘀血、颞骨岩部出血等征象，确认了她死于机械性窒息，还在她的腰部发现了一处出血，这也在我们的预料之中，因为她背部受压，可能是有人坐在她身上，也可能是有人用膝盖顶住了她的腰部。除此之外，我们没有再发现什么新的线索，凶手的动作太干净了。

检验完赵雨墨的会阴部，我的脑海里不知为什么突然浮现出"云泰案"中几名死者的样子。不过赵雨墨没有被性侵，这应该和"云泰案"没有什么关系。

接下来就是按照惯例缝合尸体。当我们缝到肚脐以上的位置时，灯光一闪，我仿佛看见了点儿什么，赶紧说道："大宝，看，这儿有异常！"

3

赵雨墨的右侧胸腹部隐约可见一道红色的印记,一直延伸到了她的乳房上。

这道印记非常不明显,几乎难以辨认。我找来酒精棉球,耐心地反复擦拭。

酒精可以使一些不明显的生前印记显现出来,这道红色的印记逐渐清晰,大约有30cm长,准确地说,这不是一道印记,而是一个"十"字形的印痕,只是横着的那一道短了一些。

"这是条压痕。"大宝说,"颜色不清晰,应该是濒死期形成的。"

"其实我们早就应该想到这里有一条压痕。"我说,"我们推断了死者是在室内死亡的,又是俯卧位背部受压,只要那家不是水泥地面,地板的痕迹就应该会印在她的胸腹部,只不过没想到有这么明显。"

缝合完尸体,我蹲在地上的塑料布旁,重新逐件检查赵雨墨的衣服。

直觉和运气让我发现了赵雨墨牛仔裙的异常。

牛仔裙的右后侧有一个暗口袋,不注意还真看不出来。这口袋有些鼓鼓囊囊,于是我用手指撑开了口袋的边缘,用强光灯一照,竟然发现里面有一些黑色的痕迹。我迫不及待地把口袋内衬翻了出来。

"堂兄威武!"大宝惊讶地叫道,"这是三个指头的指纹啊!不过,这不一定和本案有关吧?"

"谁会来摸她这个明显不会装东西的口袋?"我说。

"那也不一定,这个指纹是黑色的,应该是沾了油墨之类的东西,说明这个人的手很脏。"大宝说,"这种身份的女孩怎么可能被这么脏的人摸口袋?只可能是小偷嘛。"

我点点头,大宝的话确实有一定的道理:"不管怎么样,先送去林涛那里让他固定备存下证据吧,说不定以后能用得上呢!"

回到专案组,看到大家的表情,不用猜也知道,侦查依旧处于僵局。我介绍了尸检情况,除了断定赵雨墨是21日死亡、在室内被杀、死于窒息,没法再提供更多的线索。大家接着讨论案件的性质,很快就起了分歧。

"如果真的是绑架案件,那么凶手完全可以拍一张赵雨墨活着的照片,或者拍段视频，那比杀死她以后再拍照风险小了很多，"齐支队长说，"所以我觉得凶手的主要目的还是杀人，绑架很可能是一种伪装，当然，顺手拿到几十万元也不是坏事。"

"我倒是觉得绑匪的目的还是钱，可能他没有什么经验，没有能力控制住赵雨墨，临时起意杀了她。他之所以要把赵雨墨扶起来坐着拍照，就是为了伪装她还活着。"我顿了顿，"我发现有人翻动赵雨墨的裙子口袋，当然，现在不敢肯定是不是和本案有关，但是如果有关，那么就是侵财。"

"至少可以确定是熟人作案吧？"齐支队长说，"这么果断撕票的，通常都是熟人作案，况且，如果不是熟人的话，赵雨墨怎么会去别人家里？"

"如果犯罪分子是为了钱绑架，那么真不一定是熟人。"我说，"之前你不是也推测过可能会是诱骗吗？"

齐支队长摇了摇头，说："这赵雨墨都二十二岁了，又是大晚上的，没么容易被骗吧？"

"现在的女孩，胆大，还真说不准。"我说。

"如果不认识，犯罪分子怎么会知道她家有钱呢？"

这个问题确实问得我有些犹豫，我说："我猜，可能是从穿着打扮看出来的。赵雨墨的上衣是香奈儿的，裙子是迪奥的。可能她身上还有些金银首饰，只不过被绑匪拿走了。"

"你还懂这些。"大宝嬉笑道。

"铃铛比较喜欢对着这些品牌流口水。"我无奈地说。

"那也得是识货的绑匪吧。而且，穿得好的，可能是有钱人，也有可能是二奶和小三啊。"齐支队长说，"如果是二奶、小三什么的，还真不一定能绑出什么钱来。"

眼看话题就要跑偏，主办侦查员回来了。

"经过调查，赵雨墨的男朋友黄钟音有重大作案嫌疑。"侦查员说，"有人看见当天下午五点多，赵雨墨在黄钟音家楼下和他拉扯、吵架。"

"我就觉得是他！"齐支队长说，"首先，我认为是熟人，绑架只是个伪装；其次，把那么大个箱子运进学校，又要避开监控，只有开车进去了。对了，黄钟音有车吗？"

"有。"侦查员说，"他是中达公司的白领。"

第六案
林中尸箱

"传唤他。"齐支队长说,"一方面布置外围调查,一方面办手续,搜查他家。"

大家应声开始收拾桌上的本子。我耷拉着头,看来是我推断错了。

黄钟音的家在十三层,我们去的当天,电梯还正巧坏了。我和大宝对看一眼,只能进了楼梯间。等到了黄钟音家的时候,我们几个人全都累得喘不上气了。

进了门,我四下看了一眼,扶着墙,喘了两口气,说:"奶奶的,白爬了,又得下去。"

"下去?"大宝也还在喘着,"堂兄,你抽风了啊?什么意思?怎么就白爬了?"

"你才抽风呢。"我说,"我们尸检的时候说什么来着?死者胸腹部有'十'字形印记,所以现场应该有十字交叉的地板砖。"

黄钟音的家里确实没有十字交叉的地板砖,客厅卧室都是木地板,交缝处是"H"形,就连卫生间、厨房的地板砖都是菱形的。

"可是他家的卫生间地板真的是白色的,和照片上的一致啊。"大宝急了,"那个,说不定不是摁在地上呢?也可能是在某个有十字交叉的地方,比如,比如……"

我看大宝满屋找十字交叉形的平面,赶紧拉住他,走到卫生间,指着马桶说:"你看,关键是马桶不一样啊。"

照片中的马桶盖是塑胶制作的,没有光泽,而现场的马桶盖是用锃亮的塑料制作的,显然是有很大的区别。

大宝低头看看照片,又抬头看看马桶,叹了一口气,说:"堂兄,服了你了,连马桶都有研究。"

"不管凶手是不是他,至少现场不是这里,收队吧。"我正式宣布。

我们垂头丧气地回到专案组,发现专案组的侦查员同样也是无精打采的样子。

"小区监控显示,黄钟音当天确实一个人在家。"侦查员说,"他的嫌疑排除了。据他说,当天下午他和赵雨墨因为一些琐事发生了争吵,他开始想拉住赵雨墨的,但是赵雨墨脾气上来,硬是走了。这个黄钟音也是个脓包,自己躲家里哭了一夜。"

"那这个赵雨墨,性格怎么样?"我问。

"黄钟音说她就是典型的富家千金的性子,很高傲,喜欢欺负人,也喜欢炫耀。"侦查员说,"我们看了监控,也证实赵雨墨当天离开黄钟音的时候穿的就是现在这身衣服。"

法医秦明
无声的证词

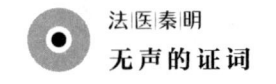

案件再次陷入了僵局。

一天就这样过去了，案件仍然没有任何头绪，我的情绪也跌到了谷底。我没有心情回家休息，就打算去自己的办公室里加班，整理整理今年没有破的命案，为即将到来的一年一度的命案督导工作做准备。

经过林涛办公室的时候，发现灯亮着。

"一个人又寂寞难耐了？"我没敲门，进屋拍了拍林涛的肩膀。

林涛头都没回，正在一堆电脑文档中寻找着什么。

"那个米和殡仪的传说，我总记得好像在哪一起案子里看到过，"林涛一边搜索着一边跟我解释，"奇怪的是怎么都想不起来。反正也睡不着，就再来找找看呗。"

"我还以为你睡不着是因为想女人了。"我坐在林涛对面的椅子里，调侃着，"喂，你不会真的对男人有兴趣吧？别对我有非分之想哦。"

"去去，我对你堂妹有兴趣也不会对你有兴趣。"林涛推开我搭在他肩膀上的手，目光依旧没有离开电脑屏幕，"等等，靠，终于让我找到了！"

真的有这样的先例？我也激动地跳了起来，再顾不上调侃他："什么情况？"

"看，这是三年前的一起案件。"林涛说，"湖东县的一个护林老头在自己的房子里被人杀害，尸体的周围就有很多米，当时我们都认为是死者和凶手搏斗过程中打翻了米缸。破案后，凶手交代米是他故意撒在尸体周围的。"

"为什么要撒米？"

"我当时也很好奇，后来才听说，他们当地有个风俗，准确地说，不是风俗，是封建迷信。他们相信，人死之后，把米撒在尸体周围，就能让灵魂无法出窍，这样鬼魂也就无法报复凶手了。"

"真是荒诞。"我笑着说，"不过我喜欢。请示专案组，转战湖东。"

第二天一早，作为先头部队，我和几位同事先去了八十公里外的湖东县，没想到的是，没过多久，专案组的其他人在齐支队长的带领下，浩浩荡荡地全部赶过来了。

"你们怎么都来了？"我惊讶地问，"押宝吗？万一是误判呢？"

"不会的。"齐支队长信心爆棚，"昨天我问了一下，赵雨墨不会开车，赵总也没有给她配车，如果她真的要来湖东，肯定要坐汽车站那种长途的士，就是凑三四个人包车的那种。这种富家女，是不可能坐火车或者大巴的。"

"然后呢？"

"经过对长途的士司机的调查，确证赵雨墨21日晚上六点半左右，自己一个人包了一辆车开往这里，说明赵雨墨的死亡地点很有可能就在这座县城。"

"的士司机有嫌疑吗？"我问。

"没有。"侦查员说，"这种的士有统一的公司管理。车内有监控装置，有GPS。因为赵雨墨要求司机送她去一个档次高一点儿的饭店，于是司机在将近晚上八点的时候把赵雨墨送到县城中心一个西餐厅的门口，然后司机就返回了，他还说当时下了很大的雨。"

"手机调查也没有进展。"齐支队长补充道，"赵雨墨的手机是于当晚七点十五分关机的，从车载监控上看，应该是没电了。在车上的时间，只有GPRS流量损耗，没有打电话。"

"GPRS流量损耗？"我哈哈一笑，"看来是上网聊天呢。我说呢，这个富家女怎么会和一个小县城有关系，现在看起来，很有可能是来见网友啊。"

"我们也是这样考虑的。刚和男友吵完架，想来这里寻个一夜情什么的，很符合。"齐支队长说，"目前网监部门正在努力，应该很快会发现线索。"

"现在的人见网友真是一点儿警惕心也没有，在微信上随便摇一摇都会约出去见面，"我说，"你根本不知道对方到底是什么人，一不小心……"

我的话被一阵急促的电话铃声打断。齐支队长接通了电话，紧锁的眉头逐渐舒展，看来是个好消息。

"赵雨墨有个网友，联系很久了。"齐支队长放下电话，说，"这个人，就在湖东。"

4

这个网友叫李威。他被带进湖东县公安局的时候，依旧是一脸迷茫。他只有二十岁左右，戴着眼镜，看上去老实巴交的样子，据说高中毕业之后就辍学打工了。

"你们抓我做什么？"李威茫然地说，"俺什么坏事都没有做过。"

"你是哪里人？"侦查员问。

"洋宫县人。"

"什么时候来湖东的？"

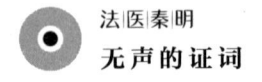

"半年前。"

李威一口的北方方言，我在一旁听着觉得越来越不对劲儿。如果是北方县城的人，来湖东县才半年的时间，那他就不应该对撒米困住灵魂的风俗这么了解。

"你认识赵雨墨吗？"侦查员问。

"不认识。"

"老实交代，我们不会平白无故叫你来问一些你不认识的人的情况。"

"俺真不认识啊。"李威吓得不轻。

我提醒身旁的侦查员应该问网名。侦查员点点头，翻开卷宗找了一下，接着问道："那你认识利……什么……利多卡因吧？"

利多卡因是一种麻醉药，看来赵雨墨认为自己是那种能迷住所有人的迷药。

"哦，她啊，认识，不过我们只是网友。"

"你见过她吗？"

"视频里见过。"

"你最近和她联系是什么时候？"

"三天前吧。"李威想了想，说。

用姜振宇老师的微反应理论来分析，李威这个思考的表情很自然，应该不是伪装的。

李威接着说："那天她不知道发什么神经，突然说要见俺。俺没见过网友，有点儿害怕。而且那天晚上还在下雨，俺就说太远了，而且下雨不方便，改天再见。可是她说她已经在车上了，马上就到，让俺等她，而且问俺俺家在哪儿。"

"你告诉她了？"

"没有，俺是租的房子，连茅房都是公用的，不好意思让她来，就在考虑去哪里见她。可是这个时候，她突然下线了，俺以为她可能就是心情不好，说说罢了，就没再理会了。"

"她几点下线的？"

"七点多吧，俺记得好像是。"

我走出审讯室，虽然审讯还在继续，但是我已经相信他绝对不是凶手了。公共厕所，那里会有马桶吗？

回到宾馆，我又得知一个坏消息，赵雨墨下车地点的西餐厅没有监控，这个西餐厅生意非常火，所以服务员也记不起她的样子。总之，又一条线索断了。

第六案
林中尸箱

我的情绪继续低落，下午也没有再去专案组。我去了也帮不了什么忙，如果有好消息他们一定会通知我，可现在又能有什么好消息呢？连皮箱的线索都已经断了，这种皮箱已经卖出去十几万个了，怎么查？

我躺在床上试图午睡一会儿，可大脑一片清醒。我在思考一个问题，为什么我初到现场的时候，脑海里会出现"云泰案"呢？两个案件明显是不一样的：一个有抛尸，一个并不抛尸；一个是在室外作案，另一个在室内，显然是不能串并的。我为什么会把这起案件和"云泰案"联系在一起？有什么共同点呢？……捆绑双手？对，捆绑双手！

"云泰案"的三个死者都是被捆绑住双手压在地上实施强奸的，而这个案件里，死者是被捆绑住双手压在地上勒死的。相同的地方，就是捆绑双手的绳结。

我从床上跳起来，从电脑里翻出照片，仔细观察几起案件的绳结打法，非常可惜，赵雨墨案子里的绳结情况和"云泰案"并不一样。

但是我一点儿都不沮丧，因为曙光已经渐渐显现了出来：

赵雨墨手腕上的绳结，看上去非常简洁，但也非常牢固，这应该是一个比较专业的绳结。而"云泰案"的三个死者，手腕上的绳结看起来非常烦琐，却不牢固，三人手上的绳结竟然一模一样。

我压抑着内心的喜悦，打开百度，搜索了"绳结"，满屏的信息扑面而来。

原来绳结也是一种文化，不同职业的人，在打绳结上有自己独有的习惯。绳结的种类也很繁多，有水手打的绳结、木匠打的绳结、挑夫打的绳结、外科医生打的绳结……我一边看一边学习，甚至拆下鞋带来尝试，花了一下午的时间，终于熟悉了百度上介绍的十几种绳结的打法。

再回到案件的照片上，我豁然开朗。赵雨墨手上的绳结是一个典型的双套结，打法不难，但比较专业，通常喜欢户外运动的人才会熟练掌握这种绳结的打法。我激动得在桌面上捶了一拳，又迫不及待地点开"云泰案"的照片进行比对。但幸运之神大概只眷顾了我一小会儿，"云泰案"的绳结没有这么明显的特征，不是专业的绳结，只能说是一个人打绳结的习惯。哪个专业人士会习惯打烦琐而不牢固的绳结呢？

但不管怎样，至少这个案子里，又一条新线索浮出了水面。我拿起电话，让侦查员调查李威打过的绳结，以及他是否习惯于户外运动。

第二天一早，当我走进专案组的时候，齐支队长一脸的喜气："小秦呀，一个好消息，一个坏消息，你要先听哪个？"

我无语，一个快五十岁的人，有必要撒娇玩儿这个游戏吗？

"呃，坏消息吧。"

"李威被排除了，他都不知道什么是户外运动，绳结也对不上。"齐支队长说，"其他方面也排除了。"

"这个不算坏消息。"我说，"你没看我昨天下午都没来吗？我知道他肯定不是凶手。"

齐支队长的眼神里闪过一丝惊讶，接着说："坏消息不是坏消息，但好消息绝对是个好消息。我们派出的外围搜索组，在校园的一处角落里，找到了死者的手机和疑似勒死死者的绳索。"

确实是个好消息，我惊喜得说不出话来。

"有……有照片吗？"我觉得自己都不会说话了。

"有啊，你看。"齐支队长移过他的笔记本电脑。

照片有两张，一张是一根绳索，上面满是油墨，这应该是一根绑砚台的绳索，为什么判断是绑砚台的？因为湖东是产砚大县。

另一张照片是一部iPhone手机（苹果电脑公司的一款智能手机），被水泡过，呈现的是没有开机的状态。

"手机坏了，"齐支队长说，"不过我们的技术部门有信心恢复它的资料。"

"我关注的不是手机。"我说，"之前，我们在赵雨墨的裙子口袋里发现了油墨指纹，当时以为是小偷偷东西呢，还在说为什么小偷不偷包，而去偷一个裙子上的暗口袋，这太不专业了。"

"我明白你的意思。"齐支队长说，"现在可以解释为什么会有油墨指纹了。因为凶手拿着沾满油墨的绳子杀人，然后又拿沾了油墨的手掏口袋。哈哈，有道理。现在我也赞同你关于案件性质的判断了，这可能就是一起绑架侵财案件。"

"有指纹，且知道凶手家的大概装潢情况，知道凶手家应该有砚台，知道凶手喜欢户外运动，这个案子不难破吧？"我扬着眉毛说。

"必破！"齐支队长的手机铃声再次响起，他看了一眼，说，"不过，我希望有更快的捷径，这个电话可能就是给我们提供捷径的。"

确实是一个提供捷径的电话。技术部门恢复死者手机后，发现死者在晚上九点多的时候开了手机，并且拨打了一个号码：1808353286。当然，这不是一个正确的

第六案
林中尸箱

手机号码，自然拨不出去电话。但是随后就没有再拨其他的号码，直到凶手拨通那个索财电话，然后发送了那张照片的彩信。

"现在问题就来了。"齐支队长说，"第一，为什么要拨这个错误的手机号码；第二，手机不是没电了吗？我的iPhone没电关机后是绝对开不了机的。"

我笑着说："第一，这根本就不是手机号码，而是QQ号。第二，她到了人家家里，为什么不能充电呢？"

"QQ号？"主办侦查员来了精神，"你怎么知道？"

"我猜的。"我说，"我有时会因为懒得开手机QQ而用这种方式记录别人的QQ号码。"

"快查！"齐支队长的音调很高，说明他心里很激动。

也就半个小时的时间，案件就侦破了。

这个QQ号属于一个叫程希的人。他二十一岁，是省电大的学生，也是出名的驴友。程希的父亲还是个忠实的砚迷。

不是他，还能是谁呢？

程希没有跑，警察到达省电大的时候，他正静静地坐在自习室里看小说。

他看上去高高瘦瘦的，皮肤雪白，发质乌黑，棱角分明。当我看到程希的时候，就觉得事情是那么顺理成章。只有一点想不明白，这样一个帅哥，也会为了钱杀人？

程希没有抵赖，也没法抵赖，不然他沾满油墨的指纹怎么会落在一个素不相识的女子身上？他安安静静地承认了一切，把这个故事的最后一环给补上了。

程希的母亲早逝，父亲又经常不在身边。整个暑假，父亲都没有回家看过他一眼，只是每个月给他一千五百元的生活费。这些钱，原本也足够他一个人生活、泡妞、户外运动和打游戏的，可内心依然觉得空虚的他，不小心染上了一个恶习：赌博。

程希一开始就不想去那种俗不可耐的赌场，而是上网找了一个境外的赌球组织。没想到这一赌，他就输了二十万元。二十万元，就算他的家境还算殷实，程希也不敢向父亲开口。他找了高利贷付清了赌资，但紧接着还钱的期限又将临近，连本带利几十万元，程希实在想不出什么办法了。

抢劫吗？除了抢银行，抢不了这么多钱。那么，只有绑架。

那一夜，下着极大的雨。

程希独自一人去西餐厅吃饭，刚到门口，就看见马路对面有个漂亮女孩下了出租车，冒雨跑了过来。女孩身上的香奈儿洋溢着一种让他心动的光芒。

他赶紧迎过去，为女孩儿撑起自己的伞。

这一顿是程希请客。雨夜邂逅帅哥，赵雨墨的晚餐吃得很愉快。文质彬彬、幽默风趣、穿着体面的程希很快就打动了她。她的眼神开始迷离，面前的这个男孩，怎么看也不像是个坏人。所以，当程希邀请她去家里坐坐的时候，赵雨墨没有犹豫。

进屋之后，赵雨墨拿出充电器，打开手机，记下了程希的QQ号。程希借口给她拿饮料出了客厅，其实是去找绑架她的工具。赵雨墨很美，但是身背巨债的他，没有一点儿性欲。

他的目的，只是钱。

和我们推断的一样，程希勒死了赵雨墨。

其实一开始程希只想把她勒晕。他也挺怜香惜玉的，并不想看见她流血。当赵雨墨不再动弹以后，程希捆起了她的双手，把她丢在客厅，自己进了房间。他开了电脑，目不转睛地看着直播的球赛。这两场球他下了注，胜负关系到他的十万元。

但幸运依然没有光临，两场球结束，他又输掉了十万元。但他不怕，他有摇钱树。可是当他再去客厅时，却意外地发现，摇钱树居然死了。

拍完照片，发完勒索彩信，程希很害怕，于是逃到了一个网吧打了两天游戏，没敢回家，希望能够缓解自己紧张的情绪。可是尸体终究不能不处理，于是他以开学报到为名，向父亲的朋友借了车，又拿了家里最大的皮箱，壮着胆子把赵雨墨的尸体装好，又把尸体运去学校。对他来说，唯一的幸运在于那个晕了头的赵总居然没有报警，而是乖乖地把五十万元送给了他，他的债务终于清了。

程希以为把尸体运到自己的学校就不会引来警察对自己的注意，而且警察也只会在省城调查，不会将注意力移到赵雨墨死时还在湖东的他。

可那一把米还是出卖了他。

当他即将拉上行李箱的拉链时，拉链卡紧了，他心里生出了一种无名的恐惧。他从厨房里抓了一把米，撒入皮箱中，希望能够困住赵雨墨的灵魂。行李箱拉上了。

"披着羊皮的狼，不是童话，而是寓言。"我感慨道，"不要相信任何陌生人，尤其是那些特别能让你相信的人。"

"嗯。"大宝点头，"以后我生个女儿的话，是得这样教育，溺爱只会害了她。"

| 第七案 |

暗 中 窥 视

最深的欲望总能引起最极端的仇恨。

——苏格拉底

法医秦明
无声的证词

1

"丁零丁零……"

夜半骤然响起的电话铃声，对法医来说，往往意味着又有人死于非命。自从到省厅工作之后，我接到这样的午夜凶铃的概率已经小了许多，所以当这天夜里铃声大作的时候，我简直整个人都吓出了一身冷汗，来不及看来电显示就赶紧按下了接听键。

"李大宝和你在一起吗？"

一个女声幽幽地问道。

我倒是松了一口气，拿起床头柜上的闹钟看了一眼。晚上十一点多，还好。这是李大宝的女朋友查岗来了。晚上我和大宝一起参加一个同事孩子的满月酒席，大宝一不小心就喝多了。

"我们十点就结束了。"我没有出卖大宝，其实我们八点就结束了。

正说着，话筒那边传来了敲门的声音，大宝的女朋友说了句："回来了。"就挂断了电话。

第二天一早，我就对肿着双眼的大宝说："昨晚在外面鬼混三个多小时，干什么去了？"

"唉！还别说，幸亏有机械性损伤①做证，不然我还真解释不清了。"大宝一边说，一边卷起袖管和裤腿，露出关节部位的擦伤痕迹。

"依我的经验看，这是擦挫伤，和地面形成的，而且是多次擦挫形成的，方向不一。确实不是女性指甲的抓痕。"我调侃道。

---

① 机械性损伤，由各种致伤物以机械作用使人身组织结构破坏或生理机能发生障碍引起的损伤。

第七案
暗中窥视

"昨天喝多了，我就记得骑着我的自行车回家，其他啥也不知道。"大宝喝了一口手中的酸奶，说，"今早听我女朋友说，我是晚上十一点多到家的。我就纳闷了，平时我半小时就骑到家了，昨晚怎么会骑了三个多小时？还有就是我身上怎么会有这么多损伤？想来想去，只可能是自行车出了问题。于是我就去现场勘查了一次，你猜怎么着？"

我摇了摇头。

大宝说："我的自行车，链条没了。"

我愣了一下，随即笑得前仰后合："你是说，你就这样一直骑上去、摔下来、骑上去、摔下来，摔了三个多小时摔到家的？"

大宝推了推鼻梁上的眼镜，点点头，一脸窘相。

"你太有才了。"我大笑着说，"你女朋友打我电话的时候，我还在害怕你是不是鬼混去了。真是那样，我一定得揭发你，你就臭名远扬了。"

"哪有那么容易臭名远扬？"大宝说，"除非你出现场的时候，发现是我裸死在别人的床上。"

"丁零丁零……"

"臭嘴。"我见是师父办公室的电话，皱着眉头说，"如果是有案件，死的人肯定是裸死在床上的人。"

"马上去程城市，刚发生了一起死亡两人的案件。"师父说，"叫上大宝、林涛一起去，如果案件进展顺利，顺便去龙都县履行命案督导的职责，龙都有个半年前的命案没有破。"

"程城的这起案件是什么案件？"

"一个老头和一个老太，裸死床头。"师父说。

程城市是位于云泰市西边的小市，经济状况远不如云泰，人口也非常少，所以程城市每年的发案量在全省都是最低。这次一下子死了两人，市局领导顿时有些慌，第一时间就通知了省厅。

虽然去程城市的机会很少，但我对程城市还是比较关注的。因为程城市所辖的龙都县正是"云泰案"其中一起的发生地。

现场位于程城市开发区的一处平房密集区。这片地区就像是电影中的贫民区，破烂不堪，满目疮痍。

法医秦明
无声的证词

"这是个什么地方？"我一边从勘查箱里拿出手套戴上，一边问身边的刑警支队曹支队长。

"这一片原本是耕地，"曹支队长说，"最近听说开发区大建设的脚步也快走到这里了，所以你看到的这些房子基本上都是一夜之间拔地而起的，作用只有一个，等拆迁。"

我惊讶地看着其中一些建设得还很有档次的二层小楼，感叹道："人类真伟大！"

程城市的小杨法医走过来和我握了握手。程城市市区有四十万人口，却只有三名法医，其中一名参加职务竞聘，跳槽去了刑侦大队当教导员，剩下的两名法医都是我在前年专业技术培训班上教过的学生，工作才两年，却要肩负这么沉重的工作，真是不易。

"既然是自建房，目的是等拆迁，是不是就意味着这些房子里不住人？"我问。

曹支队长摇摇头说："也不是。据初步调查，有七八户是长期在这里居住的，有十余户是偶尔会在这里住，剩下的几十间房屋都是空着的。"

"这样密集建造，不会造成分地不均的纠纷吗？"我对这样的事情充满了好奇。

"以前这里是一片公用地。房子建造的那两天，我们确实没有接到过纠纷报警。老百姓很团结啊。"

"你们初步勘查结果怎么样？"我转头问小杨。小杨是我的学生，虽然比我小不了两岁，但我不自觉地以老师自居起来。

"男死者叫付离，女的叫张花娆。目前看来，男死者应该损伤重一些，张花娆好像没什么损伤，不过尸体我们没有翻动，在等你们来。"

这可能是小杨工作后遇见的第一起双尸命案，所以他显得有些惶恐。

我习惯性地绕着现场走了一圈，这是一间自建的红砖平房，只有一间，且没有隔断。房屋的北侧有一扇红漆双开大门，旁边有一扇窗户，窗帘是闭合的。窗台有些高，身高一米七的人站在窗前估计也就勉强可见室内的情况。窗户下面是一片花坛，已经被警戒带保护起来了。

现场的南侧是一堵墙壁，没有窗户，只有一扇孤零零的小后门。看起来整间房屋十分不协调，可见这应该是一座仓促建造的烂尾房。

林涛正蹲在后门口，用小刷子仔细地刷着门边。

"怎么样，有发现没？"凭我的直觉，这起案件应该并不算困难。

林涛摇了摇头："后门是被撬开的，门锁本来就很劣质，轻轻一撬，就废了。根据足迹方向，这个门是出入口。但是这木门质地太粗糙，没有提取指纹的条件。"

"足迹呢？不是能看出方向吗？有比对条件吗？"我问。

林涛停下手中的工作，用胳膊擦擦额头上的汗珠，指了指室内，说："红砖地面，只能看出轮廓，看不出花纹，一样没有比对条件。"

我露出一脸失望的表情，穿上鞋套，推门进屋。

刚进入室内，一股充满血腥味的暖风就扑面而来，那是一股非常浓郁的血腥味，我忍不住抬起手背揉了揉鼻子。

此时已经是秋天，秋老虎的威力已经大大折减。可是因为这间房屋密不透风，室内温度比室外温度还是整整高出了五摄氏度。房子里杂乱无章，有一张床、一张饭桌、一个锅灶，还有墙角用布帘隔开的"卫生间"。住在这里的人看来真是吃喝拉撒睡一体化了。

房间的灯开着，那是一盏昏暗的白炽灯。因为电压不稳，灯光还在不停地闪烁。

"你们来的时候，灯就是开着的？"我顺手拉灭了电灯。尽管外面的光线还很充足，现场却顿时昏暗了下来。我怕影响痕迹检验的工作，赶紧又拉开了灯。

"报案的是死者家隔壁邻居。"曹支队长说，"早晨四点左右，邻居因为有急事过来，结果发现死者家的灯还亮着，推了推大门，发现门是关着的，就绕到后门。后门是虚掩着的，邻居就壮着胆子推开门一看，发现床边墙上都是血。"

"房主是个什么人？很邋遢吧？"我问。

"刚刚调查清楚，房主是个老太，房子邋遢，人倒是讲究。"曹支队长说，"天天把自己当成是少女一般，打扮得花枝招展，叮当子无数。"

"叮当子"是当地形容姘头的俚语。

我点了点头，心中仿佛有了些底儿。其实社会关系越复杂的人，越容易在调查中发现矛盾点，也就越容易为案件侦破带来线索。

和师父说的一样，两名死者赤裸着，并排仰卧在一张小床上，双腿都耷拉在床边。床头摆放着一个老式电风扇，还在那里无力地摇着头。看来刚进门就迎面扑来的带着血腥味的暖风就是出自于此了。

男死者一脸皱纹，看起来有六十多岁了，头发已经被血液浸湿，但是并没有看见明确的损伤。死者两腿之间可以看见溢出的粪便，散发出阵阵恶臭，尿液也顺着

法医秦明
无声的证词

他的大腿一滴一滴往地面上滴。

"看情况是重度颅脑损伤啊。"我揉了揉鼻子,说,"大小便失禁了。另外,这女人岁数不是那么大吧?称不上是老太太吧?"

曹支队长低头翻了翻笔记本,说:"嗯,是不大,四十二岁。你是怎么看出来的?我看她有五十了。"

我笑了笑,说:"我以前跟过一个老师,他被称为乳头专家①。"

看着曹支队长疑惑的眼神,我并没有过多解释,从勘查箱里拿出尸体温度计,插进了男死者被粪便涂满的肛门。

"现在是上午九点,尸体温度下降了十点五摄氏度,嗯,两具尸体温度差不多。"我分析着,"根据正常室温下前十个小时每小时下降一摄氏度,以后每小时下降零点五摄氏度的规律计算,死者应该死亡了十一个小时了,也就是说,是昨晚十点左右遇害的。"

曹支队长点了点头。他干了一辈子刑警,对这个测算死亡时间的方法还是很熟悉的。

"死者损伤我们暂时不看,先把尸体拖去殡仪馆吧。"我说,"我再看看现场。"

尸体被拖走后,我看了看死者周围的床面和墙面,除了大量喷溅状血迹和一些白色的脑浆,并没有其他什么有价值的线索。于是我又开始在现场里踱步,期待能有进一步的发现。

现场不仅很小,而且很凌乱,各种少女服装以及颜色鲜艳的内衣、内裤扔得到处都是,看来这个四十二岁的女人真的是很喜欢把自己当成是花季少女。

"现场的家具上都有厚厚的一层灰,这间房屋并不是张花娆平时居住的场所吧?"我问。

"嗯,通俗点儿说,这房子是被张花娆当作'炮台'用的。"曹支队长说,"张花娆有个老公,长期在外打工。我们也联系了他,他还在外地,听说自己老婆死了,没什么反应,说是让公安机关来处理尸体。"

"炮台……呃,指的就是乱搞的场所?另外,她丈夫都不愿意回来看她最后一眼,"我说,"这么冷漠,是不是有些反常?"

---

① 见法医秦明系列万象卷第一季《尸语者》中"水上浮骸"一案。

"不反常，"曹支队长说，"谁摊上个这样的老婆都会冷漠。我们已经调查了，她老公没有问题，昨晚他确实还在外地。"

我低头想了想，猛然间看见后门墙角的一堆日常工具，顿时来了兴趣。我走到工具堆旁边，蹲下来细细看了两分钟，说："看来是激情杀人啊。"

2

"怎么看出来的？"曹支队长蹲到我旁边问道。

"你看，"我说，"这堆工具很久没有动了，上面都覆盖着一层薄灰。"

曹支队长点点头，拿起手中的照相机对着工具堆一阵拍摄。

"可是这堆工具的一角，有一块新鲜的痕迹。"我用手指圈出一个形状，接着说，"一般只有覆盖在这里的物品被拿走后，才会出现这样一块没有灰尘覆盖的地方。"

"我怎么就看不出来？你眼睛这么尖？"大宝挤过来看。

"走近了反而看不到了。"我一边说一边拿出强光手电打出一束侧光，"在这样的光线下，就清晰可见了。"

在手电筒的照射下，一个锤子的形状清晰地出现在我们面前。

"奶头锤！"大宝说。

我点点头："死者脑组织都有喷溅的迹象，有大量出血。这样的现场，不用看损伤也基本可以肯定凶器是金属钝器。"

"明白了。"曹支队长说，"因为凶手是撬开后门，直接在后门附近找到凶器，就地取材杀人，这就很有可能是激情杀人了。"

"目前猜测是这样。"我说，"但办案不能靠猜，先去检验尸体吧，然后结合痕迹检验获取的线索综合分析。总体感觉，本案不难。"

程城市公安局为了应付省厅的任务，正在殡仪馆内筹建一座简易的法医学尸体解剖室。看着程城市公安局领导对法医工作如此不重视，我也无力吐槽，心想回头在年终绩效考核的时候狠狠记上这一笔。

尸体检验是在殡仪馆院内的一块空地上露天进行的。

大宝和小杨在按照尸表检验的顺序检验付离的全身，可惜他们没有任何发现。

"可以肯定的是，死者身上是没有约束伤的。"大宝小心翼翼地切开死者的双

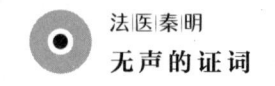

手腕、肘部皮肤，检验皮下是否有隐匿性的出血。

"激情杀人通常都是突然袭击的，所以出现约束伤的很少。"我用手术刀慢慢刮着死者的头皮。付离黑白相间的头发在我的刀口逐渐堆积，露出一块块灰白色的头皮。

法医检验尸体，尤其是头部可能存在损伤的尸体时，首先必须剔除干净死者的头发。有很多案件都是因为法医贪懒，不愿意剃发，导致重要损伤没有被发现，重要线索也就因此断掉。所以，好的法医，必须是个好的剃头匠。手起刀落，发除皮不伤。

剃头发难度最大的就是剃伤口附近的头发，因为皮肤碎裂，导致没有张力，创缘的头发就很难剃干净。为了保持付离头部损伤的原始状况，我小心翼翼地剃掉了他枕部创口周围的发楂。直到大宝他们解剖完死者的颈胸腹部后，我才完成我的工作。

"真是老了，腰是真不行了。当初解剖台上一站就是九个小时，都完全没问题。"我慢慢直起已经僵化的腰，说道。

"死者全身没有发现任何损伤。"大宝显然是因为精力高度集中而没有听见我的牢骚。

"枕部有损伤。"我在付离枕部创口的周围贴上比例尺，一边照相一边说，"枕部有密集的四五处创口。创缘可见明显的挫伤带，创口内可见组织间桥，脑组织外溢。"

我划开死者的头皮，接着说："枕部颅骨凹陷性骨折，有骨折线截断现象。这样看，死者是被他人用金属钝器多次打击枕部，导致特重度颅脑损伤，瞬间死亡的。因为创口周围有挫伤带，说明这个金属钝器的接触面很粗糙。"

"嗯，那个，奶头锤完全可以形成这样的损伤。"大宝说。

"快点缝吧。"小杨在一旁说，"这人大小便失禁，臭得厉害。"

"还能比巨人观更臭吗？"大宝说，"当法医，可一定要经得起臭啊。"

"是啊。"我盯着付离的额部，说，"如果因为臭，导致尸体检验不细致，那么之前被臭味熏，都是白熏。你看，他的额部有一处损伤，表面没有擦伤，伴有轻微的皮下出血，这是和一个表面柔软、实质坚硬的物体碰撞形成的损伤。"

"哟，这一处损伤我还真没注意到。"大宝说，"凶手有用拳头打击死者额部的过程？"

"不好说，"我说，"但应该意义不大。我们确定了凶手是撬门入室，就地取材，激情杀人，突然袭击，侦查范围应该就不大了。"

张花姥的尸体被抬上运尸床的时候，虽然说死者为大，但我仍是感觉一阵恶心。这个女人的脸上擦着厚厚的一层粉，双眼涂着黑黑的眼线，头发染成枣红色，盘在脑后。

"她是卖淫吗？"我忍不住问。

一旁负责摄像的侦查员摇了摇头，说："不是。据调查，这个女人不卖淫，就是找各种各样的情人。她属于那种性欲极其旺盛的，一晚上可以约会好几个叮当子。"

"阴道里有大量精液，提取检验。"大宝说。

我的工作依旧是剃头。

因为女人的头部没有开放性创口，所以这一次剃头发的工作进展得很快。在大宝打开张花姥的胸腹腔的时候，我已经剃完了。

"可以感觉到骨擦感[①]。死者的颞部还有两处片状擦伤。"我一边说一边切开死者的头皮，"果然，擦伤对应部位皮下出血，颅骨凹陷性骨折。"

"我们这边没有检验到任何损伤。这女的和老头的损伤很相似啊。"大宝说，"全身没有其他损伤，唯一的损伤都在头部。"

"而且两者头上的损伤直径都在3cm左右，应该是同一种工具形成的损伤。"我说，"男死者头部的损伤重一些，女死者头部损伤轻一些，但都是致命损伤。"

我不喜欢开颅。

开颅锯扬起的骨屑被锯片高温灼烧后发出的味道，是我这辈子最怕闻见的味道。

可是，法医不能不开颅。即便可以明确死因，一样要开。

张花姥的头皮比一般人要厚，但是颅骨比一般人要薄，所以同样的力度、同样的工具可以在付离和张花姥的头上形成不同的损伤。但是打开颅骨，两者又高度统一了，脑组织都伴有局部挫伤和广泛出血，这是致命的。

"你们看，"我指着张花姥的额部说，"很奇怪，连额部有一块皮下出血都和老头的一样。这个凶手的作案手法还真蛮固定的。"

[①] 骨擦感，当法医按动尸体可能存在骨折的部位时，感受到内部有骨质断段相互摩擦产生的声音和感觉，就是骨擦音（骨擦感），这是初步诊断死者是否存在骨折的一个方法。

这个案子和很多案件一样，不用法医来指导破案，侦查员就知道下一步该怎么做。

专案会上，我说："根据本案现场勘查和尸体检验结果，我们认为死者是昨天晚上十点左右遇害的，两人均死于钝器打击头部导致的重度颅脑损伤。作案手法完全一致，所以我们认为两名死者系同一人所杀。"

"之前你推测的凶手系激情杀人，有依据支持吗？"曹支队长说。

"有。"我说，"现场发现了一处印痕，可以断定凶手是在撬开后门后直接就地取材获得工具杀人的，这样的状况通常见于激情杀人。"

我拿起桌子上的矿泉水瓶，喝了一口，接着说："两名死者的头部损伤都非常简单，说起特点，一是重，二是密集，说明凶手是在很短的时间内连续打击男性死者的枕部和女性死者的颞部，导致两名死者瞬间死亡。既然动作简单、目的明确，应该是激情杀人或是报复杀人。结合我们之前说的现场印痕的问题，所以应该考虑激情杀人。"

"激情杀人的目的何在？"曹支队长问。

其实我知道曹支队长早已心里有数，只是想通过法医技术进一步印证他心中所想。

我说："现场两名死者都是赤裸着，而且女性死者阴道内有精斑。结合调查，女性死者生前滥交。所以我认为，本案的激情杀人应该是情杀的一种。换句话说，可能是张花娆这一晚上约了两个情人，结果时间没算好，约在后面的情人在屋外听见了屋内的动静，一时醋意大发，就下了杀手。"

"听起来很合理。"曹支队长说，"和我想的基本差不多。前期调查发现，张花娆确实有一晚上约好几个情人来自己家的先例。"

"目前侦查工作已经全面展开了吗？"我问。

"现在正在摸排整理。"曹支队长说，"我要求他们细致查找，一个都不放过，把所有和张花娆有染的男人全部找出来以后，一个一个问话。"

"可惜我们在现场没有发现有价值的痕迹物证。"林涛说。

"不要紧，凶器被凶手带走了，说不定在凶器上可能会有发现。"曹支队长说，"目前还是以查人为主要切入点，我相信，两天之内可以破案。"

"那就好。"我笑着说，"再过几天就是我女朋友的生日了，我得赶在那天之前回去。"

第七案

暗中窥视

第二天一早,我和大宝一起来到了审讯监控室,观看正在接受询问的男人们。

在监控室里坐了两个多小时,询问了三个男人。这三个男人非老即残,还有一个流浪汉,可见这个张花娆真是饥不择食、寒不择衣。不过经过简单的审查,这三个男人都被果断地排除了,因为这三个男人都有明确的不在场证据。

我回过头问坐在身后的主办侦查员:"你们摸出来多少人和张花娆有染?"

侦查员用笔在笔记本上点来点去,说:"目前确证和女死者有过性关系的,有四十七个。"

"四十七个!"我大吃一惊,"你们一上午顶多问五个,这要问到什么时候?"

主办侦查员耸耸肩表示无奈:"除了我们这两组人负责逐一问话,还有四组人在负责外围调查。其实问话倒不是主要的工作,外围调查可能会发现更多的线索,而且这些人提供的不在场证据,我们都要一一核实。"

我站起来拍拍屁股,说:"那就辛苦你们了,反正我也不懂侦查,不如我去龙都看看他们此前没有破的一起命案吧。"

"你们还要去龙都?"

"是啊,"我学着主办侦查员耸了耸肩,"领导交办的任务,来办此案的空闲时间要去龙都履行命案督导的职责。你们加油,我相信我回来的时候,案件已经破了。"

"差不多。"主办侦查员信心满满。

程城市区和龙都县城只有三十公里之遥,我们在午饭前赶到了龙都县公安局。

简单吃了午餐,我们就要求县局提供半年前未侦破的一起命案的卷宗。

"我们今年发生了十二起命案,就这一起没有侦破了。"县局分管刑侦的副局长说,"不过这起案件我们非常有信心侦破,只是还需要一点儿时间。"

话音刚落,档案室的女警就送来了案件的卷宗。

"那就好,听局长这么有信心,我也放心了。"我一边敷衍着局长,一边翻看着案件卷宗。

一目十行地看完案件的现场资料和前期调查情况,我的表情慢慢地变得凝重起来,难以相信自己的眼睛。我又打开了现场照片的档案。

大宝注意到了我表情的变化,问:"那个,有什么问题吗?"

我没有回答大宝的问题,直接翻到了尸体检验的照片,只看了一眼,我就压抑

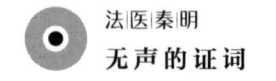

不住内心的颤抖，抬头问道："局长，你确定没有拿错卷宗？"

"拿……拿错卷宗？"局长被我这一句话问得莫名其妙，"怎么可能拿错卷宗？季华年被害案，没错啊，就是这本卷宗。"

"可是，"我盯着卷宗中的尸体照片说，"这明明是'云泰案'啊！"

3

"'云泰案'？"局长如释重负，说，"哦，季华年的案件应该和'云泰案'没什么关系。"

"七年前与五年前分别在云泰连发两起，三年前又在云县和龙都各发一起的'云泰案'，都是住校女学生在夜间上厕所的时候，被人挟持到厕所附近的偏僻地带，摁压头部致使口鼻腔闭闭、机械性窒息死亡，然后奸尸。"说起"云泰案"，我就隐隐有种心痛的感觉，"本案虽是女工，但也是半夜值班去上厕所，在厕所附近被压闭口鼻腔窒息后奸尸，作案手段完全一致，为什么和'云泰案'不一样？"

"秦科长对'云泰案'真是了如指掌啊。不过，不知道秦科长知不知道'云泰案'的串案依据是什么？"局长反问我。

"我之所以关注此案，是因为七年前第一次发案的死者，是我女朋友的堂妹。"我黯然地解释道，接着回答他的问题，"上述四起案件的串案依据，除了我说的作案手法，还有一个特征，就是在四名死者体内均发现了微量精斑，可是没有精子，无法做出DNA分型。"

"是啊。"局长说，"可是本案在死者体内发现了有精子的精斑，而且做出了DNA基因型。秦科长的亲属涉及本案，心情可以理解，但是不能草木皆兵啊。这两案之间是有明显的差距的。"

"原来局长对破案的信心来自死者体内的精斑，有了DNA，你们就不怕破不了案，是吗？"我说，"请问你们这间会议室有能连公安内网的电脑吗？"

局长把自己的笔记本电脑推给我。我打开串并案件系统，下载了"云泰案"几名死者在现场的照片，在电脑桌面上并列排开。

"不瞒局长说，最近我发现了一个新的串并案依据。"我说，"您看，这四名死者的双手是背在背后，被绳子捆着，对吧？"

局长一脸茫然地点了点头。

暗中窥视

我接着说："您一定没有注意到，捆四名死者双手的绳结，打法是一致的，而且并不是常用的绳结打法，是一个烦琐但并不实用的绳结。"

局长把眼镜推上额头，眯着眼观察电脑屏幕里的几张照片，逐渐地，他的表情也开始凝重了起来："居然和我们这一起案件的绳结一致。"

"您也看出来了吧？"我有些激动地说，"所以，我觉得这一起案件和'云泰案'可以串并。因为这一起案件发现有凶手的精液和DNA分型，所以我认为，'云泰案'的破获，很有可能会以本案为突破口。"

"那……我们下一步怎么办？"局长问。

"下一步，加紧对精液主人的查找，尽快查缉凶手，防止他再出来作案害人。"我说。

局长点了点头。

大宝在一旁插话道："可是，为什么前四起案件中没有精子，这一起又出现了精子？"

我说："这个问题我也不知道，不管怎么样，回去我就打报告，申请把此案串并'云泰案'一并侦查。"

此时，我的心里充满了激动之情，"云泰案"的侦破工作，可能真的出现曙光了！

一夜未眠，第二天一早就接到了林涛的电话，他让我们赶紧返回程城市，裸死案件的侦破工作又陷入了僵局。

赶回程城市的时候，林涛正拿着一根漆黑的铁棍，左看右看。

"哪儿弄的打狗棍？"我问。

林涛头都没抬："这是现场大门的门闩。"

"扯淡吧，大门明明是红色的。"

"有点儿常识好不好？"林涛白了我一眼，"这根门闩我们熏显过指纹的，当然就被熏成黑色的了。"

我定睛看去，黑色下确实掩盖了红色的油漆。我摸摸脑袋，有些不好意思："怎么，不是说出入口是后门吗？怎么又开始打起大门的主意了？"

"是个意外的发现。"林涛说，"昨天下午，我们又复勘了现场，依旧没有发现任何有价值的痕迹物证。我也是偶然间注意到了这个门闩，发现上面有一枚新鲜

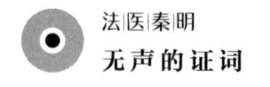

的血指纹。"

"血指纹？"我说，"那肯定是和本案有关的。"

"是啊，目前已经排除了这枚指纹是死者的，初步判断这枚指纹是凶手留下的。"林涛说，"刚才我又把门闩熏显了一下，没有发现其他的新鲜指纹。"

"你真棒！"我高兴地拍了一下林涛的肩膀，"有了这个指纹，犯罪分子甄别就不是问题了。不过，有一个问题我想不明白，凶手为什么要去摸大门门闩呢？既然他是撬开后门入室的，说明大门当时应该是锁闭的呀。"

"关键问题不在这里。"林涛说，"有了这枚血指纹后，专案组就开始收网了，把前期排查出来和张花娆有染的男人的指纹一次性全部提取了过来。昨晚我加班做了比对，全部排除了。"

"全部排除？"这个结果大大出乎了我的意料，"会不会是前期排查不细，有遗漏的？"

林涛摇摇头："专案组说不可能，前期调查很清楚。"

我靠在桌沿，低着头想了想，说："难道是我们侦查范围划错了？"

"有这个可能。"林涛说，"案件看起来没有我们想象中那么简单。铃铛姐的生日，恐怕你是赶不上了。"

"不会的。"我强颜欢笑，"案件问题出在哪里，我今天就要找到。现在我要去现场再看看，你去不去？"

"去。"

尸体虽然已经被拖走，但是现场密不透风的房间里依旧散发着令人作呕的气味。刚进现场，我又不自禁地揉了揉鼻子。

林涛一进现场就打开随身携带的多波段光源，对着地面和墙壁到处照射。现场勘查员就是这样，案件不破，勘查不止。也就是在这一而再，再而三的勘查中，会不断地发现更多的线索和证据。

我这次来的目的，主要是观察血迹形态。

我在深深自省，第一次现场勘查和尸体检验的时候，并没有考虑到现场重建和犯罪分子刻画的内容，先入为主地认为本案矛盾关系明显，应该会很快破案。如今案件陷入僵局，我必须要重新从现场重建开始。

我蹲在床边，任凭那种恶心的气味冲击着我的嗅觉神经。

第七案
暗中窥视

小床的东头，是付离躺着的位置。尸体原始头部的位置下，有一大摊血迹，血迹已经浸染到床垫里，向周围扩散，形成了一大片血泊。尸体原始下身的部位，被尿渍浸染成地图状，地图的中央黏附着黄色的粪便。

我探过身去，防止粪便擦蹭到自己身上，用强光手电照射付离原始位置的床单。

"尸体压着的地方，包括头部血泊里，都可以看到有一些片状血迹。"我说。

林涛站起身来，走到我身边，探着身子看那摊血泊："我明白你的意思，如果尸体原始状况是俯卧或仰卧在这个位置，血迹是不可能喷溅到这边床单上的。"

"但是你看，张花娆尸体覆盖的床单就没有任何喷溅状血迹。"我说，"床就这么小，男死者是在什么位置、什么体位下被打击头部的呢？"

张花娆尸体的位置几乎都无须用粉笔画出原始状况，她头部周围的床单和墙壁上布满了喷溅状血迹，头的位置却是一个空白区。

"我好像有一些想法了。"我说，"不过需要结合尸体上的损伤和血迹分布来综合分析。一会儿看完现场，我要去复检尸体。"

林涛抬起头看看天花板，说："你看，天花板上也有甩溅状血迹。不过看起来这个甩溅状血迹的位置有些靠后。"

"我去重新看看尸体照片，再重新检验一下尸体的损伤。"我说，"你留在这里做个侦查实验吧。用锤子蘸点水，模拟一下打击动作，结合现场的喷溅血迹形态，看看凶手打击死者头部的时候所站的位置究竟在哪里，还有就是凶手究竟有多高。"

"好的，明天上午专案组会议上碰头。"林涛说。

我和大宝驱车回到程城市殡仪馆，把冰箱中已经冻成冰棍似的尸体拖了出来。

我在一旁打开笔记本电脑，用电脑上的照片比对眼前的这两具尸体。而大宝则穿上解剖服、戴上橡胶手套，准备对特征损伤部位进行局部解剖。

"尸体的原始照片就是这样。"我把笔记本电脑侧过来给大宝看，"男死者的面部是没有血迹的，说明他被打击枕部以后，就一直处于一种仰卧姿势，血迹都往下流了，没有流到面部。可是女死者的面部，甚至颈部、胸腹部居然也是没有血迹的。"

"女死者头上没有开放性损伤，她没有出血，当然也没有血迹。"大宝说。

我切换到现场照片，说："现场的床这么小，除了男死者躺着的位置，就只剩下女死者躺着的位置了。而且女死者的头部周围都有喷溅状血迹，为什么唯独女死者的面部、颈部、胸腹部没有被血迹喷溅到？"

"呃……因为他们俩正在忙活？"

"你是说，之所以女死者身上没有见到喷溅状血迹，是因为女死者被东西覆盖了？"我说。

"对啊，被男死者覆盖着呢。"

"我开始怎么没有注意到这一点呢？女死者不可能盖着被子，因为即便盖着被子，头面部也应该有喷溅状血迹，如果头面部也蒙在被子里，那她头部周围床单则不应该有喷溅血迹。"

"那个，这有什么问题呢？"

我没说话，放下电脑，戴上手套，切开了男、女死者额头部位的损伤。

"皮内出血，"我说，"这样的出血，通常是两个硬东西中间有软东西沉淀，硬东西相撞，在软东西上留下的痕迹。"

大宝点点头："而且巧在两个人的额头头皮都有这样的皮内出血，形态一致。"

"好吧，那我们现在就把现场重建一遍。"我说，"案发当时，付离和张花娆的位置是一上一下，付离在上，张花娆在下。凶手撬门入室后，用锤头从背后多次连续打击付离的后脑，导致付离当场死亡。这个时候，因为付离的头部下方有张花娆的头部沉淀，两个头颅会发生激烈碰撞，形成两人额头上的皮内出血。"

我顿了顿，接着说："付离被打击后迅速死亡，凶手又把付离的尸体翻到一边。此时张花娆因为头部受撞击，处于半昏迷状态，凶手随即又用锤头打击张花娆头部，导致她随即也死亡。"

"嗯，"大宝说，"这样一来，尸体上所有的损伤都能解释了，但是好像对案件侦破没有什么帮助吧？"

"开始完全没有想到这么细，"我说，"既然重建了现场，那么问题就来了。"

"什么问题？"

4

第二天一早，我和大宝满怀信心地坐在专案组会议室里。旁边坐着的，是同样满怀信心的林涛。

"经过我们昨天复勘现场和复检尸体，基本把凶手在现场的活动过程还原出来了。"我开门见山地说，"通过现场、尸体上的血迹分布和尸体上的一些特征性损伤,我可以断定,凶手行凶的时候,男女死者正在发生性行为,凶手是从背后突然袭击的。"

"我赞同。"林涛说,"根据昨天的现场实验,依据喷溅血迹形态和天花板上的甩溅血迹形态,凶手确实是在女死者躺着的位置前侧发动攻击的。"

专案组所有人的脸上都是一副迷茫的表情。大家都在想,工作一天,就得出这么个结论?

我接着说:"好,既然是正在发生性行为的时候被打击致死,那么请问,女死者体内的精液是哪里来的?"

"大小便都失禁了,精液不可以失禁吗?"有侦查员问道。

"有的重度颅脑损伤案例中,确实有滑精①的现象,"我说,"但精液失禁和射精是不一样的,提取发现的位置和量的多少都有区别。"

"这个也不应该算是个问题吧。"曹支队长转头对小杨说,"精液不是送去DNA检验了吗?结果怎么样?"

小杨支支吾吾半天,说:"DNA结果今天上午才能出来。"

"今天上午?"曹支队长大发雷霆,"都几天了,DNA还没出来?"

小杨说:"最近DNA实验室接的打拐任务重,本来我们认为这个案子没有什么问题,查完因果关系就破案了,所以对精液的检验也不是很重视。"

"可以理解,我们开始也都先入为主了。"我为小杨开脱,"之前我们确实都认为此案无须刑事技术的支持,矛盾关系明显,只需要深入调查就可以破案的。"

曹支队长说:"那我们下一步该怎么做呢?"

我说:"我们通过对现场以及现场的衣物进行勘查,发现凶手进入现场后,没有任何翻动现场的迹象,也就是说凶手并不是为了财。痕迹检验通过对撬门的痕迹进行分析后,确认撬门的工具是一把类似瓦工铲的工具。这样的工具不是杀人或者盗窃的利器,而应该是随身携带的物品。"

我喝了口水,接着说:"结合尸体的检验结果,死者确实是被锤类工具打击头部,而我们又在现场发现了一个就地取材的锤子的痕迹物证,这都说明,凶手作案完全是出于临时起意。"

"我们之前就是这样分析的,"曹支队长说,"凶手可能是和张花娆有约的另

---

① 滑精,是男性在清醒时精液自动滑出的一种病症。

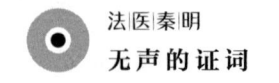

一名男子，看到张花娆和别人正在发生性关系，一时气愤，杀了两人。"

小杨此时突然插嘴说："DNA室刚刚来了消息，张花娆的阴道擦拭物检出一名男性DNA，不是付离的精液。"

专案组里开始有了一些小的嘈杂。

"果然不是付离的精液。"我说，"这个精液应该是犯罪分子的。"

"这倒是个好消息，我们有了犯罪分子的指纹和DNA，离破案就不远了。"曹支队长说。

"那我接着说。"我说，"如果凶手是为了泄愤，那么他进入现场后，对女人施加的打击力度应该大于男人。而我们检验发现，男人的损伤比女人的严重得多。这恰恰提示了凶手要置男人于死地，而并不想置女人于死地的一种心态，对女人头部的打击可能只是为了让女人失去反抗能力。"

曹支队长点了点头。

我接着说道："凶手打死男人后，翻过男人的尸体，又对女人的颞部打击了几下，然后奸尸。女人全身没有发现任何抵抗伤、约束伤或者是泄愤损伤。如果凶手只是因为醋意大发而去杀人，那么他势必会在女人尸体上泄愤，制造一些多余的濒死期损伤或死后损伤。这说明这个凶手的主要目的还是性，而不是愤。"

"我补充一点，"林涛插话道，"我们在门闩上发现了一枚血指纹，血经过检验是男死者的。这就说明，凶手在杀死付离和张花娆后，又去大门处摸了一下门闩。显然不是为了从大门处逃离，因为他的出入口很确定是在后门。那么，他为什么要去摸一下门闩呢？这个问题困惑我很久。昨天，我又在窗户的窗帘一角，发现了一些擦蹭状血迹，应该是凶手带血的手擦上去的，我才豁然开朗。"

林涛的这个发现让我很吃惊，惊得一时合不上嘴巴。

林涛接着说："我觉得凶手杀完人到奸尸之间，有一个活动过程。活动的内容是检查大门的门闩是否插好，并且把窗帘拉上了。"

"你是说凶手进入现场的时候，窗帘是没有拉闭的？"我问。

"是的，从擦蹭状血迹的方向看，那个动作应该是拉窗帘的动作。"林涛自信地说。

"你的这个发现太关键了！完全印证了我的想法。"我兴奋地说，"刚才我们说到，凶手侵入室内作案的主要目的是性，而不是情、仇、债，那么，是什么刺激到凶手，让他下杀手的呢？肯定也是和性有关。"

我低头整理了一下思路，说："我大胆地推测一下，很可能是付离和张花娆在发生性关系的时候，被凶手看到了。凶手一时兴起，就用随身携带的瓦工铲弄开了后门。因为大门是铁门，而且是闭合状态的，所以凶手只有选择从后门进入。进门后，凶手没有过多的动作，杀完人，检查门窗状况，奸尸，然后走人。"

大宝点头道："嗯，我完全同意。凶手之所以会不放心，去检查门闩，又在深更半夜不顾屋内温度高，拉闭窗帘，就是因为他害怕有别人和他一样，看见刺激的场景，就想干一些刺激的事情。"

"是的，"我说，"这就说明了凶手的防卫戒备心理，这种心理是从他自己的犯罪手法里总结出来的。简单地说，他怕别人效仿他。"

"分析得很在理。"曹支队长说，"那么，我们之前的侦查方向就完全错了，对于下一步工作的开展你们有没有什么好的建议？"

我点点头，说："刚才说了，这个人随身携带瓦工铲，那么他很有可能就是一名瓦匠，而且必须是居住在附近，或者在附近工作的人。因为案发当晚十点左右，他必须有条件经过这个偏僻的现场，而且一定是偶然经过。"

"瓦匠，现场附近？"侦查员皱着眉头说，"在现场附近工作的瓦匠是有几个人，因为这一带的房子还有一些人在请瓦匠帮忙装修。"

"对，就从这些人入手，因为晚上十点通常是加班结束的时间。"我说。

"我还要补充一点，"林涛说，"现场北侧有一扇窗户，之前我们也分析了，凶手很有可能是在窗户这里窥视到了屋内的春光，然后绕到后门作案。这扇窗户的下方是一个花坛，昨天我们发现窗帘上的血迹以后，就对花坛仔细地进行了勘查。"

我用期待的眼神看着林涛。

林涛看了我一眼，接着说："花坛里有一些杂乱的足迹，但是有一处足迹踩踏了几根小草。根据小草倒伏的状态，我们判断这一处足迹是最新鲜的足迹。也就是说，这一处足迹很有可能是犯罪分子的足迹。"

"有比对价值吗？"其实我这个问题意义不大，因为凶手的指纹和DNA我们都掌握了。

"没有比对价值，"林涛意味深长地看了我一眼，说，"因为这处足迹只有一个足尖部分。"

我知道林涛看我的这一眼，是告诉我，这个足尖痕迹是有深意的。我想了想，豁然开朗，说："你是说，凶手是踮着脚的？"

"是的,据我们测量,窗口离地面的高度是一米五五,身高一米七的人站在窗口才可以勉强看到窗内的情况。"林涛说,"凶手极力踮起双脚往窗内窥探,说明他的身高应该在一米六左右。另外,根据我们现场实验,发现身高一米六左右的人在现场床前挥动铁锤,才可以在天花板的特定位置留下甩溅状血迹。"

"身高一米六左右,男性,瓦工。"我总结道,"另外,付离枕部的损伤非常严重,颅骨大面积凹陷性骨折,脑组织迸出、四溅,这说明一个问题,这个人的力量非常大,应该是个很健壮的男人。"

"可以了,"主办侦查员笑眯眯地说道,"有了这些指标,就能锁定犯罪嫌疑人了。依我看,符合这样条件的人,在现场附近不会超过五个。"

"而且有指纹,"曹支队长说,"五分钟就可以比对完毕。如果你们这次分析得没有错,下午就能破案了!"

我终于睡了一个甜美的午觉,没有做任何梦。

是林涛把我从深度睡眠中推醒的。

"案子破了,"他眉开眼笑地看着我,"喂,堂兄,去旁听审讯不?"

我们到达审讯监控室的时候,眼前那个其貌不扬的矮壮男人正在低头吸烟。

艺术源于生活,和电视上一样,一旦犯罪嫌疑人用颓废的声音说道:"能给根烟抽吗?"通常他就要交代罪行了。

"我……我就是,一——一时冲动。"这个矮壮男人抽完烟,果然结结巴巴地说了起来,"我……我讨不到……到老婆。我也……也想……"

"不要说理由,直接交代那天晚上你做了些什么。"

"我……我那天……那天晚上去给……给一家铺地……地砖。"

我是个急性子,实在受不了这么磨叽的询问,于是点了根烟,走到隔壁侦查员办公室里打开电脑开始玩空当接龙。

过了大约一个小时,林涛在背后拍了拍我的肩膀:"堂兄,别玩儿啦。咱们的分析完全对上了。"

"哦,怎么交代的?"

"那天晚上,他下工以后经过现场,"林涛娓娓道来,"结果被一阵女人的浪叫声吸引了,他循着声音一直找到了这间亮着灯又没有拉窗帘的房子,然后躲在窗口下,踮着脚看屋内。那可真是春光乍泄、一览无余啊。还巧了,他曾经在现场隔壁干过活，了解现场的房屋结构。于是他一时冲动，撬开了后门，进门就杀人，然后奸尸。"

"其实挺简单的一个案子，"我说，"我们开始就是先入为主了，不然不会绕这么多弯路。"

"是啊，"林涛点头，"先入为主害死人。"

"不行，我们现在往回赶吧，"我笑着说，"明天就是铃铛的生日了。另外，你准备送给你铃铛姐什么礼物啊？"

"到家都十点多了，"林涛说，"到哪儿去买礼物？不然我把你送给她吧。"

"靠，"我做出一副鄙视状，"我又不是你的。"

铃铛的生日宴会开得很成功，案件破获，心里没有了负担，大家都喝得很尽兴。

晚上，我躺在床上看着天花板，说："对了，有件事儿忘记告诉你了。"

铃铛乐滋滋地扭过头来："嗯，啥事儿？好事儿还是坏事儿？"

"是件好事儿，"我微笑着说，"你妹妹笑笑的案件，终于有眉目了！"

| 第八案 |

白 骨 沼 泽

人性囊括了一切,

再扭曲的灵魂也不例外。

——甘地

1

我从不休假的原因并不是我不想休假。

不得不承认，我还真是点儿背得可以。工作几年来，每次打算休假，都会遇到重大案件，不得不半途而废，久而久之，师父一看到我的请假单就会嘴唇发紫、眼冒金星。师父说："都说我们这职业是被犯罪分子牵着鼻子走的，现在看来，犯罪分子是被你的请假单牵着鼻子走的啊。"

话虽如此，病假不休可以，事假不休可以，年假不休可以，但婚假总不能不休吧？

这一年来最幸福的事，就是铃铛答应了我的求婚。虽然"云泰案"还没有侦破，但铃铛或许是被我锲而不舍的精神所感动，我们的恋爱长跑终于要画上句号了。当我战战兢兢地把婚假条交给师父的时候，师父总算没有再露出一脸惊恐的表情，而是笑眯眯地递来了一个装得鼓鼓的红包。

但结婚仪式竟然比工作还要累人，新婚第二天，我和铃铛在家里整整宅了一天。这种悠闲自在的慵懒感真是很久没有享受过了。

第三天回门，虽然体力渐渐恢复，但我的心情异常忐忑。果然，无假魔咒又显灵了。在丈母娘家吃饱喝足了两天之后，我接到了师父满怀愧疚的电话。

"我们实在是抽不出人手了。"师父说，"你知道的，你一休假，案子不断来。"

"这次是哪里？"我伸了个懒腰。反正休假也就是在家享福，不去办案还真有点儿闲得不太舒服。

"最近接了四五个案子，你们科里的人分身乏术。"师父说，"你在云泰休假，不如就把云泰的案子交给你吧。"

"什么时候？"我问，"什么案子？"

"今早接的报警，"师父说，"具体情况你去了就知道了，我估计这个时候云

第八案
白骨沼泽

泰刑警支队的车已经在你丈母娘家楼下了。"

"您这明明是早就安排好了啊,我咋硬是听出了商量的口气呢?"我笑着从阳台往下看,楼下已停着一辆现场勘查车,高法医在车侧张望。

"龙都发的那起案件DNA数据传过来了没有?"我一上勘查车就问。

"传过来了。"高法医说,"我们两地的DNA检验部门最近在加大比对力度,希望能找出嫌疑人。"

我点点头,心想这半个多月过去了,依旧没有消息,估计想通过数据库破案的可能性已经不大了,就看摸排出来的嫌疑人DNA有没有能比对上的。

现场很远,车开了半个多小时,到了长江之滨。

这是一片废弃的农田,两年前因为有开发商开发这片土地,所以政府花了大力气拆迁改建。可是楼房盖了三层,开发商就因为资金问题卷铺盖走人了。经过两年的风吹雨打,这片废旧的工地已经成为流浪汉和精神病患者的收容地。这一片不正常的土地上只有一小片正常的地方,那就是位于长江大坝旁的一座水泵房。然而,命案恰恰就发生在这座水泵房里。

水泵房的四周围了一圈蓝色石棉瓦,这简陋的小院子的一侧开了扇小门。平时这里没有什么人来,发生命案之后,水泵房被警戒带隔离开,戴着蓝色勘查帽和白色手套的警察正在现场进进出出。警戒带外,一群衣衫褴褛的流浪汉正在看热闹,一边嬉笑着抽烟,一边往地上吐着口水,还有的爬过来捡起别人不要的烟屁股抽几口。

我站在车侧换勘查装备,看见好久未见的大师兄黄支队正揉着鼻子走出来,蹲在院外看守水泵房的老头身边说着什么。

"师兄好。"我走过去打了声招呼。

黄支队伸出手来和我隔着手套握了握,老头则是一脸惊恐地看着我。

"老人家,"我尽可能地用温和的声音问道,"里面是个什么情况?"

"这次真把老子吓吊了。"老头用一口云泰方言说道,意思就是把他吓坏了。

"你能看出来那一坨东西是个死人?"黄支队显然已经初步看过了现场。

"我还以为是个麻袋呢,"老头说,"用竹篙子捅了一下,那东西翻了一下,就看到了,哪晓得是个人头。"

"你住在这里吗?"我踮起脚尖往小院子里看了一眼,发现院子里有一座简单

159

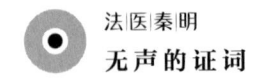

的小房屋。

"不住,"老头说,"我一般一个月来看一眼。这边都是孬子①住的地方,我住这里害怕。"

"你的水泵房别人能进去吗?"我问。

"进不去,"老头说,"水泵房是锁着的,但这小院子人家想进就能进。以前我在这里住,晚上总有孬子来敲门要吃的,吓死个鬼人的。"

"尸体是在屋外的一个水池里,"黄支队知道我还不了解现场情况,就说,"不在屋子里。"

"那您以前来水泵房的时候,有没有注意到池子里的情况?"我问。

"没有,一般不会去看池子。"老头说,"这次是因为我怀疑屋后的窗户玻璃松了,就绕到屋后的池子旁边看窗户,结果就看见了池子里的尸体。"

"那您上次看池子,是什么时候?"我问。

"今年夏天没雨,"老头说,"没有看池子的必要。上次看,是去年9月吧,那时候雨大,所以要注意。"

"现场通道打开了吗?"我没有细究老头为什么要看池子,转头问黄支队,"有没有什么发现?"

所谓的现场通道,就是指从现场外非保护区域通往有尸体的中心现场的通道。这需要痕迹检验技术人员对地面进行勘查,画出可能存在痕迹物证的地方,然后法医会在不踩踏被画出区域的情况下,进入中心现场,对尸体、现场进行初步检验。

"还没有。"黄支队说,"看情况,尸体在水里泡很久了,现场外面的地面条件也很差,不可能发现任何痕迹物证。"

"尸体初步检验了吗?"

"没有,我们害怕尸体附近有痕迹物证,正在调水泵来抽水。"黄支队说,"把池塘的水抽干,再看尸体。"

"抽不干的,"老头插话道,"池子下面有根管子和江里通着的,建这个池子就是为了观测江水水位的。"

"既然是这样,"我说,"那我们再进去看看吧。"

---

① 孬子,方言,傻子。

第八案
白骨沼泽

如果不仔细观察，根本不会想到这座小屋的后面会有一个观测长江水位的小池塘，更不会想到这座用水泥砌成的三平方米左右的小池子里居然会有一具尸体。

还没靠近池子，迎面就扑来一股腐臭的气息。可能是因为长期无人打理，池子里杂草丛生，淤泥遍布。此时的水位并不高，只到池边的一半。池中央露出黑乎乎的一坨东西，上面淤积着厚厚的泥土。不用竹篙探查，的确很难看出这是一具尸体。

"尸体背上怎么会有泥土？"我问。

"开始我也怀疑过这个问题，"黄支队说，"不过想想也很简单，这个池子是通往长江的，因为年久失修，没人维护，所以池底一定覆盖了大量的淤泥。当长江水位下降时，尸体会沉到池底，甚至发生翻滚，淤泥自然就黏附到尸体上，等长江水位回升，尸体再次浮上水面，可淤泥就很难脱落了。"

"这个地方很隐蔽啊，"我说，"不熟悉或者事先没考察过的话，是不会知道这里的。"

"是啊，"黄支队说，"尸体抛在这里，比沉尸长江更不容易被发现。如果抛到江里，尸体很快就会浮出来了。"

"那你们调查他了吗？"我指了指外面的看守老头。

"他的可能性不太大。"黄支队说，"这个老头病恹恹的，身体不太好，说是每天都要喝药酒。如果是他干的，何必自己来报案，就让尸体在这里继续烂掉不更好吗？不过你放心，我也派人去调查了，以防万一。"

我点点头，说："当务之急，得把尸体捞上来。"

池子比较深，而且尸体腐败程度很严重，如果用扒钩直接打捞尸体的话，一是难度很大，二是容易破坏尸体上可能留存的不多的证据。

听见我要求打捞尸体，现场的民警脸上顿时浮出了苦色。

此时已经是深秋，下水捞尸自然是苦差，尤其是和一具高度腐败的尸体共同泡在这么一个狭小的池塘里，要忍受恶臭，要忍受能够想象得到的滑腻的手感，而且池子这么深，即便穿上防水服，仰头把尸体送上池边的路上，也难保尸体上的液体和淤泥不会迸进眼里、嘴里或是衣领里。

想想就恶心，谁愿意下去呢？

一阵沉寂之后，我默默地穿上了防水服。

和我一起穿上防水服的，还有高法医。

我俩小心翼翼地跳进池子里，像个跳水运动员般努力压着水花，生怕溅到别人

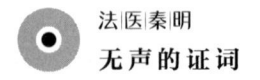

身上。

厚厚的防水服不能阻隔深秋的池水透出的寒气，我入水后，一阵寒战。

我和高法医先在尸体附近夹杂着杂草、垃圾和淤泥的水中摸了一阵，避免遗漏一些重要的证据。然后，我们一起抓住了随水波浮动的尸体。

我第一次抓住的是死者的手，因为在水下，无法看见尸体的手的情况，只感觉一阵滑腻。我心想要么就是淤泥太厚，要么就是尸体手掌的皮脱落了。于是我赶紧顺着手掌往上摸，终于一把抓住了冰凉的手腕。

"尸体没穿衣服。"我隔着防毒面具，发出含混不清的声音。尸体没有穿着衣服，这就意味着打捞的难度又增加了几分——因为淤泥的覆盖和尸体软组织的皂化腐败，基本没有什么可以抓得住的部位。

我和高法医合力把尸体推到池壁边，然后用力将尸体托起，让它离开水面。尸体离开水面的那一刻，我看见的是一颗半是淤泥半是白骨的头颅，以及全是白骨的手掌。尸体的下巴部位软组织已经消失殆尽，耷拉着的头颅，露出白森森的下颌骨和牙槽骨，就像是咧着嘴在朝我们笑。尸体出水的一瞬间，一股刺鼻的腐败尸臭穿过了防毒面具，猛烈地袭击着我的嗅觉神经。

我挤出两滴眼泪，以强忍住令人作呕的气味。我知道，如果我吐在了封住我口鼻的防毒面具里，那会有更惨烈的后果，所以我必须忍住。

见尸体已经完整地离开水面，岸上的民警赶紧投下渔网，把尸体拖到池边。尸体上岸后，我就听见有民警作呕的声音。这样一具被淤泥覆盖的裸尸，就是看着都会让人觉得恶心，更别说闻到刚出水后在太阳暴晒下散发出的那难以形容的恶臭了。

反正已经下来了，就不在乎多待一会儿。我见尸体已经上岸，就并没有急于离开这腐臭难忍的臭水潭，弯下腰开始在池底摸索。

池底就像是沼泽，我感觉自己的双脚陷下去很多，仿佛再往下陷，池水就会漫过我的衣领，让我好好洗一个泥水澡了。

胡乱摸索的过程中，我戴着厚橡胶手套的手，仿佛触碰到了一个漂动着的物质，于是我迅速抓住了它。

在我拿起一个蓝色胸罩的时候，高法医也拾起了一条蓝色的内裤。是一套内衣。

"内衣？"我听见黄支队在岸上的叫声。

/// 第八案

白骨沼泽

2

  我个子不高，所以跳下来容易爬上去难。在同事的帮助下，我总算离开了那个臭气熏天的池塘。上岸后第一件事就是小心翼翼地脱掉身上那层厚厚的胶皮防水服。

  我低头嗅了嗅胳膊，还好，防水服的隔离效果还不错。

  "怎么会有一套内衣？"黄支队用树枝拨开死者会阴部的泥土，"会阴部都烂完了，不过应该是女性。"

  "烂完了也能看出来是女性？"我仍不放心地嗅着身上的味道。

  "男性生殖器即便高度腐败依旧会有残余痕迹，比如残缺海绵体、尿道或者皮肤。"黄支队说，"这个看起来压根儿就没有。"

  "不过这个骨架，看起来很壮实啊。"我说，"一个膀大腰圆而且没有胸的女人？"

  "尸体腐败过程中，乳腺会很快萎缩的。"黄支队说，"不会是一起强奸杀人案件吧？不然内衣怎么会不在身上？"

  "据我们调查，"一旁的侦查员插话道，"这一带的流浪汉，有时会在这附近晒衣服，会不会是风吹落到池子里的？"

  "有那么巧，一吹一套内衣一起掉进来？"黄支队说，"而且，这套内衣怎么看也不像是流浪汉穿的吧？"

  侦查员点了点头。

  此时我已经换上了橡胶手套，忍着恶臭擦去了尸体腿部的泥土。

  不小心蹭掉了尸体腿部的皮肤，一股腐败液体流淌了出来，随之是一阵恶臭。我抬起胳膊揉了揉鼻子。

  "看尸体的腐败程度，应该是七八个月以上了。"我说，"尸体部分尸蜡化，也有部分腐败致软组织消失。这是一具保存型尸体现象和毁坏型尸体现象[①]共存的尸体。"

---

① 保存型尸体现象，是指尸体在特定的环境下逐渐变化，但是整体外形依旧保存，如木乃伊、霉尸、尸蜡、泥炭鞣尸；毁坏型尸体现象，是尸体的外形产生了明显变化的现象，如白骨化、巨人观等。

"去年9月还清理过池塘,说明死者死亡是去年9月到今年1、2月之间的事情。"黄支队说。

"还可以更精细一点儿。"黄支队和我同时看到了死者的双足。

"死者身上唯一的衣物就是这双袜子了,'她'穿的是很厚的棉袜。"我说,"死亡时间应该更倾向于冬天,也就是12月至1月之间。如果是秋天,温度会比较高,难以形成一半尸蜡一半腐败的情况,通常是因为环境温度低,尸体不易腐败,逐渐形成尸蜡后,遇高温天气,且因汛期水位上涨,尸体上浮,使没有完全形成尸蜡的部位腐败损毁软组织。"

"嗯,有理。"黄支队说,"定年前死亡应该问题不大。"

"有了死亡时间,我们的排查范围就小多了。"侦查员说。

"现场暂时封存,"我说,"尸体先运去解剖室吧,主要看尸体。"

室内不比室外,因为空气流动范围小,所以这具高度腐败的尸体在解剖台上只躺了十分钟,就把整个解剖室的空气都污染了。看着无力转动着的换气扇叶,我忍不住揉了揉鼻子。

整个尸体呈乌黑色,覆满了泥土。

尸体头颅的头皮大部分已经腐败消失,露出白色的天灵盖。面部的皮肤也腐败消失了一半,依然龇着一嘴沾染了黑色泥土的白牙。

同样还可以辨明形状的,是一双没有了皮肤和指甲的手,白森森地露着指骨。

我穿好了解剖装备,戴上防毒面具,顿时感觉腐败气味减弱了许多,脑子仿佛也清醒了一些。我打开不锈钢解剖床一侧的喷淋头,试着喷水的力度。

尸体检验前,必须先照相固定尸体的状态,然后要用水清洗尸体,这样才不会在检验过程中有所遗漏。而对于这样的高度腐败尸体,清洗尸体是一项技术活。首先要保证喷水的力度能把泥土冲洗掉,其次还要保证喷水的力度不至于把尸体的皮肤、软组织损坏。高度腐败尸体的皮肤和软组织是很容易脱落的,轻轻一捏,可能就会捏下一块绿色的皮肤。

试好喷淋头后,我小心地一边用纱布擦拭尸体表面,一边用喷水冲掉尸体上的泥土。

"下水口的筛斗没松吧?"黄支队最担心的事情是从尸体上冲下来的泥土杂质会堵塞解剖台的下水口。因为一旦堵了下水口,就要我们这些并不精通水电工种的

/// 第八案
白骨沼泽

法医自己来疏通下水道。没有水电工会来为法医学尸体解剖台疏通下水道的。

我停下手中的活,检查了一下下水口,没有问题。

脱离了淤泥的尘封,尸体的臭味更加浓烈,墨绿色的尸体皮肤触目惊心,让一旁负责摄影的侦查员一阵阵作呕。

尸体被淤泥尘封的部位已经完全尸蜡化了,虽然尸蜡化的尸体很恶心,但因为尸蜡化是一种保存型尸体现象,生前损伤都可以完整地保存下来,可以给法医提供更多的分析依据,所以法医并不排斥尸蜡化的尸体。

这具尸体的躯干没有发现明显的外伤,所以我们也敢大胆地推测死者全身并没有遭受到外力的打击。

"这个人的额部好像有问题。"高法医沿着死者头皮腐败裂口往里看,说,"颅骨应该是凹陷性骨折了,损伤部位在额部。"

"先提取物证吧。"黄支队说。

我点点头。既然开始怀疑是强奸杀人,那么我们就寄希望于能提取到一些能验证犯罪嫌疑人的物证。至于致命损伤,倒不急于验证。

我沿着尸体正中线联合切开了尸体的颈部和胸腹腔。尸体的内脏组织已经开始自溶,因为萎缩,都显得比正常人的组织器官小。

体表没有明显损伤,所以我们也猜到了内脏器官不会有明显的损伤。我依照从上至下的顺序,检查了死者的心、肺、肝、脾等重要器官,没有发现外伤出血的痕迹。

最后,我打开死者的盆腔,想把死者的子宫整体提取,寄希望在子宫里找到一些线索或者是证据。

可是,死者没有子宫。

"师兄,这次你猜错了。"我说,"这是一个男人。"

"男人?"黄支队说,"怎么可能?没有生殖器啊,连痕迹都没有,我还没见过腐败成这样的男性会阴部。"

我逐层翻开死者盆腔里的前列腺:"你看,这是前列腺,没有子宫,所以是个男人。"

一直在一旁指挥的黄支队忍不住戴上了手套,拿起两把止血钳,检验死者的会阴部。

"我确实猜错了。"黄支队皱着眉头说,"你看,虽然会阴部腐败得很厉害,但是我们可以在这些残存毛发的部位发现会阴部的皮肤存在皮瓣。"

我凑过头去看，点头说："这些皮瓣，可以推测死者的生殖器是被锐器割掉的，腐败不可能形成这样错落有致的皮瓣。"

"割生殖器？"高法医也好奇地凑过头来看，"一般这样，都是因为感情纠葛啊。"

"说不定是这个人想强奸别人，结果被别人割掉了命根呢！"我说。

"不会。"黄支队说，"割裂口附近没有明显的皮内出血现象，应该是个死后损伤。"

"杀人后再割生殖器？"高法医说，"那就更能说明凶手的仇恨心理了，这种心理通常都是因情而来。"

"发现了这个损伤，是好事儿啊。"我微笑着说，"明确了凶手和死者的关系，只要找到尸源，不就破案了吗？"

黄支队点点头，说："是啊，这是个不错的发现。下面我们的任务就是要明确死者的死因和总结死者的个体特征了。"

我们沿着尸体头皮腐败裂口拓展了裂口长度，使得头皮能够一前一后翻过来，充分暴露颅骨。

和高法医判断的一致，死者的额部头皮内侧有大片状明显出血痕迹，对应的颅骨粉碎性、凹陷性骨折，骨折线有明显的截断现象。

"骨折线截断，说明是多次打击啊。"我说，"而且额部皮肤没有挫伤和裂伤，说明工具的表面不粗糙，且这个工具质地不硬。"

"是啊，如果是铁质的工具，多次打击头部，头部难免会留下挫裂创。"高法医说。

"嗯，我也觉得不是铁质工具。"黄支队说，"你看死者头部的骨折线附近，没有一处有崩裂的迹象，而且骨折线没有大范围延伸，这都说明工具不应该是铁质的。"

"但有个问题就来了。"我说，"既然是木质等工具的袭击，很难导致这么大面积的粉碎性、凹陷性骨折，除非施加外力很大。"

"你的意思是说，"黄支队说，"能够施加这么强大的外力，女人是很难做到，应该是男人？但既然是情杀，怎么会是男人杀男人呢？"

"两种情况，"我说，"一种是死者侵犯了凶手的妻子、爱人，第二种就是同性恋。"

第八案
白骨沼泽

"是同性恋。"高法医用止血钳撑起死者的肛门,"死者的肛门皱襞基本消失,应该是长期处于松弛状态形成的,而不是死后的肌肉松弛形成的。一般这样的肛门括约肌松弛、肛门皱襞消失的案例都见于同性恋。"

"那就对了。"黄支队说,"如果我们之前的分析全部正确的话,这就是一起因为感情纠葛引起的同性恋杀人案件。"

"哈哈,有了这么多分析,我心里有底儿了。"我说,"还担心这起案件难度会很大,目前看,并不难呀。"

"好吧,"黄支队说,"我们抓紧时间圈定侦查范围,要用最短的时间锁定尸源。"

有了大量的合理分析作为衬底,我们信心十足。信心十足就会干劲十足,很快,我们就取下了死者上下左右四颗磨牙并且锯下了死者的耻骨联合①。

"根据牙齿和耻骨联合推断,死者应该是三十三岁左右,上下不会超过两岁。"我费了很大劲儿忍着恶臭剥离开耻骨联合周围附着的软组织,暴露出耻骨联合面,然后结合牙齿的磨损度对死者的年龄进行了初步的推断。

"再结合这个男人身高一米六八左右,体态中等,还有穿着一双偏女性化的棉袜,"黄支队转头对身边的主办侦查员说,"我觉得有了这么多指标,应该不难找尸源了吧?"

接下来的一整天,我和黄支队都在苦苦地等待着寻找到尸源的好消息,可消息久久不至。以至于到第二天傍晚,我们几乎对侦查部门丧失了信心。

"看来死者没有亲属啊。"黄支队说,"不然不会到现在还没有排查清楚符合死者条件的失踪人口。如果没有亲属报案,则无从查起了。"

"谁说无从查起?"一个清亮的女中音突然响起,打破了专案组死寂的气氛,云泰市公安局DNA室负责人张秋走进了专案组。

"有重大发现。"张秋说,"通过你们划定的死者条件范围,我们在DNA数据库中设定了条件,然后输入死者的DNA数据,没有想到,居然比中了一条信息。"

---

① 耻骨联合,是两侧骨盆的连接处。对尸体年龄的推断,法医界已经有了非常成熟的办法,通过牙齿和耻骨联合面的形态进行综合推断,经验丰富的法医能够据此将年龄推断得十分准确,误差一般不超过两岁。

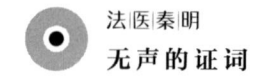

"是什么信息？"黄支队兴奋地从椅子上跳了起来。

"根据目前比对结果，"张秋说，"死者应该是在两年前因盗窃摩托车入狱，并在监狱中蹲了一年多的曹风。"

3

"呵呵，"我笑着说，"说不定这个曹风就是在蹲监狱的时候变成了同性恋。不过现在拨云见日了，查到了尸源，破案指日可待。DNA又要立功喽！"

"这个曹风是什么时候出狱的？"黄支队没有接我的话茬儿，接着问张秋，"我要的是具体、准确的时间。"

"刚才我向司法部门朋友查询了一下，"张秋说，"准确时间是去年9月22日。"

"时间对得上！"黄支队重重地拍了一下桌子，高兴地说，"马上去查这个曹风，生前和哪些男人有染，住在什么地方，有没有什么亲属。"

"怕是不好查。"张秋紧跟着泼来一瓢凉水，"据司法部门同事介绍，这个曹风从小是个黑户，入狱的时候，他除了曹风这个名字，其他所有资料都拒不交代。因为并没有查到他的户籍，所以监狱管理局的同事对这个曹风的身世一无所知。"

"查不清身份，还能找不到人？"黄支队笑着说，"看我们的本事，去查吧！"

案件每次进展到需要调查的时候，我就"失业"了。

回到宾馆，我百无聊赖地等待着专案组传回好消息。翻看着微博，也没有什么吸引人眼球的热点。实在不知做些什么的时候，我又想起了"云泰案"。

为什么在前四起案件中，死者体内都没有发现精子，在最后一起案件中却发现了精子？难道真的是不同人作案？不会！那么特殊的绳结打法不可能出自两人之手。如果真的是两个人，那这巧合有些过于夸张了。难道这一次"云泰案"的凶手有了帮手？两个人轮奸？也不会。这么隐蔽的作案，侵犯对象都是弱女子，何必找什么帮手，强奸犯没必要带徒弟吧？

那么，又会是因为什么呢？

归根结底，问题还是出在"云泰案"前四起案件中。犯罪分子为什么会没有精子？或许这次他出了什么纰漏，把精子留在了死者的体内？目前这样的想法才是唯一可以说得通的。所以，案件侦破的突破口一方面在查DNA，另一方面就是要搞清

第八案
白骨沼泽

楚凶手之前为什么会没有在现场留下精子。

想着想着我就睡着了。

对警察来说，熟睡被惊醒通常不是因为噩梦，而是电话铃声。

不过，这次是好消息，曹风的资料和住址找到了。

"这个曹风是不是个同性恋还没有任何调查依据能够证实。"当我赶到专案组的时候，黄支队开门见山地说。

"没有发现他是同性恋的依据？"我问。

"是的。"黄支队说，"倒是很意外地得知，曹风在出狱后不久就结婚了。"

"结婚？"我说，"他不是同性恋吗？他娶的是男人还是女人？"

"少见多怪。"黄支队皱着眉头说，"你不知道有双性恋的说法吗？而且有很多同性恋为了掩盖自己是同性恋的事实而骗婚的。我们以前还接到过此类事情的信访。"

"这个也信访？"

"是啊，"黄支队说，"被骗婚的女子来上访呗。"

"这事儿归公安管？"我十分诧异。

"公安大接访以后，"黄支队摇摇头，"什么信访事项没有接待过？只有你想不到的，没有接待不到的。哎！跑题了，跑题了。"

我想了想，说："你说的还真有可能。你看，死者是去年9月底出狱的，10月就结婚了。而我们判断死者应该是12月到1月死亡的，也就是说死者结婚后两个月就死亡了。这个时间也太短了，所以我认为，死者很有可能是因为结婚激怒了他的同性恋男友，然后同性恋男友一气之下杀了他。"

"我考虑的也是这样的可能性。"黄支队低头思考了几秒钟，说，"没有其他可能了。"

"曹风的妻子呢？"我说，"说不定她会知情。"

"目前正在派人查。"黄支队说，"曹风的妻子是四川人，叫孟梦，在我们这边打工。因为曹风生前根本就没有几个朋友，所以调查也很艰难。"

"突然想到一个问题，"我说，"曹风不是黑户吗？没有户口的人，也可以登记结婚？"

"当然不是去民政局登记结婚。"黄支队说，"曹风以前盗窃的时候，是跟着一个老小偷当学徒的，他把这个老小偷当成自己的师父、亲人。曹风和孟梦结婚的时候，是让这个老小偷当的见证人，三个人喝个烂醉，算是结婚了。"

"有第三个知情人？"我说，"那敢情好，从这个老小偷嘴里岂不是可以得到更多关于曹风的信息？"

"问题就在这里，"黄支队说，"老小偷交代，曹风生前话非常少，老小偷就知道他无亲无故，其他关于曹风的信息一点儿都不清楚。"

"那老小偷最后一次见到他是什么时候呢？"我问。

"据老小偷交代，"黄支队抿了一口茶，说，"那次结婚，老小偷是最后一次见到曹风。随后老小偷因为老家的房子拆迁问题，就回农村了，至此没再和曹风联系过。"

"也就是说，"我说，"曹风从出狱到死亡这一段时间的活动情况和交往情况，只有孟梦一个人知道了？"

黄支队点了点头。

突然，专案组会议室的大门被主办侦查员推开。

"孟梦的身份查清了。"主办侦查员说，"四川籍，家住农村，一年半前到云泰打工，主要是在烧烤店洗烤盘。因为孟梦的脸上有血管瘤，所以长相算是比较丑陋的，她一般也不和别人说话。孟梦结婚的情况，烧烤店的人都不知道。"

"那现在她人呢？"我受不了主办侦查员的絮叨，急着问道。

"两个月前，孟梦辞职回老家了。"主办侦查员说，"据店老板说，孟梦辞职的原因，是家里的母亲病重，她不得不回去照顾。"

"两个月前？"我问，"曹风十个月前就死亡了，那段时间，孟梦的状况难道是正常的？"

"据店老板说，"主办侦查员说，"孟梦一年前结婚的事情，他完全不知道。她结婚的时间段附近，也没有请过假。至于十个月前，孟梦有没有什么情绪的变化，店老板记不清楚了，不过肯定不会有大的情绪波动。因为孟梦生性自卑，所以大家都比较同情她。如果孟梦有大的情绪变化，他们一定会有印象。"

"丈夫突然失踪，她一没有报案，二没有任何情绪变化，"黄支队摸着自己的下巴，说，"这个情况非常可疑。凶手不会就是孟梦吧？"

主办侦查员使劲儿点了点头，表示非常认可黄支队的判断。

"那她现在在四川，你们准备怎么查？"对于刑事侦查，我也是外行。

"没什么好办法。"主办侦查员说，"刚才，我派了一个工作组飞去成都，然

第八案
白骨沼泽

后乘车去孟梦的老家,先把孟梦逮到再说。"

"我还是觉得凶手不会是女人。"我说,"死者颅骨的凹陷性骨折,是被木质工具打击形成的。而用木质工具打击成那种程度的凹陷性骨折,肯定是有非常大的外力。我觉得女人不可能完成,除非是个壮女人。"

"孟梦倒是不壮实,"主办侦查员说,"很羸弱的一个女子。"

"那她肯定不是凶手。"我斩钉截铁地说。

"她不是直接的凶手,"黄支队说,"不代表她不是共犯。"

黄支队一语中的,我点点头表示认可。

"还有,"主办侦查员说,"曹风生前的住址我们已经找到了,不过既然孟梦已经回老家了,家里肯定没人。"

"他们住在什么样的地方?"黄支队问。

"曹风在入狱前,在市郊垃圾场附近买了一间小平房。"主办侦查员说,"几千块钱,单间的那种,是当地农户出售给他的。"

"这个农户也不了解曹风的信息吗?"我最关心的还是这个。

"不了解。"主办侦查员说,"当时农户就是贴了一张告示,然后曹风来交钱,农户给他个契约,完事儿。"

"我还想说这个曹风是个有房子的流浪汉呢。"黄支队说,"弄半天是个黑市交易啊。"

"我们现在怎么办?"我见今天的话题总是跑偏,急着问。

"既然主人已死,嫌疑人回了娘家,"黄支队说,"你们去办手续,我们现在去搜查一下死者的家,看有没有什么发现。"

"是。"

一个小时后,我们到达了这座位于垃圾场附近的联排"别墅"区。

这里有十几间小房子墙墙相隔,基本都已废弃,只有中间一扇小窗挂着窗帘,仿佛有些人气。我猜,这就是曹风的家。

我们走到小平房的门口,发现这扇小门外的挂锁并没有锁闭,而是孤零零地被挂在门扣上。黄支队走过去推了一下门,没有推开。显然,门被人从里面锁上了。

"里面有人?"黄支队压低了声音说。

"肯定是有人。"我说,"幸亏这附近的垃圾车作业声音很大,不然我们的车一开到附近，里面的人就警觉了。"

"里面会是什么人？"黄支队惊愕得连表情都变了。

身侧的侦查员下意识地把手按在了腰间的枪套上。

"踹门！"黄支队下达了命令。

门踹开的时候，映入眼帘的是一个破旧的房间、一张简陋的小床和一个正在穿胸罩的女人。

侦查员都是训练有素的，当我还没有反应过来的时候，两名侦查员已经发现小屋的窗户被打开了，透过窗户可以看到窗外开阔地里一个赤裸的男人正在向垃圾场方向狂奔。两名侦查员"噌"地一下都从窗户翻了出去，追赶过去。

女人见有侦查员用枪指着她，慢悠悠地点燃了一根烟，吸了一口，说："至于吗？至于吗？扫黄扫到人家里来了？先说好啊，我确实是小姐，但我这次不收费的，不算卖淫，你们可不能把我怎样。"

原来眼前的这个浓妆艳抹的女人是个妓女。

"你为什么会到这里来？"黄支队示意大家收起枪。

"我怎么知道！"女人说，"他带我来我就来喽。这里怎么了？总算有张床吧。我们干那事儿，总不能在大街上干吧？"

黄支队反感这名妓女的调侃，挥挥手示意侦查员把这个女人带回局里。

当然，一起带回去的，还有狂奔五百米后被侦查员按倒的赤裸男人。

审讯室里，男人一脸惊恐："我嫖娼，也不至于你们这么兴师动众吧？"

"别废话！"黄支队厉声道，"你叫什么名字？干什么的？怎么会在那里？"

"在……在哪里？"男人说，"你是说，在我家？我在我家嫖娼而已，怎么了？"

"你家？"黄支队凑近男人，恶狠狠地说，"糊弄谁呢！说！你叫什么名字？"

显然是被黄支队的眼神所慑服，男人低下头老老实实地说："我叫曹风。"

4

男人的话一出口，我们全体都打了个冷战。

"曹……曹风？"黄支队显然很意外，盛气凌人的气势顿时折了，"你怎么可能是曹风？你怎么证明你的身份？"

男人一脸愕然："我……我怎么可能不是曹风？你们是查户口的？我没户口。"

第八案
白骨沼泽

"说不定是监狱管理局登记有误？"我看男人不像是在说谎，就把黄支队拉到一边，说，"取个血样用DNA验证一下吧。"

黄支队摇摇头，走回去接着问："你这两年都干什么了？"

"我去年从号子里出来的，"男人说，"然后结婚，然后就做点儿小生意。"

"说谎！"黄支队想诈他一诈。

"偶尔也偷点儿小东西。"曹风低着头说。

至此，可以判断，眼前的这个人真的是曹风。可死者又是谁呢？为什么死者的DNA会比对上眼前这个男人？难道真的是登记错误吗？

"你是不是有一个同胞兄弟？"黄支队问。

还是黄支队反应快。因为惊讶，所以我们都忘记了，其实同卵双生的双胞胎兄弟，DNA数据是一样的。

这次轮到曹风惊讶了。

惊愕之后，曹风的脸上尽是鄙夷："我不想提他。"

监狱管理局没有出错，曹风真的有个双胞胎兄弟。

"现在你是在接受讯问，"黄支队又提高了声音，"不想提也必须提。"

毕竟曹风违了法，难免会有一些心虚，见黄支队咄咄逼人，他也只好败下阵来："我们好久没有联系过了。"

"最后一次联系是在什么时候？"黄支队问。

"我入狱前。"

"你为什么不想提他？"

曹风低头不语。

"说！"

"因为他是个变态。"曹风的脸上又出现了鄙夷的神情。

"接着说。"黄支队坐回审讯位，示意身边的侦查员开始记录。

"他叫曹雷，我们从小父母双亡，靠流浪为生，"曹风说，"但我们的关系一直还不错。直到有一次，我看见他光着身子和另一个裸体男人在干那事儿。"

"是你入狱前发现的吗？"

"不是，五六年前就看见了，"曹风说，"后来我们就不联系了。两年前，我入狱之前，是实在过不下去了，想问他借一点儿钱。"

"他借给你钱了吗？"黄支队问，"他有钱？"

法医秦明
无声的证词

"他比我混得好。"曹风说,"他好像加入了一个传销组织,帮着看管那些被骗来的人,就像是打手一样,所以有收入。不过他没有借钱给我,所以我恨他,从此以后再没联系过他。"

"你知道他和多少人有过关系吗?"

"不知道。"曹风说,"但估计有不少,因为我以前在街上见过他和一个男人勾肩搭背的,不是之前看到的男人。"

"他住在什么地方你知道吗?"

"我们以前租住在一个房子里。"曹风说,"他在那里租住了几年,后来没联系就不知道了。"

我们很快来到了曹风的孪生兄弟曹雷以前租住的房屋。可惜,这次我们没有任何发现。

曹雷的房东一听我们的来意,赶紧向我们开口抱怨:"我就总觉得他好像不正常,老大不小了,从来不带女人,和他一起住的总是男人,所以我就不太想把房子租给他。可是他租了好几年了,我又不好意思开口。差不多一年前,他就这样莫名其妙地失踪。我没有办法,就进房子把他那些破烂都扔了,心想即便他回来,我也不租给他了,给他点儿钱就是。"

"你是说,"我问,"现在的房子已经全部清理过了?"

"是啊,我已经租出去了,别人住着。"

"以前和曹雷一起住的男人长什么样?"黄支队问。

"那我哪里记得?"房东说,"而且他经常带男人回来,每次都不是同一个人。"

看来这个曹雷还是一个花心的人。黄支队和侦查员们都露出了一脸的失望,这条线看来是断了。

"我觉得吧,"回到专案组后,我说,"可以在一些同性恋交友网站上找找线索。他的男人多是不错,但我想,只要一个一个排查,应该能发现一些线索。"

黄支队垂头丧气地点了点头。

侦查员们开始了海底捞针的工作,而我又回到了百无聊赖的状态。

晚上,我坐在黄支队的办公桌前,看着前不久发生在龙都的杀人奸尸案件。因

/// 第八案
白骨沼泽

为我的依据充分，"云泰案"专案组已经将此案并案侦查，并且围绕着最后一起案件中死者体内的精斑DNA进行摸排，只是这也是一项海底捞针的工作，感觉破案遥遥无期。

龙都案件中的死者是一名女工，值完夜班后，独自回家，可能是因为突然内急，就走进了路边的一所公厕。万万没有想到，那个恶魔就潜伏在公厕里等待着他的猎物。

这个案子和以前的不同，恶魔不仅脱下了死者的裤子，还脱下了死者的上身衣物和胸罩。这些衣服被凶手扔在了厕所的化粪池里，龙都警方费了半天力气才把内衣打捞上来。

看着案情介绍，我突然有了疑问：警方为何要花这么大的力气打捞一套死者的内衣？

原来，死者因为是在途中遇害，当时并没有弄清楚尸源。死者身上的财物和可能携带的手提包之类的物品都不翼而飞，连衣服都被扔在了化粪池里。为了迅速查清尸源，就必须从死者的衣物上找到一些可以认定尸源的线索。后来，也确实是在死者上衣口袋里发现了一张超市会员卡，从而迅速认定了尸源。

看到这里，我突然灵光一现，兴奋地重重拍了一下桌子。

在一旁沙发上打盹的黄支队被我吓了一跳，瞪着眼睛说："不是你的桌子，你不心疼是吧？现在经费这么紧张，买个桌子都要政府采购的。政府采购很麻烦啊，你懂的。"

"师兄，我刚才突然想到，这起案件，可不可以通过一些尸体附着物发现线索呢？"我说，"龙都的那起'云泰案'个案就是根据衣服里的会员卡找到的尸源。说不定我们也能从这具尸体的附着物上找到一些破案的方向。"

"附着物？"黄支队说，"这具尸体有附着物吗？哦，你是说他的裤子？我看过了，连个商标都没有，没戏。"

"商标？"我又重重地拍了一下桌子，"对！就看商标。"

黄支队赶紧过来检查桌脚："你是来砸场子的吧？我这桌子是拼的，你这样拍会给我拍散了的！"

"师兄，"我说，"别那么小气。你开始以为案件很快就能侦破，所以忘记了尸体上有个很重要的附着物吧？"

"有吗？"黄支队一边说一边晃了晃他的桌子，"哦，是有，蓝色内衣！"

"说不定可以从蓝色内衣的商标上找到一些线索呢？"我眉飞色舞。

"不过，这套内衣真的不敢肯定和本案有直接因果关系。"黄支队说，"毕竟它是在池子里，而不是在死者身上。"

"我开始考虑过，"我说，"这套内衣尺码大，不能排除就是买来给死者穿，刺激另一个男人感官的。"

"同性恋会让对方穿女人的内衣？"黄支队说，"那还是同性恋吗？"

"我也不清楚。"我说，"但我曾经在网上看到过一个男人扮成女人和另一个男人发生关系的案例，所以不能排除有这种情况。"

"那？"黄支队看了看漆黑的屋外，说，"你的意思是要半夜去殡仪馆吗？"

我揉揉鼻子，说："原来你们把物证保存在了殡仪馆。"

在一阵阵不知是什么怪鸟的怪叫声中，我们走进了云泰市公安局设在殡仪馆内的物证室。为了方便物证保管，很多地方公安机关法医会在殡仪馆内设一间物证室。

从漆黑的屋外走进发出微弱光芒的物证室里，我感觉到后背有一丝凉意。

黄支队从物证架上取下一个塑料袋，里面装的正是我在池塘里打捞上来的那套蓝色内衣。因为在腐水中泡的时间太久，又在密闭的塑料袋中闷了几天，内衣一被拿出来，就散发出一股恶臭。

黄支队拿着内衣，蹩脚地寻找内衣的商标所在。

我揉了揉鼻子，回头看了一眼，说："你说会不会找到商标后，猛一回头，看见一个长发白衣女子站在我们身后？"

黄支队说："干法医的，还这么迷信，你吓唬谁呢？"

说是这样说，但他还是下意识地回头看了一眼，确定我们的背后什么也没有。

很快，我们就找到了，这套内衣的品牌是"DAQ"。具体这三个字母代表什么，我们两个大男人也不知道。

发现商标后，我们高兴地转身准备离开，却发现门口的黑影中站着一个拿着工具的女人。

我突然觉得自己全身的立毛肌都竖了起来，两腿肌肉迅速松弛。

好在女人开口说了话："干什么的？"

"是你啊，"黄支队显然也受了惊，"人吓人，吓死人，知道不？"

/// 第八案
白骨沼泽

原来是驻守殡仪馆的一位大姐,听见有动静,以为是有小偷,就拿着铁锹走了过来。有的时候不得不佩服这些殡仪馆的职工,尤其是女同志。我自认胆儿大,但是让我一个人在这满是死人的地方睡觉,我还是有些胆战的。

和大姐说明了来意后,大姐给了我们一个惊喜:"哦,这个牌子啊,我知道的,在小街有个专卖店。"

"小街?"小街是当地一个低档杂物销售市场,黄支队问,"只有那里有的卖吗?"

"二十元钱一套的内衣,还是情趣内衣,除了那里,还有哪里有的卖?"大姐是个性格直爽的人。

"知道了!谢谢您!看来今晚可以睡个好觉了。"黄支队高兴地说。

第二天一早,我们就找到了位于小街中心位置的DAQ情趣内衣店。

"我们是公安局的。"侦查员拿出了蓝色内衣的照片,"请问这套内衣是你们家卖的吗?"

店主点点头:"嗯,是我们家的货。"

"那请问,"侦查员说,"十个月前你们把这套内衣卖给了谁?"

店主一脸无奈的表情,可能他在心想,这个小警察傻吧?十个月前的事情谁能记得?

我解围地笑了笑,说:"可能您要回忆一下,大约十个月前,有没有一个男人来买过这样一套情趣内衣?"

店主沉吟了一下,说:"冬天是吧?那时候是生意淡季,但好像有几个男人来买过,具体我也弄不清楚了,但是记得小街东头的一家药酒店老板来买过一套蓝色的。因为这个老板快四十了还是光棍,所以我当时还问他是不是有女朋友了。"

黄支队还想再问些什么,我把黄支队拉到一边,说:"别问了,抓人吧。"

"你是说药酒店老板?"黄支队说,"凭什么说肯定是他?这内衣店老板说了,那个时间段有好几个男人都来买过,药酒店老板只是其中之一。"

"哈哈,"我高兴地说,"你一定是忘记了,那个看守水泵房的老头,每天都要喝药酒,而本案的凶手肯定要熟悉水泵房附近的环境。"

"你是说看守老头是这家药酒店的熟客,"黄支队说,"店老板也有可能去过老头的水泵房,知道那里有个藏尸的好地方?"

"是啊,又是内衣,又是药酒,我想,在一个城市里不会有这么巧合的事情吧?"我自信满满。

在侦查员抓到药酒店老板以后,我们也对药酒店进行了搜查。

药酒店是一个平房套间。外间是店面,柜台上摆放着密密麻麻的泡着各种物件的药酒玻璃瓶,倒是没有什么异常状况。

但是当我们走进店内间,店老板平时居住的地方,窗口吹进来的风轻轻撩起了床单,我们看见床下也有一个玻璃瓶。

黄支队快步走了过去,拿出玻璃瓶,却立即浮现出一副恶心的表情。

还好,法医的胃口都比较深,黄支队没有一口吐出来。

玻璃瓶里还剩半瓶酒,瓶底居然漂着男性的生殖器!

案子就这样破了。

对店老板的审讯,我只听了一半就提前退场了。眼前的这个店老板,口口声声称曹雷是心甘情愿被他杀死,是心甘情愿把自己的阳具贡献出来给他泡酒喝的,说是他们这种叫冰恋,说那是一种至高无上的感情。

从技术层面看,死者的头部损伤非常集中,如果不是失去抵抗能力,是不会保持一个姿势让凶手打击致死的。当然,除非死者自己是愿意的。

我摇摇头,表示无奈。对于这种心理变态的人,我不知道该说些什么,只有强忍着呕吐的欲望,默默离开云泰,开始新的侦案历程。

| 第九案 |

红 色 雨 衣

恶魔通常只是凡人,并且毫不起眼,
他们与我们同床,与我们同桌共餐。

——W.H. 奥顿

1

"死因到底是什么？"家属在质问。

眼前这是一起信访案件。

其实我不喜欢出勘信访案件。

自从公安部提出大接访之后，法医科的一半工作都是在信访案件上奔波。虽然说答疑解惑、查究冤情也是法医必须承担的责任，但这么多信访案件处理下来，的确很难遇见什么冤案，能让我振奋起来的，还是破案的成就感吧。

"开始说是失血性休克，但是我们没见到多少血呀！"家属的疑问将我从遐想中拉回现实。

"不是失血性休克。"我说。

死者是一名老太太，七十岁，有五个子女。平时子女都互相推诿，没人照顾老太太。老太太一个人住在农村，拿着低保，过着艰苦的日子。

一个月前的早晨，一名村民发现老太太在村头的小树林中死亡，衣衫破烂不堪。经查，前一天晚上有村民仿佛听见了老太太的叫声和狗叫声，出门没看见什么异常，就继续回家睡觉。民警先是从散落在老太太周围的十元纸币上发现了黏附了狗毛的血迹，然后对村里的狼狗进行了取证，最终在一户人家养的两条狼狗嘴上找到了老太太的DNA。

案件看似很简单，但家属提出了复查申请。

"你们看，"我用纱布擦拭老太太身上的创口，说，"虽然这些创口都非常浅，基本都只是伤及真皮层和皮下组织，但是创面很大，表皮剥脱的面积已经超过了全部体表面积的百分之十。虽然表皮层血管不丰富，出血量不大，但是神经丰富。这么大的创面，会导致严重的疼痛，所以死者应该是创伤性、疼痛性休克死亡的。"

家属沉默了一下，说："狗能咬死人？"

/// 第九案
红色雨衣

我指着创口说:"创口周围都有条状擦伤,所有的表皮断面都有撕裂痕迹,这是典型的动物咬伤啊。除了这些损伤,没有其他损伤。那么,不是被狗咬死的,是怎么死的?"

"政府监管不力,"家属不再纠缠死因,说,"不应该负一些责任吗?"

我沉着脸,吩咐大宝带着实习法医缝合尸体,一边脱下解剖服,一边说:"这不属于我管。"

这些家属并不在意他们的母亲生前遭受了多少痛苦,更在乎政府应该承担多少责任,这使我非常不快。我默默地坐上了停在门外的警车。

"花了很多精力调解,"坐在车上的派出所所长说,"养狗那家答应赔偿二十万元,可是家属嫌少,要求政府再赔二十万元。没有什么理由,就只有利用对死因不服这借口,想多要一些钱。"

"看出来了。"我说,"他们对死因并不感兴趣。"

我掏出手机,看了看,惊讶地发现有十几个未接电话。

"师父,不会又出事儿了吧?"师父连打十几个电话,估计就不会有啥好事儿。

"我在洋宫办一个案件,现在英城又发生了一起命案,怕是难度比较大,他们今年已经有一起命案没破了,你现在直接过去吧。大宝和林涛在高速路口等你。"

我揉了揉刚才站僵了的腰,心想真是一年岁数一年人,我还不到三十岁,就腰肌劳损了,不知道再老一些,还能不能再在解剖台边站这么久。

腰肌劳损怕开车,可是从我现在的城市赶往英城,需要五个多小时的车程,真正是纵贯了全省南北。

途经省城高速出口,我看见大宝和林涛拎着勘查箱等在路旁。

此时已到初冬,看着他俩在冷风中跺着脚,我的心情立即从被那些不孝儿女影响的阴霾中回到了阳光里。

"去前面服务区休息一下哈。"我直了直腰,无奈地看着这两个不会开车的人儿,"你们就不考虑一下,去考个驾照?"

正在服务区加油,就看见大宝一蹦一跳地从商店跑了过来。

"你们看,我中奖了!"大宝喝着一瓶饮料,还拿着一瓶,"哈哈,我从来都没中过奖,这次中了个'再来一瓶'!"

"我还以为有什么好事儿呢,大惊小怪。"我鄙夷地看了一眼大宝,转头问加

法医秦明
无声的证词

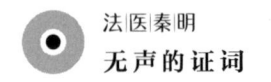

油站工作人员，"油卡里还有多少钱？"

单位的车发油卡，每个季度不到两千块钱，随着油价的飞涨，基本这个数额我们会在一个月内花完，而且绝对不公车私用。油卡花完后，面临的就是油费发票层层审批，半年后才能报销，这给我们带来很大的负担。我一直想不明白，那些公车私用的人，油费为什么就那么容易报销掉？

"六百六十六块八毛八。"收费员看我们一身便服，阴阳怪气地说，"够玩儿一圈了。"

"吼吼，又中奖又是吉利数字，"大宝说，"今天是什么好日子啊？"

"好日子个屁啊！"林涛听出了收费员的言外之意，说，"都死人了。"

看起来，这个收费员以为我们是公车私用，所以才不爱搭理我们。我顿时感到一阵委屈。把油卡放进副驾驶抽屉里后，我的手背被抽屉锁扣刮破了。

"为什么你有好事儿，我就没好事儿？"我一面用卫生纸止血，一面对大宝说。

"我倒觉得是好事儿。"林涛从勘查急救箱里拿出创可贴递给我，笑着说，"破了破了，案子要破啊。"

英城是个好地方，当夜幕降临的时候，处处都是灯红酒绿的街道。不少有钱人把英城当成省城的后花园，加之政府监管不力，英城顺理成章地变成了一个藏污纳垢的地方。

这样的地方，难免会有犯罪发生。每年，英城都会有几名卖淫女被杀，没有侦破的案件也有好些起。

知道当地弟兄们现在很忙，为了不给他们增加负担，我们三个在路边摊扒拉了一碗牛肉面后，径直赶往位于城东的现场。

案件是上午发生的，所以到了晚上已经没有多少围观群众了。

警戒带里，一个美容院的玻璃门拉闭着，里面透出微弱的红光和一条一条煞白的白光，我知道那是勘查灯发出的光芒。

向负责现场保护的民警出示现场勘查证件后，我们拉开了美容院的大门。

一股血腥味扑鼻而来。

我揉了揉鼻子，说："曜，味儿这么重，你们不开点儿窗？"

"省厅领导来啦。"英城市公安局刑警支队支队长丁克明拉低口罩，说，"这儿没窗，开门又怕影响不好，只有在这里憋着了。"

第九案
红色雨衣

我满怀崇敬地看了看已经在这么恶劣的环境里工作了近十个小时的民警。

"现场血迹太多,我们知道你们来,尸体暂时没有检验。"英城市公安局法医科科长祁茂森走到我身边脱下手套,和我握了握手,说,"一直在这里分析血迹形态。"

据前期调查,死者是这一带低档卖淫女的头牌,一个人经营一家美容院,因为死者颇有姿色又收费低廉,所以生意从早到晚,络绎不绝。

这个卖淫女每天早晨都会到一个油条摊买早点,卖早点的小伙子一直暗恋着她,所以今天早晨卖淫女没有早早开门便引起了小伙子的怀疑。

小伙子来到店门前发现美容院的卷闸门是锁着的,敲门也没有人应,却看见一注鲜血从门缝里流出,知道不好,赶紧报了案。

民警撬开门后,就发现女人已死,满屋血腥。

我想起刚才进门前看见警戒带外有个人坐在地上,回头从门缝里看了看,果然是个小伙子。他在警戒带外默默地坐了一整天,可能是在悼念他爱的人吧。爱情就是这样,没有贵贱尊卑,无论对方是做什么的,爱就是爱。

"生意越好,危险越大。"祁法医说,"太贱了早晚会出事儿,还连累我们在这里加班加点没日没夜的。"

我想起两年前侦办的那起自己孤身在外打工养活家人的卖淫女被碎尸的案件[①],心里一阵悲凉。看着祁法医鄙夷的神情,突然对这个法医冒出一丝反感。

"师父说过,"我轻声说,"生命无贵贱。"

"通过初步勘查,"丁支队长察觉了我的不快,赶紧说道,"死者应该是多处动脉断裂,喷溅血迹比较多,失血也比较多。可是现场太乱了,实在没有发现什么有用的线索。"

"物证也没有吗?"我问道。

在一起案件的初步勘查中,如果第一时间发现了关键的生物检材,一是可以坚定专案组信心,二是可以获取甄别犯罪嫌疑人的办法,所以物证对于案件是有决定性意义的。

"阴道、口腔和肛门的擦拭物都进行了精斑预实验,没有反应。"祁法医说,"可能没有发生性行为,也可能是戴套了。"

"那现场有安全套吗?"我问。

---

① 见法医秦明系列万象卷第一季《尸语者》中"天外飞尸"一案。

"这个女人很不讲究。"丁支队说,"现场很乱,她的'工作室'也不常打扫,所以满地都是卫生纸和避孕套。提取了几十个避孕套,正连夜进行DNA检验。"

"怕是没有太大的意义,"我说,"就算有犯罪嫌疑人的精液,也不能证实谁是凶手,毕竟她是卖淫女。卖淫女房间里的避孕套只能证明谁嫖娼了,不能证明谁杀人了。"

丁支队点了点头。

我走到美容院的隔间里,这个更加密不透风的小空间里,一样布满了血迹,味道更加难闻。隔间里面有一个躺式的按摩椅,大部分区域已经被血液浸染。

我指着地上散落着的卫生纸,说:"卫生纸为什么不提取检验?"

"卫生纸上都沾了血,即便有凶手的微量DNA,也会被女人的血污染,所以我们估计没有多大价值。"祁法医说,"而且刚才你也说了,在这里发现精斑,能证明什么呢?"

"现场勘查确实是需要有目的地进行工作。"我皱皱眉头,说,"但同样需要大范围撒网,任何存在检验可能性的物证都要提取,因为在不经意间都可能出现意想不到的突破。"

我弯下腰,收集了几个比较新的纸团,确实都被血液浸染,而且血迹已经干涸了。

我小心地展开其中一张,发现纸的中间部分并没有被血液污染,而是呈现出一种硬壳样的改变。

我说:"你看,这张卫生纸中间硬壳样变,说明这里曾经包裹过精液,干了以后就是这样的。这张纸绝对能做出一个男人的DNA。"

丁支队赞许地点了点头。

"不是用套吗?"祁法医说,"怎么卫生纸上还会有精液?"

"哦,这一带比较低档的卖淫女,可以用套,也可以不用套。"一名侦查员插话道,"只要卖淫女看得上的,她们有可能允许不戴套,然后就会用卫生纸擦拭。"

我们一齐转头看着这名侦查员。

侦查员是个很帅的小伙子,小伙子见我们一起看着他,红着脸说:"不不不,别误会,我不干那事儿,我是以前办案的时候听她们说的。"

"那就是说,"我说,"这些卫生纸上的DNA和避孕套内的DNA不交叉,那么它们就和避孕套一样可能存在价值。"

丁支队点点头说:"提取吧。"

2

按摩椅位于隔间的中间，其中央有大量浸染血迹。按摩椅周围的墙壁上有喷溅状血迹，最高的位置距离地面一米八左右。

我走出隔间继续观察。隔间到卷闸门口的地面上都有大量滴落状血迹，路面一边的墙壁上有间断的喷溅状血迹。离卷闸门还有一米的地方，地面上有一大片血泊，血泊中央有空白区，周围可以看见有喷溅状血迹。

"这附近有监控吗？"我问，"这么大的出血量，即便凶手和死者接触不多，身上也应该沾染了血迹，不知道从监控上能不能有所发现。"

丁支队摇了摇头："这里是个监控死角，外围的录像我们也都调取了，不过目前还没有任何发现。"

我见林涛正蹲在地上看着痕迹，于是蹲在他身边问："你们这边有没有什么发现？"

"卷闸门是自动落锁的。"林涛说，"只要一拉上，自动锁闭。凶手应该是杀完人后出门，同时拉闭了卷闸门。"

"那，卷闸门上有没有指纹呢？"

林涛摇摇头："卷闸门太大了，不知道凶手碰的是哪个地方。新鲜痕迹不少，但没有发现血指纹，所以怕是提取不到有价值的指纹了。"

"那足迹呢？"我不依不饶。

"更没有了。"林涛说，"从目前的勘查情况来看，从隔间到卷闸门有一条成趟赤足足迹，是血足迹，经鉴定，是死者的。此外，没有其他血足迹了。这里是公共场所，所以那些灰尘足迹[①]没有任何意义。"

"那，那组成趟足迹的足尖是什么方向？"

"是从隔间往卷闸门的方向。"林涛接过一名女痕检员递过来的矿泉水，喝了一口，说。

---

① 足迹有很多种。比如一脚踩在烂泥里，那么足迹是凹陷进泥巴的，这样的足迹呈立体状。而有的时候，是鞋底黏附了灰尘或者血迹，然后经过踩踏而黏附在地板上，这样等于是在地板上加了一层鞋印形状的其他物质。如果是灰尘，则叫灰尘加层足迹。如果是踩在有灰尘的地面上，鞋底花纹抹去地面灰尘所留下的鞋印足迹，则叫灰尘减层足迹。

"喂，没有我的吗？"我笑着说，"矿泉水没必要只给帅哥吧？"

女痕检员红着脸嘟囔着："他……他是我师兄。"

"死者是倒伏在这里吗？"我指着卷闸门后地上的血泊问丁支队。

丁支队说："是的。"

"有成趟血足迹，是死者从隔间里走出来的方向。"我说，"中途墙壁有喷溅状血迹，隔间按摩椅周围有喷溅状血迹，可以断定死者是在按摩椅上被刺的吗？"

丁支队说："不好肯定。因为中途也有喷溅状血迹，不能排除死者是在隔间外遇袭，然后先到隔间里倒伏后，又走了出来。"

我重新走回隔间，环顾了四周，说："不，你看屋顶上。"

屋顶上有几滴彗星状的血迹，在勘查灯的强光照射下格外清晰。

"拖尾明显，"我说，"说明是以很快的速度飞溅到屋顶上的，而且又有这么高的高度，不可能是动脉喷溅的血，而应该是挥刀时候的甩溅血。"

"哦，"丁支队恍然大悟道，"这就是搞清楚喷溅血和甩溅血形态的用处所在？"

我点点头，说："凶手杀了人以后，没有停留，直接离开了这里，并且锁了门，所以没有在地面上留下血足迹。如果他停留一会儿，可能就会踩到很快流到地面上的血而留下血足迹。这个凶手动作麻利，下手狠毒。"

"秦科长对案件性质有什么看法呢？"祁法医问。

"看现场这么简单，还是要考虑因仇的。"我说，"但我的总体感觉又不太像是因仇。还是要等到尸体检验结束后，才能做判断。"

"为什么会有这样的感觉？"丁支队问。

"因为杀人嘛，总要把人弄死，"我说，"可是凶手并不在意死者当时死没死，捅完了就走。其实死者被捅以后还是有行为能力的，她如果坚持把卷闸门弄开跑出去，说不定还能被人救过来。"

"是啊，"丁支队说，"如果救过来，仇人就暴露了。"

"不过，也不能排除是雇凶伤害，"大宝说，"所以凶手看起来并不像是怕死者会认出他。"

"但我们分析，凶手应该是完事儿以后才动手杀人的，"祁法医说，"因为死者是裸体的。"

"说不定是嫖资纠纷。"大宝说，"我之前碰见过一起案子，就是因为嫖资的问题引发了冲突，最后嫖客杀死了卖淫女。"

第九案
红色雨衣

"这样的案件不少。"我说,"不过一般都是先有肢体搏斗,再升级成动刀;直接下刀、杀完走人的很少。"

"也有可能是激情杀人。"大宝说,"我还碰见过案子,是卖淫女嘲笑嫖客家伙什儿太小了,嫖客一气之下就杀了她。"

"不管怎么样,"我低头想了想,说,"还是要去检验完尸体才可以下定论。"

"现场有现金吗?"我转头问林涛。

"没有。"林涛说,"这是比较奇怪的地方,一分钱都没有找到。"

"有发现,"一名负责外围搜索的痕检员拉门走了进来,说,"现场五百米外的垃圾箱里,我们发现了这个玩意儿。"

痕检员的手里拿着一个小茶罐,没有盖子。

"据我们调查,"帅小伙儿侦查员在一旁说,"死者平时赚的钱都会存起来,一些零钱会放在茶罐里。据一些死者的朋友描述,这个茶罐应该就是死者装零钱用的茶罐。"

茶罐上黏附了明显的血迹。我问林涛:"这个上面有指纹吗?"

林涛接过茶罐,用放大镜看了看,说:"这是擦拭状血迹,不过没有纹线,只有细纤维印痕。"

"凶手戴了手套?"我很意外。

"不,"林涛说,"这不像是手套痕迹,应该是凶手用衣物之类的东西衬垫。"

"也就是说,这个茶罐上也不可能提取到有价值的物证了?"我遗憾地说。

林涛点了点头。

"用衣服作为衬垫拿东西,"我说,"这个凶手还是有些反侦查能力的。"

我拉开店门,看了看外面的天,已经全黑了,说:"我们去解剖吧,不然今晚不知道要几点才能睡觉了。今天白天太累了,熬不动呀。"

英城市殡仪馆虽然很气派,但是法医学解剖室还没有建成,法医都是在殡仪馆的尸体库大厅里检验尸体。

门卫老头一脸不情愿地带我们打开了尸库的大门。大厅的两边,布满了存尸冰柜,压缩机发出嗡嗡的轰鸣。大厅的中央停放着一架运尸床,运尸床上有一具用白色裹尸袋包裹着的尸体,不出意外,那就是本案中的死者。

"这,"我笑着说,"你们平时就在这'众目睽睽'下解剖尸体?"

187

法医秦明
无声的证词

"别乱讲,"大宝知道我指的是四周冰柜里的尸体,擦了擦冷汗,说,"大半夜的,怪吓人的。"

我穿上解剖服,咳嗽了一声。空旷的尸库里顿时荡起了幽幽的回音,咳嗽声和冰柜压缩机的轰鸣纠缠在一起,仿佛飘上了房顶。

大宝环顾了一圈停尸库,说:"那个,平时在这个地方解剖,还是蛮瘆人的。"

"这有什么,"祁法医说,"我们人手不够,我经常一个人在这里检验非正常死亡的尸体呢,晚上也有过。"

我见祁法医在自夸自己的胆量,不禁想起大学毕业实习期间被尸库管理员困进尸库考验胆量的事情,心想,你不是不怕,而是没人来吓唬你。

我拉开尸袋,袋子里是一具裸体女尸,尸体前面被血迹浸染了。

我抬胳膊揉了揉鼻子,说:"死亡时间可确定下来了?"

"没有问题。"祁法医说,"早上我们到现场的时候正好是九点钟,判断死者死亡了八个小时左右,所以应该是昨天夜里一点左右死亡的。"

"嗯,时间差不多。"我说,"只有是深夜,凶手才敢这么肆无忌惮地杀人,杀人后还敢不清洗衣裳在大街上走。"

因为死者的长发被血浸染,胡乱地贴在脸上,导致无法进行正面像拍照,所以我一边吩咐大宝剃除死者头发,一边开始清洗死者身上的血迹。

没有解剖床,我们只好用塑料桶拎来自来水,用毛巾一点儿一点儿擦拭。

死者叫陈蛟,二十七岁,从事卖淫行业已经七八年了,身上有一些陈旧性的烟头烫伤和刀划伤的疤痕。她左侧脖子上文了一朵彩色的牡丹,而这朵牡丹的花蕊处,现在正随着我们翻动尸体而往外汩汩地流着血。

"有些意外。"我说,"死者没有第二处损伤,只有这么一处。这真是一刀致命啊。"

彩色的牡丹,影响了我们观察创口形态,我只有局部解剖死者的颈部,从皮肤内侧观察。

我从颈部正中划开死者白皙的皮肤,逐层剥离开皮肤和肌肉,发现死者的颈部肌肉已经被血液浸染,撕裂口周围黏附着大量凝血块。我慢慢剥离凝血块,暴露出创口。

"创角一钝一锐。"我说,"长度大约4cm,创口中间有拐角,应该是个刺切创。拐角到创角大约2cm,应该是刀刃的宽度,这是一把随身携带的水果刀。"

/// 第九案
红色雨衣

我拿起刀,把死者的胸锁乳突肌切断,探查左侧颈部的每一根血管。很快,便找到了血管的断头。我用止血钳夹住两边的断头,照了相。

"死者是颈内动脉断裂。"我说,"这一刀直接刺断了这么大一根血管,失血过程很快,死亡也就很快了。而且死者颈部的这处创口比较特殊,是一处刺切创,这提示了凶手刺入后,在拔刀的过程中,有个挑刀尖的动作。刀刃下拉,导致出现了创口中央的拐角。"

我又用毛巾仔细地擦拭尸体每一块皮肤,说:"尸体上没有发现任何威逼伤和抵抗伤。"

"说明死者是在没有防备的情况下突然遇袭的。"大宝说。

"而且凶手并没有威逼死者的过程,"我说,"很有可能是凶手进门的时候,就发现了装零钱的茶罐。完事儿后,直接杀人,拿了茶罐就走。"

"靠!"大宝说,"零钱都拿?"

"不,应该说是为了几十块上百块零钱就去杀人。"我说,"凶手应该生活档次很低。"

我拿起死者的双手,可能是死者生前用手捂住颈部创口,导致隔间到卷闸门之间的墙壁上有断续的喷溅状血迹。同时,死者的双手也都沾满了鲜血。我拿起她的右手,发现虎口部位黏附着一个黄豆大的小纸屑。

"这里有个纸屑,"我说,"看样子应该是卫生纸,可惜被血液污染,没有DNA鉴定的价值了。"

可能是因为解剖环境过于惊悚,我们很快就完成了尸体检验,离开了殡仪馆。

"死亡时间是昨晚一点。凶手可能在和陈蛟发生关系之后,或者是在准备发生关系的时候,突然用水果刀刺击了陈蛟的颈部,导致陈蛟颈内动脉断裂。陈蛟在遇袭过程中,没有任何防范或者准备。凶手杀人后,立即拿了店里装零钱用的茶罐离开现场,离开前锁闭了卷闸门。"专案会上,我慢慢说道,"根据凶手拿茶罐,并且将里面的零钱包括硬币全部拿走的行为来判断,凶手杀人的目的应该是侵财。凶手为了这么少的钱而杀人,那么他的生活档次应该非常低、非常穷。"

"又是侵财。"英城市公安局副局长王城用双手揉了揉鼻梁,说,"这样的案子真的不知道该从何查起。两个月前的卖淫女被杀案还没破呢。"

"哦?"我说,"两个月前还发生过一起?那么,这两起案件能串并吗?"

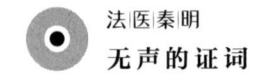

丁支队摇了摇头，说："没有什么确凿依据。"

"我明天看看那起案件的卷宗吧。"我说，"不过这起案件确实很难，截至目前，我们还没有任何好的线索和证据。"

"先从现场附近生活贫穷的人群开始查起吧。"王局长说，"另外，悬赏征集线索，毕竟我们英城晚上街上也有人，看有没有人见过身上有血的人在外面走动。"

"前期工作我们先做，"丁支队对我说，"你们先回去休息吧。陈总说了，要让你多休息，你今天刚从一个信访案件上下来。"

我笑着点点头，心里感激师父的关心。

深夜，大宝已经鼾声大作，我却丝毫没有睡意。不知从什么时候开始，我一疲劳就睡不着觉了，这是神经衰弱的表现。我打开电脑，胡乱地翻着"云泰案"的照片。前不久发生在龙都的强奸杀人案，依据我提供的绳结线索已经和"云泰案"并案，现在"云泰案"的专案组重新加入了已经撤下来的原专案人员，精兵强将重新上阵，开始摸排龙都案件的犯罪嫌疑人，通过DNA数据开始排查。

我相信这起案件离破案不远了。

突然，大宝从床上爬了起来，慢慢地走到房门口，打开门走了出去，然后反手关上了门。

3

我一头雾水，这大冷天的大半夜，他出去干吗？还就穿了条裤衩，不怕冻着？

我连忙开门跑了出去，大宝正低着头在走廊上闲逛。我一把拉住他，问："你去哪儿？"

大宝看看我，说："去解剖室啊，不是说要去串并另一起案件吗？"

这句话说得我更加迷茫了："你没有搞错吧？现在都半夜快两点了，你去哪儿解剖？"

说完，我就突然明白了，大宝这家伙，应该是在梦游！

不管三七二十一，我把大宝拉进了房间。大宝一脸不解地看看我，没说话，钻到被窝又开始了打鼾。

第二天一早，我问："你知道你昨晚出门去找解剖室吗？"

第九案
红色雨衣

大宝摇了摇头："扯淡，是你幻觉吧？"

"你以前没有梦游过吗？"

"从来没有。"

"法医梦游实在是一件非常可怕的事情。"我笑着说，"以后和你同屋的话，得把解剖箱放到林涛那里保管，不然，我这肚皮早晚得被你划开。"

"我梦游去找解剖室？"大宝依旧不信。

我点了点头。

大宝推了推鼻梁上的眼镜，想了想，说："不过你这么一说，我好像是想起昨晚梦见去解剖一具尸体，然后发现了线索串并了这起案件。"

"说不定你就是先知。"我笑着说，"我们今天的任务，就是检验两个月前发生在城南的卖淫女被杀案中的死者尸体。"

"你感觉能串并？"大宝问。

"不知道。"我说，"不过既然来了，顺便看看那起案件，说不定有所发现呢？破一起是一起嘛。"

"欸，是呀，"大宝说，"来之前还有那么好的兆头，结果这案子一点儿发现也没有。"

在赶往殡仪馆的车上，我翻阅了案件的卷宗。

那是一起发生在两个月前的命案，受害者也是一名卖淫女，名叫郑巧慧。这起案件发生在离陈蛟被杀案现场十二公里外的一家美容院内。死者被人发现的时候，已经死亡了大约一周的时间了。当时天气虽已转凉，但是密不透风的室内温度还是比较高的，加之尸体上半身浸泡在血泊内，所以已经高度腐败。

现场照片上尸体被白色的蝇蛆覆盖，头面、胸部乌黑。

死者也是死于刀伤，单刃锐器，但是由于腐败，无法测量出准确的刀刃宽度。前期调查显示，凶手拿走了死者的外套，到现在还没有找到。

"拿外套和拿茶罐可能都是一个目的，"我说，"就是为了一点点钱。"

"不过这两个现场距离太远了，一个城东，一个城西。一般嫖客选择卖淫女都有区域性，所以确实很难把距离这么远的两个现场串联在一起。"大宝慢慢地翻着卷宗，说，"另外，陈蛟身材娇小，而这个卖淫女怕是有两百斤。这，口味相差也太大了。"

"你说的都是一些主观臆测的东西，"我没有放弃希望，"我们现在要去找的，是客观的串并依据。"

公安局法医和殡仪馆工作人员的关系非常重要，各地法医也都会尽力协调与殡仪馆的关系。如果两者关系非常融洽，法医会省略很多工作，比如搬运尸体。

不过英城法医和殡仪馆工作人员的关系显然不甚融洽，当我们到达殡仪馆的时候，尸体还没有从冰柜中取出。祁法医一直在解释，其实他早就要求殡仪馆把尸体拉出解冻，只是殡仪馆工作人员在交班的时候忘记部署此事。

无奈，我们只有自己动手，从位于一排冰箱的顶层箱柜里取出那具卖淫女的尸体。

这具两百多斤的尸体着实让我们费了九牛二虎之力。运尸车在重压之下，摇摇欲倒。

尸体没有解冻，就无法进行全面系统的检验，不过也有好处，就是不会那么臭了。

高度腐败的尸体，经过冷冻后，气味会大大折减，但是如果冷冻再解冻后，气味则会加剧。

不过，让人恶心的，不仅仅是嗅觉，还有视觉。

眼前的这具尸体，已经被冻成了冰棍状。漆黑的头面部，几乎无法分辨面容。尸体胸腹部缝合口的缝线之间，黄色的脂肪外翻着，皮肤上还沾着已经被冻死的蛆。

我揉了揉鼻子，皱起眉头："尸体都成这个样子了，怎么还不火化？不是都已经检验过了吗？有照片、录像就可以了。这尸体能把整组冰箱都弄臭了去，最后说不定政府还要出面要求殡仪馆免去尸体保存费。难怪殡仪馆有意见，要是我，我也有意见。"

"她的丈夫是个社会闲杂人员，平时喝酒赌博，靠这个女人养活。"本案的主办侦查员说，"女人死后，她丈夫就断了生活来源，所以想以案件未破为借口，以尸体为工具，要挟政府给予其一次性赔偿。"

我咬了咬牙，这个世道，为了钱还有什么事儿做不出来？

"死者丈夫的嫌疑排除了没有？"我问。

侦查员点了点头："他连续两个星期都泡在一个地下赌场里，没有出门。这个，监控录像可以证实。"

第九案
红色雨衣

"你们判断此案是什么性质呢？"我穿上解剖服，用刀逐一切开创口旁的皮肤，分离创口皮下组织，希望能够看清创口的形态。

因为尸体高度腐败，一刀下去，就会有黑绿色的液体顺着刀柄流到我的手套上，手套顿时变得很滑腻，让人一阵阵恶心。

在尸体冷冻的情况下，要分离创口皮肤和皮下组织不是一件易事。我用刀尖轻轻地挑动着，直至每处创口皮下组织充分暴露出来，再用酒精反复擦拭肌肉断面创口。很快，创口的形态就完全显现了。

我眼睛一亮。

"你们看，"我说，"死者胸部、颈部有四处创口，致命一刀是通往心脏的一刀。但是四处创口有一个共同特征。"

"都是刺切状。"大宝说。

祁法医在一旁盯着创口看，没有说话。

我说："对，死者身上的四处创口都是刺切状，创口刃端下拉，意味着凶手拔刀的时候有刀尖上挑的动作。"

我顿了顿，接着说："陈蛟颈部的创口也是这样。一处创口不能说明什么，但是五处创口不可能都那么巧。这只能说明一点。"

"说明这就是凶手用刀的习惯，"大宝插话道，"凶手习惯性地拔刀上挑。"

我点了点头，说："这个，可以作为两起案件并案的依据。"

在我汇报完串案依据后，专案组的会议室里一片沉寂。

"以用刀习惯来串并案件，这个很牵强。"丁支队打破了沉寂。

"通常出现刺切创有两种情况，"我说，"一是受害人体位变动，导致凶手拔刀的时候和入刀的时候角度不一致，形成刺切创。二是刀口的位置处于受害人不同体位，那么有些创口出现刺切，有些创口没有刺切。但是这两起案件中，死者都是在按摩椅上被刺，且事发突然，都没有反抗，所以受害人体位变动之说不能解释。两个被害人身上，尤其是两个月前郑巧慧被害案中，郑巧慧身上有四处创口，位于不同位置，但是都出现了刺切，这个不能用不同角度来解释。唯一能解释的，就是习惯。"

"嗯，大家想一想，"大宝说，"拔刀时刀尖上挑，这个动作并不常见，完全可以作为一个特异性指征。"

专案组还在沉寂，显然对我的这个依据并不十分认可。

"我支持秦法医的意见。"刚刚接完一通电话的英城市公安局DNA室主任周彪放下手中的手机，说，"刚得到消息，我们对陈蛟被害现场提取的三十二个避孕套、十七张卫生纸进行了DNA检验，均检出男性DNA基因型。其中陈蛟被害现场中的一张卫生纸中检出和郑巧慧被害现场中提取的一枚避孕套中一致的DNA基因型。"

周主任说得有些绕，我反应了一下，说："也就是说，这个男人既去过陈蛟店里，也到过郑巧慧店里？"

周主任点了点头。

"如果是这样，我敢大胆地断定，这个DNA就是凶手的DNA。"我有些激动，"之前大宝说过，这种低档美容院的顾客群都是有区域性的，如果两个相隔十二公里的美容院的顾客有交叉，且都发生了命案，那么这个顾客很有可能就是凶手！"

大宝点头认同。

"可是这一切都必须建立在凶手和死者之间发生了性行为的基础上，"丁支队说，"死者体内并没有发现精液，而这个嫌疑DNA的主人显然没有戴套，而是用的卫生纸。那么他是如何做到不在死者体内留下DNA的呢？"

"体外排精，或者用手啊。"又是之前那个帅帅的侦查员。

大家又一齐看向他。

他又红着脸说："不不不，别误会，办案的时候得知的。"

我说："我支持这个观点。陈蛟应该是用手的，依据是这张图片。"

我用幻灯片播放了陈蛟右手虎口部位的纸屑，说："人体精液是有一定黏合力的，如果死者手部沾有精液，再用易破的卫生纸擦拭，很有可能会将纸屑粘在手上。"

两个现场有交叉DNA，陈蛟手上有卫生纸纸屑，两名死者的损伤有共同特点，这么多依据，共同支撑了我主张的串并案件意见。

丁支队点点头，说："既然这样说，我现在也同意将两起案件并案侦查。那么，就先从这个DNA查起。你们有可疑的嫌疑人吗？如果有，马上提取他的DNA样本。"

侦查员们纷纷摇头。显然，通过前期侦查，派出去的六组侦查员都没有摸排出可疑的嫌疑人。

丁支队低头叹了口气，说："那就赶紧去查！"

"不如，"我说，"让我们先去看看郑巧慧被害案的现场？"

第九案
红色雨衣

4

没有侦破的案件现场，办案单位会去反复勘查，希望能发现更多的线索，或者印证更多的证据。郑巧慧被害案的现场也是这样，依旧被封存着。

这也是一间独立的小门面房，门口的卷闸门下缘已经生锈，卷闸门外拉着一条蓝白相间的警戒带。

派出所民警接到通知，已经早早等在那里，见我们赶到，赶紧用钥匙打开了挂在已经被撬坏的卷闸门锁外的挂锁。

我看了看卷闸门的锁，对林涛说："你看，这起案件中，凶手也锁闭了卷闸门，这作案手段如出一辙啊。"

"现在就寄希望于能在这个现场发现一些之前他们没有发现的线索了。"林涛说。

基本上这种低档美容院的房屋结构都很相似，大厅后面有一个隔间。从物品的摆放看，虽然郑巧慧不像陈蛟那样注意身材保养，但屋内收拾得干净整洁得多。

尽管如此，屋里的气味依然让人不想久留。密闭的空间里完好地储存着尸体被发现时的高度腐败气息，混合着霉变的味道，让人仿佛瞬间回到了两个月前的惨案现场。

现场的地面铺着白色地板砖，有几块地板砖上贴着黑色比例尺，比例尺旁边无一例外是沾染了泥巴的鞋印。

"这个现场发现的鞋印比较一致。"民警见我和林涛蹲在地上看鞋印，介绍道，"不过经过鉴定，这些鞋印没有比对价值。"

"当天下雨吗？"我对痕迹检验领域不太精通，转而问道。

"是的，下的雨还不小呢。"民警说。

"如果下雨就价值不大了。"林涛用镊子夹起一块泥土，左看右看，说，"要是没有下雨，这些鞋子上沾着的泥巴倒是能说明一些问题；如果下雨，任何人鞋子上都有可能沾有泥巴，而且这泥巴看起来也没有什么特殊之处。"

"时间不早了，我们要赶在晚饭前完成对这起案件现场的复勘工作。"我说，"这样，我们分工，我和大宝看中心现场隔间，林涛，你和你的助手看外间。"

专案组两个月前对中心现场的勘查非常细致，每一处物证都有标记和记录，所

法医秦明
无声的证词

以我和大宝找来找去都没有发现能够有突破的线索，直到林涛的一声"来看看这是什么"才让我们重新燃起了希望。

林涛的掌心放着一片黄豆大的红色物体，是一个布片。

"从哪里找到的？"我说。

林涛指了指墙上的一枚水泥钉，说："挂在水泥钉上，看起来还是比较新鲜的，说不定和案件有一定的关系。"

"不是说不定，而是一定！"我激动地说，"因为钉子下方的墙上有一处擦蹭状血迹。"

我拿出随身携带的照相机，拍下这一处孤立的却没有被原勘查人员重视的血迹。

"现场有翻动的痕迹，凶手在离开之前翻动了现场，所以这一处擦蹭状血迹并没有引起勘查人员的注意。"林涛说，"虽然现场很多翻动部位有擦蹭血迹，但是没有一处有指纹纹线，都没有比对价值。"

"但是可以证明凶手杀人是为了钱，"我说，"而且这一处擦蹭血更有价值。首先，这个地方不可能藏钱；其次，这里离大门还比较远，凶手为什么要在这里擦一下？"

"为了拿挂在钉子上的衣服。"林涛说。

我笑着点点头："所以，你发现的这块撕裂的小布片，非常有价值。"

我接过布片，用手摩擦着。因为我戴的是橡胶手套，触感比纱布手套更敏锐。很快，我就得出了结论："这是雨衣。"

"对，当天下雨，"大宝说，"凶手来的时候穿了件红色的雨衣！"

在我们的要求下，专案组提前召开专案会议。这种不按规定召开的专案会议，通常只有一种情况，那就是调整侦查部署。

当我宣布完我们的发现，确定凶手在杀郑巧慧的那天夜晚穿的是红色雨衣时，会议室里发出了一阵嘘声。

"我们都正在努力做调查，"一个侦查员说，"把我们叫回来说的就是这个？有用吗？下雨天，有多少人穿红色雨衣知道吗？我们英城城区就有将近两百万人口，难道要一件一件地找红雨衣？这不是拿我们侦查部门开涮吗？"

面对侦查员的奚落，我沉吟了一下，说："大家请看这张图片，现场发现了多枚这种形态的鞋印。虽然发现的时候死者已经死亡一周，但这些鞋印留下的足迹是

第九案
红色雨衣

已经干涸了的、淡黄色的泥土。"

我见侦查员们依旧不服气地昂着头，点燃了一根烟，接着说道："这样的足迹形态，说明凶手在进入现场的时候鞋子上沾满了稀泥，所谓稀泥，是指泥巴和水的混合物。"

"下雨天，这很正常。"侦查员说。

"那么，问题就来了。"我说，"下雨天，一般都是什么人群穿雨衣？"

"骑自行车、骑电动车、骑摩托车，"侦查员说，"这样的人多了去了。"

"如果是骑车到现场，"我说，"鞋子上会有这么多稀泥吗？"

"你是说，"丁支队眼前一亮，"你是说凶手是走去现场的？"

"是的。"林涛说，"初次勘查的时候，在现场东边五百米的地方，有一处在修路的泥坑里发现的和现场形态相似的足迹。虽然没有认定条件，但从形态上看，还是非常相似的。当时你们只考虑了凶手是从东边走到现场的，但是没有发现雨衣的线索。"

"两者结合起来看，"我点点头，说，"凶手是穿着雨衣走去现场的。这样的人不多吧？"

"不多。"侦查员恍然大悟。

"如果从现场周围的监控寻找徒步穿着雨衣的人，我相信不会找到很多。"我转头问祁法医，"郑巧慧的死亡时间定下来没有？"

祁法医说："当时我们根据尸体身上的蛆的生长程度，判断郑巧慧死于9月21日。"

"通过调查，"侦查员说，"也印证了法医的推断，22日早晨就有人注意到郑巧慧没有开门，但是因为不熟悉，所以也没有人去关心。"

"我说的是具体的死亡时间。"我说。

"具体死亡时间，只有通过胃内容去推断。"祁法医说，"死者胃内容基本排空，只剩极少量食糜，所以我们推断死者死亡距其末次进餐有四至五个小时。"

"这个死亡具体时间问题，"丁支队插话道，"我们当时没有重视。法医和侦查也没有碰，其实侦查已经调查清楚郑巧慧最后一顿饭是在隔壁小饭店里吃的，当时是晚上大约七点钟的时候。"

"时间很吻合。"我说，"和陈蛟被杀案一样，凶手选择的时间都是深夜。郑巧慧既然是21日晚上十一点到十二点死亡的，那么调取当天从晚上十点到凌晨一点这个时间段附近路口的所有监控录像，寻找徒步穿着红色雨衣的人，这个不难吧？"

"不难！"侦查员跃跃欲试，"给我两个小时的时间，我们定能找到嫌疑人的视频资料。"

比想象中顺利许多，四十分钟后，侦查员拿着一块硬盘走进了专案组。他扬了扬手中的硬盘，眉飞色舞地说："找到了！"

视频中，一个穿着红色雨衣的人匆匆从摄像头前经过。后面一段录像，这个人又匆匆从摄像头前反方向经过。后面一段录像中，红色雨衣的侧面垂下来一个东西，随着这个人的步伐而摆动。

"看，"我兴奋地说，"这个东西，不出意外的话，就是死者的外套！"

"你们注意到没有，"林涛把视频暂停，走到幕布前指着穿红色雨衣的人说，"这个人的后背，好像有个凸出来的地方。"

"难道是背着一个包吗？"丁支队说。

我走近看了看，说："不是包，应该是个驼背。如果是包的话，背包的位置不应该这么靠上，而且这个人走路的时候，有明显头部前倾的迹象，说明这个人是个驼子！"

"你要是不说是个驼子，我还不太敢认。"辖区派出所民警说，"我们辖区有个环卫工人就是个驼子，走路有些跛。刚开始看这段录像，我就觉得他跛的姿势很像那个环卫工人，可是监控模糊，不太敢认。"

我抬头笑了，问："丁支队，你看是先抓人呢，还是先搜查？"

"反正我们手里有嫌疑人的DNA样本，不怕他不交代。"丁支队说，"依我看，人抓来，同时对其住处进行搜查。"

"那就交给你们了，"我笑着说，"我们得回去睡觉了，大宝最近累得都开始梦游了。"

"什么梦游？"大宝瞪着眼睛说，"明明是你幻视！"

第二天一早，我们走进专案组办公室就觉得气氛不对。

专案组里烟雾缭绕，侦查员们都红肿着眼睛，疲倦地翻看着卷宗。

"怎么，"我问，"出现问题了？"

丁支队显然一夜没睡，伸了伸懒腰，说："这家伙嘴硬，拿不下来。"

第九案
红色雨衣

"搜查也没有结果吗?"林涛急着问道。

丁支队说:"没有。红色雨衣、血衣、郑巧慧的外套,都没有找到,连郑巧慧被害现场的鞋印,都没有在孙建国家里找到类似的鞋子。"

孙建国就是那个驼背的环卫工人。

"那DNA比对上了吗?"大宝问。

"唯一的好消息就是两起命案中交叉DNA确实属于孙建国。"丁支队说。

"那不就得了!"我高兴地说,"之前我们有详尽的判断,这个DNA应该就是凶手的。既然这个DNA是孙建国的,那么我们就没有抓错人,他应该就是凶手啊!"

丁支队无奈地耸耸肩,说:"可是有什么用呢?他死活不交代。"

"交代不交代有什么关系?"我说,"我们有物证啊。"

"这个物证没有证明效力啊。"丁支队说,"孙建国很狡猾,他承认自己去过这两家美容院嫖娼,但是坚决不承认他杀了人。我们的物证也就只能证明他去嫖过娼,而不能证明他杀过人。"

"监控录像也说明不了问题吗?"我问过后就知道自己的问题有多么苍白无力。

丁支队盯着我,没有说话。

"我去看看孙建国。"我说。

孙建国是个大约四十岁、长相丑陋的男人,见我走进审讯室,贼眉鼠眼地瞟了我一眼。

我见审讯桌上放着一排用塑料物证袋装着的东西,应该是从孙建国身上搜出来的。我在审讯桌前走来走去,突然,一袋十几张十元、二十元、五十元的纸币引起了我的注意。

我的脑海里突然浮现出之前办理狗咬死人那起信访案件的情形。案件的原始资料我都看过,民警之所以发现死者是被狗咬死的,就是因为老太太的一张纸币上,被血液黏附着几根狗毛。

我迅速地戴上手套,打开物证袋,一张纸币一张纸币地翻看起来。

功夫不负有心人,我发现两张二十元和一张五十元的纸币上都有可疑斑迹。我的心跳突然加快,赶紧打开随身携带的勘查箱,取出联苯胺试剂瓶。

经测定,纸币上的斑迹,是人血!

"这是陈蛟的钱,对吗?"我瞪着孙建国说。

孙建国看着我完成了这一系列的动作,有些慌乱。显然,他不知我这些动作意味着什么。他动了几下嘴唇，没有出声。

"还不说？"我厉声道，"陈蛟的钱为什么会在你兜里？"

"因为她找了我的钱。"

"她收了你多少钱？"我问。

"五十。"

"五十？那么你是给了她多少钱，她会找你九十块？"

这句话显然出乎孙建国的预料。他翻了翻眼睛，说："不知道。"

"那钱上又为什么会有陈蛟的血？"我拍了下桌子，说，"还不交代？"

这一连串发问，显然让孙建国认定我们掌握了全部证据，他的心理防线迅速崩塌了。

在钱上血迹的DNA做出来之前，孙建国就交代了他的全部罪行。

除了这两起案件，孙建国在两年前还做过一起案件，杀了一名卖淫女。根据孙建国的交代，侦查员找到了孙建国焚烧、掩埋物证的地方，找到了郑巧慧的外套和他的血衣、雨衣的残烬。至此，这起系列卖淫女被杀案胜利告破。

庆功宴上，我多喝了几杯，手搭在林涛的肩膀上，说："看见没，法医比你们痕迹多了个资源，那就是信访案件。我们在信访案件中，也可以有所收获。若不是前天的信访案件，我还真不知道怎么去突破这起案件呢。"

| 第十案 |

站 台 碎 尸

在所有的动物中，只有人类是残忍的。

他们是唯一将快乐建立在制造痛苦之上的动物。

——马克·吐温

1

春运期间上哪儿都拥堵异常，尤其各地的火车站，更是人山人海，真是一个非常令人不爽的"中国特色"。

每年的春节前夕，也是我们这些"被犯罪分子牵着鼻子走"的人最为焦虑的时刻，害怕这一年一次可以和家人团聚的节日会被突如其来的电话轻易毁掉。

两个小时之前，我接到了师父的电话，让我去森原市出勤一起现场，因为当地公安部门在电话中没有说清楚案情，所以我满怀疑惑地坐上了赶往森原的车。

好在现在离春节还有两个多星期，只要不是过于复杂的大案，我坚信用两个星期的时间肯定能把这个意图扰乱我们春节假期安排的犯罪分子绳之以法。临走前，我让铃铛不要担心，不会耽误过年。我也理解她的心情，毕竟这是我们婚后的第一个春节。

森原市是我们省最西北的县级市，处于四省交界的位置。一般来说，多省交界地都是不安定的代名词，但森原市是个大大的例外。近十年，森原市就没有发生过几起正规意义上的命案，各类犯罪发案数量在全省最低。凭着几个电子工业厂商的发展壮大，森原市居民过着富裕而稳定的生活。

可能是遇见了十年不见的大案，当地公安机关有些乱了阵脚，连向师父汇报案件的电话都说得不清不楚的。

森原市虽然是个县级市，却是这一片区域的铁路交通枢纽。森原市火车站每年春运期间发送旅客数达一百多万人次，对一个县级市来说，这实在是个很沉重的压力，但也无形中带动了森原市的经济发展。

原来只是听说，当我第一次到达森原市火车站的时候，就切切实实地相信了。

GPS显示距离森原市火车站还有两公里，我们的车越开越慢，已经无法换上三挡了。我没有拉响警笛，因为除了多招来一些白眼，警笛也帮不上什么忙。

/// 第十案
站台碎尸

作为一个急性子，我最怕的事情就是在这种环境下开车。我又忍不住回头对坐在后排的刚刚醒来还惺忪着双眼的大宝和林涛说："上次让你们去考驾照的建议，你们考虑得怎么样了？"

"嗯？到了吗？怎么看上去像是到上海了？"林涛答非所问。

我无奈地回过头，继续切换着空挡、一挡和二挡。

又挪过了一公里，我发现了堵车的原因。在路的前方，停着几辆警车，幽幽地闪着警灯。警车之间拉起了警戒带，警戒带外站满了缩着脖子、跺着脚的围观群众。

"这些人背着这么多东西，还在这儿受冻围观，精神真是可嘉。"大宝叹了一口气，无奈地说。

围观的人足足站了几圈，占据了半幅路面和全幅自行车道。自行车走上了人行道，汽车挤上了另半幅路面。十几名民警在人群中穿梭，既得疏导交通，还得劝散人群。可是，显然两者效果都不甚理想。

我们的车距离现场还有两百米，可是偏偏这时候堵着不动了，又不能弃车，那只会让这一段更堵。我重重地拍了一下方向盘。

后面的两个人倒是悠闲。

林涛说："你看，这个围观人群像个圆，圆心就应该是中心现场。"

大宝说："如果这样的话，那么中心现场应该是一个公交站牌。"

"公交站牌那儿能出什么命案？"林涛说，"众目睽睽的，不会是故意伤害致人死亡的案件吧？那让我们来做什么？多没成就感！"

车辆行驶到离现场三十米左右的时候，负责保护现场的民警终于看见了我们的警车，赶紧疏导人群，开辟了一条狭小的通道。人们还是不愿意离去，紧紧地夹在通道两旁，让我把车开得如履薄冰。

"省厅警车在人群中飙车，导致×死×伤。"想到这些标题党的恶劣行径，我下意识地又点刹了几下。

出乎意料，现场没有尸体，甚至连血迹都没有，只有站牌一角堆放着几双橡胶手套。

我把刚刚拿出来的手套放回勘查箱里，知道用不上了。我转头问身边的民警："这是个什么情况？法医呢？"

"尸体运走了，法医去殡仪馆了。"

203

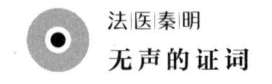

"几点报案的?"

"早上九点半接警的。"民警朝一旁的警车里努努嘴,"报案人还在警车里,情绪不太稳定,我们同事正在慢慢问。"

我抬腕看看表:"现在是上午十一点半,两个小时现场就扫尾了?你们动作不慢呀。"

"这个我不懂,但貌似现场没啥东西。"民警挠挠头。

"现场没啥东西?那让我来做什么?"林涛说,"你们法医来不就好了?"

"走,去问问报案人什么情况,然后陪哥一起去殡仪馆。"我拍拍林涛的肩膀,拉着他钻进停在一旁的警用面包车里。

警车里,一个学生模样的小姑娘正在瑟瑟发抖。她满面泪痕,身边还放着一个大的旅行包。

小姑娘的身旁坐着一名身材高挑、长相清秀的年轻女警,正在拿着笔录纸书写。

见我们进来,女警开始介绍前期问询到的情况:"这个小姑娘是我们市农林学院的学生,今天准备坐火车回家的。刑警队太远,为了不耽误她的火车,我们就没带她回去了,就在这里现场问询。"

"她是报案人吗?"我问。

女警点点头。

"怪我手贱,不该看的。"小姑娘显然已经缓过了劲儿来,"我昨天来火车站买票的时候,就看见这个包放在站台的一角。今天来坐火车,看见那包还在那里,以为是谁不小心丢了包。开始我只是隔着包按了按,觉得很软,心想肯定是被子之类的东西,不打紧;拎了一下又非常重,拎不动。都怪我好奇,顺手就拉开拉链看了看。"

小姑娘打了个冷战,眼眶里又浸满了泪水。

看来这个小姑娘本该快乐的寒假算是泡汤了。

"你看见的是什么样的包?"我问。

"就是那种红白蓝相间的蛇皮袋。"小姑娘说,"很普通的那种,街上的民工返乡都背那种袋子。"

说完,小姑娘用手比画了一下大小。大概是边长80cm的那种中号蛇皮袋。

"你昨天就看见了?"我问。

身边的侦查员插话道:"据我们前期调查,最早对这个袋子有印象的是一个老

/// 第十案
站台碎尸

婆婆，她住在火车站附近一个小区，每天买菜都会经过这个公交站牌。昨天早上她经过站牌的时候没有这个包，大约中午十一点回来的时候，就看到这个包了，只不过当时没在意。"

"我是昨天下午一点来火车站买票的，"小姑娘使劲儿点点头，"那时候包就摆在那里。"

"一个普通的蛇皮袋，大家确实不会太在意。"我若有所思地说。

"那你看见包里装着什么东西？"大宝见我总是顾左右而言他，有些急了。

"是一床叠好的棉花絮，中间夹着死人。"小姑娘低头抽泣，身旁的女警替她说道。

"废话，"我点了一下大宝的脑袋，"不是尸体，让我们来做什么？"

"嗯，"女警顿了一下，说，"准确说不是尸体，是尸块。"

"我说嘛，"林涛在一旁恍然大悟，一边比画，一边说，"我还在想，这么小一个袋子，怎么装得下一具尸体加一床棉被，除非是婴儿尸体。"

女警看了一眼林涛，掩嘴笑了笑。

"不是，不是，"小姑娘使劲儿摇了摇头，"我看见的是一个女人的下身，没有腿。"

因为现场是个公共场所，现场勘查员们在蛇皮袋周围的站牌、垃圾桶、隔离带铁栏杆和地面进行了勘查，结果找到了数百枚指纹和十几个鞋印。这些指纹和鞋印中，到底哪个是犯罪分子的，则不得而知了。换句话说，这起案件的现场，没有任何价值。

唯一能给我们提供线索的，就是那个蛇皮袋和里面的棉花絮，当然，最重要的，还是那块女性尸块。

临去殡仪馆前，我还是不放心地问身边的女警："你们确定这个公交站牌附近没有摄像头？"

"确定。"女警说，"我们在办理一些盗窃案件的时候，就发现这个公交站牌是个监控死角，前后左右五百米内没有任何监控能够拍摄到。我们早就向有关部门反映过，可是一直没有得到重视，这下发生了这起案件，不信他们还不重视！"

"那有多少人知道这个公交站牌是监控死角？"我问。

"你是怀疑了解这一带的监控情况的人作案吗？"看来这是一个有丰富经验的

205

女刑警,她说,"知道的人不多。但我不认为是熟悉的人作案,因为我们市有很多更加隐蔽的地方,他完全没有道理选择一个人多眼杂的地方抛尸。凭着这些年的办案经验,我敢肯定,这次是凶手走了好运,碰巧来到了这么个监控死角。"

我点头赞同女刑警的说法:"那你的意思,可能是住在附近或者刚从火车站里出来的人抛尸?出站口有监控吗?"

女刑警遗憾地摇了摇头:"有倒是有,但是已经坏了大半年了,没人修。"

"也就是说,现场附近是不可能通过监控来发现嫌疑人了?"我一脸无奈。

"有也没用。"女刑警用手指着车外的围观群众,"你看外面十个人中就有一个背着类似的蛇皮袋,即便有监控,你能分辨出哪个蛇皮袋才是现场的蛇皮袋吗?"

"就是,"林涛说,"这样的蛇皮袋是流行款,LV都出了款一样的。"

女警又偷看了林涛一眼,笑而不语。

"好吧,"我耸耸肩,"看来我们肩上的担子不轻啊,不容耽搁了,去殡仪馆吧。"

出了车门,艰难地挪到我们的车旁,围观群众丝毫没有散开的意思。

"那个,"大宝说,"我就想不明白了,这些人看什么呢?能看得到什么呢?尸体都运走了。"

"就是因为啥都看不到,所以才看嘛。"林涛说,"只能说明太多人太闲了,剩余劳动力比较充足。"

上车后,我还是在一挡、二挡中不停地变换,花了十分钟,才终于开出了人群。我抹了抹额头上急出来的汗珠,如释重负。

"你说,"林涛问,"是住在附近的人抛尸,还是跨地域抛尸?"

"我只能说,"我说,"如果是跨地域抛尸的话,还就真的不太好查了。这里几乎每十分钟就有停靠的火车,乘客来自祖国大江南北,我们去哪里查?"

"我觉得是就近抛尸。"大宝说,"如果是坐火车的话,为什么不干脆把蛇皮袋丢在火车上算了?"

"如果凶手有很强的反侦查能力呢?"我说,"如果把尸体丢在火车上,我们就可以沿着火车经过的地方一个地方一个地方地查。但如果抛在这个交通枢纽的话,我们还真是束手无策。"

"嗯,"林涛点头赞同,"我也觉得是从外地丢过来的,所以凶手要用这么一个普通的蛇皮袋来打掩护。"

"照你们这么说，这可是个四省交界的地方呀，一个一个查下去的话，"大宝推了推鼻梁上的眼镜，说，"那咱们今年的春节假期就泡汤喽。"

我皱着眉头，说："咱们得有点儿自信，说不定尸体能告诉我们一些什么呢。"

转眼间，我们就抵达了位于市郊一个小荒山脚下的殡仪馆。

森原市的财政状况非常不错，虽然没有人重视城市监控的发展，但是显然很重视殡仪馆的建设。估计这些市领导，都在为自己的身后事考虑吧。

开进这个夸张、气派的殡仪馆，我们很快看见了位于殡仪馆东南角的一块指示牌：森原市公安局法医学尸体解剖室。

2

解剖室内，五六个人正把解剖台围得水泄不通。

看我们走进来，森原市公安局刑警大队大队长肖建赶紧摘下手套，走过来和我们握手。肖大队长也是法医出身，是一个矮矮壮壮的四十多岁的男人。即便他现在承担了森原市所有重大刑事案件的指挥责任，但是每具需要解剖的尸体他都会亲自上台解剖。他的一句"法医是最优秀的刑警，我们干法医全靠一腔热血和满心热爱"感动了无数新入警的法医，他精湛的专业技术也让他跻身全省法医专家行列，成为唯一一名进入省法医专家组的县级公安机关法医。

"你看看吧。"肖大队长让几名实习法医站到一边，露出解剖台上的尸块。

虽然看惯了尸体，但是看到这样的尸块，我还是不自觉地皱了皱眉头。

解剖台上放着一具女性尸体的躯干部分，因为血已经被放干，皮肤显得格外苍白，白得让人毛骨悚然。尸块就是一个躯干，没有头，没有手脚，孤零零地躺在那里，让人感觉格外怪异。

我慢慢穿上解剖装备，和肖大队长一起走到尸体旁。

这副躯干属于一个身材极佳的女性，看皮肤，年龄也不会很大。四肢和颈部的断面肌肉因过度失血，已经显得有些白。

我掀起尸体，看了看后背，说："尸斑几乎没有，看来死者是死后不久就被分尸了。"

肖大队长点了点头。尸斑的形成原理是机体死亡后，血管通透性增强，红细胞渗出血管，浸染到软组织内，在尸体低下未受压的部位形成红色斑迹。但如果死者死后随即被分尸，血液会从断裂的大血管中流出，体内血液大量减少，尸斑自然也就不明显了。

"这颈部皮肤断口怎么好像有一点儿生活反应？"我看了看颈部断口。

死者的颈部还有一半，凶手是在死者第四颈椎附近横断了死者的脖子。看得出来，这名死者生前有着纤细、白皙、漂亮的脖子。

断面有很多皮瓣，错综复杂，有几处皮瓣的皮肤组织看起来还有些充血反应，这些充血反应是生活反应的一种。颈椎也不是从椎间盘断开的，而是硬生生从颈椎中央部分剁开的。

"生活反应？"一名戴眼镜的实习生大声问道，"或者，是斩首？"

斩首这种手段在当今社会确实很难见到。

我笑着摇了摇头："不，如果是活着被斩首的话，断面生活反应会非常明显。死者的生活反应已经不甚明显了，所以我分析应该是濒死期的损伤。"

"那就好，说明她已经不痛苦了。""小眼镜"是在怜香惜玉了。

我看了看死者四肢的断面，说："看来这个凶手对人体一无所知，他一定不知道有关节这个东西。"

肖大队长说："是啊，所有的断面都有明显的皮瓣，骨骼都是被硬生生砍断的，关节腔反而没有受累。这得费多大的劲儿才能把肱骨、股骨这两块人体中最硬的骨骼砍断啊。"

"凶手确实费了不少力气，"我说，"每个断面都有数十片皮瓣，说明凶手把每个肢体分离，都划了几十刀。他割开皮肤和肌肉后，又剁了骨头。"

"我现在基本能想象得出现场有多么血腥了。"林涛在一旁捂着鼻子说。

"秦科长，你看分尸工具有几种？"肖大队长问。

"我觉得割皮肤和软组织的刀具应该很轻便、顺手、锋利，"我说，"而剁骨头的刀应该是很重的菜刀。这两种特点无法在同一把刀上具备，所以我认为有两把刀。"

肖大队长点头赞同："死者刚死，凶手就能用两种刀来分尸，说明死者应该死在一个'家'里，这个'家'应该具备这两种刀具。"

我突然想起一事，赶紧拿起剪刀和止血钳，取下死者肢体断面的一小块肌肉，又用纱布擦蹭了一些死者的鲜血，说："肖大队，你派个车，先让人把死者的DNA

/// 第十案
站台碎尸

赶紧做出来,放进失踪人口库里比对,认定尸源是最重要的。"

"对。"林涛戴着白手套的双手正捧着一个红白蓝相间的蛇皮袋,"顺便把我送回技术室,我要在这些尸体包装物上找找线索。"

看着警车离去,我们继续开始尸检工作。

"肖大队长,你看这具尸体的死亡时间我们怎么定呢?"我一筹莫展。

肖大队长摇了摇头,说:"没有办法定。这个季节,加之有棉被包裹,腐败程度不重,一天到一周都有可能。"

"还好,尸体的一些重要部位都没有丢失。"我用止血钳夹了纱布,塞进死者的生殖道,做了一份阴道擦拭物,进行人体精斑预实验,"会阴部和生殖道没有任何挫伤或表皮剥脱,精斑预实验也呈阴性,看来死者死亡前没有遭受过性侵害。"

肖大队长正在用两把止血钳整理颈部断面里面杂乱的软组织:"我看啊,年轻女性被碎尸,不是因为性,就是因为情了。"

"舌骨在吗?"颈部横断的位置正好是舌骨的位置,我问道。

"没有找到,"肖大队长说,"看来是没有了。"

"这样找有些费劲儿吧?"我一边说,一边拿起手术刀,"可以打开了吗?"

肖大队长直起腰,说:"别急,我总觉得尸体的前胸部位有些异常,你看到了吗?"

我仔细看了看,觉得死者两乳之间仿佛有一个苍白区。我想到自己在实习时办过的一起案件,正是因为死者胸口的苍白区,我们确定了死者生前被约束过,而这处约束伤就成了案件的突破口[1]。

因为死者的皮肤很白,加之过度失血,更显苍白,所以这个苍白区并不明显。我拿出酒精棉球在死者两乳之间反复擦拭,慢慢地,苍白区显现了出来。

"肖大队长真是专家!"我赞不绝口,"若不是你一眼就看出来这个苍白区,我们打开胸腹腔后,就破坏了这个证据。"

肖大队长点点头,笑着说:"是啊,这个动作是可以在破案后印证犯罪分子口供的证据。不仅如此,一般压胸的目的是什么?"

"强奸、扼颈或捂鼻。"我说,"那么我们就要重点看一下死者的颈部了,如

---

[1] 见法医秦明系列万象卷第一季《尸语者》中"沉睡之妻"一案。

果能找到确切证据,至少可以在缺少头颅、四肢的情况下,明确死因。"

一般杀人导致死者机械性窒息的案件,尸体头部和四肢可以提示出很多窒息征象,作为明确死因的参考。如果头部、四肢缺失,确定机械性窒息就会缺乏很多指征。

"尸体告诉了我们很多信息呀,"肖大队长指着尸体右侧乳下的一个疤痕说,"这个疤痕可能很关键。"

我点头说:"这应该是个胆囊手术的切口,而且切口表面的肉芽组织还很粉嫩,说明手术的时间并不长。"

"嗯。"肖大队长说,"依我看,从手术到她被害,应该在两个月左右。"

"那就好办了,"大宝说,"查医院,两个月前做过胆囊手术的人应该不会太多吧?"

"如果死者的手术是在森原做的倒是好办,"我说,"但如果是外地人,怕是就没那么容易了。别忘了,刚才我们在车上还在分析死者应该不是本地人呢。"

肖大队长和李大宝一起点了点头。

"如果是外地人,摸排工作就无从下手了。"肖大队长说,"我们现在只能死马当活马医,先从本地人查起。"

"先解剖吧。"我感觉自己的手术刀嗡嗡作响了。

"死者背部肩胛窝内有明显挤压状出血,"我们先打开了死者的背部,"这符合生前被人按在一个平面上挣扎所致,和我们之前发现的胸部苍白区可以对应起来。"

"死者颈部肌肉虽然被血液浸染,"我说,"但是可以看得出有些深层肌肉的片状出血是孤立于这些浸染的血迹的。"

肖大队长说:"是的,同意你的意见。凶手应该是用膝盖顶住死者的胸部,掐压她的颈部导致她机械性窒息死亡的。"

正在解剖死者胸腹腔的大宝说:"内脏器官有瘀血征象,心脏可以看到有出血点。可以支持死者系窒息死亡。"

"哟,"大宝顿了顿,又说,"死者的胃里有东西。"

"别动。"我制止了正准备用刀划开死者胃组织的大宝,"胃内容我来看。"

我用细线结扎了死者胃两端,小心地沿着胃小弯划开胃组织。死者的胃里有一些食糜,不多。我把胃内容物倒在一个筛子上,抬起来闻了闻,拿到解剖床一头的自来水下冲洗着。

第十案
站台碎尸

"你怎么喜欢那个玩意儿?"大宝干哕了一声,"多恶心啊。"

我没理大宝,看着筛子中这些糊状的物体逐渐清晰:"食糜中有青菜叶、辣椒皮、西红柿皮、炒鸡蛋末和海带。当然,还有淡淡的酒味。"

"有什么用吗?"大宝说,"找喜欢吃这些菜的人?"

"当然不是,"我白了大宝一眼,"有大用处!卖个关子吧,回头专案会上说。"

肖大队长看了我一眼,会心地一笑。

我们测量了死者躯干长度和椎体长度,测量了死者躯干的重量,嘱咐一旁的实习法医"小眼镜"根据书上的公式计算死者的身高和体重,我们则开始锯死者的耻骨。

在我们分离耻骨上的软组织和软骨的时候,"小眼镜"已经有了结果:"报告肖大队长,死者身高165.474cm,体重45.221kg。"

肖大队长扑哧一声笑了出来:"需要那么精确吗?这都是统计学意义上的计算,和我目测的差不多,身高一米六五左右,体重四十五公斤左右。"

"年龄不大啊。"我摩擦着死者的耻骨联合面,说,"看起来,二十三岁左右。"

"这个能直接看出来?""小眼镜"说,"不是要算吗?我记得考试的时候我们最怕背那个复杂的公式了。"

我笑了笑:"不信?你去算算看。"

话音刚落,门外传来一阵呼天抢地的声音。

刚才在一旁守候的车站派出所民警从门外跑了进来:"是这样的,几天前我们接了一个警情,说是我们辖区的一个住户的女儿失踪了,特征就是两个月前开过胆囊。刚才听你们一说切胆囊什么的,我就赶紧去通知失踪人的家属了,他们马上就说要跟我过来认尸。"

"家属的DNA取了吗?"肖大队长说。

"报失踪那天就取了,现在结果都出了。等死者的DNA出来就可以比对了。"民警说。

"失踪人多高、多重、多大岁数?"我急着问。

"失踪人叫赵红,一米六二,不到一百斤,二十三岁。"民警说。

"误差范围之内哦,关键是年龄很符合。"肖大队长的脸上浮现出一丝希望。

门外大哭的人正是赵红的母亲。她被两个女警搀扶着走进解剖室,看了一眼解剖床上的尸体,顿时就晕了过去。民警忙着给她掐人中。

等赵妈妈缓了过来,我小心翼翼地问道:"您确定这是您女儿?"

赵妈妈先是无力地点了点头，突然又歇斯底里地喊道："天杀的王超！天杀的王超！是你拐走了我的女儿，是你杀了她！我不会放过你！"

派出所民警在一旁解释说："是这样的，报案的时候，他们说赵红和隔壁邻居王超一直交好。但王超家境贫穷，赵家人不同意女儿嫁去王家，并且给赵红介绍了一个对象。赵红不同意，就在几天前和王超私奔了。"

"这年头，还包办婚姻？"大宝在一旁嘟囔了一声。

"如果死者是赵红，"我说，"那王超还真的是有犯罪嫌疑。先去找到这个王超吧！"

大宝看了我一眼："案子就这样破了？不是吧，那也太没有技术含量了。"

我笑着说："早点儿破案不好吗？这样就可以回家过年喽！"

3

"死者是被凶手用膝盖顶住后，扼压颈部致机械性窒息死亡的。"肖大队长显得有些无精打采，我们找的线索，看来都要被当作验证证据使用了，"凶手不懂人体构造，强行分尸，且在死者死前没有和她发生性行为。"

"其他还有吗？"森原市公安局局长钱立业问。

肖大队长摇了摇头："目前就看王超那边怎么样了。"

"咳咳，"我干咳了两声，接过话茬儿，"关于死者的胃内容物，我要特地强调一下。"

大家都把目光移到我的身上。

"死者生前喝了一些白酒，"我说，"吃的是青菜、辣椒、西红柿炒蛋、海带，没有主食。"

"那能说明什么呢？"钱局长问。

"首先，说明死者是正处于进食状态的时候被害的。"我说，"森原这一带的居民是无米不欢的，每顿饭都要吃米饭，不然会觉得吃不饱。死者的胃内容物形态尚存，说明进食后不久还没有被消化，且胃内并不充盈，说明死者还没有吃饱。"

大家点了点头，表示认同。

我接着说："其次，死者和凶手应该是单独在家里吃饭的，因为死者的胃内容食物简单，说明菜不多，差不多只够两个人吃，没有肉质食物，应该不是在饭店里进食的。"

肖大队长点头说："是的，之前我们也分析了，凶手应该是在家中，具备两种刀具的情况下，杀死死者后迅速分尸。"

我看了一眼肖大队长，说："最后，这说明凶手和死者熟识，且生活档次不高。除去死者是素食主义者的可能性，喝酒吃素菜，说明两人关系应该比较近，不在乎排场、面子，且生活档次不高。"

"私奔了，还能有多强的生活能力。"主办侦查员说，"根据你这三点判断，基本就确定了王超是凶手！"

"也就是说，王超和赵红在家里吃饭的时候，因为一些琐事矛盾，王超掐死了赵红，然后分尸、抛尸？"钱局长说。

"当然，"我摊了摊手，说，"一切都是在死者确实是赵红这个前提下。"

"母亲还能认错自己的女儿吗？"主办侦查员说。

"不好说，"我在给大家泼凉水，"在那种激动的情绪下，而且尸体没头没四肢，认错的概率还是很高的。"

"丁零丁零……"

话音刚落，肖大队长的手机就响了起来。

"喂。"肖大队长接通电话，脸色随即阴沉了下来。

大家看到肖大队长的表情，都暗暗预感事情有变。

"死者不是赵红。"肖大队长放下电话，一脸失望地说，"DNA排除了。而且，经过和失踪人口DNA数据库的比对，没有发现线索。"

大家纷纷低下头，表示遗憾。

大宝不合时宜地卷了卷袖子，说："看来这案子还有些搞头。"

钱局长叹了口气，说："唉，还是赶紧先把找王超的那组人撤回来吧，别再浪费精力了。"

"大家别灰心，"我强颜欢笑，"这案子条件还是很好的。虽然DNA没有对上，但是我们之前说的还都算数，只要查清了尸源，和死者关系最近的人，就应该是凶手。我还要补充一点，凶手是男性的可能性大。因为把一具五六十斤的躯干加上棉被运送到现场，是需要有力气的，而且一个女性背着这样的蛇皮袋，难免会引起别人的怀疑。当然，不能排除雇用男性帮忙的可能。"

"我来说两句吧。"一直静静地坐在一旁的林涛开口了，"其实我们痕迹检验

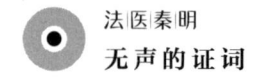

人员还是有很多发现的。"

"你这家伙，有发现怎么不早说？"我说。

"之前看大家信心满满，以为案件就这样破了。"林涛喝了口水，慢慢地说道，"经过对尸体包装物的检验，蛇皮袋没有商标，无法得知生产、销售的地方。棉花絮也是普通的棉花絮，经过微量物证检验，棉花絮上除了血迹，没有其他什么有价值的东西。棉花我们也检验了，是这一带生产的棉花，估计方圆几百公里生产的棉花都没有什么大的差异。我觉得凶手用棉花包裹尸体的目的是吸血，为了不让血液流出袋子被人发现。别人碰到了袋子，也只会感觉里面是被子，而不是尸体。"

"还是挑重要的讲吧。"大宝又猴急了。

"我们的发现有两个。"林涛说，"首先，包裹尸体的除了一床棉花絮，还有一件上衣。"

"啊？"这个有些出乎肖大队长的意料，"之前我们都没有注意。"

"是包裹在棉花絮里面的，"林涛接着说，"估计是凶手裹被子的时候，不小心把衣服裹了进去，凶手自己都不知道。因为衣服上有血迹，而衣服被裹在棉被中间，是不应该有血的，所以这件衣服不是死者的，就是凶手的。不过这是一件女式长袖棉布T恤，不太适合这个季节，我猜最大的可能是死者穿在里面的内衣。如果是凶手穿着的内衣，则不应该沾染血迹。"

"衣服有商标吗？有什么特征吗？"我问。

"说来也奇怪，"林涛说，"这件衣服没有商标，只有胸口好像有几个字母，被血液完全浸染了，看不真切。不过我们已经用特殊手段进行了显现，显现出来的字母应该是aluoba。"

"阿罗巴？"我说，"没听说过。"

"我们也在网上查过，"林涛说，"确定没有这个品牌或者相似品牌的衣服。"

"好吧。"钱局长说，"这个问题先放一放，我们会派人再去细查。还有什么别的发现吗？"

"还有个发现。"林涛说，"我们在蛇皮袋的袋口位置，发现了三枚灰尘指纹。"

"有指纹？"钱局长两眼一亮。

"是的。"林涛说，"是三个右手拇指的灰尘指纹，一个人留下的，非常清晰，有比对价值，且排除了报案人的指纹。不过，我们无法肯定这是不是犯罪分子留下的。"

/// 第十案
站台碎尸

"现场包裹放置的位置是站牌的一角，"主办侦查员说，"不挡路，所以如果不是谁手贱反复摸了这个袋子，还真的只能是犯罪分子留下的。"

"不管怎么样，先从这枚指纹开始查起吧。"钱局长说，"除了查指纹，其他人还要对尸源进行查找，对衣物的商标进行排查。最后，还要派一组人对现场周边进行搜查，看能不能找得到尸体的四肢和头，这样能够多一些线索。"

"那我们就等你们的好消息了。"我打了个哈欠，"最近我们科信访案件多，出差不断，写材料不断，太累了。"

肖大队长体谅地说："你们休息吧，熬着也没用。"

"我去库里再看看指纹吧，"林涛说，"系统自动比对的指纹，还需要人工比对才能确定，所以我还必须去盯着。"

"好的，"我说，"不过也别太累，毕竟森原也有痕检专业的精兵强将，悠着点儿干，身体是自己的。"

我觉得我现在说话的语气非常像师父了。

林涛点了点头，带着几名痕检员忙去了，而我和大宝则驱车赶到市公安局旁边的一间宾馆睡觉。

因为过度疲劳，我又失眠了。

"云泰案"还是那样，如影随形，总是不能忘记。让人纳闷的是，既然掌握了犯罪分子的DNA样本，为什么还是迟迟没有破案？看来这个犯罪分子平日里一定是道貌岸然的人，不然早就被刑警们怀疑上了。那么，这个杀死了五个人的恶魔，到底是个什么样的人呢？

伴随着大宝有节奏的鼾声，我的意识开始模糊起来。

第二天一早，是林涛叫醒了正在美梦中的我们。

一夜没睡的林涛，经过洗漱，还是显得神采奕奕。

"有什么好消息吗？"我急着问。

"好消息多了去了。"林涛笑着说，"不过还是要结合昨天晚上的调查，才能确定这消息究竟是不是我们要等的好消息。"

"还卖什么关子啊，"我说，"快说，快说！"

"昨晚一点，我们通过指纹库，比对出一个完全符合现场指纹的人。"林涛说，"这个人叫梁伟，三十一岁，邻省的台阳县人，在邻省台华市里打工。两年前，因为盗窃电动车被抓了现行，判了六个月的拘役，所以库里有他的指纹。"

"有前科劣迹，"我说，"这和凶手的凶残狠毒有相似性，高度怀疑。"

"侦查员目前在调查他最近一周的活动情况。"林涛说，"如果能排除他是误碰这个蛇皮袋的可能性，不是他作案，还能是谁作案？"

"快去专案组。"我兴奋地开始穿衣服。

还没进专案组大门，我就已经被专案组里的喜庆气氛所感染，我知道一定会有好消息。

"昨晚我们已经和邻省台华市公安局取得了联系，请求他们的协助。"肖大队长说，"他们很配合，在他们的帮助下，我们查清楚梁伟在一个月前辞掉了工作，一直在台华市辖区内的台阳县居住，台阳县也是他的老家。这一周他的活动情况我们还不是很清楚，但据悉他现在还在台阳县。"

"不管怎么说，"钱局长说，"外地人把指纹留在了我们森原，留在了现场物证上，这本身就是一个重大嫌疑。抓住他，可能就明了了。"

"当地公安机关已经对他进行了监控，"主办侦查员说，"应该会在一个合适的时机下手，我们过去直接审讯就可以了。"

"我们也去吧。"我看了看大宝和林涛，向专案组请示。

"也好，"肖大队长说，"我也去，说不定杀人分尸的第一现场就在台阳。"

到达台阳后，我见到了自己大学时候的老同学扈林峰。

热情地拥抱后，扈林峰说："我们班就你混得最好了，都到省厅当科长了，你看我们，还在县局里当个小法医。"

"在哪儿干法医不是法医？"我笑着说，"那个人被抓到后，侦查员们感觉怎么样？"

"感觉就是他作的案。"小扈说，"抓来以后，一声不吭，全身发抖，不是他是谁？若换作我，我非得叫一晚上冤枉不可。"

我走到审讯室门外，透过窗户看了看坐在审讯椅上的梁伟。他咬着下嘴唇，瑟瑟发抖，不时地用戴着手铐的手端起茶杯喝水，因为手的剧烈颤抖，茶杯里的水不断地洒出来。

"我觉得我们可能抓错人了。"我说。

"不会吧？"小扈说，"不是他干的，他抖什么？"

第十案
站台碎尸

"你不了解前期案情,"我说,"这起案件中,凶手下手极为狠辣,杀人迅速,分尸凶猛。用菜刀硬剁碎死者骨头的人,心理素质绝对不至于如此不堪。"

"不是说有他的指纹吗?"小扈歪着头说。

我没再回答,默默地走进审讯室,走到梁伟的面前,柔声说:"别紧张,我们就是想来问问你最近干了什么坏事没有。"

梁伟抬头看了我一眼,见我满脸堆笑,身体的颤抖减轻了一些。他张了张嘴,但没有出声。

我接着说:"我相信你没有杀人,所以你得说实话。"

梁伟突然大哭起来:"我真的没有杀人,没有杀人!"

"那你被抓的时候为什么不喊冤?"

"他们肯定不信的,肯定不信的。"

"我信你。"我慢慢说道,"你告诉我,我来帮你申冤。"

梁伟用充满渴求的眼神看了我一眼,咽了口口水,深呼吸了几次,说:"三天前,我经过火车站旁的一个拉面馆,我经常在那里吃饭,我看见一个农民工打扮的光头壮汉坐在面馆门口的椅子上吃面,背后放着一个蛇皮袋。我走过去拎了一下,还挺重,觉得里面可能藏了什么东西,本来是想顺手牵羊的,结果悄悄打开袋子一看,里面的棉花上有血。我当时就吓蒙了,赶紧跑回家睡了一天。"

"那你当时为什么不报案?"

"我怕警察啊。"梁伟说,"我坐过牢,出来了也经常偷一些东西,我怕我如果去报案,反倒会被当成杀人犯抓起来。你们得相信我,我真的没有杀人,真的没有!"

我默默地转身离开审讯室,对主办侦查员说:"放人吧,不是他。"

4

"不行,"侦查员说,"毕竟指纹是他的,他还是有重大嫌疑的。"

"我说不是他就不是他。"我不耐烦地说,"这个人的心理素质能杀人分尸?他的这种表现是演不出来的。"

经常读一些姜振宇老师的书,我对微反应观察也有一些了解。

"不放也没问题。"肖大队长过来圆场,"这人盗窃案子背了不少,也顺带破

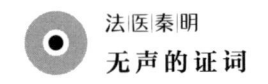

一些小案件吧。"

"我们去那个拉面馆看看吧,"我说,"说不定凶手就住附近。"

"我陪你们去。"小扈说。

到了地方我们就失望了,拉面馆和火车站相距不远,凶手应该是去火车站的途中经过拉面馆才去吃饭的。

"从台阳到森原的火车,能不能查一下?"肖大队长问当地侦查员,"至少现在我们可以确定,杀人分尸现场应该在台阳,运尸时间我们也有数了,是在三天前。"

侦查员摇了摇头,说:"不好查。春运客流高峰期间,我们台阳和你们森原都是交通要道,经过的人也多,两地互相跑的车次也多,实在无从下手。"

"你们台阳怎么这么冷?"这条看似有用的线索突然断了,我感觉万念俱灰,想起过年可能要在这里过了,心头一阵凉意。

"案子先不急,看从梁伟那里能不能问到更多的线索。"小扈说,"我们去泡个澡吧,冻了一天了,暖和暖和。"

我点头应允,一行数人坐上了小扈开的勘查车。

车行至途中,我无意间一瞥,看见了窗外的一个招牌。

"停车,停车!"我急忙喊道。

"怎么了?"小扈把车靠在路边,一脸疑惑。

"这家,这家!"我指着那块招牌说。

小扈顺着我手指的方向看去,露出一脸难色:"这家不行,这家是足疗店。"

"对对对,就是这家足疗,就是这家。"我因为激动,有些语无伦次。

"这家不正规,"小扈说,"有乌七八糟的东西,不干净。"

"他的意思不是去这家店做足疗,"肖大队长笑了,"他是无意中发现了案件的线索。"

听肖大队长这么一说,大宝、林涛和侦查员纷纷朝窗外看去。

那是一家足疗店,招牌上是一串英文字母:"aluoba"。

"是的,"老板娘是个胖女人,妖声妖气地说,"这衣服是我们这里的工作服。"

我拽着一个技师,对老板娘说:"你们的技师平时都穿这种衣服吗?你们这里最近有什么人失踪吗?"

第十案
站台碎尸

"工作服当然平时都穿的。"老板娘说,"失踪不失踪我可不知道,我们这里是体力活,干不下去就走人,我可管不了那么多。"

"扯淡。"林涛说,"照你说的这种流动法,你还不亏死?至少这衣服也要成本吧?技师说走就走,穿走了你的工作服,你也会有损失吧?"

"小哥,看你长得挺帅的,怎么说话这么难听呀?"老板娘说,"我这人心善,一件衣服算不了什么。"

小扈把我们拉到门外,说:"这老板的老爹是县里的常务副县长,有背景的。这名为足疗店,实际就是个妓院。不过,他们赚钱靠的是那些女人,而不是做足疗的技师,所以技师流动会比较快,又累又赚不到钱,还冒着沦为妓女的危险。很多人干几天,忍受不了凌辱,就离开了。"

林涛咬了咬牙:"你的意思不就是收容妇女、强迫卖淫吗?这么猖獗,难道公安机关扳不倒他?"

"也不是强迫。"小扈说,"愿意干就干,不愿意干也可以做足疗技师。只是在这种地方做足疗技师,少不了被凌辱。受不了凌辱,来去也是自由的。"

"你还为他说话?"我拍了下小扈的头,"这么明目张胆的违法行为,你们不管?"

小扈无奈地耸耸肩:"我就是个小法医。"

我突然若有所思,走回店里问老板娘:"大姐,我们其实也是为了一条人命,请行个方便。我就是想知道,有没有哪个技师在两个月前突发胆结石住院做手术的。"

看我一脸诚恳,老板娘也收敛了她的气焰:"你说的是秋香吧,她去做手术之后,就没再来上过班了。那孩子长得是漂亮,就是教不化,滴水不进的,客人碰她一下都叫唤。"

"秋香?"我顿时兴奋了起来。

"是我们这里的艺名,她大名挺难念的,不过这里有她押的身份证复印件。"老板娘说,"不知道哪里来的农村孩子,给我这一捯饬,漂亮了许多,就是不让客人碰她。"

"那后来,你听说过她的事情吗?"我开始眉飞色舞。

"听她的小姐妹说,是和一个光头好上了吧。"老板娘说,"是一个卖药的,大概是在她手术的时候认识的。"

法医秦明
无声的证词

一听见"光头"这两个字,我顿时释然,知道离破案不远了。

"光头?"大宝也注意到了这一点,"梁伟说的不也是个光头?"

"她的小姐妹在哪儿?"我急着问道。

"正在上钟呢,"老板娘耷拉着眼皮说,"等个把小时吧。"

我早就受不了这个傲慢的女人了,现在有了线索,自然无须再给她好脸色。我重重地把自己的警官证拍在吧台上,吼道:"我是省公安厅的,别以为你这里有个县太爷罩着就了不起,你信不信我掀了你的摊子,连县太爷的帽子一起摘了?"

"那,我去叫她。"见我突然变了脸,老板娘有些不知所措,径直上楼,带下来一个裹着浴巾的年轻女子,身后还有一个男人的叫骂声。

"光头叫德哥,"女子看到一圈恶狠狠的警察,有些发抖,"是卖什么什么利胆丸的。"

我知道她说的这个利胆丸是胆囊手术病人术后吃的一种消炎利胆的药物,这个光头应该是干推销药物的营生的。

我看了看当地的侦查员。侦查员会意,说:"一个小时内,找到他。"

侦查员没有吹牛,毕竟在一个只有二十几万人的小县城,卖利胆丸的"德哥"不多。一个小时后,我们已经悄悄到达了德哥家楼下。

这是一个公寓式小区,里面的房子都是超小户型的公寓,三十至五十平方米不等。

经过侦查,德哥不在家。

在申请到秘密搜查令后,我们打开了德哥家的大门。

一股中药的气味夹杂着84消毒液的气味扑鼻而来。

"怎么这么难闻?"林涛说。

我没回答,走进屋里巡视了一番。

这是一间大约四十平方米的公寓,除了卫生间和厨房,还有一间客厅和一间卧室。客厅更像是一间手工作坊,正中央摆放着一架钢制的、入物口有脸盆大小的手动搅拌机。搅拌机的旁边放置着一台自动塑封机,还有一个长条货架,货架上摆放着很多中药材似的物件。

"看来这个德哥除了卖药,还自己做假药。"我说。

大宝拿起货架上的物件,逐一放到鼻子下面嗅嗅,说:"除了廉价的中药材,

第十案
站台碎尸

还有树叶和树皮。确实如你所说,他自己做假药。"

我笑了笑,说:"把这些乱七八糟的东西放在搅拌机里绞成粉末,然后浸水,再揉搓成丸状,最后用塑封机封装,就成了他卖的利胆丸了。"

"我们不是来研究假药是怎么制成的。"肖大队长提醒我说。

我拉着肖大队长走到厕所门口,说:"之所以有闲心在这里研究假药,是因为我们已经基本可以宣布案件告破了。"

肖大队长蹲下来,看了看地面的痕迹,点头说:"确实,凶手用84消毒液打扫了分尸现场,不过却没有清扫干净。"

说完,他戴上手套在厕所的地板砖上抚摸着,说:"地板砖夹缝里可以看得到血迹,除了血迹,还有骨屑。"

"他是卖药的,"肖大队长说,"那他很有可能是学医的人,学医的人为什么会不知道人体结构呢?不从关节分尸,而要硬剁骨头?"

"一来,他是想伪装成一个不懂医学的人,不过这手段也太拙劣了。就算不懂医学,也应该会去寻找关节吧。"我走回客厅,戴着白手套,把手伸进搅拌机的入物口里蹭了一下,说,"二来,他反正要把肢体剁碎,因为他要用这个搅拌机把肢体搅拌成肉末、骨末。"

说完,我把手套拿下来给肖大队长看,白色的手套上沾染了黑色的油污和红色的血迹。

"这样就好解释了。"肖大队长说,"凶手掐死死者后,把她拖到卫生间里分尸,将四肢剁成多段,放到搅拌机里绞碎,然后顺着下水道冲走。"

我点点头,说:"是的。不过死者的躯干没有办法剁碎,或者是凶手发现这个办法太累人,于是决定把躯干抛走。"

"真是一招破,招招破啊。"肖大队长高兴地说,"我们提一些现场血迹回去做DNA吧。这样的铁证,怕是他想赖都赖不掉了。"

话音刚落,大门的门锁开始转动,随后,一个光头出现在了门口。

光头先是一愣,转头就准备逃走,未承想,他的背后早已站着两名侦查员。两名侦查员一路跟踪他到他的家里,这样就着实来了一招两面夹击、瓮中捉鳖。

在铁的证据面前,光头已无从抵赖,没过两招就败下阵来。

光头追求秋香,并不是为了爱情。

当光头向秋香推销自己的利胆丸的时候,他就看出来秋香潜在的更加巨大的价值。于是,他就采用了一系列情圣级别的攻势,轻松俘获了这个没有见过多少世面的二十三岁的女孩子的心。

秋香丢弃了那份经常会受到凌辱的工作,住进了光头的家。光头教她如何制作假药,当然,他骗她说,这些原料都是昂贵的中药材,他的利胆丸是最有效的消炎利胆药物。随后,光头按照他的计划,开始把秋香推到销售第一线,要利用秋香清纯却不乏性感的外表去笼络更多的医生,以卖掉更多的假药,圆他的发财梦。

秋香并没有识破光头的诡计,可是随着她和这些医生的关系越走越近,她发现有些医生是在对她做出暗示。

以性换财,在如今的社会并不少见。

秋香是个性格贞烈的女子,对于医生的暗示,她屡屡逃避、拒绝,引起了光头的不快。这天晚上,光头准备了酒菜,想要说服秋香就范。听到自己深爱的光头竟然要让自己出卖身体,秋香与光头发生了激烈的争吵。

和我们推断的一样,光头一气之下掐死了秋香。为了迅速处理掉尸体,光头把秋香四肢砍下后,放入搅拌机绞碎,然后冲进了下水道。对于秋香的头颅和躯干,光头想了很多种方案,最终决定抛尸到外地。

秋香的头,被光头装在一个手提袋里从火车窗户扔了。而躯干,没法从窗户扔出去,目标也太明显,所以光头则随便选择了一个抛尸的城市,那就是森原。

当侦查员们沿着火车线路找到装着秋香头颅的手提袋的时候,我已经返回了省城。

这是一个轻松而幸福的春节,也是一个美丽的假期。当然,如果杀死林笑笑的凶手也归案的话,那一定会更加完美的。

| 第十一案 |

古院冤魂

每一个研究人类灾难史的人可以确信：
世间大部分不幸都来自无知。

——爱尔维修

法医秦明
无声的证词

1

"师父?"大宝惊喜地说,"都好久没有和你一起出现场了。"

虽然我们出勘的每起案件都会拿回来给师父点评,然后通过点评学习到一些侦案技巧,但是总没有和师父一起出勘现场、从现场中历练来得畅快。

因为省厅法医人数有限,所以我们和师父经常不得不分头行动,能够一起出勘现场的机会实在很少。然而这一天,师父已经在副驾驶位置上正襟危坐,等着我们了。

"杀死多人的现场,我肯定得去。"师父一脸严肃,"还在年里呢,就出了这样的恶性案件,太可恶。大家听好了,我们不能让犯罪分子逍遥法外,过完正月十五。"

大年初八,年后上班第一天,我、大宝和林涛就接到厅指挥中心的指令,于早晨七点整出发,赶往庆阳县,出勘一起一家三口被杀的案件。

"听指挥中心说,是杀了三个,"我说,"是夫妻俩和小孩吗?"

从实习期间熟识的小青华被杀案[1]以后,我最看不得的就是小孩被杀。他们还没有领略到世界的美丽,就被强行夺走了生命,实在是让人愤恨的事情。

师父摇了摇头,说:"具体情况还不清楚,现场处于封闭状态,当地痕迹检验部门正在打开现场通道。接警民警进屋后,发现死的是一个老太婆和一个青年妇女。据反映,这家还应该有个三岁的小女孩,可是民警没有找到,目前算是失踪吧。"

为了拐卖儿童而杀人?不至于这么令人发指吧!我惊出一身冷汗。

"希望小女孩是自己跑掉了,"大宝低着头说,"可以幸免于难。"

"但愿如此。"师父叹了口气。

---

[1] 见法医秦明系列万象卷第一季《尸语者》中"大眼男孩"一案。

第十一案
古院冤魂

为了配合窗外的凛冽寒风，车窗不断起雾，用空调吹效果也不明显。我时不时用手擦掉附着在车窗上的雾珠，眯着眼睛艰难地在结了冰的国道上行驶。要保障大家的安全，又要尽快地赶到现场，毕竟专案组还在等着我们，这一路，开得真累。

庆阳县是省城辖区的一个发达县，是全省距离省城最近的一个县。随着城乡一体化的步伐，庆阳县的县城渐渐地和省城的市区连接了起来，所以，我们所经之处一路繁华。在这个冰天雪地的情况下，我们只用了半个小时的时间就到达了县城，接着却用了一个小时的时间才越过结了冰、不断打滑的乡村小路，到达了现场村庄外。

我跳下车，看了看窗户以下已经完全被泥巴覆盖的警车，说："幸亏开的是这辆越野，若是换了普桑，我们的车窗都得给糊上。"

"前面开不进去了，"带路的民警也跳下车，说，"里面都是土路，坑坑洼洼，又哪儿哪儿都是冰，进去估计就出不来了。不如，劳烦领导走进去吧。"

师父打开车门，一边弯腰用袜子口包裹住警裤的裤脚，一边说："这么偏，这种天，谁来这里作案呢？"

师父就是师父，还没进现场呢，已经给侦查划了范围。

天太冷了，围观群众不多。

现场是一间孤房，周围数百米都是农田和池塘。这间房子古迹斑驳，却不破旧，青色的砖缝中长满了青苔，外墙爬满了已经枯萎的爬山虎，零星地点缀着还没来得及融化的白雪。

师父带着我们深一脚浅一脚地绕了古屋一周，时不时地推推屋子的窗户。

"窗子都是锁闭的，难不成凶手是从大门进去的？"大宝说。

"现场墙外都是爬山虎，如果翻墙的话，是不是会留下痕迹？"师父转头问林涛。

林涛点了点头："这么高的墙，如果爬上去必然会在墙上有蹬踏，那么肯定会有入口的痕迹。"

"主办侦查员过来了，我们问问情况吧。"我对师父说。

师父点点头，艰难地从屋后一处夹杂着泥巴和冰块的泥坑中挪步到现场大门外。大门外有一些爆竹碎屑，被扫到一起，成为一片可以放置勘查用具的区域。我蹲下身，抓了一把爆竹碎屑看了看，仿佛还能感觉到过年的气氛，仿佛还能听到几天前在这古屋大门外的欢声笑语。

"这个屋子住了祖孙三代四口人。"侦查员说，"老人古香兰今年六十多岁，

法医秦明
无声的证词

守寡多年，只有一个女儿叫朱凤，今年二十九岁。虽然古香兰一直守寡，但因为老朱家是商人出身，家境殷实，四年前，老古为朱凤招了个上门女婿，叫孙海鸥，是个孤儿。"

"上门女婿？"我惊讶道，"现在还有这个说法？"

侦查员笑了笑："有的，就是小孩子要跟女方姓。"

"嚯，"我说，"好守旧。"

师父摆摆手，让我不要打断侦查员介绍案情。我赶紧收了声。

"孙海鸥和朱凤在三年前生了个小女孩，"侦查员接着介绍案情，"取名叫朱伶俐。人如其名，这个小女孩天生丽质、活泼聪颖，深得村里村民的喜爱。今天早晨六点多，一个村民按约定来找朱凤到镇上去买东西，敲半天门没有敲开，于是走到西厢房的窗户往里看，看见古香兰死在自己床上，头附近全是血，然后报了案。"

说完，侦查员指了指位于院落大门侧的西厢房的窗户。

"是孙海鸥不服女儿跟妈姓，所以杀了丈母娘和老婆，带着孩子跑了吗？"我又忍不住插话道。

侦查员笑了笑，说："现场初步勘查，没有发现有任何翻动的迹象。大门的锁也是好的，没有撬压的痕迹，各扇窗户都是锁闭的，就连外墙我们都看了一遍，没有明显的攀爬痕迹。"

"你的意思是说，"师父摸了摸下巴，"一来这像是一起仇杀案件，二来凶手是和平进入现场的？"

"不仅如此，"侦查员说，"我们的法医对古香兰的尸体进行了简单的尸表检验，认定古香兰是在熟睡的过程中遇害身亡的。"

"这能说明什么呢？"林涛问。

"古香兰住的西厢房离大门最近，如果凶手是敲门入室的，应该是古香兰最先起身开门。"侦查员说，"所以目前的怀疑，是凶手用钥匙进门。"

"看出来了，你们现在有重点嫌疑人了。"师父一直凝重的表情缓和了一些，"那么，孙海鸥和朱凤的关系如何？孙海鸥昨天的活动情况如何呢？"

"非常可疑。"侦查员咽了口唾沫，说，"据村民反映，两个月前，孙海鸥和朱家的关系突然变得恶劣了，孙海鸥随即出门打工，一直就没再见到他回来。"

"作案时间排除了？"我问。

侦查员神秘地一笑，摇了摇头，低声说："我们对孙海鸥的身份证进行了查询，孙海鸥昨天从上海坐动车回省城了！"

"那他人呢？"师父问。

"目前还没有见到。"侦查员说，"这是最可疑的地方。他回来了，不回家还能去哪儿？另外，两个大人死了，小女孩却失踪了，这能说明什么呢？"

"动车几点到省城的？"师父接着问道。

"凌晨一点。"侦查员说。

"省城火车站到这里要一个多小时吧？"大宝说，"那么就是凌晨两点多他就能够到家了。"

"死者昨晚的活动情况有调查吗？"师父掐指算了算时间，问道。

"昨晚村长儿子结婚，"侦查员说，"他们一家三口到村长家去吃喜酒。大概是晚上七点吃饭，然后闹洞房什么的，九点多离开村长家的。"

"死者还有什么仇人吗？"师父问。

侦查员摇了摇头。

"工作效率不错。"师父赞许地点了点头，说，"我们还没尸体检验，你们的案件差不多就要破了。"

侦查员不好意思地挠挠头，说："这不是因果关系明显嘛。"

"不管怎么说，现场我们还是要看看的。"师父说，"尽量多地提取到一些证据，把案件办成死案①。"

走进古院的大门，发现这个从外面看并不宽绰的院落其实还是蛮宽敞的。正屋和东、西厢房呈"U"形排列，中间则是一个不小的院子。院子的周围堆放了一些杂物，但一眼看去还是很干净整洁的。

"平时，朱凤带着朱伶俐住在正屋。"侦查员一边说一边比画，"东厢房是来客人的时候住的，东厢房旁边的小屋是厨房。古香兰住在西厢房，西厢房的一侧是厕所。"

"平时古香兰他们家靠什么生活？"我问。

"他们家有一个果园，"侦查员说，"每年收入不菲，而且据说他们家有祖传下来的好几根金条，反正是吃喝不愁的。"

---

① 死案，指的是有铁证的案件。

院落的正中，应该是躺着一具尸体。为了防止外界对尸体的污染，避免围观群众从大门外窥见尸体，勘查人员用一块塑料布遮住了尸体。尸体的周围有喷溅血迹和片状的拖擦状血迹，还有一些血足迹和血赤足印，这是很明显的打斗痕迹。

师父走到尸体旁，掀起塑料布的一角。

我朝塑料布下看去，死者俯卧在地上，侧着脸，是一个青年女性，身材娇小，血沾满了长发，胡乱地遮盖在脸上，看不清眉目。

她穿着白色的棉布睡衣，睡衣的袖口和领口都被血浸满。

林涛拿出足迹尺，量了量地上最清晰的一处鞋印，说："这样算，凶手大概穿的是四十码的鞋子。"

"四十码？"我说，"成年人，看起来个子不高吧？"

林涛点了点头。

师父转头问身后的侦查员："据你们了解，孙海鸥的身材怎么样？"

"个子不高，"侦查员翻了翻笔记本，说，"大概不到一米七吧，膀大腰圆，比较结实的那种类型。"

"从痕检角度看，"林涛说，"鞋码差不多，但是我感觉这些鞋印比较浅，不像是体重很重的人留下的。不过，这不能作为依据，鞋子的材质、留下足迹时候的姿势和地面的因素都有影响。"

"我考虑的不是这方面的问题，"师父蹲在地上想了想，说，"你们看看朱凤，一米五几的身高，体重最重也就八九十斤。这样的体格，能和膀大腰圆的孙海鸥搏斗这么久吗？"

我顺着师父的手指看了看院子里地面上的滴落血迹和打斗痕迹，说："说的也是，这么大范围，这么多出血量，死者应该是失血过多才倒伏的。"

"如果孙海鸥想杀朱凤，你觉得需要这么费力吗？"师父问侦查员。

大宝蹲在一旁，推了推鼻梁上的眼镜，说："他们毕竟是夫妻，可能是不忍心下手吧。"

"他已经杀了一个人了，"师父说，"俗话说，杀人杀红了眼，已经杀过一个人的人，再连续杀人，是不会手软的。他已经杀了古香兰，还有什么不忍心下手？"

"陈总，"侦查员说，"您是凭什么肯定凶手是先杀古香兰的？"

师父笑了笑，指了指西厢房的方向。

// 第十一案
古院冤魂

勘查人员正在用鲁米诺喷剂喷洒着从西厢房到朱凤尸体处的院落地面，一个个潜血足迹逐渐显现出来。

2

"除了朱凤尸体附近的一些血足迹，还有一些潜血足迹。"林涛沿着潜血足迹在院子里走了一遍，说，"潜血足迹从西厢房走出来，从深色到浅色，到朱凤尸体旁有一些迂回，然后在院子里有很多来回、交叉，最终消失。"

"是因为在地面走动多了，血迹被擦蹭完了吗？"我问。

林涛点了点头："凶手鞋底沾染的血迹不多，在院子里摩擦力很大的水泥路面上走两圈，基本就无法再发现和追踪了。"

"明白了吗？"师父拉回了话题，"血足迹是从西厢房走出来的，然后没有再见到走回去。所以，凶手应该是先杀了古香兰，脚上沾了血，然后再来院里杀朱凤的。"

侦查员点了点头。

我接过话茬儿，说："凶手杀了朱凤，为什么还要在院子里停留、徘徊？"

师父摇了摇头："从犯罪心理学角度看，杀了人以后，处于任何情绪的人都有，你的这个问题，只有等抓住了犯罪分子以后再问他。"

"那，陈总的意见是，我们开始怀疑孙海鸥是错误的？"侦查员有些担心。

师父摇了摇头："不，这点依据顶多算是个疑点。通过你们的前期侦查，孙海鸥还是有着重大嫌疑的。"

师父说完，又看了看院落里的打斗痕迹，直起腰来拍了拍手套上的灰尘，说："走，去西厢房里看看。"

这是一家勤劳的住户，房间里干净整洁，一尘不染，只是这个勤劳的老人现在躺在床上，一动不动，血液顺着耷拉着的右手一滴一滴地滴到地面。

房间里放着一排组合柜，组合柜干净整洁，没有任何翻动痕迹。组合柜的对面放着一张单人床，床头和床的一侧靠着墙壁，床头放着一个做工考究的红木床头柜，应该有些历史了。

古香兰躺在床上，头面部和颈部血肉模糊。我走近看了一眼，有些惊悚。古香兰的面部已经被利器砍烂，连五官都无法辨别清楚，颈部还有个巨大创口，创角有多处皮瓣，应该是被凶手反复砍击所致。

床头的墙壁和床头柜上都布满了喷溅状血迹，显而易见，床上就是杀死古香兰的第一现场。

师父拿起古香兰的双手，对身边的省城市公安局的王法医说："死者的手上没有抵抗伤，甚至床上没有因身体移动而形成的擦蹭状血迹，你们判断得没错，死者在遭受砍击的时候，没有任何防备。"

"肛温量了没？"大宝问。

王法医点了点头："测了，但是两具尸体的尸温差距特别大。"

师父说："是啊，朱凤的尸体在户外，而古香兰的在室内。这个屋子保暖效果非常好，室内外温差这么大，自然会严重影响尸温下降的程度，这样也给死亡时间的判断带来了极大的困难。"

"所以，没办法精确了。"王法医说，"时间是在昨晚十二点到今天凌晨三点之间吧。"

"孙海鸥有作案时间。"大宝说。

师父没有回答，蹲在地上看着床头柜的柜门，朝林涛招了招手，说："你看看，柜门上的痕迹是什么？"

林涛用多波段光源照射了一下床头柜柜门，说："陈总看得没错，这里应该是个血手套印。"

"血手套印？"我说，"孙海鸥来自己家杀人为什么要戴手套？"

"冬天，戴个手套不足为奇吧？"林涛说。

"那他为什么要杀人以后翻床头柜？"我说。

"这个印痕面积小，颜色浅，"林涛说，"不能排除是不小心碰擦了床头柜一下。"

"不。"师父此时已经把床头柜的柜门打开，朝柜子里看去。

"师父有什么发现吗？"我急忙探过头去，问道。

师父说："你仔细看看床头柜里面，有什么问题吗？"

我蹲在床头柜一旁，朝柜子里看去。柜子里整齐地放着一些账本、药物和杂物，没有任何翻动的迹象。我注意到床头柜的上面是一个抽屉，于是小心地拉开抽屉。抽屉里放着一些影集，没有什么异常。

"没什么问题啊。"我说，"没有任何翻动的迹象，不是侵财案件。"

第十一案
古院冤魂

师父摇了摇头,说:"你看的重点不对。"

说完,师父用勘查灯照射床头柜柜门内侧,用手指着,说:"你没注意到这是什么吗?"

我拿出放大镜,顺着师父的手指看去,大吃一惊:"是喷溅血!"

"吓我一跳。"大宝说,"那个,喷溅血不正常吗?有什么大惊小怪的?"

我和师父一起看着大宝。

大宝想了想,恍然大悟:"对呀,这喷溅血为什么会跑到柜门的里面去呢?"

林涛在一旁点头,这是一个重要发现。

"只有一种可能,"师父竖起一根手指,说,"凶手在砍杀古香兰的时候,这个床头柜柜门是开着的。"

"显然,没有人会开着床头柜柜门睡觉。"我说,"那么,凶手很可能是打开床头柜的时候惊醒了死者,连忙砍杀了死者。"

"会不会是砍杀死者的过程中,不小心弄开了柜门?"林涛问。

我拉动了几下柜门,说:"不会。柜门是有铰链的,除非完全打开,不然会自动闭合。估计时间长了,铰链生锈,柜门的闭合力还不小,不用点儿力气打不开。"

林涛也来试了几下,说:"嗯,肯定是凶手开了柜门,然后杀人,再用带血的手套推闭了柜门。"

"你是说,本案是盗窃转化为抢劫杀人?"大宝一脸惊愕。

"会不会是孙海鸥偷偷地在寻找什么东西呢?"师父说,"痕检方面,可以排除凶手翻动了现场然后还原吗?"

林涛小声问了问庆阳县公安局的痕检员,抬头对师父说:"可以排除凶手杀人后翻动现场。因为现场箱子、柜子、橱子我们都做了处理,凶手手套带血后,肯定没有再触碰过任何东西。"

师父低头想了想,说:"这个现场像极了盗窃转化为抢劫杀人的现场,倒不像是因仇杀人的现场。可是,前期排查,孙海鸥的嫌疑也确实是太大了。唉,我也理不顺了。"

"陈总,"林涛说,"刚才我也去看了东厢房和正屋,可以肯定凶手没有进去过。"

"那我们下一步怎么办?"大宝问。

"先安排人把尸体运去殡仪馆吧,"师父说,"看完尸体以后再综合分析。"

"那我们现在……"侦查员忐忑地说道。听说有可能是侵财案件，侦查员有些头大，因为如果确定为侵财流窜作案，现场又提取不到关键痕迹物证的话，会给侦查带来极大的难度。

"孙海鸥还是有重大嫌疑的，"师父说，"先去找到他再说。还有，小女孩一定要找到。如果是孙海鸥带着小女孩跑了，估计不难找到他们。另外，林涛留在这里，一方面继续研究一下血迹形态，另一方面继续找找看能不能找到指纹什么的。"

林涛点点头，说："好的，不过估计希望很小，毕竟凶手戴了手套。"

师父脱下手套，拍了拍林涛的肩膀，算是给他鼓劲儿加油，然后转头对我说："走吧，路不好走，尽快过去吧，专案组还在等我们的反馈。"

我点点头，跟着师父回到院子里。

我不放心地又环顾了院落一周，院落周围的杂物还是那样错落有致地安静地待在墙角。突然，我发现位于厕所一旁的角落里有个不起眼的水缸。

师父叉着腰站在院子里，也在环视院落周围的杂物。在这个水缸处，我和师父的眼神同时定焦了。

水缸的边沿儿有一圈儿白雪，可是靠外面的小半圈儿，白雪没了，这是一个新鲜的擦蹭痕迹。

我和师父不约而同地走到水缸的边缘，往这个高约一米二的水缸里看去。

我们愤怒了。

因为我们看见了一双小孩的脚。

死者确实是朱伶俐，那个天生丽质、聪明伶俐的三岁小女孩。

看到孩子的尸体，我们都不禁心中一痛。孩子全身都浸泡在那一缸冷水中，皮肤已经冻得通红且僵硬，一双漂亮的大眼睛瞪得滚圆，像是还沉浸在这突如其来的灾难带来的惊吓之中。

小女孩被打捞上来后，放置在一张铺平的塑料布上。她穿着长袖棉质内衣，赤裸着下身和双足，头发湿漉漉的，安静地躺在地上。

很快，小女孩的睡裤也被打捞出了水缸。

"会不会是，"我不忍去想那变态的凶手是怎么折磨小女孩的，像是在自我安慰一般，推测道，"落水的时候，裤子自己脱落的？"

"你觉得有可能吗？"师父紧皱眉头，"应该是有个强奸或者猥亵的过程。"

师父看了看小女孩的尸表，除了绕着双脚踝有一圈皮下出血以外，没有发现任何损伤。

"凶手是抓住小孩的双脚，把小孩倒拎着扔到了水缸里。"师父说，"具体死因还要尸检后再下定论。"

"孙海鸥一直很疼爱自己的女儿。"侦查员有些不知所措，说，"你们前面都说了，凶手和朱凤搏斗实力相当，现场有翻找床头柜的动作，再加上现在还杀了朱伶俐，这越来越不像是孙海鸥干的了。"

我们都没有说话。显然小女孩的死，触动了大家怜悯的神经，引得群情激愤。

"这个水缸太隐蔽了，我们第一遍看现场，还真没注意到。"庆阳县公安局刑事技术室主任解释道。

师父摆摆手，说："去殡仪馆吧，案件比想象中难。"

"凶手会是个什么样的人？"坐在车上，我闷闷地说，"杀小女孩的手段太残忍了，一点儿恻隐之心都没有，还算是个人吗？"

师父说："两种可能，一种是极度变态的人，一种是啥也不懂的人。"

"师父觉得，还有可能是孙海鸥干的吗？"我接着问道。

"目前还不能排除。"师父说，"因为你我都不知道孙海鸥是个什么样的人。长期受压迫、抬不起头的男人，突破心理极限后，什么事情都做得出来。"

我点点头，抬眼望去，庆阳县殡仪馆的大门已经映入眼帘。

3

尸检，我们先从古香兰的尸体开始。

古香兰身着棉毛衫、棉毛裤，一身是血。尸体上共被砍了二十一刀，其中十七刀在头面部，四刀在颈部。她的面颊骨塌陷性骨折，脑组织挫碎，是瞬间死亡的。死亡后，凶手还在她的颈部砍击了四刀，导致气管、食管、颈动静脉完全断裂，头颅靠着颈椎勉强和躯干连接。她死于重度颅脑损伤。

师父收起手中的卷尺，说："你们看，工具是什么？"

大宝说："单刃砍器，这没问题吧？"

我点点头，说："骨质受伤比较严重，这是一个分量比较重、刃口锋利的金属砍器。"说完,我不自觉地想起年前那起碎尸案件,用的就是很重的剁骨刀。

师父说:"你们看,死者头面颈部的创口这么多,虽然都连在一起,但要是仔细观察,可以看清楚每一刀的长度。我刚才量了一下,最长的一刀,长度也就8cm。你们见过有菜刀类的工具,刃口只有8cm吗?而且,从骨折的形态看,工具的刃口比较厚,而菜刀的刃口是比较均匀的。"

我愣了愣,说:"哦,斧子。"

师父点头说:"对,致伤工具是斧子。"

"是什么人这么残忍?"我皱着眉头说,"下手太狠毒了,砍成这个样子。"

师父正在检查古香兰的胃肠内容物,没有回答我的问题,问:"之前,他们说死者是几点去喝喜酒来着?"

我翻了翻眼睛,说:"好像是七点吧。"

"如果真是这样,"师父伸手算了算,说,"排除孙海鸥作案可能。"

我知道师父是个很严谨的人,如果没有确切依据,不会随便下结论。师父在计算死亡时间方面,有着独到的办法,甚至可以精确到正负一个小时之内。

"师父的意思是说,"我问,"时间上,排除孙海鸥了?"

"嗯。"师父点点头,说,"据我们的新方法推算,死者的确切死亡时间应该是晚上十一点到凌晨一点之间。而这个时候,孙海鸥还在火车上。"

突然,主办侦查员一头大汗地跑到解剖室,说:"陈总,孙海鸥抓到了。"

师父头都没有抬,说:"放了吧,一分钟前我们排除了他作案的可能性。"

侦查员说:"我们也正是想向您汇报这个问题呢,刚才,孙海鸥大摇大摆地往自己家里走,在村口被抓住了。得知家里人死了以后,从表情看,很悲恸,很惊讶。我们感觉也不是他干的。"

师父点点头:"那就对了。现场没有发现找斧子的迹象,我们分析凶手是带着小斧子进现场的,结合翻动床头柜的迹象,考虑还是一起盗窃转化为抢劫杀人的案件。"

侦查员挠挠头,为难地说:"那我们下一步怎么办?如果是流窜作案,难度就大了。到现在为止,现场那边还没有传来好消息,除了无特征的足迹外,没有发现其他有价值的痕迹物证。"

"不要着急,"师父抬了抬手,"什么案子都那么简单的话,要我们做什么?"

第十一案
古院冤魂

排除了重点嫌疑人，确定了案件性质，反倒让我们的心里更加不踏实起来。加之看着解剖台上这个可爱的小女孩的尸体，每个人心里都有说不出来的难受。

小女孩确实遭受了性侵害。根据小女孩会阴部的损伤，我们判断凶手在小女孩死后，对小女孩进行了猥亵。

对于小女孩的死因，我们尸检完以后，一筹莫展。小女孩全身有明显的窒息征象，颈部、口鼻腔都没有损伤。她的呼吸道内确有一些泡沫状液体，但是没有肺部水肿的症状，胃内容物不像普通溺死的人那样充满了溺液，而是干燥的，和古香兰的胃内容物相似。

"排除扼压颈部或是捂压口鼻造成的机械性窒息，"大宝说，"但又没有溺死的典型特征，这和她头朝下入水有关吗？"

"你没听说过干性溺死吗？"师父瞪了一眼大宝，说，"头朝下入水是典型溺死，也会有溺死的特征，干性溺死就不同了。干性溺死的原理是冷水进入呼吸道以后，刺激喉头，导致声门痉挛，从而堵闭呼吸道，引起窒息死亡。这样，进入尸体内的水会比较少。这样的非典型溺死，通常发生在冬季。"

"那个，"大宝吐了下舌头，说，"听说过，没见过。"

"也就是说，凶手就这样倒拎着活生生的小女孩，把她头朝下扔进了水缸，然后，又脱去了小女孩的裤子，对她进行了猥亵？"我很不忍心地把现场在脑海中重建了一次。

师父点点头。

"这人是不是脑子不好？"大宝咬着牙说。

师父指了指大宝，说："这次你还真有可能说对了，我刚才看了看朱凤背部的损伤，你的这种分析还真有可能存在。"

"精神病人作案？"我走到一边，掀起朱凤的睡衣，发现她的背部还真的有许多奇怪的创口。

"只能说凶手的心智不健全。"师父说，"一种是容易狂躁的人，另一种是小孩子。精神病人作案的前提是没有针对性，而本案中，凶手有明确的目的，那就是为了钱，这样有明确功利性的作案，可以排除是精神病人作案。"

我和大宝把朱凤的尸体抬上解剖台，用纱布清洗尸体上的血迹。

"死者双手有多处砍创，属于抵抗伤。"我一边测量创口，一边说，"头面部多处砍创，最深的创口下方颅骨线形骨折。"

"她的损伤比古香兰的损伤轻多了，"大宝说，"主要还是因为失血死亡的。"

师父说："那是自然。古香兰被砍击的时候处于仰卧状态，头的下方有床铺衬垫，所以砍击导致的损伤就会严重很多。而朱凤是在和凶手打斗的过程中受伤的，因为身体处于运动状态，砍击的力度会被缓冲掉大半，所以损伤轻微多了。"

"师父，尸体上没有发现约束伤。"我仔细看了看死者的关节部位皮下组织，说道。

师父双手撑在解剖台边缘，低着头说："是的，这印证了前面的观点，凶手的约束能力有限，他和死者的体力对等。"

"和一个纤弱女子的体力对等，"大宝说，"凶手不会也是个女人吧？"

师父又瞪了大宝一眼："女人为啥要猥亵小女孩？"

大宝张了张嘴，把想说的话咽了回去。

"结合师父前面的分析，"我说，"这起案子会不会就是个小孩子干的呢？"

"小孩子穿四十码的鞋子？"侦查员在一旁插话道。

"不要排除这种可能。"师父说，"曾经有个连环杀人犯，穿三十七码的鞋子，所以很多专家在前期推断凶手身材的时候，都认为是一个不到一米六的瘦小男人，结果破案后，是个一米八几的小脚壮汉。个体差异的巨大，经常会出乎我们的意料。"

"尤其是这些损伤。"我用纱布擦拭干净朱凤的背部，露出了三十多个平行排列的不到1cm长的小创口。

小创口一头比较钝，一头比较锐，创腔呈现出明显的倒三角形。朱凤的睡衣背侧，也有对应的、形态相似的创口。

"这个……"我正准备说话，却被师父抬手制止了。

师父切开朱凤的背部皮肤，将其背部肌肉一层层分离开来，深层肌肉之间出现了一些暗红色的出血。

"现在很明显了，"师父说，"这些创口，属于濒死期损伤。背部深层肌肉的损伤，属于挤压伤。"

"凶手在将死者砍倒以后，又骑在她的腰部，"我说，"然后用斧头的一角轻轻地戳死者的背部，是这样吗？"

师父微笑着满意地点点头："是的。那么，你从犯罪心理学角度分析一下，凶手在这个时候处于什么心态呢？"

第十一案
古院冤魂

我低头想了想，没有答案。

"是在炫耀他在这场打斗中的胜利吗？"大宝打破沉寂。

师父说："这次大宝抢答成功，加十分。这就更加说明凶手是个心智不健全的人了。"

大宝一脸扬扬自得。

"听陈总一说，"侦查员说，"凶手就应该是个小孩子了？这可关系到侦查范围问题啊，陈总能确定吗？"

师父摇了摇头，说："不能确定，所以我要再去看看现场。这么久了，犯罪分子进入现场的入口都没有找到，这很不应该啊。"

吃完中午饭，我们返回了现场，见到还在忙碌的林涛。

"陈总，我们有新发现。"林涛见我们走进现场，扬起眉毛说道。

"我说嘛，"师父笑着说，"这么久了，总该有些好消息的。"

林涛带着我们走到西厢房一侧的卫生间里，说："根据潜血足迹的方向，凶手杀完三个人后，是从大门出去的，然后随手关闭了大门。而对于他的入口，我们一直在纳闷，排除了凶手有钥匙的可能性，这里就是唯一可以进入现场的地方。"

我们抬眼望去，卫生间的墙壁上，有一扇小窗。

"这么小？"我说，"什么人能钻得进来？"

"是啊，"林涛说，"我们开始也在纳闷，如果是一头钻进来的话，下面没有支撑点，那势必会头朝下跌落受伤。如果凶手是从这里进来的，他就必须蹲在窗台上，然后蜷着身体钻进来，再跳到屋内。于是，我们就在窗台上和地面上进行了仔细勘查。"

"你们发现了可以确定这一点的依据，对吗？"师父的眼神充满了期待。

林涛笑着点头，说："是的。我们在窗户外面的窗台上和卫生间地面上，发现了和中心现场血足迹花纹一致的泥水足迹。"

"是了，"师父说，"这里就是入口！不过，你们有没有进行侦查实验，个子多高的人能从这么小的窗户里钻进来？"

"做了，"林涛说，"侦查实验显示，一米六的瘦小的男人都钻不进来。"

"只有一米五几的男人？"师父说，"那么最大的可能，就是小孩子了。"

林涛点头。

"陈总，您说的这个小孩子，是指多大岁数？"侦查员挠了挠脑袋，不好意思地说，"能量化一下吗？"

"心智不健全，十六岁以下吧。"师父顿了顿，补充道，"性懵懂，十三岁以上。"

"那，能判断是熟人作案还是流窜作案吗？"侦查员还是一脸不好意思的表情，"毕竟现在一些流窜盗窃的团伙，很多成员都是十三四岁的小孩子。所以，这个问题很关键，牵涉整体侦查的方向。"

师父低头想了想，说："目前还没有什么确切的依据。不过，既然凶手没有翻动其他东西，只翻动了床头柜，说明他的目标是床头柜。有目标的，熟人的可能性大。"

"凶手先翻动床头柜，惊醒受害人后杀了人，"我说，"也有可能是杀了人以后，因为害怕别人听见动静或是其他原因，所以没有再对现场其他地方进行翻动。"

师父点头赞许："嗯，确实不能排除你说的这种可能。那我们现在就再去仔细看一看凶手的目标——床头柜吧。"

4

再一次观察这个红木制的床头柜，发现真是做工精细，四周严丝合缝，却没有看到一颗钉子的痕迹。

师父打开柜门，看了一圈，又拉开抽屉，仔细翻看。

"你有没有觉得这个抽屉有哪里不对？"师父转头问我。

我看了一眼，抽屉里面除了整齐码放着的几本影集以外，没有什么异常。我迷茫地摇了摇头。

师父说："你看这个抽屉，蛮厚的，结果里面放两本影集就满了，这厚度不太靠谱吧？"

我捏了捏抽屉，上下看看，说："对哦，这个是有点儿奇怪。"

我用力去抽抽屉，想把抽屉拿下来。

师父摇了摇头，说："这种柜子里的抽屉后面是固定住的，取不下来。"

说完，师父沿着抽屉敲了一圈，兴奋地说："抽屉是中空的！"

"你是说有夹层？"我把影集搬了出来，敲了敲抽屉里面，发出了一阵"砰

第十一案
古院冤魂

砰"的闷响。根据经验,这个抽屉的下面确实有夹层。

师父用手慢慢地摸着抽屉的周围,然后神秘地一笑,说:"我找到机关了。"

话音刚落,"啪"的一声,抽屉底部居然从中间裂了开来。

我激动了半天,第一次看到这种古老的开关、暗门,实在太有趣了。掀起抽屉底部裂开的板门,果真露出了抽屉的下层暗层。

暗层里胡乱地放着几张存折。

"这里应该是古香兰保存现金、存折的地方。"师父说,"现在有什么想法?"

我翻了翻几张署名是朱凤的存折,还真有不少存款。我说:"凶手的目标明确,为的就是这个暗层里的钱。不过,什么人知道古香兰的床头柜里有这么个暗层呢?肯定是非常熟悉的人!"

"这个古香兰就不怕别人把她的床头柜直接抱走吗?"大宝岔开了话题。

师父笑道:"你抱抱看。"

大宝走过来,环抱住床头柜,使了使劲儿,说:"哟,还真抱不动。过去的物件儿就是实诚,都是实打实的红木啊。"

"可是,"我说,"凶手得手了吗?"

师父点了点头,说:"应该是得手了,所以没有再翻动其他的地方。有了这个依据,我们可以大胆地推测,凶手是非常熟悉现场的。"

"孙海鸥的嫌疑已经排除了,"我说,"如果是别人家小孩作案,那么他是怎么知道古香兰藏钱的这个地方呢?这个地方也太隐蔽了。"

"不知道。"师父说,"说不定是因为古香兰没有对这个小孩子设防而已,所以当着他的面开过这个机关暗格。"

师父又摆弄了几下这个做工精致的床头柜机关,转头对侦查员说:"熟人,不,应该说是非常熟悉的人,十三至十六岁的男孩,身高一米五左右,瘦小,有获得小斧子的条件,作案后应该有血衣,突然变得有钱。这么多条件,不难查了吧?"

侦查员两眼放出兴奋的光芒,摇了摇头。

"那么,明天上午破案,OK?"师父说。

侦查员抬腕看了看手表,说:"好,那我抓紧了。"

"嗯,"师父说,"你先去查,我们在这边再把现场勘查一遍。"

"还要勘查?"我揉了揉酸痛的腰。从清早出来,到现在还没有休息过。

"当然。"师父说,"到目前为止,除了分析推断的东西,没有发现任何可以证明犯罪的物证，这样的案件上了法庭，还不被律师喷死？"

我无奈地点了点头。

林涛说："可是，据我们勘查结果显示，凶手一直戴着手套，能留下指纹的可能性几乎不存在呀。"

师父说："我也知道难度很大，但是不能想当然就放弃勘查，毕竟发现证据是我们的职责。"

按照师父的嘱咐，我们分段提取现场的血迹，以期待凶手在行凶过程中受伤，留下他罪恶的血液。林涛则带了一组人，沿着凶手的行动轨迹，一点儿一点儿地刷指纹。师父偷起了懒，蹲在现场警戒带外，抽着烟和省城市公安局刑警支队的队长聊天。

过了两个多小时，当我无法再忍受腰部酸痛的时候，我听见了林涛的一声惊呼。

师父扔掉烟头，重新戴上手套，一边走进现场，一边说："镇定，镇定，别大惊小怪的。"

"还真被陈总说对了，"林涛戴着口罩，指着卫生间墙壁上一块被他用银粉刷黑了的地方，说，"居然有纹线！"

"不是说戴了手套吗？"师父眯着眼睛看。

"这是个拇指指纹。"林涛迅速做出判断，说，"指纹的周围有手套印。"

师父转头看了看林涛，又转头看看我，最后目光重新定格在指纹上，说："明白了，手套破了。"

林涛点头，说："按道理分析，应该是这么回事。"

"可以肯定和本案有关吗？"师父说。

"可以。"林涛肯定地说，"现场发现的一些血手套印痕，和这枚指纹周围的手套印痕完全一致。凶手不凑巧，从小窗跳下来的时候，手指指腹通过破洞按了一下墙壁上的瓷砖。"

"好！"师父高兴地捶了一下墙壁，说，"有了这个东西，定案指日可待了！"

林涛没有因为自己的发现而感到骄傲，依旧谦虚地说："如果不是陈总督促，我们就准备放弃寻找指纹了。真的如陈总所说，不到最后一刻，绝不能放弃啊。任何没有可能的事情，都有可能发生。"

师父赞许地点了点头，说："收队，休息。让他们马上把这枚现场指纹的样本

第十一案
古院冤魂

送到侦查部门去,作为排查依据,我们回去等侦查部门明天的好消息吧!"

因为刚过完节,加上上班第一天的过度疲劳,回到宾馆后,我倒头就睡,一直睡到第二天早晨冬天的阳光暖洋洋地透过窗户晒在我的脸上。我拿起身边的手机一看,居然快九点了,赶紧一骨碌爬起来,来不及洗漱,就跑去了专案组。

师父早已经坐在专案组办公室里,黑着脸。

"实在不好意思,"主办侦查员说,"经过前期排查,古香兰生前非常好客,乐善好施,人缘关系很好,而且特别喜欢小孩子。经常去她家玩耍的可能知道床头柜藏钱的符合年龄范围的小男孩,我们共找到十七个。"

"怎么会这么多?"师父说,"不是有指纹吗?很好排查吧?"

侦查员一脸为难的表情,说:"因为都是孩子,我们的排查工作受到了很大的干扰。村民们对我们提取孩子指纹的要求有很大的抗拒,村里的学校校长都出面了,还说要反映到县教育局,说我们这样的行为会给孩子心理造成阴影。"

师父沉吟了一声,一边翻看着笔记本电脑中的尸检照片,一边说:"说得不无道理,这样大范围提取小孩子的指纹,确实不合适。我也没有想到会有这么多人。"

林涛放下电话,说:"刚接到电话,金条上的指纹和我们提取的卫生间里的指纹认定同一。"

"金条?"我茫然地问道。

师父皱皱眉头,看着我说:"谁要你睡懒觉迟到的,前面的都没听吧?"

我瞪了一眼大宝,心想你自己起床,不知道喊我?

大宝赶紧接过话茬儿:"今天早上,有村民在村里的垃圾堆放处发现了一个装着几根金条的小袋子。金条上有血,所以赶紧报了案。"

"哦,"我说,"是凶手的父母害怕我们发现,所以扔了赃物吧?"

师父点头说:"有了金条上的指纹作为参照物,这枚指纹肯定是凶手留下的。"

"不过,"侦查员害怕师父又要让他们去强取指纹,说,"我们取指纹的难度很大。"

"十七个小孩当中,有左撇子吗?"师父的话锋突然转了。

侦查员翻了翻记录本,说:"有一个。这个小孩子叫桂元丰,一个月前刚满十四周岁,上小学六年级,是这十七个孩子中间最老实的、学习最好的,也是古香兰最喜欢的,经常被叫去古香兰家里吃饭。"

241

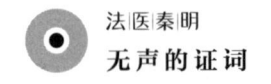

"那，取他一个人的指纹进行比对总可以吧？"师父说。

"为什么？"侦查员一脸迷惑，"我们觉得他是最不像凶手的那个。"

师父笑了笑，说："看一下古香兰和朱凤的损伤。"

我凑过头去看照片，经师父这么一点拨，瞬间想通了。我说："明白了。古香兰的姿势是头朝北墙，左手靠东墙仰面躺在床上时遇害的，凶手站在古香兰右手边，古香兰头部一侧有床头柜阻隔，所以如果凶手右手持斧的话，砍出来的创口应该是纵向的或是斜行的，而古香兰的创口都是水平的，只有凶手是左手持斧才能做到。"

"我也明白了。"大宝说，"朱凤背部的创口是凶手骑跨在她的腰部用斧子一角形成的，创口平行排列，却全部向左边偏斜。如果是右手拿斧，应该是向右边偏斜。"

师父满意地点了点头，对着侦查员说："听明白了吗？"

侦查员似懂非懂，说："不管怎么样，我们试一次吧。"

这是一个关键性的推断，正是因为这个推断，案件顺利破获了。

侦查员在秘密搜查桂元丰家的时候，发现院子里有焚烧物体的痕迹，取了一部分灰烬，做出了两名死者的DNA分型。这应该是凶手的父亲焚烧血衣的时候留下的灰烬。

经过现场指纹和桂元丰的指纹比对，认定同一。

案件办成了铁案。

讯问未成年人时，应有监护人在场。因为桂元丰的父母涉嫌包庇罪也被关押，所以桂元丰的班主任陪同桂元丰接受了讯问。

师父带我们一起走进审讯室的时候，眼前这个眉清目秀的小男孩正在对他的罪行供认不讳。

"我爸爸赌博欠了人家好多钱，"小桂抹了抹眼泪，说，"妈妈天天在家里哭，我想帮他们。"

"你怎么知道古香兰的床头柜里有暗格，暗格里面有金条的？"侦查员问。

"我刚上小学的时候，去找朱阿姨玩，看见古奶奶在床头柜里拿过钱。"小桂说，"我当时还想让古奶奶再给我表演一次那个机关，不过古奶奶神秘兮兮地不让我看。"

我下意识地点了点头，心想，这也难怪，对于一个七八岁的小孩，是没有必要

// 第十一案
古院冤魂

设防的。只是这个古香兰万万没有想到，这个七八岁的小男孩居然能把这件事情记到六七年以后。

"你为什么要杀人？"侦查员说。

"因为我刚把金子装进口袋，古奶奶就醒了。"小桂说，"她认识我的，我只有用斧子砍死她了。后来我就想跑掉算了，结果走到院子里，看见朱阿姨从屋里跑了出来，可能是听见我砍人的声音了吧，于是我就也去砍她。没想到她力气那么大，我和她打了好一会儿，她才倒到了地上。后来我又用斧头捅她，问她到底服不服。"

我看了师父一眼，心想，这心理又被你猜对了，真牛。

"你砍了她多少刀？"侦查员问。

"不知道，当时天好黑，只能看到个人影。"小桂说。

"那你为什么要杀死朱伶俐？她只是个三岁的孩子！"我忍不住问道。

小桂抬眼看了看我，又看了看侦查员，意思是问他需不需要回答我的问题。

侦查员点点头。

小桂说："她一直蹲在院子里哭，我怕别人听见，没办法。"

"没办法？"我的牙被自己咬得咯咯直响，"那你还猥亵她？"

小桂一脸迷茫，显然不懂我说的"猥亵"是什么意思。

"你是不是脱了小女孩的裤子？"侦查员问，"你干了些什么？"

小桂听罢立即红了脸，缓缓低下头，喃喃道："我就是想看看女孩子和男孩子的那里有什么不同。"

师父显然是听不下去了，拍拍我的肩膀，示意我们一起离开。

"唉，"大宝直起腰，叹了口气，嘟囔道，"这都是些什么教育呀！"

师父也无奈地摇了摇头。

小桂见我们要离开，急着说道："叔叔，等等。"

师父回过头，疑惑地看着他。

"我要说的都说完了，明天就开学了，我能去上学吗？"小桂问。

| 第十二案 |

坟场鬼影

将邪恶的产生归结于超自然的因素是没有必要的，人类自身就足以实施每一种恶行。

——约瑟夫·康拉德

1

若不是为了这口营生,沈三绝对不会深更半夜去那种鬼地方。

鸡岭山在1949年之前是一座坟场。经过战火的洗礼,这个方圆十公里无人居住的地方,如今已经彻底荒废,只剩下一座座孤坟阴森森地布满西边的山坡。

湾霞村是距离鸡岭山最近的一座小山村,位于巍巍大别山的怀抱里。据说这里流传了无数关于鸡岭山的灵异故事。有人说曾有小孩去那里放风筝,感觉被什么东西抓了一下,结果脖子后面就出现了一个黑色的五爪印终身不褪;还有人说1949年之前年年七月半都能看见鸡岭山山顶闪烁着绿色的光芒。

鬼神论最大的威力就在于它的传播力,既广又快,而且越传越神乎其神,如同亲睹。即便鸡岭山位于县城通往湾霞村的大路一侧,但数十年无人敢攀登这座传说中聚集着无数孤魂野鬼的坟山,即便路过也不敢正视,害怕"鬼上身"。所以,坟山彻底沦落为荒山。

有钱能使鬼推磨,得知鸡岭山埋葬着一个清朝的达官贵人以后,一直靠盗墓为生的沈三背上行囊,决定去鸡岭山探一探,说不定,能找到那座坟墓,或者还能发现一些古董呢。

时值春暖花开,但深山中依旧犹如冰窖,甚至还下了春节后的第一场雪。

恰遇雪后封山,沈三辗转了一天之后,在一中巴乘客疑惑畏惧的眼神中,在鸡岭山山脚下下了车。

从路边沿着鸡岭山山脚绕到山的西坡,已经夜幕降临。不知是因为寒冷还是恐惧,沈三全身打了个哆嗦。他暗告自己无须害怕,什么场面他没见过?

毕竟是人生地不熟,且鸡岭山上的荒草已长到一人多高,影响了视线,所以在坟地里绕了两个多小时,沈三仍没有找到像是"达官贵人"的坟墓,连他的矿灯也因为电量不足而开始闪烁起来。沈三取下背包,从包里拿出一块备用电池,正准备

// 第十二案
坟场鬼影

换上,突然听见山的北坡发出一阵若有若无的"哧哧"声,吓得他两腿发软。

这个时候,还会有人来到这个鬼地方吗?沈三强忍住双手的剧烈颤抖,换上了矿灯电池,朝声音发出的地方照去,大喊道:"什么人?干什么的?"

五百米外的山北坡上,闪烁着一个人形的白影,飘浮在半空,逐渐消散。伴随着白影的消散,荒草一阵剧烈晃动,然后响起了若有若无的嘶哑的叫声。

如此诡异的景象,彻底突破了沈三的心理防线。沈三丢掉矿灯,跪在地上,抱住自己的后脑勺儿,喊道:"大神饶命,大神饶命!"

嘶哑的叫声仿佛渐行渐远,沈三直起身子,发现自己毫发无伤。余惊未除,沈三摸索着找到了自己的矿灯,向那片诡异的区域照去。月黑风高,再没有一点儿动静。

毕竟在盗墓这个行业干了几十年,沈三定了定神,壮着胆子,拨开荒草,向山北坡走去。

没有人,也没有鬼。

山北坡有一大片荒草倒伏的区域,看上去是被人为压倒的。矿灯光线掠过的地方,可以看到一些不知有何用处的小零件。零件的中央,是一个烧毁了的爆炸装置。

"这个时候,是今天凌晨一点。沈三没有碰那个装置,因为山里没信号,他徒步走了两个多小时山路,才走到有手机信号的地方,然后报了案。"赵大队长说,"我们早晨五点多赶到了现场,经过初步确认,那确实是一个爆炸装置。"

一车人都被赵大队长绘声绘色的描述吸引住了。冷场了几秒钟后,我最先回过神:"盗墓贼肯定不会认错爆炸装置。我们现在最关心的是,那几声嘶哑的叫声是什么?"

"不是真有鬼吧?"林涛难得幼稚一次。

"要讲科学!"大宝说,"那个,也不看看咱们是干什么的。不过,赵大队长,不会你们也不知道吧?"

赵大队长神秘地一笑:"你们猜呢?"

"别卖关子了,"我一时还没从这个疑似鬼故事的事件中走出来,"快说嘛!"

"其实啊,就是汽车发动的声音和汽车压过荒草的声音。"赵大队长说,"我们通过对现场勘查,发现了新鲜的轮胎印,而且从轮胎印可以看出,轮胎磨损比较厉害,应该是营运车辆。"

"有意义吗?"林涛说,"你不是说鸡岭山就在县道的旁边吗?县道能没有车

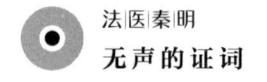

经过吗?"

赵大队长摇了摇头,说:"不,鸡岭山的东坡靠路,北坡可不靠路,车一般不会开到那个位置去。"

"这个不急,"我摆摆手,"你怎么知道那肯定是汽车发动的声音?"

"因为刚才我接到短信,车已经找到了。"赵大队长翻看了一下手机,说,"鸡岭山往县城方向,离县城城区一公里的一个水塘里,发现了一辆沉没的出租车。根据车内坐垫的浸水程度看,初步断定车辆是今天凌晨三点入水的。也就是说,入水时间是沈三听见声音后两个小时左右,两个小时正好够从鸡岭山开到县城了。"

"嗯。人在高度紧张的情况下,确实有可能根据自己的想象听到对应的声音。"我点点头,认同赵大队长的判断。

曾有一个同事接到一个诈骗电话,说是他儿子被绑架了,让他不准挂电话,直接把钱汇到某某账户。然后,背景音出现了一声凄厉的"爸爸,救我"。恰巧碰见个明白人,及时用写字的方式和他沟通,然后又给他的儿子打电话确认无事后,方才没有受骗。在那种情况下,同事本能地就以为那个背景音就是他儿子的声音。

"这么说,出租车里有具尸体?"我问。

赵大队长皱起了眉头,说:"没有尸体,是辆空车。"

"鬼车?"林涛又犯起了糊涂。

我拍了下林涛的脑袋:"你是鬼片看多了吧?显然这是有人在毁匿证据。"

林涛心有余悸地拍拍胸口:"吓我一跳。好在发现得早,有什么证据应该还有希望提取。"

"那个,"大宝呆呆地问道,"没尸体,那我们来干吗?"

赵大队长天生是个讲故事的料,大宝这一问,他便又开始口若悬河。

当地公安机关接到报警以后,就立即赶赴了现场。此时天还没有亮,民警怕引爆了装置导致人员伤亡,只好在瑟瑟寒风中守到天亮。天亮后,排爆警察和警犬队都相继赶到,防止这是一起等候在路边准备实施恐怖活动的案件。

排爆警察很快就确认这是一枚没有什么技术含量的定时炸弹,能炸碎钢化玻璃,但未必能炸死人。而且,这是一枚正在试验的炸弹,连定时器都没有连上。在试验过程中,因为装置未能完全封闭,所以从"爆竹"变成了"刺花"。

什么人会开车来这个地方试验炸弹呢?这是民警一直在考虑的问题。说不定只是个恶作剧呢,大家都这样安慰自己。

第十二案
坟场鬼影

可是那只功勋排爆犬倒是不安分了，一直在离爆炸装置两百米左右的一处乱石坑边叫个不停。

训导员以为自己的犬抽风了，因为排爆犬在发现炸弹后，是不能叫的，防止炸弹配备了声控装置。排爆犬会在嗅到炸弹后，原地坐下，表示这里有炸弹。但是今天，这只犬却叫个不停，这引起了派出所所长的注意。

在对这处乱石坑进行了挖掘以后，居然发现了一具尸体！

"不会是有人来这里埋尸体，顺便试验炸弹吧？"我问。

赵大队长摇了摇头，说："死亡时间定不下来。"

"定不下来？"我一脸疑惑，"为什么定不下来？至少可以估计出大约死了几天吧？"

赵大队长继续摇动着他那硕大的脑袋："大约几天都估计不了，因为尸体上被人撒满了盐。"

尸体上撒盐这一手法，我从警这么多年来，还是第一次见到。

可能是有些犯罪分子为了防止尸体腐败，利用腌制咸肉的办法来腌制尸体，以为这样尸体就不会腐败，不会引来野兽，自然也就不会被发现。其实不然，腌制咸肉的前提是要晾晒，如果不加晾晒就撒盐、掩埋的话，尸体内的水分依旧足以供给那些腐败细菌的滋生，尸体依旧会腐败。但毕竟有外界因素干扰了尸体腐败的过程，所以给死亡时间的判断带来了一定困难。好在我们有师父教的办法，只要查清尸源，搞清他失踪前什么时候吃的饭、吃的是什么饭，我们就可以准确地计算出他的死亡时间。

"尸体腐败得严重吗？"我问。

"几乎没有腐败。"赵大队长说，"连尸体上的腐败静脉网都没有出现。"

腐败静脉网是尸体腐败出现尸绿之前的必经阶段，静脉会在皮肤上清晰显现，呈现网状。像现在这样冬末春初的季节，尸体需要经过三到四天露天放置方可出现腐败静脉网。如果在严寒的深山里，会更久一些。

"角膜呢？"我问道。

"这个，"赵大队长毕竟不是法医，他挠挠头，说，"我不知道。"

从角膜的混浊程度也可以推断死亡时间，但因为无法准确确定时间，所以一般很少被基层法医所应用。

有故事听，时间过得就是快，不知不觉，已是中午时分，我们的车子也已经开进县城。

"具体情况其实我也不是很清楚，早晨发现尸体以后，我就赶紧开车到省城接你们了，"赵大队长说，"全靠他们短信来给我汇报。"

我笑了笑，说："不如我们先近后远，先去看看县城旁边打捞出来的出租车吧，顺便把林涛留在那里，然后我们再去尸体现场。"

"被水泡了，还能有价值吗？"大宝担心地说。

"不去看看，怎么知道？"我敲了一下大宝的脑袋。

不一会儿，眼前出现了几辆警车和大量围观群众，我知道，打捞出租车的地方到了。

"你知道吗？这是鬼车，没人开的。"

"据说这车是从鸡岭山里面开出来的。"

"听说这车一发动，就和鬼叫一样，吓死人了。"

"你们这算什么消息，告诉你，开这车的，是一个白衣女鬼。"

一路听着关于这辆出租车的各种版本的鬼故事，我拎着我的勘查箱，和林涛、大宝一起走进了警戒带内。

其实，那就是一辆普普通通的吉利出租车。唯一的不同就是它全身湿透了，在岸边不断地滴着水。

林涛戴上了手套，沿着车绕了一圈，探头往驾驶室里看了一眼，说："没什么异常。钥匙在车上，不过是关闭状态，应该是停车后，推车入水的。"

"那车屁股上能提到指纹吗？"我连忙用勘查灯打出侧光，照射车后备厢盖。

林涛摇了摇头："指纹怕是没希望了，毕竟泡了那么久。"

"那个！"大宝一激动就会有些结巴，"快看，快，快看！"

"什么？"我向大宝走去。

大宝说："车里有血！"

2

我和林涛拉开车门，观察车内的血迹形态。血迹主要分布在副驾驶位置上，右侧车门框内侧有大片的喷溅状血迹，座位靠枕上有片状的浸染血迹，血迹还呈条状

第十二案
坟场鬼影

往下流注，在坐垫上形成了血泊。

"失血量不小啊。"我说，"看喷溅状血迹形态，细小且长，说明血液飞溅的速度非常快，这是普通动脉喷射血迹达不到的速度。"

赵大队长说："哦，初步检验尸体，是枪伤。"

"那个，沈三看见的白烟是开枪冒出来的？"大宝问道。

我摇了摇头："怎么可能？白烟冒出后不久，沈三就把凶手吓跑了，那凶手哪有时间埋尸体？我觉得白烟是炸弹没有爆炸形成的，而尸体应该在此之前就埋了。沈三到现场的时候，没有发现出租车和人，也就是说，尸体可能是前一天就埋在这里的，凶手是专门来这里试验炸弹的。"

赵大队长点头表示认可。

"这个印迹怎么看起来这么熟悉？"林涛突然说。

副驾驶坐垫的座椅和靠背交界处，有一个直径1cm左右的圆形血染的印迹，印迹的中心隐约看起来是一圈麦穗和一个盾牌。

"靠，警服！"大宝叫道。

"确实，"赵大队长说，"那具尸体的裤子是和咱们一样的警裤，这个印迹应该就是裤子上的纽扣留下的。"

"不一定吧。"我说，"现在警服改成什么样子，其他制服就改成什么样子。什么保安、城管、监管等，衣服都可以以假乱真，更别说一粒扣子了。"

"但是，和枪伤结合起来看，是警察的可能性大呀。"林涛抿着嘴说。

"死者死在副驾驶，难道是打车的过程中掏枪自杀？"大宝说。

我白了大宝一眼："你有见过打着出租车自杀的人，然后自杀了还被出租车司机好心埋了且不报案的？"

"这个出租车司机有重大作案嫌疑，"林涛说，"他的作案动机可能就是抢枪。"

我用光照射了一下车窗，说："可是如果是出租车司机开枪杀人，为什么车窗上没血，而且车窗没有弹孔？从血迹分布在窗边判断，子弹应该贯通了死者头颅，而且车窗没有更换过的痕迹呀。"

"笨，"林涛白了我一眼，"开着窗打的呗。"

我又看了看车窗，说："是了，血迹分布在窗的周围，四周都有，看来只可能是开窗射击的。不过这样就麻烦了，弹头找不到了。"

"可是弹壳应该还在车里，"林涛说，"这样很快就能检验出枪弹特征，找到

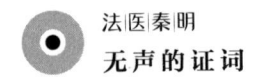

是哪把枪作案的。"

"嗯，"赵大队长说，"我现在去布置，一方面找这个出租车司机的资料，一方面寻找这个可能是警察的死者的尸源。"

"还有DNA检验。"我说，"车上的血、死者的DNA都要赶紧做。林涛留下再仔细看看车子上还有没有什么线索物证，最重要的是找弹壳。我和大宝去尸体的现场，还有几个小时山路呢。"

在车上吃了点儿盒饭，又打了一会儿盹儿，随着一阵剧烈颠簸，我们到达了这座传说中无比恐怖惊悚的鸡岭山。

我抬腕看了看表，因为中途又下了阵小雪，盘山道湿滑，车开得慢了一些，此时已经是下午三点了。

"四个多小时了，"我说，"DNA结果应该差不多了吧？"

"十分钟前出的结果，"赵大队长说，"车上的血是死者的。"

"嗯，在副驾驶上遇害。"我说，"现在高度怀疑是这个出租车驾驶员抢枪杀人。不过，这个驾驶员作案还真不高明，把自己的车就那样沉在水塘里，我们早晚不得发现？找到了车，还能找不到人吗？"

"呵呵，"赵大队长干笑了一声，"我看他是在鸡岭山被沈三吓坏了，所以弃车潜逃了。现在我们已经在全力搜寻这个驾驶员了。"

"他的资料查清了吗？"我问。

"那还不好查吗？"赵大队长说，"去出租车公司翻了资料，这个驾驶员叫齐贤，三十二岁，孤儿，未婚，一个人天天独来独往，话不多。自己的营运执照，自己的车。他平时随性开白班或者晚班，精神好了白班晚班一起开，总之是不把车交给别人开。别人都知道他无亲无故，但不知道他平时下班后都干些什么营生。"

"什么营生？"大宝半靠在座位上愤愤地说，"又是枪又是炮的，这是要造反啊！"

"那他最近活动情况如何？"我问。

"半个月没人看见过他了，"赵大队长说，"也不到公司打卡。他平时人缘一般，所以也没有人在意。最后一次看见他的，是出租车公司门口的一个面馆老板，说半个月前齐贤在这里吃了碗面条。"

"这半个月，估计都是在做炸弹吧。"大宝说。

第十二案
坟场鬼影

鸡岭山北坡上，正围着两拨警察，一拨仍在分析炸弹的特征和炸弹零件的特征，看他们的表情，一筹莫展。

另一拨围着的，是一具尸体。

尸体很新鲜，穿着咖啡色的夹克衫、胸前带有"police"字样的黑色毛线衣和黑色警裤，左侧腰间还有一个打开了的枪套。据当地华法医说，他摸遍了尸体的衣服口袋，除了一串钥匙，没有发现任何随身物品。

"即便没有身份证件，他的装束也告诉我们他是个警察了。"我戴上手套，翻看了死者的角膜混浊情况，又动了动他的肩部关节，说，"看这样的腐败情况，尸僵缓解，应该就是前两天的事情。"

"嗯。"华法医点了点头，说，"可能是凶手第一天晚上来埋尸体，第二天来试验炸弹。"

我靠近尸体吸了吸鼻子，说："奇怪了，这尸体没有腐败，为什么我还能闻见一阵阵恶臭？"

华法医也在空气中嗅了嗅，说："还好吧，看来我鼻子没你灵。是不是因为尸体上撒了盐，所以有股怪味道啊？"

我摇了摇头，没再说话，用止血钳夹住死者头部创口周围的皮肤组织进行观察。

"死者左侧颞部有一处圆形创口，周围有枪口印痕，这应该是接触射击的射入口。"我说，"右侧颞部有个星芒状创口，应该是子弹的射出口。这一枪确实是从死者的左侧，也就是驾驶座上打过来的。"

"那个，你们的殡仪馆在哪儿？"大宝搓着手、跺着脚说，"这儿太冷了。"

华法医说："我们这里是土葬区，没有殡仪馆。"

"那解剖室呢？"大宝仍不死心。

我抬头看了一眼大宝，说："干法医就要经得起热、经得起冻、经得起臭、经得起脏。没有殡仪馆哪有解剖室？难不成把解剖室建在公安局里？"

"那你们在哪里解剖尸体？"大宝一脸疑惑。

"我们通常就在现场检验尸体。"华法医不好意思地一笑，说，"然后就地掩埋。"

"大夏天、大冬天都这样？"大宝一脸崇敬的表情。

华法医点了点头："咱们是苦惯了。"

"别浪费时间了，再过两个多小时天就黑了，"我说，"赶紧解剖尸体吧。"

大宝环顾左右，发现没有什么围观群众，这才放下心，打开勘查箱，拿出解剖用具。

我们把尸体放在一大块塑料布上，围着尸体蹲下来，准备开始检验。华法医拿出几个鞋套，说："把鞋子套上吧，这样蹲着干，难免会有血溅到鞋子上。"

天气太冷了，我们不得不干一会儿，就站起来跺跺脚，防止双脚被冻僵。而作为微胖界人士的我来说，蹲十分钟都很痛苦，更别说要蹲几个小时了。

我们刮干净死者的头发后，切了死者的头皮，然后三个人配合，费劲儿地用手工锯锯开死者的颅骨。

子弹的威力并不在于它的穿透性，而是因为它的高速旋转，会在弹道周围形成一个直径是子弹直径十几倍的瞬间弹后空腔。这个空腔强力挤压弹道周围的软组织，然后再恢复，这样的震荡，会使一些性质较为软脆的实质脏器破裂、出血，引起比子弹穿透性强烈十几倍的杀伤力。

受到瞬间弹后空腔效应的影响，死者脑部弹道周围的脑组织已经完全挫碎，蛛网膜下腔以及脑实质内大量出血。死者的脑干也受到波及，延髓位置脑组织形态已经荡然无存，成了一包"豆腐渣"。

"死者是中枪后迅速死亡的。"我说，"脑干在脑组织的深层位置，一旦脑干受损，中枢神经损坏，呼吸、循环功能立即丧失。"

仔细缝合好死者的头部，我换了个刀片，准备继续解剖死者的胸腹腔。

"这个，"华法医说，"胸腹腔也要打开看吗？"

我一脸疑惑，看着华法医，说："什么意思？你们平时不打开看的吗？"

"不是，"华法医不好意思地说，"这天气太冷了，我怕你们受不了。"

"再受不了也要看，"我顺手划开死者的胸腹腔，说，"说不定就能有些发现呢。"

还真的被我说中了。解剖刀划开死者的胃后，一股酒精气味扑鼻而来。我连忙站起来，抬胳膊揉了揉鼻子。

"是吧，"我说，"多好的发现。"

"什么发现？"华法医说。

"喝酒了呀。"我说，"这样就能解释为什么这个警察那么容易被人偷了枪，然后一枪爆头的。因为过度饮酒，所以他在出租车上睡着了，被人家轻而易举地缴了枪。唉，自作孽，不可活，五条禁令不遵守，喝了酒还带枪，这是自掘坟墓啊。"

// 第十二案
坟场鬼影

"可是,"华法医说,"这个人的枪套隐藏在外套之下,一般出租车司机怎么知道他带了枪?"

我摇摇头,同样表示不解,说:"即便是在车上睡着了,出租车司机也应该看不到。说不定,出租车司机认识这个警察,知道他带枪呢?"

大家都在低头思考。

对死者胃内容物进行分析后,我说:"死者饮酒、饱食,且应该是末次进餐后五个小时遇害的。也就是说,假如死者在正常时间六七点吃饭,那么他就是在晚上十一二点遇害的。中间这几个小时,死者干什么去了?"

"肯定是喝第二场酒去了。"华法医说,"如果死者是在晚饭时候喝酒的话,那么过了五个小时,胃内的酒精味道不会这么重,只有可能是晚饭后又去喝酒了。"

"真是人比人,气死人,"大宝说,"我们的晚餐估计又是打卤面,第二场就该是方便面了。"

我用止血钳在死者胃里挑出一个小颗粒,放在手套上捏了一下,说:"华法医猜对了,这个东西是开心果呀,晚饭是不可能有开心果的,所以,很有可能是去喝酒K歌了。"

"反正死者死亡就是两天前的事情,"大宝说,"一旦找到尸源,这些情况就很容易查清楚了。要不,我们开始缝吧?"

我点了点头,说:"你们缝吧。"

我艰难地直起腰,拼命地跺着脚,一双脚仿佛已经完全麻木了。我脱下解剖服,走到挖掘出尸体的石坑旁,蹲着看。

大宝和华法医缝好了尸体,走到我身边,说:"要不然,我们回县城吧?"

我摇了摇头,说:"我解剖尸体的过程中,总觉得能闻见一阵阵恶臭,不是这具尸体发出来的。刚才走到这个坑的旁边,觉得臭味好像更加明显了。"

大宝吸了吸鼻子,说:"你还别说,我好像也闻到了。"

"另外,"我说,"这座山,是石头山还是土山?"

华法医叫来一直在旁边作为现场勘查见证人的村长,村长说:"这边都是石浆层,石浆层下面就是土。"

"我们看见,埋尸体的坑周围都是小碎石头,连坑底都是。"我拿起一块石头砸进坑底,说,"但是尸体上覆盖的,又有石头又有土。这个土,是哪里来的呢?"

"你是说,坑底还有东西?"大宝瞪着眼睛说,"有人挖的坑挖到了土层,所以这个坑的深度不应该只有这么浅,还应该更深一些?"

我点了点头。

大宝性急,立即从身旁拿起一把铁锹,说:"我来挖挖看。"

3

我拦住大宝说:"如果下面是炸弹,你这一挖,我们全部完蛋。"

我叫来拆弹组的同事,用金属探测器探测了一下,确定坑底不是炸弹,然后和大宝、华法医一起开始挖坑。

挖了没几锹,我们就有所发现。随着臭味越来越明显,坑底的土中,露出了一只绿色的人手。

我们几个都惊呼了一声,身旁的村长则吓得蹲了下来,捂住了眼睛。

"我想,"我说,"这绝对不是巧合。"

"不是巧合,不是巧合,"村长捂着眼睛说,"这里不会埋人的,坟场在山西坡。"

我们的惊呼引来了另一拨拆弹组的同事,大家都拿起铁锹,合力将一具中度腐败的尸体挖了出来。

我抖了抖尸体上的衣服,抖掉上面沾染的尘土,露出一身类似工作服的衣服。

我一边擦掉尸体面部的尘土,一边找赵大队长要来了嫌疑人——出租车司机齐贤的照片,看了看说:"还找什么齐贤,齐贤躺在这儿呢。"

"这具尸体是齐贤?"赵大队长赶紧走过来,对比着照片看。

"嚯,这案犯到底是个什么人,"大宝说,"一下杀俩?"

"不,"我摇了摇头,说,"看腐败程度,齐贤已经死了半个月左右了,而那个警察才死了两天。"

"也就是说,齐贤是先死的,杀警察的不是齐贤?"赵大队长说。

"没错。"我说,"我估计,这应该是一起先劫杀出租车司机,然后又冒充出租车司机劫杀警察的案子。"

赵大队长"哦"了一声,眼神里充满了迷茫。这个案件瞬间又进入了僵局,线索断了,不知道该从何查起。

此时已经夜幕降临,身隔三米都看不清对方眉目了。华法医看了看天,说:

// 第十二案
坟场鬼影

"可是现在该怎么办呢？我是说尸体要怎么处理？"

"还能怎么处理？"我摊摊手，说，"穿上解剖服，继续干。"

"可是，"华法医一脸为难，"这山里晚上得有零下十几摄氏度，我们蹲这里干几个小时，怕是受不了啊。而且，山里有野兽的。"

话刚说完，仿佛听见远处山里有声野兽的嚎叫。

我笑了笑，说："不然怎么办？让尸体再在这里躺一夜，或者你们用警车把尸体拉回县城去？"

华法医摇了摇头，显然两种说法都不可能。

我说："那就是喽。既然没办法，就只有连夜干。再说了，这么多人，野兽敢来吗？来了也是送来给我们当夜宵。"

我张罗着和大宝一起用塑料布把尸体抬到勘查车的一侧，然后让赵大队长爬到车顶，立起车顶的勘查灯。随着车载发电机的轰鸣，勘查灯射出两道雪亮的光芒。

"你看看，"我拍拍手，说，"这新配的勘查车就是牛，这简直就是探照灯啊，比白天光线还好呢。"

"你们抓紧吧，"赵大队长说，"车里的油，除了回去所需，只能支撑这台发电机工作三个小时了。"

"三个小时足够了。"我指了指勘查车旁的几辆警车，说，"麻烦留下两个人、一辆车等我们一会儿吧，好歹我们也多一部移动加油车，以防万一。"

"说不定还能帮我们打个夜宵。"大宝补充道。

齐贤是被他人勒死的，而且全身都撒上了盐。

我们从齐贤的眼睑结膜、指甲、口唇等部位发现了窒息征象，可以确定齐贤是机械性窒息死亡。切开齐贤的颈部以后，发现颈部皮肤有一条深深的索沟，索沟是水平状的，在颈后提空，说明凶手是在后排座位上用带状物体勒住了死者的脖子。索沟比一般勒死的索沟要宽一些，看起来行凶的物体不是一根绳子，而是一个柔软的带状物。索沟的周围有大量的表皮剥脱，这一点不仅证明这是一个生前损伤，更加证实了死者在死亡前经过了激烈的挣扎。

尸体的腐臭夹杂着粗盐的味道，让人在寒冷的空气中难以抑制胃里的翻滚。

"这凶手怎么喜欢给尸体上撒盐？"大宝说，"看来是一个喜欢吃腌肉，但是自己又不知道怎么做腌肉的人。"

我没有回答，但是内心里很赞同大宝的推断。我依次打开死者的颅腔、胸腔和腹腔，发现死者的内脏瘀血，且有明显出血点，颞骨岩部出血，同样证实了死者死于生前被勒死。

"那个，那个，"大宝一张嘴，一股白气冒出，"差不多了吧？真没想到山里晚上居然有这么冷，冻死我了！"

华法医在一旁用冻得瑟瑟发抖的手缝合好最后一针，说："齐……齐活儿！尸体先放在坑里吧，用塑料薄膜盖好。我已经联系过了，明天市里的殡仪馆会来人把尸体拉回去冷冻。等死者家属来认领后再决定是火化还是土葬。"

"市里殡仪馆的人来吗？"我抬起袖子擦了擦不断往外流的鼻涕，但由于解剖服是塑料的，真没办法擦干净，鼻涕就在嘴唇上面干涸凝固，我连话都说不利索了。我说："那还真的不错呢，这么远都过来。"

"切，你当是新时期雷锋啊？"华法医不屑地说，"局里掏了不少钱，局长亲自去求他们，最后才同意白天过来的。你说都是为人民服务，人与人的差距怎么就这么大呢？"

我笑了笑，拿起齐贤的双手，对着勘查灯的亮光看去。

"那个，你还在……还在看什么？"大宝吸着气，抱成一团在我身边跺着脚。

"我在考虑，"我擦了下鼻涕，说，"即便抓住了抢出租车的人，也不能证实是那个人杀了齐贤吧，毕竟出租车已经被毁了。"

"为什么不能证明？"华法医说，"如果凶手藏了这个警察的枪，那就是很好的证据啊。他是利用这辆出租车劫杀警察，才会有枪的。他出租车哪里来的呢？只有是劫杀出租车司机才能来啊。"

"如果他说出租车是捡来的呢？"我说，"毕竟无法证明齐贤是在车上被杀的，只能证明警察是在车上被杀的。"

"那不是胡扯淡吗？"华法医说。

"律师一介入，什么都不好说了，所以证据链我们得弄扎实了。"我依旧在看齐贤的双手。

"局里发来短信，"一直陪着我们、像兔子一样在我们身边跳了全程的赵大队长说，"爆炸装置上可能会提取到凶手的DNA，因为有个零件可能扎破了凶手的手指。"

"那你怎么不早说？"大宝说，"冻死我了。"

// 第十二案
坟场鬼影

我说:"DNA只能证明凶手来过这里,证明他在试验炸弹,证明他开了涉案出租车离开现场,证明不了他杀出租车司机。"

"我觉得可以证明得了。"大宝说,"总不能是别人杀了齐贤,埋在这里,然后丢弃了车,然后凶手再利用出租车劫杀了警察,也埋在同一个坑里吧?关键是还都在尸体上撒盐,这手段也忒独特了。世界上可能会有这么巧的事情吗?"

"律师会说有。"我说,"别废话了,把死者的指甲剪下来,去进行微量物证检验。"

华法医也凑过头来看齐贤的手,说:"有什么发现吗?"

我点了点头:"指甲里有些毛绒状的物质。死者死前有剧烈挣扎,双手没有约束性损伤,那么出于本能,死者会用双手去抓扣勒住他脖子的绳扣。如果绳扣上有毛绒状物质,就能和死者指甲内的认定同一。"

简单掩埋了尸体,我慢慢地脱去解剖服,发现一向话多的大宝已经冷场了,脸色煞白地站在我身边。大宝的鼻涕已经被冻成了冰凌挂在鼻尖,像是鼻子长长了一般。

我掰掉大宝鼻尖的冰,说:"你,没事儿吧?"

大宝摇了摇头,二话没说转头跑进开着空调、温暖的勘查车里,不断地搓着手。

第二天一早,大宝恢复了元气,我却重感冒了。

在去专案组的路上,大宝一直在嘲笑我身体虚胖,连这点儿风寒都抵抗不住。我则白了他一眼,说不知道昨晚是谁的鼻子还长了一截。

林涛一脸兴奋地在专案组里等着我们。

"齐贤死于机械性窒息,凶手从背后施暴,凶器可能是上面有绒毛的带状物体。"我说,"那个警察应该是在晚饭后又去喝酒K歌,喝多了,在出租车上睡着了,然后被凶手偷走枪后杀害。"

"现在应该从哪里查起?"县公安局长被省厅抽调去办一起专案,所以主持专案会议的是分管公安的副县长。他一进屋就摆出一脸傲气,慢吞吞地扫了所有人一遍。

"很容易,"赵大队长似乎对这个不懂公安业务的副县长不太待见,说,"查到这个警察的尸源,一切迎刃而解。我们已经查了,这个警察肯定不是我们县局的人。"

"怎么解?"副县长听出了赵大队长的言外之意,"就算查到人,你能查出他最后坐的是哪辆出租车吗?"

"我们有我们的办法。"赵大队长有些底气不足。

"尸源很快能够有结果，"林涛打破了尴尬的气氛，说，"我们在出租车里不仅找到了除两名死者外第三个男性的DNA，而且找到了弹壳。根据弹壳分析，这把枪是建了档案的，是邻居山北省公安的枪支。具体是谁的枪，已经让人去查了，估计过一会儿就能有结果。"

"好样的！"副县长扬着眉毛说，"不过山北最近的县东桥县距离我们也有三百多公里呀！是这个警察来我们这里腐败，还是凶手到东桥县去作案呢？"

林涛耸了耸肩膀，说："查到尸源，应该就知道了吧。"

"这个第三人的DNA血迹是在方向盘上发现的，和爆炸物上黏附的血迹属同一人。"县公安局技术队主任说，"这应该是凶手的血。另外，秦科长送给我们的死者指甲内的微量物证，经检验，应该是羊毛物质。"

县局情报科的一个年轻女警突然推开专案组的门，冒冒失失地闯了进来，发现大家都疑惑地看着她，顿时涨红了脸。

"怎么这么没规矩？"赵大队长说。

"有……有……有进展。"女警上气不接下气地说。

4

"着什么急？"赵大队长说，"有话好好说。"

女警咽了口唾沫，说："尸源找到了，是东桥县公安局城关派出所的所长冯强。"

"他最近有出差任务吗？"赵大队长最关心作案地点。

"确定没有，失踪前一直在东桥县，前两天和几个当地老板去KTV以后就失踪了。"女警说。

"看来这个凶手不简单啊，拉尸几百公里来掩埋。"赵大队长说。

我喝了口水，说："不奇怪。很多犯罪分子都会找自己熟悉的地方埋尸，这样可以找到他们内心所需的安全感。"

"能从城市监控上发现一些什么吗？"副县长急于表现他发展城市监控的政绩。

"这些工作早做了，"赵大队长说，"摄像头性能差，夜间无法看清车牌号码。"

副县长张了张嘴，最终没出声。

第十二案
坟场鬼影

"我们的工作组已经赶赴东桥,在KTV的监控中可能有一些线索。"女警补充道,"工作组请示专案组,你们还要不要去人?"

赵大队长看看我,征求我的意见。

我摇了摇头,说:"既然犯罪分子熟悉咱们这边的地理环境,而且他先劫杀我们这边的出租车司机以获取车辆,说明他应该是我们这边的人。所以,我觉得我们留下来等消息比较好。一旦有了嫌疑人,还可以搜查他的家里。"

赵大队长点头应允,副县长宣布散会,大家都收起笔记本,回到自己的岗位,焦急地等待着赶赴东桥县的工作组传回好消息。

我坐在宾馆里的电脑前,翻看着本案的照片。突然,出租车座椅上的圆形警徽印迹引起了我的强烈兴趣。我将图片放大,颠来倒去地观察,总感觉有一丝熟悉。

突然,感冒得晕晕乎乎的脑子里闪出了一盏明灯,我迫不及待地插上U盘,打开了"云泰案"全案资料。

我盯着电脑屏幕,将"云泰案"的几起案件照片逐一在眼前翻过。我的记忆里,总感觉好像在哪里看到过类似的圆形印迹,难不成今天能成为"云泰案"告破的一天?

一动不动地翻了整整三个小时,脑子里的那张照片终于被我找到了。

这是发生在三年前的那起女学生被杀害后奸尸案件现场的照片,受害女学生的身旁,有一个新鲜的臀印,经现场痕迹比对,排除了是女学生的臀印。由于这个臀印并没有什么特异性特征,所以一直未被重视。当初我翻看本案照片时,就隐约觉得臀印的边缘有一个印迹,但是没有去图片处理,所以只留下了个印象。

我叫来了县局公安图像处理的专业人员,只用了不到一个小时的时间,就把这张图片臀印的边缘处理清楚了十倍。那就是一个警服纽扣的印迹!

我高兴得有些手足无措,摸索出了手机,拨通了黄支队的电话:"师兄,师兄,我发现了'云泰案'的一个重大线索!绝对重大的线索!"

黄支队在开会,压低了声音问:"什么线索?"

"我发现一个印迹,可以判断凶手是穿警裤的人。"我说。

"警察?"黄支队惊讶地问道。

"不一定,也有可能是保安啊、城管啊什么的,"我说,"凡是穿仿制警服制服的职业,都有可能。"

法医秦明
无声的证词

黄支队安静了一会儿，接着说："那有什么用？我们现在一点儿头绪都没有，管他什么职业，只要有嫌疑都拉来做DNA检验了。另外，你敢拍板说除了穿制服职业的，其他都不用排查了吗？"

黄支队一语中的，我失了声。确实，假如凶手有什么亲戚朋友是相关职业的，多余的裤子给他穿了呢？总之还是应该以DNA检验为前提。

我说："说得也是，那你们继续摸吧，但我觉得应该有重点地去找。"

"知道了。"黄支队挂断了电话。

我仰面躺在床上，看着天花板。这个恶魔，什么时候才能伏法呢？

晚饭的时间，我走到楼下餐厅吃自助餐。刚咽了两口，手机就响了起来，我预感是个好消息！

"吃了吗？"赵大队长问。

"嗯嗯，在吃。"我使劲儿往嘴里塞东西，我知道马上要赶去专案组了。

"案件有重大突破，十分钟后专案组紧急开会。"

案件确实取得了重大突破，这使我不得不感叹侦查员们的高效率。

通过对东桥县盈皇KTV监控录像的调取，发现三天前，也就是冯强死亡的那天晚上，他和一个陌生男子发生了一些纠纷。

从监控录像的画面中可以看到，冯强和一个陌生男子在拉扯一个DJ公主，一群服务员在拉偏架，明显偏向于冯强。陌生男子踹了冯强一脚，冯强显然是喝多了，随即倒地。随后，冯强从地上爬起，从腰间掏出手枪，指着陌生男子的头。最终，是陌生男子跪地妥协，离开了KTV。

"其实视频监控已经看得很清楚了。"赵大队长说，"从调查得知，冯强当天晚上和几个生意人去KTV消费，要求某一个DJ公主来陪酒，而此时这个公主正在陪这个陌生男人。于是冯强就到这个陌生男人的包房里抢人，发生了如下纠纷。"

"这个陌生男人是一个人去消费的？"我问。

赵大队长点了点头，说："就他一个人。"

"不会是这个公主的情人吧？"我问。

"这个公主矢口否认，我们正在审查。"赵大队长说。

"这哪是个警察，简直就是个恶霸。"大宝一脸鄙夷，"死有余辜。"

"总之，"赵大队长说，"视频中的这个男人，有重大作案嫌疑。我们从监控中获取了他清晰的正面照片，目前正在查他的身份，如果他是我们县的人，就可以肯定凶手是他了。"

"这个排查也不是那么容易的吧？你们找得到吗？"副县长的口气里仿佛有一些轻蔑。

赵大队长没有吭声。

我也被副县长的这种姿态激怒了，我说："我觉得我们很快可以找到这个人的行踪。"

包括赵大队长在内，所有人都惊讶地看着我。

我顿了顿，整理了一下思路，说："凶手选择冯强可以说存在偶然性，没有目标性，但是选择齐贤必然是有目标性的。"

"为什么这么说？"赵大队长也在思考。

我说："你们想，凶手是杀害齐贤将近半个月后才去东桥杀害冯强的。如果齐贤是有家眷的，家眷在齐贤以及他的出租车失踪了以后会立即报案，那么这个凶手还敢这样逍遥自在地开着抢来的出租车在县城里或者是在县城到东桥县之间往来吗？"

"是啊，"赵大队长说，"如果齐贤有家属，我们接到报案，交警部门早就找到这辆没有经过任何伪装的出租车了。"

"换句话说，"我说，"凶手应该非常了解齐贤的情况，他知道即便齐贤失踪，也没有家人朋友会去找他，所以他才敢这样大摇大摆地开着他的车到处窜。"

"明白了。"大宝打断我的话，说，"你是说，凶手可能不认识冯强，但是一定认识齐贤，而且对齐贤的情况了如指掌。"

我点了点头，说："齐贤是宅男，一般不和人打交道，那么他认识别人最有可能的地方，就是那个他每天会去吃饭的面馆。"

"好想法！"赵大队长瞥了一眼副县长，昂着头说，"我们只需要把这张照片给面馆老板看看，说不定就有线索了，你说对吗？"

我没有回答，看了一眼正在低头喝茶的副县长，心想，你以后还敢再小瞧我们刑警吗？

"还有，别忘了，"大宝怕我们忽略了他的发现，"这个凶手很有可能是个喜欢吃腌肉，但又不会制作腌肉的人。在尸体上撒盐，这一手段还是极少遇见的。"

事情比想象中更加顺利，面馆老板只看了一眼，便认出照片中的这个人是住在

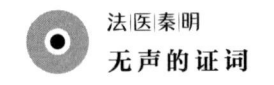

出租车公司旁边小区的葛猛猛。

我们顺道就对葛猛猛的住处进行了搜查，不仅找到了制作炸弹的原料和工具，还秘密获取了葛猛猛的DNA。

最重要的，我们在葛猛猛的写字台上发现了一张地图。这是一张东桥县全图，地图上用红笔圈出了几处。

"幸亏我们破案及时啊！"赵大队长惊呼道，"这家伙，是要去抢银行！"

我以为自己会目睹一场枪战，可惜现实没有电影上那么精彩。当晚，侦查人员趁葛猛猛在家熟睡之机，悄悄打开他的家门，将他擒获在自己家的床上。葛猛猛甚至在被戴上手铐之前的那一刹那，都还在幸福地打着鼾。

葛猛猛是东桥县人，五年前来本县打工，却不慎染上了毒瘾。

一旦染上毒瘾，就像是被接上了一个永不停止的"吸血机"，数年的积蓄很快被用光，葛猛猛只有动起了歪点子。

他按照一些教科书上的方法，慢慢收集制作炸弹所需的各种材料和工具。同时，他劫杀了在面馆里认识的齐贤，抢劫他的出租车作为抢劫银行的交通工具。

在制作完成炸弹后，他驾车前往东桥县各银行踩点。踩点过程中，突然燃起一丝欲火，所以他决定去那家不太正规的KTV里找些乐子。

没料，他遇上了地头蛇——冯强。

表面上看，葛猛猛跪地求饶算是输了，但是没人知道，葛猛猛这个时候有多么开心。他觉得是老天在帮他，他要去抢劫银行，除了有一枚能炸碎防弹玻璃的炸弹以外，他还需要一把枪。

葛猛猛从KTV出来，开着劫来的出租车隐蔽在门口。直到看见冯强摇摇晃晃地走了出来，他赶紧戴上大耳帽，把出租车开到冯强的身侧。

冯强就这样毫无察觉地上了贼车，还在贼车上呼呼大睡。当然，他也就这样在自己的美梦中结束了生命。

就如大宝所言，葛猛猛确实是一个无肉不欢的人，面馆里的香肠、腌肉是他每顿必点的美食。他埋葬尸体之前，给尸体上撒满盐块的目的，也就是想让尸体像香肠、火腿那样不会腐败，不被发现。只要熬到他抢劫银行成功的那一天，谁也抓不到他了。

如果不是盗墓的沈三鬼使神差地碰见葛猛猛，这个瘾君子的计划就会继续进行。他会重新研制炸弹,而东桥县的公安会像无头苍蝇一样寻找失踪的所长,还有所长的枪。

"我觉得吧,"林涛在返程的车上说,"齐贤真的蛮悲剧的,老老实实的一个男人,好不容易认识一个朋友,居然还被这个朋友给杀了。"

我笑了笑,说:"交友不慎啊。我也是交友不慎,你俩怎么还不去考驾照?"

"那个所长更是可恶,"大宝说,"怪不得警察的口碑不好,都是这些渣滓影响了我们的形象。我们破一百起案子积累的形象,被他们一顿霸王餐就毁灭殆尽了。"

"到哪一天,所有的警察都不利欲熏心,"我叹了口气,说,"都能真的做到一心为民,这个社会才会真的安定。不发牢骚了,做好我们自己吧!"

| 第十三案 |

人皮牢笼

人类因为不断犯错,

最终走向邪恶,却称其为命运。

——约翰·霍布斯

法医秦明
无声的证词

1

这个春天不太冷。

冬天一过去,气温陡然升高,各种腐败细菌加速滋生,尸体的腐败比冬天加快了数倍。这标志着让法医们头痛的季节又回来了。

每次出差,我们都做好了心理准备,防毒面具和香菜①成了我们必备的随身物品。

车行驶在高速公路上,欣赏着路边盛开的成片的油菜花,也不失为一种享受。唯一在心底隐隐作痛的是,几年前那个在油菜花田里被害的女孩,不知道她的父亲现在好吗?

车下了高速公路,晋瑱县公安局闪着警灯的警车早已等在路口。

"现场还没动,痕检正在对一些物品进行取证。"薛法医钻进了我们的警车,"这次的案子还真是特别。"

晋瑱县是一个南方县城,全省十强县,全国百强县。近年来,晋瑱经济发展得极快,尤其是轻工业和娱乐业飞速扩张。经济的高速发展使老百姓安居乐业、生活富裕。我工作数年,从来没有到晋瑱来出勘过一起命案现场。因为命案、伤害案件极少,晋瑱的法医甚至都兼职干起了侦查员的活儿,抓起了小偷、骗子。

技术工作如逆水行舟,不进则退,如果放下的时间长了,首先从信心上就会有所缺失。今天早晨案发以后,薛法医——晋瑱县公安局刑警大队副大队长在第一时间打通了"请求省厅技术支援命案指导绿色通道"的电话。

---

① 香菜,在法医秦明系列万象卷第一季《尸语者》里被提到过,是法医的得力"装备"。手上搓香菜可以除尸臭。

// 第十三案

人皮牢笼

晋瑱县城不亚于任何一个地级市的城市建设，经济中心高楼大厦，居住中心白砖黑瓦，现代和复古的完美结合，使得这个县城别有一番韵味。唯独县城城东的一小片区域，因为种种原因，还存留着一些1949年之后建造的老式青砖小楼，零星地居住着一些居民。

命案现场就在这些青砖筒子楼的其中一栋里。

筒子楼又称为兵营式建筑，一条长走廊串联着许多个单间。因为长长的走廊两端通风，状如筒子，故名"筒子楼"。

本来这种建筑比现代的"鸽子笼"建筑要有"亲情"得多，左右邻居如同家人一般朝夕相见，和睦相处。但是因为这片古式建筑已被日渐废弃，这栋筒子楼里只有一楼两间住了人，除此之外，就是命案现场的四楼其中一间了。在警惕性高涨的今天，楼里的住客谁也不认识谁。

这一片筒子楼的楼主大多都住进了宽敞漂亮的新楼房，手中的筒子楼房产证则成为等待拆迁获赔的票据。

据说，从年前开始，现场住进来一个年轻女子，夕出朝归，邻居总共也没见过几次，连眉目都描述不清，只记得这是个妖艳的女子，爱穿白衣，走路都没有声音。

一两周前，独居在一楼的王大爷晚上起夜的时候，突然隐约听见楼道里传来一丝丝哭声，顿时惊出了一身冷汗，结果尿也不撒了，躲进被窝抖了一整夜。

就在那两天，王大爷和同住在一楼的一对中年夫妻总是会在夜里断断续续、隐隐约约地听见楼里发出一阵阵哭声，犹如惊悚片中的冤魂在哭诉着自己的遭遇。

三个邻居不约而同地想到了两个月前住进四楼的妖艳女子。她，不会是个女鬼吧？不然怎么走路没有声音？不然怎么总穿着白色衣服？不然怎么晚上才出去活动？不然哪来的阵阵幽怨的哭声？

四楼的房主在北京打工，怎么也联系不上，三个人商量后，终于在某天下午结伴上了这个昏暗、阴森的四楼。四楼楼道里堆放着各种垃圾，他们跨过垃圾，挨个儿敲响了四楼每一间房间的房门。

都没有人。

说来也奇怪，从那天晚上开始，就没有再听见那可怕的哭声。可能女鬼被他们吓走了吧。过了两天，大家也就忘了这茬儿。

直到昨天，王大爷同样是在起夜的时候，仿佛闻见了楼道里有一股怪味。是狐狸身上的味道吗？王大爷又想到了那个妖艳的"女鬼"，于是他又在被窝里抖着憋

法医秦明
无声的证词

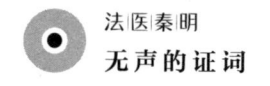

了一夜尿。

清晨，住在一楼的三个人再次碰头商量。他们都真真切切地闻见了楼道里发出的一股腺臭，想起一两周前那幽怨的哭声，他们觉得自己再也无法忍受这样的惊吓了，于是拨通了110。

"那后来呢？派出所的人发现了啥？"大宝显然觉得薛法医不应该在这个时候卖这么个关子。

"快到了，你们去看看就明白了。"薛法医皱了皱眉头。

看薛法医的表情，我知道今天又该用上防毒面具和香菜了。

果然，穿过熙熙攘攘的县城中心，我们看到了传说中的那一小片青砖小楼。

现场的位置很偏僻，所以并没有惊动太多的围观群众。楼底已经停了十几辆警车，一条亮黄色的警戒带将探头围观的王大爷他们隔在外面。我们一踏进楼道，那种"狐狸精"的腺臭味就扑鼻而来。

多年的法医经验告诉我，这味道正是腐败尸体的尸臭。还没上四楼，这味道就已经弥漫了整个筒子楼，可想而知，那具尸体会是个什么模样。

外面虽然晴空万里，这背阴的小楼里却十分昏暗，楼道里的声控灯闪烁着黄光，把我们一路照上了四楼。

很快，我的猜想就得到了印证。

当我们爬上四楼的时候，看见了脖子上挂着相机、正蹲在楼梯口呕吐的技术女警。看到那一堆呕吐物，我顿时反了口酸水。

走上四楼的楼道，那股尸臭更加刺鼻，几个痕检员正穿着胶鞋、戴着防毒面具在大门上刷着指纹。

薛法医从一旁的塑料袋中拿出几双胶鞋递给我们："穿着吧，不然没有安全感。"

"安全感？"我接过胶鞋，但没有急于换上，而是好奇地探头向门内看去。

我没有直接看见尸体。

这栋筒子楼的结构很简单，每一个门进去，都是一个单独的房间，互相不连接。现场位于四楼正中的一间单间内，锈迹斑斑的防盗门和油漆已经基本掉完的木头门都被派出所民警撬开了，房间内苍蝇横飞。

现场房间内摆设很简单，一个简单的灶台，东墙附近摆放着一张双人床和一张饭桌，西墙附近放着一台冰柜。最显眼的，还是房屋正中间的一个铁笼。是的，就

第十三案
人皮牢笼

是那种装野兽的笼子。

笼中隐约横着一摊黑乎乎的东西，上面白点斑驳，第一眼望去，笼子里空空如也，但再往下看，正是一具已经高度腐败呈巨人观的尸体。

因腐败而产生的大量腐败液体浸湿了尸体的衣服，加之尸体膨胀，皮肤和衣服几乎连成一体、染成一色，根本看不出衣服的外形。而那些斑驳蠕动的白点，是密密麻麻的蛆。

腐败液体已经流出了铁笼，几乎半个房间的地面都被那绿色的液体覆盖，无数只蠕动着的蛆虫在绿色液体中拼命地汲取着营养。

我终于知道什么叫作"穿着就有安全感"了，穿了之后至少不用担心蛆虫会顺着你的鞋子爬进你的裤管。

那股无法抵御的恶臭肆虐着我的鼻孔和嗅觉神经，我下意识地揉了揉鼻子，赶紧退了出来，开始换胶鞋、戴防毒面具。

"既然有这么个笼子存在，而且死者是被锁在笼子当中，那么，肯定是起凶杀案件了。"薛法医的声音透过防毒面具，减少了不少分贝。

我没有吱声，戴好橡胶手套，走进了现场。

通往中心地带——腐臭牢笼的路上，几乎无处下脚。虽然我无意杀生，但是每次落脚，都能听到蛆虫在脚下被碾碎的啪啪声。

我绕着铁笼转了两圈。这是个长、宽、高都在一米左右的铁笼，侧面有扇门，门上挂着一个巨大的三环锁。

我指了指门上的锁，问身边的林涛："你看看这个上面能刷出指纹吗？"

"有的，但是是残缺指纹，没有鉴定价值。"一旁的痕检员插话道。

我摇了摇头表示可惜，接着问："那其他的地方能刷出来吗？"

"房间的东西太少了，我们正在努力。"痕检员说。

"你忙你的吧，我去帮他们。"林涛左右看看，发现没有能够放置勘查箱的地面，于是干脆把勘查箱直接放了已经刷过但没有发现指纹的饭桌上。

我蹲了下来，说："里面的尸体，怎么才能弄出来呢？"

薛法医说："已经派人去消防队借电锯了，直接弄开锁就可以了。"

我点点头，皱着眉头观察着笼子里的尸体。

笼中的尸体头部靠在一侧栏杆上，下肢蜷曲着，面部已经看不真切，几乎完全被蛆虫爬满。不断有蛆虫从尸体已经干瘪的眼眶和张着的嘴巴中爬出来，仿佛是尸体正在流着眼泪、吐着什么。尽管防毒面具隔绝了腐臭，但目睹这一幕还是让人头皮发麻。

笼子的另一面，栏杆上仿佛沾染着一些喷溅状血迹，但因为腐败，和栏杆的锈迹融为一体，观察不真切。

"这是具男尸啊。"大宝伸进手去，拽了拽尸体的衣服，"外面穿的是一件西装。"

我点点头，掸了掸尸体头顶，掉下来十几条蛆虫。我说："看头发也知道，是个平头。"

"那你说，"大宝问，"是这个人死之前在哭，还是这个人死后有别人在哭？"

看来大宝一直很纠结那个传说中很诡异的哭声。

"反正不会是这个人死了之后哭。"我是坚持科学论断的，"哭声什么时候被听见的，可以通过调查得知，哭声是他死之前还是死之后发出来的，对判断犯罪嫌疑人很重要，所以，这个人的死亡时间很重要。"

大宝点点头，继续看着尸体的状况。我也只好边等电锯边在房间内踱步，看看有没有别的什么发现。

正如痕检员说的，房间内除了冰柜、灶台，其他的物品非常少，说明房间的主人也只是在这儿吃个饭、睡个觉。

我走到冰柜旁边，发现这是一个老式的冰柜，是向上双开门的那种。看冰柜柜角附着的灰尘，可以推断这台冰柜已经摆放在这里有些年头了。看来这是房东的物件，而不是房客搬进来的。

我摸了摸这台冰柜，发现冰柜的压缩机还在工作，整个冰柜在微微颤抖。

"人已经死了很久了，估计凶手也跑了好久，但是忘记关闭这台冰柜了。"我一边对大宝说，一边掀起了冰柜的一扇门。

冰柜里，一个结了霜的人头，张着一双眼睛，瞪着我。

2

我先是一愣，然后吓得接连倒退了几步，撞在蹲在笼边的大宝身上。可能大宝注意到了我面色铁青，问："怎么了？"

"那……那……"我指着冰柜，一时头脑空白，语无伦次。

第十三案
人皮牢笼

大宝看看我，又疑惑地看看冰柜，站起身来走到冰柜旁，打开冰柜的门。

"哎呀妈呀，"看来大宝比我的胆儿要略大一些，他没有被吓蒙，"那个……这儿还有一具尸体！"

此时我已经回过神来，回头对其他办案民警说道："有意外发现。"

冰柜里是一具已经被冻成冰棍的男尸。他蜷缩着，仰着头，露出一脸惊讶的表情。

可能是冻了有些日子，尸体的周围都结了厚厚的霜冻，和冰柜壁粘连在一起。几个民警想合力把尸体从冰柜里拽出来，却把尸体连同冰柜一起提了起来。没有办法，只有断电后等着尸体能够融化一些。

"调……调查清楚了没有？"我定了定神，重新蹲下来，捡起了一只蛆，"那……那几个证……证人听见哭声是哪一天？"

"你怎……怎么结巴了？"大宝就这毛病，别人一结巴，他就结巴。

"吓……吓得。"我说完，转头看着侦查员。

戴着面具的侦查员干哕了一下，眼神里充满了对我把他叫进屋内的不满，说："是上个月24日、25日两天，26日就没有再听见哭声了。"

我算了算，24日距离今天正好十二天。

"一般苍蝇会在尸体上产卵，在这个季节，两周左右蝇卵就能发育成蛆，然后钻进附近的腐败液体或尸体内，再过两周破蛹成蝇。"我说，"现场地面没有蝇壳，这里的蛆应该是第一代蛆虫。"

大宝从我手上接过已经被我掐死的蛆，量了量，说："根据这个季节蛆虫的生长速度，这么长的蛆，应该是已经生长了十天左右。"

"也就是说，"我说，"24日，死者就在这里开始哭了，26日之后没听见哭声，因为他已经死亡了。"

"我有个问题。"林涛在一旁插话说，"你说这人为什么一直在哭，而不叫喊呢？"

"肯定凶手在控制他呗。"大宝做了个恶狠狠的姿势，"敢喊就宰了你。"

"你知道是他哭的，还是冰柜里那个哭的？"我朝冰柜指了指。

"关键是哭啥呢？"大宝用胳膊调整了一下防毒面具的位置。

"你们说会不会真有个女鬼在哭？"林涛是最迷信的，"杀了人，还假慈悲？"

"想象力真丰富，"我说，"不如你去写惊悚小说吧。"

林涛用屁股撞了我一下，险些把我拱倒在蛆群里。

我瞪了林涛一眼："你在这里忙吧，一定要找到指纹，我去殡仪馆了。那个，尸体能拖走了吧？"

晋琪县公安局殡仪馆。

我和大宝合力把冰柜里的尸体拖进解剖室里的化冻池。按照正常的解冻速度，两个小时之内，这具尸体就可以被检验了。

于是，我们重新面对着这具呈巨人观模样、散发着恶臭的尸体。

衣服已经被膨胀的组织撑满了，无法用正常的手法脱下，只能用剪刀剪开取下。死者穿着的一身行头倒是价值不菲，加在一起至少超过万元。

"嚯，是个有钱人啊，"我说，"这裤子得好几千呢。"

"有用吗？"大宝指了指裤裆里满满的黄色粪便，说，"沾了大便，一样恶心。"

"大小便失禁？"我说，"那多见于颅脑损伤和机械性窒息。"

"可是头部、颈部都没有损伤啊。"为了少吸入几口臭气，薛法医憋得满脸通红。

我没吱声，一点点地分离开颈部肌肉和头皮。因为尸体软组织腐败，肌肉几乎都变成了黑色，绿色的腐败液体浸染在肌肉和皮肤之间。我用纱布擦掉腐败液体，看了又看，确定这个人生前确实没有遭受致命的机械性损伤——只是右侧大腿外侧的软组织缺了一大块。

大宝凑近看了一眼，尖叫道："靠！这是死后形成的撕裂损伤啊！不会真的有女鬼吃人吧！"

我被大宝吓出了一身冷汗，倒不是担心有什么女鬼，而是因为现今变态食人的报道也不少见。我赶紧用纱布擦干了软组织缺损的部位，用放大镜观察了一番，说："就知道吓人，看这牙印，是小尖牙，显然是有老鼠在啃尸体啦。"

"那就好，那就好。不过，全身没伤，"大宝皱起了眉头，"怎么办？死因都没法定。"

"可以说尸体高度腐败，所以无法检出死因吗？"薛法医开始打退堂鼓了。

我摇了摇头，翻动尸体的腹腔，开始整理死者的肠子。此时，腐败尸体、粪便加之肠道的臭味已经击破了薛法医的忍耐极限。他满头大汗地卸掉装备，逃出了解剖室。

大宝看看薛法医的背影，鄙夷地摇了摇头。我笑着说："忍耐极限和酒量一样，是要靠锻炼的。"

第十三案
人皮牢笼

死者的胃里是空的，有弥漫状的出血点，肠道几乎没有一点儿食糜。

"知道他是咋死的了吧？"我转头问大宝。

大宝点了点头，指着死者裤裆里的大便，说："只排不进，饿死的呗。"

我点了点头，说："凶手是看着死者极度饥饿、虚弱，加之过度脱水、休克死亡的。"

"我就想不明白了，"大宝说，"一个大男人，怎么就能这么轻易地被塞进这个笼子，然后活活饿死都不敢叫喊一声的？凶手会是个什么样的人？"

"会是个有枪的人。"我说，"当然，没有枪弹痕迹，我也只是推测。"

大宝点点头，说："也有一定的道理，不然不可能这么容易就控制住一个大男人。"

"何止是控制？"我拿起死者的左手，说，"死者还乖乖地把身上的财物都交给了凶手。"

"什么？"大宝也凑过头来看死者的手，"你这么容易就判断出了案件性质？凭什么说这是一起侵财案件？"

"你看，"我用手指抹了一下死者的手腕，说，"虽然死者的皮肤已经膨胀了，但是在手腕这里还能看到一些皱褶的印痕，呈规律状。"

"明白了，手表。"大宝最近的悟性特别高。

我笑了笑说："不仅是这里，中指的根部有皮肤颜色的改变，可能生前这里戴着一枚戒指。也就是说，死者可能自愿地摘掉了手表和戒指，交给了凶手。这么强大的控制力，只有持有枪械才能做到。"

大宝想了想，还是不放心，于是切开了死者手腕、脚踝的皮肤。确实，死者生前并没有遭受过任何约束，仿佛他所做的一切都是自愿的。

"可是，他总不会是被人用枪逼着，从县城中心到这个鸟不拉屎的地方来的吧？"大宝说，"那他在路上有很多机会能逃跑啊。"

我低头想了想，说："不考虑那么多了，说不定是熟人呢。"

"熟人侵财？"大宝说，"有必要那么复杂吗？还饿死人家。"

我没再吱声，开始用电锯锯断死者的耻骨。毕竟，明确死者的特征，寻找到死者的尸源，才是尽快破案的方法。

确定了死者的年龄、身高和体态后，我们让身边负责照相的技术员电话通知前线的侦查员。本案还是要以寻找尸源来找到案件的突破口。

此时照相的技术员早已吐得脸色发青，听到我们的反馈后，赶紧跑出了解剖室。在这样的环境里，多吸几口新鲜空气，对他来说就是恩赐。

把另一具尸体拉出化冻池的时候，尸体已经完全软化。这个新建的法医学解剖室里配备的先进的化冻设施，真的算是帮了我们不少忙。

"财政好，才是真的好。"大宝一脸羡慕地说，"你看这效果，杠杠的。好财政，没被吃掉，算是用在点子上了。"

"我倒没考虑那么多。"我打断了大宝，"你看这个死者，衣着这么破烂，甚至连袜子都打了补丁。天哪，这年头，连袜子都要补一补的人，得有多困难。这侵财的对象一会儿是有钱人，一会儿是穷人，这该是什么样的凶手呢？"

大宝很快被我带进了问题里，低头思考。

尸体软化后，脱去衣物显得格外简单。我把死者的衣服摊在地面上，开始逐个儿检查口袋，希望能在口袋里发现张身份证什么的。

身份证倒是没有，但是我找到了一张貌似收据的纸张。因为尸体冷冻后化冻，纸张被水渍浸染，所以字迹模糊不清，但可以看到这张收据是复写纸复写出来的，应该是收款人的存根。纸条下方收款人栏里写着三个歪歪扭扭的字："李大柱"。

"李大柱？"我说，"这应该就是死者的名字吧。"

大宝也很惊喜，高声呼喊着门外的技术员，要求他立即与侦查员联系，调查这个李大柱的身份。技术员听到他可以继续留在解剖室外打电话，喜出望外。

这名死者的双手手腕有被绳子捆扎的痕迹，双侧膝盖都有明显的皮下出血，这是典型的约束性损伤。死者死于刀伤，脖子上被人狠狠地拉了一道血口子，深达颈椎。血口子的两头没有试切创，说明这是一把非常锋利的刀具，一刀就直接割断了死者的喉咙。死者的颈动、静脉齐刷刷地断裂了，气管也被割破一半。大量喷涌的血液反流入气管，又因为呛咳而喷出，在死者的衣服胸襟处产生了大量的喷溅状血迹。

"死者的头发掉了一撮。"大宝指了指死者秃了一块的头皮，说，"凶手应该是让死者跪在地上，捆绑双手，然后一手抓住死者的头发，一手拿刀，一刀致命。不过，问题来了，现场怎么没有血迹呢？"

"谁说没有？"我说，"笼子上就有喷溅状的血迹，只是当时我没有在意，还以为是锈迹呢。"

"可是你看这具尸体，尸斑浅淡，说明失血很厉害啊。"大宝说，"现场为什么没有那么多血迹?"

"怎么没有?"我说,"现场地面那么多腐败液体,你以为全是刚才那具腐败尸体流出来的?错了!有很多是这具尸体流出的血液,和刚才那具尸体的腐败液体融为一体,共同腐败而已。结合笼子上的血点,我现在基本可以肯定,这具尸体是在笼子前面被杀害的。"

大宝点了点头,说:"可是我还是不能把两具尸体的死亡联系在一起。这究竟会是什么人干的呢?"

我拿起死者的双手,说:"真是个劳作人啊,你看这双手,全是老茧。"

大宝抬胳膊推了推防毒面具上的眼镜,说:"这能说明什么?"

我抬头仰望着天花板,想了想,说:"我还真想起来一件事儿,是关于那个神秘的铁笼的,可能真的能说明些什么。不过,我需要得到林涛的验证。"

3

尸体运走了,现场的腐败液体继续散发着臭气。臭气在这个密不透风的筒子楼楼道里萦绕,令人作呕的指数丝毫没有削弱。

林涛正靠在楼道口抽烟,面色蜡黄,英俊的外形减色不少。看来这持续几个小时的现场勘查,把他熏得够呛。

"你们都结束了?"林涛掐灭烟头,说,"速度有点儿快吧?"

"嗯,急着过来问你个问题。"我拉着林涛重新走进现场房间,戴上手套,说,"这个铁笼有问题。"

林涛会心地一笑:"看来这次我们又不谋而合了。"

这个铁笼是个边长一米多的立方体,四周没有拆卸的部件,也就是说,这个铁笼是个整体结构。

我拿钢卷尺量了量门宽,说:"只有80cm。"

林涛笑着点头。

大宝一头雾水:"你们……你们什么意思?"

我说:"你可以把一个边长一米多的立方体运进一个只有80cm宽的门里吗?"

大宝晃了一下铁笼,非常结实,又转头看看外面装了铁栅栏的窗户,摇了摇头。

"这个铁笼是在房间里焊接的,"林涛说,"焊接完成后,房间经过了打扫,

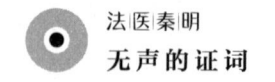

但是在地面上可以看到焊接枪烧灼的痕迹。"

"明白了。"大宝说,"凶手为了准备犯罪,在这里完成了制造铁笼的工序。"

我点了点头,现在至少明确了这是一起经过精心策划的抢劫杀人案。

"这些都是实心铁管,笼子有好几十斤重。"林涛对着大宝说,"另外,你能够把一根根铁管焊接得这么严丝合缝吗?"

大宝茫然地摇了摇头。

"就是啊,"我和林涛一唱一和起来,"更何况是一个女人。"

"我想起了冰柜里那具尸体的双手,"大宝说,"全是老茧,应该是个电焊工吧?"

我和林涛相视一笑。

"如果这样的话,"大宝接着说,"很有可能这个疑似叫作李大柱的人,和租房子的这个女人是一伙的。他们杀了那个有钱人,抢走了钱财,因为分赃不均,所以女人又杀了自己的帮凶。"

"我觉得大宝分析得不无道理。"我说。

林涛说:"一个女人杀死一个壮汉?"

"是这样的,"我补充道,"我们通过尸体检验,发现死者身上没有任何约束损伤,侵财的迹象又很明显。是什么能够让人这么容易乖乖就范?哪怕是叫喊、逃跑,都是有机会的,所以我们分析凶手可能有枪。"

"你是说女人手里有枪,然后用枪逼着李大柱用刀杀人?"林涛笑道,"这不合逻辑啊。"

"怎么不合逻辑?"大宝说,"楼下住着人,开枪的话有声音啊,目标太大了。"

我摇了摇头,说:"那个可能叫作李大柱的人,是被反绑着双手跪着,被凶手一手抓头发,一手拿刀割颈死亡的。如果是这个女人干的,她又要拿枪控制,又要抓头发,又要拿刀,她有几只手?"

"是这样。"大宝说,"但我们还是不能解释为什么劫财要选择经济基础相差如此之大的两个人呢?"

我沉思了一会儿,摊摊手说:"我也想不到好的答案。"

三个人又陷入了沉寂。

林涛说:"对了,我们发现了几枚指纹,在现场不同地方出现,可疑度很高。经过精心处理,有比对价值。刚才我让他们进库比对了,未果。"

// 第十三案

人皮牢笼

"这也算是个好消息，好歹算是个有力证据。"我点点头，转头对身边的侦查员说，"这样，一方面从查有钱人的身份开始，另一方面要查这个李大柱以及他接触过的女人。除此之外，没有什么好路子了。这样吧，半天时间，我们也回去想想，明早碰头。"

虽然一直在不断地出勘命案现场，但是"云泰案"总是时不时地涌上我的心头。DNA发现这么久了，一直未能排查出凶手。如果不进一步缩小侦查范围，在茫茫人海中找到这个恶魔实在是一件难事。

林涛最了解我的心结，刚从宾馆卫生间里洗澡出来的他，一边用浴巾擦着头发，一边问我："还在想'云泰案'？"

我无力地点了点头。

"现在有什么进展吗？"林涛说，"说说吧，对这个案子，我一直不太了解。"

我长长地吸了口气，说："是这样的，'云泰案'在七年前、五年前、四年前和三年前各发生了一起，都在云泰市周围，串并的依据是被害人体内都有精斑弱阳性，却没有发现精子。大约一年前，龙都又发生了一起，之所以能与之前的案子串并，是因为我发现捆绑被害人的绳结和云泰四案的绳结一致，很有特征性，但是这次尸体内发现了精子，并做出了DNA。而龙都的案件中，我又发现现场有一个特征性的印痕，暗示凶手应该是穿制服的人。这都过了几个月了，从云泰市附近县区穿制服的人中间找到DNA一致的，应该不会这么难吧？"

林涛想了想，说："穿制服的人太多了，再说，总不能挨个儿去单位发动每个人抽血检验，对吧？所以估计还真的没那么好找。我觉得你还是应该从为什么之前没精子，后来又有了精子这一问题入手，寻找一些特征性人群，才有希望。"

我点点头，说："是的，这也是我一直想不明白的问题。戴套吧，不会有精斑弱阳性；无精症吧，也会在被害人体内留下大量前列腺液；体外排精吧，尸体上和附近现场也该提到精斑；性功能障碍吧，那他怎么去强奸？"

林涛笑了笑，揉着湿发拍了拍我的肩说："不想了，睡觉，明天等好消息。"

专案组会议室里，大家一个个面色凝重，有的仰望天花板，有的双手抱头，有的摆弄着手机。刚进会议室的我，像是走进了当初申办奥运会、等待宣布结果的现场，顿时也凝重起来。

我动了动嘴唇，没好意思吱声儿，眼巴巴地看着晋琪县公安局华局长。

华局长看我们到了，拉开身边的椅子，示意我们坐到他身边，说道："查清了其中一个死者的身份，确实就是李大柱。不过经过调查，这个李大柱是个木工，每天就在县城中心的路边推着自行车、挂着木工牌子等生意。正常时间出去，准时回家，从来不在外面鬼混，也没有什么不良嗜好，老实巴交的一个老光棍，独自赡养七十岁的母亲；25日早晨出门，就没再回家。"

"哦，"我勉强地笑了一笑，说，"之前还以为他和那个租房子的女子是一伙的，是他焊接了那个铁笼，然后杀人的呢。"

华局长摇了摇头，说："调查过了，他肯定不会电焊技术，而且他一个老光棍，女人的屁股都没见过，更别谈什么姘头了。"

我皱了皱眉头，和这些粗犷的老刑警共事，我一下子还不太习惯。

"那个……"大宝推了推眼镜，胆怯地问，"有钱人的身份查清楚了吗？"

华局长说："昨天排查了全县以及周边县失踪半个月左右的人口信息，发现了几个符合条件的。经过一一排查，都排除了。昨天半夜，可能是看到了我们在官方微博上发布的认尸启事，省城有一个女人联系了我们，说她丈夫顾伟民23日到我们县出差，当晚就失去了联系。因为这个顾伟民平时爱寻花问柳，所以她也没在意，直到昨天看见了我们的微博。"

我点头表示赞许，看来官方微博真的能发挥出作用。

"DNA还在做，"华局长说，"应该快出来了。"

"寻花问柳？"我还在思索，林涛已经脱口而出，"难道是仙人跳？"

仙人跳，指一种利用女色骗财的圈套，一般是男女二人串通，女方以色相勾引受害者，当两人到住所准备发生性关系之际，再由男方出面勒索或抢劫。

这时，华局长接到了市局DNA实验室打来的电话，确认了那个看似富有的死者的身份，正是平时爱寻花问柳的顾伟民。

专案组会议室一片欢腾。尸源被找到，就意味着案件往前推进了一大步。

我没有参与喧哗，为什么顾伟民、李大柱这两个社会不同阶层的人，会同时被凶手杀死呢？是巧合，还是说李大柱真的是凶手之一？可是他不会电焊技术啊。难道他隐藏了什么？但是一个每天按点回家的人，怎么预谋犯罪？无数想法在脑海中碰撞，依旧没有碰撞出一个结果。

"大家别急着庆祝。"华局长压了压气氛，说，"现在我们的着手点多了，先

第十三案
人皮牢笼

从顾伟民的账户查起。他出差在外,不会带多少现金。凶手连手表、戒指都要,看来是饥不择食。顾伟民的随身手提包不见了,里面有信用卡。我相信凶手不会放过这些信用卡里的钱的。"

"我同意。"大宝抢着说,"死者被活活饿死,受尽折磨,凶手这样折磨顾伟民的唯一可能,就是要信用卡密码。"

"那就查银行监控,尤其是24日到26日之间的监控,对使用顾伟民信用卡的人的监控。"华局长说,"这个不难吧?立即查!"

看着几组民警信心百倍地离开会议室,我忍不住问道:"华局长,你一直没说那个租房子的女人是什么身份。"

华局长愣了一下,说:"哦,你是说房东那里是吧?早就查回来了。这家房东真是奇怪得很,人不在本地,也不把房子交给亲戚或中介。房东说一个女人看了他贴的租房告示,价都没有还,直接给他的卡里打去了半年的房租。他觉得这女人很省事儿,就把房门钥匙直接邮寄给了这个女人,算是口头合同生效了。真是没见过这么图省事儿的房东。"

"邮寄?"我挑了挑眉毛,"地址呢?"

"是我们这里的一家旅社,"华局长说,"叫什么高潮旅社。等这个案子结了,我看他们也该关门大吉了。"

"那登记的身份呢?"

"就是因为他们不强制要求旅客登记身份,"华局长气愤地说,"所以我才要让他们关门大吉。问他们记不记得一对男女或一个妖艳女人曾经在这里住过一段时间,他们说,这里住的都是妖艳的女人。操!是开旅店呢,还是开妓院呢?翻看登记记录,也排查了,这个女人肯定没有登记身份证,或者登记的是假身份证。"

我又垂下头。多好的线索,就这样断了。该死的黑商人,是要罚。

苦苦等待了两个小时,前线就传来了喜讯。顾伟民的两张信用卡在24日到26日之间,被人在ATM机上反复使用,但统统因为密码错误,里面的钱没有被取走一分。

显而易见,这个要钱不要命的顾伟民,因为不断地给凶手错误密码,而被活活饿死。其实,即使他给了正确的密码,也一样难逃一死。只是他拖延了时间,却没有能够成功地逃离或获救,看来凶手是经过精心准备的。

我重新兴奋起来:"现在有两个问题我要说一下,第一,凶手肯定有两人或两人以上。因为一个凶手去取钱的时候,顾伟民完全可以呼救,为什么没有?因为有另一个人看守。第二,取钱的是男人还是女人?"

"都是一个妖艳的女人。"华局长确认道。

我接着说:"另一个人很有可能就是那个会电焊技术并有可能持枪的男人。我们现在有ATM机上摄下的女人的影像吗?"

华局长说:"虽然她都是晚上取钱,但是经过处理,能够清晰辨别容貌。"

"那么,"我说,"我们现在拿着女人的照片去找高潮旅社的老板,这次他总能认得出了吧?"

4

一行人到达了这家传说中的高潮旅社,一个破烂巷道里的破烂旅社,也正是个藏污纳垢的地方。

"这个女人我记得,"老板总算想起来了,"在我们这儿住了一段时间了,和一个男人在一起。"

"现在还住在这儿?"我的肾上腺素顿时有些分泌过多。

老板点点头:"住了好些天了,昨天我还看见她男人出门的。"

"哪一间?"身边的刑警纷纷掏出了手枪。

有多少人见过这个场面?老板顿时被吓得脸色苍白,颤抖着带着这一帮刑警悄悄靠近了203室,然后老老实实地蹲在墙角,大气也不敢出。

主办侦查员一脚踹开房门,率先冲了进去,四五个人紧随其后。

可是,房间里静悄悄、死气沉沉的,一个人也没有,侦查员的眼神里充满了失望。

"人呢?"主办侦查员把老板揪进了屋里,"你不是说一直住在这里吗?"

老板看了一眼刑警们手里的枪,咽了口口水,语无伦次地说:"确实住在这里啊,十来天前就住进来了,不出门,只有她男人每天出门。昨天她男人出去没回来,她肯定没出去。对,肯定没出去。我天天坐在吧台的,这个女人那么香,出去了我肯定知道。当然,如果晚上偷偷出去,也有可能我不知道。"

"你到底是知道还是不知道?"侦查员厉声问道。

我摆摆手,吸了吸鼻子。以我多年的法医经验来看,这个房间里充斥着一股淡淡的味道,像是香水和臭气夹杂的味道。

// 第十三案
人皮牢笼

我环顾四周，猛然掀起其中一张床的床板，床底空空如也。我又掀起另一张床的床板，床底赫然躺着一具穿着睡衣的女尸。

侦查员一脸惊愕，老板则吓得一屁股坐在了地上。

"开始就有些怀疑这个女的被灭口了，可惜咱们晚来了两天。"我说。

"会是她男人杀的吗？"侦查员问。

我从随身携带的勘查箱里拿出手套戴上，翻看了死者的眼睑，指压一下尸体的尸斑，说："角膜中度混浊，尸斑指压不褪色，尸僵开始缓解了，应该死亡一天以上了。"

"一天前，她男人离开这里，"侦查员说，"说明这个男人有重大作案嫌疑。"

我点了点头，问："老板，你记得这个男人的模样吗？"

老板魂不守舍地点了点头。

"马上带他去省城，请我们的模拟画像专家做一个模拟画像。"我说，"尸体拖走吧，我们来检验，看能否发现一些线索。另外，为什么房间里什么都没有？至少应该有这个女人的衣服吧？"

老板偷偷看了我一眼，说："那个男人带着一个大包走的。"

"那你也不问？"侦查员说。

"他交的押金多啊，"老板说，"不欠费，我不怕他跑的。"

"问题是他还是跑了啊！"侦查员恼然叹道。

尸体安详地躺在尸体解剖台上。

我拿出ATM机摄录的取钱人的照片，和这个死者的相貌完全一致。

"多行不义必自毙。"我说，"本以为能捞一笔钱财，却被自己的同伙黑吃黑了。"

"黑吃黑？"大宝问。

我点点头："你没有发现，死者的手指和顾伟民的一样吗？是个戴着戒指的手指，戒指却被取走了。她的耳洞还呈张开状，有组织撕裂的痕迹，说明她是死后被人强行扯掉了耳环。这个凶手连一个女人的首饰都抢，可见对钱的渴求是多么强烈啊。"

"而且凶手隐藏了尸体，为他的逃离创造了时间。"大宝说。

我检查了死者的会阴部，没有任何损伤，也没有发现有精斑反应，说："看来她死之前没有发生过性行为。"

"谁说没有?"大宝拿着一张精斑试纸条,说,"口腔擦拭物,精斑预实验,阳性。"

"哟嗬,"我挑起了眉毛,"啥都懂啊,这都能想到。"

"那是,"大宝一脸得意,"法医什么都得懂。"

"看来,我们是掌握了犯罪分子的DNA了。"我说,"下一步,就要考虑一下如何才能缩小侦查范围。"

"其实只要能查清这个女人的身份,"大宝说,"那么这个男人的身份也就水落石出了,毕竟他们俩是有关系的。"

我说:"这个女人的窒息征象很明显啊。"

大宝露出一脸贱贱的表情,说:"不会是那啥的时候,被那啥堵住了呼吸道吧?"

我白了大宝一眼:"那啥,那啥,想什么呢!你看,死者的口唇黏膜和牙龈都有出血。这是典型的用软物捂压口鼻腔导致的机械性窒息死亡。"

"原理都差不多。"大宝咧了咧嘴。

"差太多了。"我说,"那啥致死,充其量是个过失致人死亡。而死者是在没有准备的情况下,被捂压口鼻死亡的,连约束伤、抵抗伤都没有,这可是故意杀人。"

"无所谓喽,"大宝摊摊手,"反正凶手已经满手鲜血了,抓住了肯定是要吃枪子儿的。"

我没再吭声儿,试图在尸体上寻找一些能够证明身份的东西。

"你说,这个小县城会有几家不正当的娱乐场所?"我问。

大宝一脸迷茫:"估计没几家吧,不管几家,当地派出所肯定很清楚。"

我脱了解剖服和手套,拨通了华局长的电话:"华局长,让侦查员拿着女死者的照片去一些可能存在卖淫服务的娱乐场所查查,看有人认识这个女死者吗?"

"你凭什么说这个女人是卖淫女?"大宝问。

我指了指解剖台上女死者的子宫,说:"你看看这个子宫的宫颈,可以肯定这个女子没有生育过,对吧?"

大宝点点头。

我重新戴上手套,掰开子宫,说:"那为什么子宫里会有节育环?我觉得啊,这个女人戴个节育环很可疑,很可能是曾经或者现在从事过这行。我们别忘了,如果本案真的和我们分析的一样,是个仙人跳,凶手最方便寻找猎物的地方就是那种不干净的地方。"

"丁零丁零……"

我们还没有到宾馆，电话就响了起来，是华局长打来的："好消息！女死者的身份查清楚了，萧牡丹，洋宫县人，在一家酒吧里陪酒的，偶尔出台。"

早晨，我睡眼惺忪地被林涛踢醒，坐了起来，伸了个懒腰。

"凶手抓住了。"林涛嘴里含着牙刷，一嘴泡沫，嘟嘟囔囔地说。

"这么快？"我大吃一惊，"昨天刚知道萧牡丹的身份，今天就抓住凶手了？"

"是啊，"林涛漱了漱口，说，"刚接到电话，说是调查出萧牡丹只对她的一个老乡钟情，叫什么什么杨勇的。咱们推断得不错，之前在老家，这个杨勇就是个电焊工。"

我"哦"了一声，说："听说是电焊工，他们就下定决心抓人了？"

"是啊，"林涛说，"我也没想到他们效率如此之高，昨天下午往洋宫县赶的，凌晨就把杨勇堵在了他老家的一处临时住所，听说还发生了枪战。不过，杨勇拿的是自制的猎枪，所以没啥战斗力，很快就放弃抵抗，被活捉了。刚才我接电话的时候，他们在洋宫县已经完成了对杨勇的突审。"

"都交代了？"我对晋琪刑警的高效率刮目相看，"果真是有枪。"

"咳咳，"林涛捋了捋头发，得意地说，"这个，我们都有功劳。你分析出他可能有枪，咱们的民警才加强了防备，所以没有人受伤。现场我刷出来的几枚指纹，经过比对，就是杨勇的。DNA虽然还没做，但已经证据确凿了，他不可能不低头认罪的。"

"太棒了！"我一骨碌爬了起来，"快快快，让他们先把讯问笔录传真回来，我等不及了，得看看他们究竟是怎么勾结起来干这档子买卖的，为什么要杀穷人李大柱，又为什么要自相残杀呢？"

杨勇是个孤儿，和萧牡丹从小一块儿在福利院长大，青梅竹马、两小无猜。

杨勇有个坏毛病，就是一赌博起来就忘乎所以。为了帮助杨勇偿还欠债，萧牡丹选择远离洋宫县，到晋琪县打工。一个女子孤单在外，一不留神就失足成了一名卖淫女。

虽然萧牡丹寄回来的钱让杨勇一时摆脱了债务的困扰，但是他对萧牡丹的怀疑日益加重。终于有一天，杨勇按捺不住自己的怀疑，悄悄来到晋琪，来了个突然袭击。

他看见的是一个胖老头粗鲁地把萧牡丹压在身下。

杨勇把老头揍了一顿，并且声称要把这个强奸他女朋友的老头送去派出所，让他没有想到的是，这个老头并没有做过多的辩解，而是丢下了三千块钱后扬长而去，留下萧牡丹和杨勇瞠目结舌。

由此，杨勇和萧牡丹发现了商机。

他们租了房子，做了笼子，由萧牡丹负责在酒吧物色合适的猎物，他们要敲一笔大的。在发现顾伟民之前，他们还没有找到过一个像样的目标。

顾伟民被萧牡丹骗到了出租屋，又被杨勇用枪指着脑袋，关进了铁笼。杨勇和萧牡丹在这两三天的时间里，从顾伟民的嘴里问出了六七个密码。萧牡丹出去了六七趟，却都是空手而归。杨勇一气之下想打死顾伟民，却又不愿意放弃那两张看起来十分阔气的金色信用卡。

25日下午，在经过商量后，萧牡丹再次外出，以打家具为名，把路边招揽生意的李大柱骗到了出租屋，然后当着顾伟民的面，杀死了李大柱。

当那一股从李大柱颈动脉喷射出来的热血飞溅到顾伟民的脸上时，顾伟民真的吓尿了裤裆。但杨勇这一招杀鸡儆猴，并没有吓唬到吝啬成性的顾伟民。直到顾伟民因为过度脱水、惊吓和饥饿休克的时候，杨勇和萧牡丹仍没有拿到信用卡的密码。

拿着顾伟民包里的一万元现金和手表、首饰，不想和两具尸体共处一室的杨勇和萧牡丹匆匆逃离了现场。

住在旅社里的萧牡丹，想起当着顾伟民的面杀死李大柱的残忍场面，夜不能寐。经过激烈的思想斗争，她开始劝说杨勇去派出所自首。

当涉及自身安危的那一刻，爱情啥也不是。于是，杨勇趁萧牡丹熟睡之机，送她先去见了上帝，灭了口，吞了钱。

他可能不知道，尸体也会指控；他可能不知道，任何犯罪都会留下痕迹物证。他更是想不到，逃回老家没两天，刑警们就从天而降。

"故事还真是挺简单。"我一边看着讯问笔录结尾鲜红的指印，一边说，"就是李大柱这个冤大头，让我们费了不少心思。他真是太可怜了。"

林涛点点头："做任何坏事，总是会有报应的。杨勇和萧牡丹是这样，顾伟民也是这样。一个错误的决定，没了四条人命。"

| 第十四案 |

婴儿之殇

生命中最悲惨的莫过于孩子的逝去,
一切面目全非,再难重归旧貌。

——德怀特·戴维·艾森豪威尔

法医秦明
无声的证词

1

南方雨季，暴雨如注。

很多城市都会在即将到来的暴雨前抢修排水系统，但是也有一些较为自信的市领导直到暴雨临头才尝到厉害。

乌云密布的天气持续了将近一周，雨时大时小，但就是没彻底停过。各地的下水道都超负荷运转，路上总能看见冒着大雨抢修下水管道的市政工人。

又经过了一夜暴雨的洗礼，省城的排水系统彻底瘫痪，积水逐渐升高，低洼位置的窨井盖被汹涌喷出的水流冲开，哗哗地往外涌着水。真可谓省城何处不喷泉啊。

盛世花园是省城郊区新开发的一个大项目，占地近一百公顷，建成之后堪称省城的第一住宅区。因为暴雨，这一周来，大动作的施工暂停，工地时而传出零星的施工杂音。

连续几天的暴雨冲垮了堆放在工地西侧的建筑垃圾，西侧的工程车通道已经被齐小腿深的积水淹没，一些泡沫、水泥袋在水面上漂浮着。

王老头是在工地上负责收集建筑垃圾的工人，暴雨让他能休息几天，但按工时收费的他，也因此几天没了收入。天气阴沉极度影响了他的心情。每次出行，他都无法驾驶他的破三轮，只能徒步在这冰凉的积水里摸索着前行，所以这几天他很烦躁。

又是一夜暴雨，天明时终于有点儿拨云见日的意思了。王老头走出工棚，对着天边若隐若现的朝阳舒了口气。他看了看西边路上的积水，心里琢磨着也不知道今天能不能开工，然后他徒步走进水里，想测试一下水有多深，路有多烂。

他深一脚浅一脚地走了二十分钟，才走到了垃圾场的旁边，突然感觉自己的脚踩在了一个软物上，顿时吓了一跳。

"积水里也能有水蛇？"王老头看着地面上缓慢流动着的泥水，企图看清水下的状况。

// 第十四案
婴儿之殇

半天没有动静。

王老头颤颤巍巍地又伸出脚试探了一下。

没有感觉错,确实是有个蛇形的软物!

反复地踢踏了几次后,王老头发觉这个软物不是一个活物。他在路边摸到了一个树枝,拿着树枝向那个软物所在的位置挑去。

"哎呀,还挺沉。"王老头的树枝断了。他平复了一下呼吸,徒手向那个位置摸去。

"原来是个布袋啊。"王老头一边在水下摸索,一边用手感推测。

恐惧消失了,王老头用力将软物拎出了水面。

"砰!"王老头只觉得心脏像是被狠狠抽了一下,手里抓着的哪是什么布袋,竟是一只婴儿的胳膊。他这一拎,把整个婴儿都拽出了水面。孩子软绵绵地耷拉着,青紫色的面颊部显得格外恐怖。

王老头手一抖,把婴儿甩回了水中。他一屁股跌坐在地,张大了嘴巴,却一句话也说不出来。

阴雨连绵,谁心情都不好,何况还有个大老爷们儿在办公室里大哭大闹。

这个老爷们儿一个月前被别人用扳手打伤了头部,按照人体轻伤鉴定标准,头皮钝器创创口长度达6cm就可以构成轻伤。可是这个老爷们儿的头皮疤痕长达12cm,市局法医的鉴定结论却是轻微伤。

"秦法师,"老爷们儿哭喊道,"我们那里的法师黑啊,全都被买通了。我们这些穷人命苦啊,给别人打了也就白打了。你说现在世道怎么这么黑啊?我们没路子的人可怜啊。"

"是秦法医!"我皱了皱眉头,纠正道,"别说其他的,我看看伤。"

老爷们儿的头皮疤痕呈一条细线状,边缘整齐,绕了枕部头皮小半圈。看完我就笑了,又是一些不入流的把戏。

当前的政策规定,因邻里纠纷引发的故意伤害致人轻伤的案件,可以调解处理。因为调解赔偿金金额的不断攀升,诈伤(没有伤装成有伤)和造作伤(自己制造损伤)的案例也越来越多。这就需要法医独具慧眼,准确识别,才能保护案件当事人的合法权益。

这个案件就是一起串通医生制造假伤的案例,但是做得很劣质。众所周知,扳手形成的头皮创口是不可能边缘整齐的，更不会只有细线般的宽度。同时，扳手的接触面积较小，不可能一次在枕部半周形成长条状的创口。所以，他头上的疤痕，是被手术刀类的锐器切划延长的。

"你觉得扳手可以形成你头上的疤痕？"我问道。

老爷们儿翻了翻眼睛："秦法师，你什么意思？你是说我作假？我会作假吗？我像作假的人吗？"

"是秦法医！"我又皱了皱眉头，"作没作假你心里比我清楚。你的复核鉴定结论，还是轻微伤。"

老爷们儿张了张嘴巴，憋了半天："没想到，秦法师，你们省厅也被他买通了。"

我冷笑了一下，摇了摇头："随便你怎么说吧，我们不求每个人都能满意，但求问心无愧、客观公正。你可以回去了。另外，办案单位，我觉得你们可以以伪造证据罪查一查这个案子。"

老爷们儿听我这么一说，立即红了脸："公正个屁！我头上十几厘米的疤痕，你们敢做出轻微伤的结论，还不是被买通了？我回去就上网揭发你们！"

"去吧，"他急了，我反而冷静了，"网上骂我们的不止你一个，虱子多了不痒，送客！"

"丁零丁零……"

我皱着眉头挥挥手："我要接电话了，送客。"

办案人员把老爷们儿拉出了办公室。

"现在是八点半，九点之前，到盛世花园工地。"师父在电话里命令道。

"这……这个现场怎么看？"大宝站在积水里，东张西望，说，"全是水。"

林涛也茫然地摇了摇头："不知道怎么看，啥痕迹也没有了呀。"

我环顾了四周。虽然积水正在退去，但附近的环境确实是狼狈不堪，各种建筑垃圾被大水冲得七零八落，沙堆和土堆都有一侧被冲垮，顺着污浊不堪的泥水向低处的下水道里流去。

积水的水面已经下降到齐踝深的高度，婴儿的半具尸体已经露出水面，随着水流轻轻地摇晃。除去面色青紫的惨状，这个婴儿像是在摇篮里睡去似的，五官看起来极为可爱。

最看不得孩子的离世，我走到婴儿的旁边，端详了一番，心头涌起无尽的伤感。

第十四案
婴儿之殇

"这是谁家的孩子？"大宝问身边的王法医。

"废话！"我正感觉胸中发闷，就把气撒在了大宝身上，"谁家的孩子都知道了，还需要我们来吗？"

王法医点了点头，说："是啊，很奇怪，这个地方，除了工地上和附近几个还没有拆迁的村子，没有其他人了。可是辖区派出所并没有接到孩子丢失的报案啊。这么小的孩子丢了，肯定会第一时间报案的。"

"你们有什么看法？"我问。

王法医叹了口气，蹲下身来，拿起孩子的一只小手，说："你看看。"

孩子的手上密密麻麻的都是细条状的擦伤。

我低头想了想，走到尸体附近的一个被冲垮了一半的沙堆里，拿起勘查箱里的小铲子，开始挖起了沙子。

"这损伤是怎么形成的？"大宝自言自语道，"一条一条呈细条状，显然不是虐待伤，也不是和地面形成的擦伤。"

经验丰富的王法医笑了一下，指了指正在挖沙的我，说："秦明的想法是对的。"

"沙？"大宝推了推眼镜，说，"哦，是玩儿沙子形成的。不过现在现场破坏殆尽了，想找痕迹不太可能了呀。"

"这个孩子看起来也就一岁多，走路都走不稳，还会玩儿沙子？"我对刚才莫名的火气略感抱歉，语气缓和了一些，说，"而且，你见过小孩子玩儿沙子能把手玩儿出这么多擦伤的？"

"就是因为小，才会弄出伤嘛。"大宝不服气地嘟囔道。

我没再吱声，低头继续挖沙。挖了一会儿，我看见了一根白色的细细的带子。我心头一紧，扯出来一看，果真是一条孩子的小围巾。

胸中的闷气又在积聚，我只觉头皮发麻，双耳轰轰直响。我说："埋孩子的地点就在这里。"

王法医点点头表示认可："是什么人这么禽兽不如？这么小的孩子都不放过。"

大宝翻了翻眼睛，终于反应过来："你们……你们说他是被活埋的？"

我们从小就知道，日本鬼子经常活埋人，但是太平盛世，这样的情况极为少见，因为一般人是不会乖乖就范的，但是这么小的孩子例外，因为他根本就没有任何抵抗能力。

王法医把尸体挪到一个干净的水泥平台上，用止血钳夹开婴儿的眼睑："你看，孩子的眼睑里有沙子，结膜有充血，说明死者在被沙堆掩埋的时候还有眨眼运动。如此看来，手上的细小擦伤，应该是一种紧紧抓握沙子的生活反应。"

大宝点了点头。

我看了看四周，因为地处偏远，没有什么围观群众。我转头对辖区民警说："肃清围观群众，我们就在这里就地解剖。"说完"解剖"二字，感觉心中就像有一块大石压着，喘不过气来。用手术刀在这么年幼的孩子身上切划，对法医的心理也是一种摧残。

"你说会不会是弃婴？"大宝说。

我摇了摇头，说："弃婴一般都是丢弃在福利院或别人的家门口。哪家的孩子不是父母的心头肉？即便因为种种原因丢弃，也都是心痛无比，更没有任何理由活埋了他。再说了，弃婴一般都是刚出生不久就丢弃的，这个孩子都一岁多了，而且穿戴整齐，衣物档次也不算差，肯定不是弃婴。"

"如果是一岁多以后发现孩子有病呢？"大宝说。

"秦明说了，衣服的档次不差，家境应该还不错，"王法医说，"没有理由不治病却弄死他呀。"

"有没有病，解剖完就知道了。"我说。

我颤抖的手术刀紧贴孩子的小小胸膛，几次鼓足勇气，都下不去手。老道的王法医用肘部戳了我一下表示安慰，然后抬起手术刀，划开了孩子的胸腹部皮肤。

白森森的肋骨暴露在我的眼前时，一股热血冲进了我的脑门儿。我暗自发誓，一定要把这个狗娘养的畜生绳之以法。

婴儿的骨骼没有发育完全，皮肤薄，所以解剖工作进展得比较快。我和王法医一左一右地站在婴儿两旁，动作迅速地检验着孩子胸腹腔的各个脏器，在即将结束工作的时候，突然听到大宝叫了一声："别动！你们看，孩子在动！"

2

我被大宝的一声叫喊惊得头皮发麻，停下手中的活儿，观察了一下："没动啊，你吵吵什么！"

法医应该是崇尚科学的无神论者，我为我的惊讶而感觉到可笑。

// 第十四案
婴儿之殇

"我们来的时候，尸斑、尸僵还都存在，"王法医说，"确证死亡了的。"

有很多朋友问过我，你们解剖的时候就不怕所谓的死者没有死吗？我告诉过他们，法医在检验尸体的时候，一般都是在死者死亡数小时以后，必须是要等到死者的尸斑、尸僵都形成才能进行。因为尸斑、尸僵是确证死亡的重要指标，和医生宣布死亡是两回事。医生是不可能等到人死后几个小时看到死亡征象才宣布死亡的，他们通常检测不到生命体征就会宣布死亡，但因为一些假死现象，可能会出现"诈尸"的情况。而法医，包括入殓师是必须看到死亡征象才会验尸、火化，所以不会出现"解剖活人、火化活人"的可能。

我又动了几下手术刀，明白了怎么回事，说："你真是瞎添乱，孩子尸体的重量轻，我们手术刀的挪动会带动孩子的尸体。成人重量重，所以不会因为我们动作力量的影响而动。"

大宝尴尬地一笑："我没解剖过孩子的尸体。"

经过尸检，我们确证了孩子是被活活埋进沙堆而窒息死亡的。除了我们看见的体表征象，孩子的呼吸道、食道里都有一些沙砾，尤其是孩子胃里有不少夹杂着沙砾的乳汁。这是存活吞咽才能出现的生活反应。除此之外，孩子全身没有发现损伤和疾病。这是一个长相可爱、健康的小男孩。另外，孩子的尸僵还存在，根据尸体征象的推断，孩子的死亡时间应该有三十个小时左右，也就是说应该是在前一天的凌晨被活埋的。

"既然是谋杀，"大宝说，"杀亲的可能性又很小，那么尸源应该很好找啊。"

"还有一种可能，"我呆呆地看着已经缝合好、重新回归安详的孩子，说，"他的全家，都被杀了。"

"这个只能靠外围调查了。"王法医说，"这么小的孩子，可能连户口都没有登记，除了从衣物上寻找一些线索，其余寻找尸源的办法都不适用。到最后，哪家孩子都搞不清，就丢脸了。"

"总之这是一起谋杀案。"我说，"先立案，然后外围调查，我就不信这个范围不大的区域里还找不出一个丢失了的孩子的线索。另外，孩子胃里的奶样成分，送去进行DNA检验。"

省城的刑侦力量之所以比各地要强，不仅因为有雄厚的财政作为后盾，更重要的是那一名名精挑细选出来的刑警都是得力干将。当天下午，在我还没来得及平复

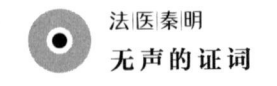

自己心情的时候，王法医就打来了电话。

"发现了一条极有价值的线索，"王法医说，"距离现场五公里的地方，有一座清廷山。"

"我知道那里。"我急于知道线索的细节。

"山脚下有一个小村落。"王法医说，"据那里的一个村民反映，村里的一户申姓人家，有一对儿女。可是，昨天他们听见夫妻俩的吵架声，却没有听见孩子的哭闹。据举报人辨认，这个孩子的衣物和申家小男孩的衣物很相似。"

"好！"我重重地拍了一下桌子，"我们和侦查部门一起去会会这家人。"

申俊是个消瘦的四十岁左右的男人，长得非常丑陋。

"这个是你的孩子吗？"侦查人员向申俊出示了婴儿的照片。

申俊看了一眼照片，微微颤抖了一下，点了点头。

他的举动让我大吃一惊。一个父亲看见自己亡子的照片，不应该是这样冷静的表现。看着侦查人员惊讶的表情，我知道他们的想法和我一样。

"你的妻子呢？"侦查员问。

申俊没说话，摇了摇头，意思是不知道。

"听说你还有个五岁的女儿？"

"她俩一起走了。"

"去哪儿了？"

"孩子丢了，我们吵架了，她就带着女儿跑了。"

"孩子去世了，你不难受？"

"难受有什么用？"申俊耷拉着脑袋说，"昨天知道孩子丢了，我就知道他气数已尽。这么小的孩子，还能找得到吗？"

"你的妻子是什么人？"侦查员说，"我们怎么查不到你们的结婚资料？"

这个信息我开始不了解，听见的时候吃了一惊。目前农村确实还有很多人没有登记结婚，却生活在一起很多年，养儿育女。

"她是大西北来这里打工的。"申俊说，"前几年我卖沙发了家，她追求我，我就和她在一起了。不过她是孤儿，没有户口，所以你们查不到。"

侦查员还想再问一些什么，我拍拍侦查员的肩膀，意思是把这个男人带回去再问。

// 第十四案
婴儿之殇

"你怀疑他吗？"大宝坐在警车里问道。

我点了点头："他的异常冷静不能不让我产生怀疑，还有，这个女人既然是孤儿，她带着孩子能跑去哪里？她不具备赌气出走的条件嘛。"

"就因为这个？"大宝说，"你不是说一般人不可能用这么残忍的手段杀害自己的妻儿吗？"

"如果这个孩子不是他的呢？"我反问道。

现在的DNA检验技术已经日趋成熟，前期处理过程比较简单的检材（如血痕），只需要五个小时左右就可以得出DNA图谱。

晚上的时候，DNA检验结果传到专案组，证实我的想法是错误的。

"既然死者是申俊自己的孩子，确实难以怀疑到他。"我低头认错，"先放人吧。"

"如果是把孩子弄丢了，总不会有路人把孩子活埋了吧？"大宝说，"难道是意外？比如说，大雨冲垮了沙堆，恰巧把孩子埋进去了。"

林涛点头认可。

我摇了摇头，说："29日凌晨四点左右死亡，我查了气象资料，那时候正在下暴雨，现场也都是齐小腿深的积水。一个一岁多的孩子，才几十厘米高，不可能走得到那里去。"

"申俊说，他妻子把孩子丢了以后还回家了，然后吵了架又出走的。"市局刑警支队张支队说，"现在我们有两条路，一是要调查这夫妻俩的情仇关系，尤其是有没有情人、姘头什么的；二是要找到申俊的妻子，这个没有登记户口的孤儿——姜芳芳，从她的身上，可能会搞清楚更多的情况。"

"姜芳芳有没有和申俊说孩子是怎么丢的？"我问。

"据申俊说，姜芳芳回来以后就面容呆滞，只说孩子丢了，其他什么都不说。"

"不太合常理啊，"我说，"你们先调查。能不能弄到个搜查令？我想去看看申俊家。"

张支队点了点头。

在放申俊回家前，我们披星戴月地带着勘查灯赶到了申俊家。

随着省城大建设的推进，大量的建筑需求使卖沙的生意最近红红火火，申俊也

法医秦明
无声的证词

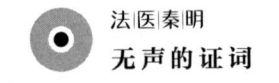

因此赚了不少钱，家里盖了新的二层小楼，装潢考究。

我和大宝、林涛分头在各个房间进行搜查，工作紧锣密鼓，却没有什么有价值的发现，房间的摆设很正常。直到大宝一声惊呼，把我们都吸引到了他所在的主卧室。

"喊什么喊？"我说，"不知道什么叫作秘密搜查吗？"

"还真的有情况。"大宝拿出一个小本本给我。

这是一本省城市精神病医院的门诊病历，是姜芳芳的，诊断结果是：间歇性精神分裂症，躁狂症。

"姜芳芳是精神病患者！"林涛说。

"你说会不会是姜芳芳犯病了，所以埋了自己的孩子？"大宝问。

"那为什么申俊要隐瞒姜芳芳是精神病人这一线索呢？"我说。

"你为什么总是怀疑他啊？我觉得他蛮正常的。"王法医说，"他好歹也算个小老板，自己老婆是精神病人，说出去多没面子。"

"是啊，"大宝说，"每个人都有自己的想法，所以我们不能用常理来推测每一个人的想法或者动机，这是师父说的。"

我点点头，说："有道理。那我们现在就更要找到姜芳芳了。"

回去的路上，我们和王法医兵分两路。省城的法医数量比较少，却要承担整个市区的非正常死亡案件，王法医又接到了110指挥中心的指令，要求他去附近的一条旱河里出勘一起非正常死亡的现场。

晚上，我噩梦连连。我梦见了那个可爱的小男孩，梦见他被埋在沙堆里拼命地挣扎。我伸出手去，却怎么也触不到他。我奋力挣扎，却离他越来越远……忽然，我又回到了解剖室里，面前站着的却正是制造"云泰案"的恶魔。他一步一步向我靠近，张着血盆大口，白森森的獠牙在无影灯的照射下闪闪发光。我拿起手铐向他扑去，却扑了个空。他就在我的身边，我却总是抓不住他。他一转头，向解剖室外跑去。我拔腿就追，却怎么也跑不动，只能满头冒汗地干着急。

我一身冷汗地从床上坐起，惊醒了身边熟睡的铃铛。我抬头看看窗外，天已经亮了。

"又做噩梦啦？"铃铛惺忪着双眼，"这样不行，你天天这么大的压力，哪受得了？"

我搓了搓脸，摇摇头说："没事儿，就是有个心结没解开而已。"说完，我

第十四案
婴儿之殇

拿起床头的笔记本，翻看着"云泰案"的笔记。为了这个案件，我足足记了半本笔记，记录了"云泰案"已串五起案件的全部现场勘查、分析、尸体损伤、案件难点、疑点等情况，抽空就看看，总想找到我没有发现的问题。这个案子不破，我的噩梦就不会停止。

"你再睡会儿，"我对铃铛说，"我先去专案组了。"

专案组的全部成员，包括王法医，都是一夜没睡。专案组办公室里就像是着了火，刚走进门的我，被浓重的烟味呛得咳嗽了几声。

"来啦？"张支队一脸严肃，"姜芳芳死了。"

"死了？"我顿时忘却了这呛人的空气，"怎么死的？"

"昨晚我去出勘的那个非正常死亡现场的死者就是姜芳芳。"王法医说。

"你怎么知道？"

"我们也是刚刚才知道。DNA实验室昨晚干了一夜，做出昨晚死者的DNA和申俊儿子胃内乳汁的DNA检验同一。"

"死因呢？"我说，"知道吗？"

王法医点点头："从初步的尸表检验看，符合生前高坠死亡。"

生前高坠死亡通常见于意外或者自杀，他杀比较罕见。

"杀了自己的孩子，自己自杀，"大宝说，"这样就能解释通这个故事了。"

"尸体没有检验吧？"我问。

王法医摇了摇头，说："之前我看完现场，从死者的口袋里找到一张她抱着小孩的照片。我看那个小孩就应该是申俊的儿子，所以起了怀疑，连夜进行了DNA检验。我是准备检验确证后再进行尸体解剖的。"

我赞许地点了点头："我们先去看现场！"

3

现场位于清廷山半腰的一条旱河。说是旱河，准确地说应该是一条峡沟。沟里常年没水，但是前一周连降暴雨，据说水位最高的时候达到了20cm。

沟底怪石嶙峋，尸体就是被村民发现躺在一块位置较高的石头上。石头上方是横跨峡沟的一座石头桥，石头桥的两边有较高的扶手，防止路人不慎坠落。我站在石头桥上，紧紧扶住扶手往下望去，可以清楚地看见沟底石头上用粉笔画出的人形痕迹，那是勘查人员在运走尸体前留下的尸体原始位置标记。

"这么高，怎么下去？"恐高的我看了看沟底，足足有二十多米高。

"这扶手是白水泥砌的，脏得很。"王法医把我拉开，帮我掸了掸裤子上黏附的白灰，说，"昨天我们是'吊绳子'下去的。"

所谓的"吊绳子"，就是在勘查人员的腰间捆上一根手腕粗的绳子，然后由几个人拽着绳子，把勘查人员放到桥底。

这是电视上特种部队才干的活儿，没有想到法医也要这样做。听完，我又望了一眼桥下，感觉双腿发软。

"我们下去看看就可以了，你在上面等我。"大宝知道我恐高，这样的活儿，我很难干得了。

我犹豫了半天，还是拒绝了："不行，我还是下去看看吧，也试一次'吊绳子'。"

随着绳子在空中慢慢下降，我就像是一只折翼的小鸟，万般无助，第一次感觉自己的小命被别人抓在手里。捆在腰间的绳子勒得我胸口生疼，整个身体摇摇欲坠、随风摇摆。我不敢往下看，闭着眼睛，直到感觉自己的双脚着了地，才蹲在地上摸了摸快跳出来的小心脏。

我用卷尺测量了一下石头的高度，离附近低洼处有30cm。

"死者是什么时候死亡的？"我问。

"前天晚上九点左右吧。"王法医说。

"29日凌晨四点小孩死亡，29日白天姜芳芳回家和申俊吵架后离家，29日晚上九点姜芳芳死亡，30日上午发现小孩尸体，30日晚上发现姜芳芳尸体。"我在自言自语。作为一名法医，在处置多名死者死亡的案件时，首先要做的是搞清楚死者的死亡时间和发现时间，才能理清楚时间线，从而方便案件分析复原。

"这个石头地势高，"大宝说，"好在尸体处于这么高的位置，不会被泡在流水里。"

"是啊，"我说，"虽然29日晚上也下雨了，但被雨淋和被水冲是两个概念。尸体上的一些关键物证应该不会被完全毁坏。"

说完，我用手抹了一下尸体所在位置的石头，石头很光滑、干净，手上啥也没有黏附。我又从勘查箱里拿出宽胶带，在石头上粘了一下，粘起来一些小小的黑色石砾。

// 第十四案
婴儿之殇

我说:"好了,去殡仪馆干活儿吧!"

上去的路,我们是走到峡沟的一侧沟壁,吊着绳子往上爬,上面的民警拉着绳子以减轻我们的自身重量。吊着绳子往上爬,比被别人吊下来要累多了。

爬上去以后,我们勘查人员和在上面拽绳子的民警都气喘吁吁。

那民警弯着腰说:"秦……秦法医,你该减肥了。"

省城殡仪馆,市公安局法医学尸体解剖室。

全省最好的尸体解剖室在今年建成了,走进解剖室就能感觉到档次不同。大功率的全新风空调和强大的通排风系统将解剖人员所站的位置形成一个空气流动环,尸体的腐臭气味从理论上讲,直接就能从解剖台被抽走。

在通排风系统的轰鸣声中,我们开始了对姜芳芳的尸体解剖。

和我想象中的不太一样。对比那个长相丑陋的四十多岁男人申俊来说,姜芳芳算是个美丽的少妇,不到三十岁的样子,有一副好身材和一张楚楚可怜的小脸。当然,这是通过想象她生前的模样得出的结论,躺在手术台上的她七窍流血,原本白净的脸上脏乱不堪,眼睛旁也已围了一圈黑晕。

颅底骨折可以导致血性脑脊液通过骨折缝,再通过口、鼻、耳腔流出体外,同时,血液通过骨折缝流进筛窦、眶周,形成这种"熊猫眼"的征象。

我们采用先重点后普通的顺序开始了尸体解剖。姜芳芳的头部损伤是全身损伤中最重的,枕部颅骨粉碎性、凹陷性骨折,枕部的脑组织和小脑组织已经挫碎,脑浆从头皮创口中流出来。

姜芳芳的大脑额叶脑组织也有严重的脑挫伤伴大量硬脑膜下出血,但对应部位的颅骨和头皮没有任何损伤,说明她头部的损伤是一个对冲伤,符合生前高坠形成。

相对应的,姜芳芳的背部、臀部皮下和肌肉内都有大面积出血,胸椎和骶椎都有明显的骨折、出血征象。

"她是仰面朝天摔在石头上的,"大宝说,"能不能以此推断出她起跳时候的体位?"

我摇了摇头,说:"二十多米的高度,尸体很可能在空中有翻滚,所以体位没有多大的价值。"

"那什么有价值?"大宝问。

我指了指姜芳芳的一双手。

法医秦明
无声的证词

她的双手指尖和掌腕关节都布满了擦伤，手指指缝和长长的指甲里夹杂着一些污物。

"虽然经过了大雨的浇淋，"我说，"但是这些指缝和指甲里的污物有些令人费解，和这个穿着讲究的女人的生活习惯不太相符。"

大宝推了推眼镜，凑近了看。

我拿起宽胶带，黏附了一些指缝和指甲里的污物，又从身边的物证箱里拿出在现场提取的宽胶带，递给王法医，说："你先把这个送去微量物证实验室吧，用电子显微镜看一下，和现场发现婴儿尸体的沙堆的沙砾是不是一种成分。"

"明白了。"大宝说，"你看得还真仔细啊，这个确实是验证她就是杀孩子的凶手的最好证据。如果确证死者周围的环境没有这种成分的沙砾，那么她就不可能是在死亡现场附近接触到沙砾的。"

我叹了口气，说："即便是比对一致，也只能说她在婴儿尸体现场附近抓过沙子，不能直接确定她就是杀人凶手啊。自产自销的案件就是这点麻烦，没有口供作为验证。"

回到尸体旁，我们开始对尸体前侧的一些小损伤进行了检验。姜芳芳的胸口两乳之间有一处拳头大小的皮下出血，其余体表没有再发现损伤。

"这个申俊还是比较心疼老婆的，"大宝说，"丢了孩子吵架，也没动手。"

"这不是损伤吗？"我指着姜芳芳胸口的损伤说，"这一处损伤，总感觉有些问题。"

"什么问题？"大宝说，"普通的皮下出血啊。"

我挥手制止大宝继续说话，低头想了想，走到解剖室的一角，把解剖开始时脱下的姜芳芳的衣服一件件摊在地上。

这时，一名侦查员走进了解剖室："秦法医，我们前期调查基本结束，姜芳芳有个外遇对象，我们已经把他控制起来了。支队长让我来向你通报一下。"

我的目光没有离开死者的裤子，说："你说姜芳芳可能是被她的情人杀死的？"

侦查员一愣，说："不不不，那不可能，姜芳芳不是跳河自杀的吗？经过我们的调查，29日晚间，他没有作案时间，但是28日晚上到29日凌晨，他没有不在场证据，所以我们怀疑孩子是他杀的。"

我抬头看了看侦查员，说："可是我觉得孩子是被姜芳芳杀害的。"

"杀自己的孩子？还用那么残忍的手段？"侦查员一脸惊愕。

// 第十四案
婴儿之殇

"我们不能用自己的想法来衡量一个精神病患者的想法。"我说,"这样对待一个小孩子,一般人是做不出来的,通常是精神有问题的人才能做出来。除了手上的沙砾,我们还发现死者的鞋子上沾满了黄泥,她死亡的地方是没有黄泥的,这个黄泥应该是在埋婴儿的现场黏附的。"

正说着,解剖室的电话突然响了,是王法医打来的。经过电子显微镜的识别,姜芳芳指甲里的沙砾和婴儿尸体现场的沙堆沙砾成分同一。

"现在我们有个间接证据能证实孩子是被姜芳芳埋的。"我说。

"你说有没有可能是别人在埋孩子,姜芳芳在那里挣扎、抵抗、挖孩子啊?"大宝有些不放心。

"姜芳芳身上没有威逼、抵抗损伤,"我说,"所以她在生前没有遭到控制、威逼。"

"那就好,"侦查员说,"案件自产自销了,虽然证据还有些问题,但是我们还有别的路可以走。我们得赶紧找到小女孩,她当天晚上和母亲、弟弟一起出门的,所以她应该知道自己的母亲埋弟弟的事情。你们说姜芳芳自杀前,会把小女孩送到什么地方去呢?不会也埋了吧?五岁的小孩没那么容易被埋吧?"

"她是间歇性精神病,还有躁狂症。"我说,"她29日白天和申俊吵了架,没动手,说明她那时候应该趋于正常了,应该不会再去杀害自己的女儿。"

"那她自杀的行为,是愧疚的行为吗?"大宝问。

我摇了摇头,说:"到现在为止,我也没有下结论说姜芳芳是自杀。"

4

"什么?"大宝说,"你不会认为是他杀吧?用这种手段杀人很罕见啊。"

"罕见不代表没有。"我说,"罕见是因为杀人的人不知道被害人什么时候会到高处,不知道怎么才能找到最好的时机下手。但如果是很熟悉的人,有很好的借口把被害人骗到高处,又有很多机会推她高坠,那么就可以完成这个隐蔽性很高的杀人行为。"

"可是,"大宝说,"我们没有依据啊。"

"有!"我斩钉截铁地说道。

"我开始就对现场有一些疑惑,所以才要自己下去感受一下。"我说,"首先我要问一下，你们知道姜芳芳是处于什么体位从桥上坠落的吗？"

"那个……你这人真奇怪，"大宝说，"我刚才还问了，你说空中可能有翻滚，所以不能通过体位判断的。"

"我是说不能通过她死亡的体位来判断她坠落起点的体位，"我说，"但是我们有其他的办法。"

说完，我用手指了指死者的裤子。

死者的裤子是墨蓝色的棉布料子。裤子臀部至腰部的位置，可以看到一条隐约的白色痕迹。

"正是因为死者处于仰卧位的体位，后背淋不到雨，"我说，"她所在的石头又没有被浸泡入水里，所以这条痕迹完整地保存下来了。"

"明白了，"大宝说，"这是她靠在石桥栏杆上时裤子上黏附的栏杆的白灰。"

我笑着点了点头。

"别扯远了啊，我们在讨论姜芳芳是自杀还是他杀呢。"大宝说。

"体位很重要。"我说，"你还记不记得死者所处的位置和桥梁正下方的距离。"

"记得，有好几米呢。"大宝说。

我用手指蘸了水在解剖室地面上画着抛物线，说："如果是自由落体，物体坠落的地点应该是坠落起始点的正下方。如果物体有个初速度，那么它的坠落路线应该是个抛物线，初始速度越快，落地点的位置离起落点的正下方越远。"

"初中物理，"大宝不耐烦地说，"我还能不懂吗？"

"那么，我们就把初中物理知识结合到这个案子里看。"我说，"既然死者是仰面坠落的，那么她在坠落的起始，是不可能有多快的初速度的。"

大宝恍然大悟："对啊，我们看的自杀高坠现场，有很多都是落地点位置远离起落点正下方，那是因为死者是正面有个助跑后起跳的，初始速度快。如果是仰面起跳，那么确实没法助跑，不会有初速度，更何况有个栏杆作为阻挡物，更不会有多快的初速度了。"

"那么，为什么这个案子里的落地点距起落点正下方这么远呢？"我问。

"别人推的！"

我点点头，说："那么，尸体上有没有表现呢？"

大宝拿起止血钳，指着死者胸口的皮下出血，说："有！"

"你们，"侦查员又露出一脸惊愕的表情，"你们说她不是自杀的？"

// 第十四案
婴儿之殇

我和大宝异口同声："他杀。"

"那……那会是谁干的呢？"侦查员问。

"你说呢？"我笑着说，"还能有谁呢？我最先见到申俊的时候，就觉得他的表现很奇怪，他对自己儿子的死亡不吃惊，对妻女的失踪不着急，这实在不符合常理。"

"如果是他杀了人，那么他的女儿藏哪儿去了？为什么要藏？"

"我觉得吧，五岁的孩子什么都不懂，很可能她目睹了全部案件过程，所以申俊怕她说出来。"我说，"可以去申俊的一些亲戚朋友家里找找。"

侦查员点头应允，转身离去。

孩子是在申俊公司的一个财会人员家里找到的。当侦查员找到她的时候，她着实被吓着了，蜷缩在床头瑟瑟发抖。为了稳定她的情绪，刑警支队找了一名便装女民警，和孩子的幼儿园老师一起，对小女孩进行了询问。

如果早一些找到小女孩，案件可能没有这么麻烦。和我推断的一样，小女孩目睹了整个案件的过程。在幼儿园老师的引导下，小女孩说出了全部的真相。

到案后的申俊并没有做出太多的抵抗，直接交代了全部案情事实。故事终于拼凑完整了。

申俊三十五岁那年认识了姜芳芳，两人一见钟情结了婚，婚后一直美满幸福，还产下一女。申俊出身农村，重男轻女，还想再要个儿子，终于在四十多岁时如愿以偿。

儿子出生后，申俊把他当成自己的心头肉一样去呵护，捧在手上怕掉了，含在嘴里怕化了。可是在儿子出生后不久，申俊发现姜芳芳有一些不正常的地方，她总是在半夜起床，走到门口的大树旁用拳头捶树，有的时候甚至能捶破自己的双手。另外，姜芳芳还总是莫名地发火，发火以后却不承认自己的无理行为。

好端端的怎么突然就变了一个人？申俊被姜芳芳莫名的发脾气和令人发毛的梦游逼到了精神濒临崩溃的程度，忍无可忍的他下决心把姜芳芳绑去了市精神病医院。

结果和他预料的一样，姜芳芳真的患上了间歇性精神分裂症。

打击接踵而至，在姜芳芳住院期间，申俊发现自己的妻子竟然有段婚外情。

昔日恩爱的夫妇日渐疏离，姜芳芳就像是一个越来越沉的包袱，压得申俊喘不过气来。

这一天，申俊去公司办事，回来后发现姜芳芳居然带着儿子、女儿离家了。

在暴雨中找了半天，申俊没有找到娘儿仨的踪迹，急得像热锅上的蚂蚁在家门口转悠。直到29日上午，才看见姜芳芳带着女儿湿漉漉地回来了。

"儿子呢？"申俊没有看见儿子的身影，心里就像是一团火焰在燃烧。

可姜芳芳也是一脸着急，怎么也说不清楚是怎样把儿子弄丢的。申俊见女儿一脸惶恐，找了个机会私下盘问，才发现那噩梦般的夜里究竟发生了什么。

原来那天下午姜芳芳在家待得无聊，看雨停了，便带着两个孩子出门散步。可是走着走着他们就迷了路。这个时候天空开始落起了雨点，找不到路的娘儿仨开始焦躁起来，可是天色渐暗，他们越着急反而越找不到回家的路。

郊区大雨的夜晚，娘儿仨走到盛世花园工地一侧的垃圾场附近，依旧找不到人问路，工地的工人此时都已在位于工地最内侧的工棚里睡着了。

找了个躲雨的地方，姜芳芳给儿子喂了奶，可是儿子依旧大哭大闹。可能是累积的焦虑诱发了躁狂症，姜芳芳二话没说，抱着儿子走进雨里，把他塞到了坍塌了一侧的沙堆中，用手扒拉着沙子把孩子埋了起来。

在几十米外目睹了全过程的女儿被妈妈的行为彻底吓蒙了，再也不敢哭喊一声。犯了病的姜芳芳牵着女儿又走了很远，直到天色发白，才清醒过来，发现孩子丢了。

五岁的女儿又惊又怕，更记不住那个活埋了自己弟弟的地点，只好跟着妈妈回了家。

申俊知道了真相之后又气又痛，几乎背过气去，在心里藏了很久的想法再次涌上心头。

那天天色渐晚的时候，申俊提出要和姜芳芳一起去找儿子的尸体。快要被愧疚淹没了的姜芳芳没有理由拒绝，但提出要把女儿带着，因为女儿有可能会记得去的路。以此为由，申俊带着姜芳芳和女儿走到了那座石桥上，趁姜芳芳不注意，把她推下了石桥。

在得知公安机关发现了一具婴儿尸体的时候，申俊知道早晚会查到他的头上，为了不让女儿暴露他的行为，他做通了公司一个和他有暧昧关系的会计的工作，把女儿藏在了她的家里。

"最无辜的就是这个小女孩了，看着妈妈杀了弟弟，又看着爸爸杀了妈妈，"我叹了口气，"她以后该怎么办呢？"

"发生了这种事，"大宝很迷茫，"该去怪谁呢？"

| 第十五案 |

金屋残娇

嫉妒是来自地狱的一块咝咝作响的灼煤。

——歌德

法医秦明
无声的证词

1

晶晶和海萍是省城天正律师事务所最年轻、最漂亮的两名律师。

为了扩充事务所的规模，提升事务所的形象，王天正用不低的薪酬从政法大学招来了这两名在学校就通过了司法考试的律政佳人。

两位才女虽然都是人气校花，性格却截然不同。晶晶性格外向，善于交际，周旋于事务所众多帅哥之间，给他们一种看能看得到、摸却摸不着的感觉，像只小猫一样不停地挠着他们的心。海萍则是个内向的美女，她崇尚"不以结婚为目的的上床都是耍流氓"，每天下班后，她就用一对耳机塞住耳朵，沉浸在自己的音乐世界之中。

她们的老板王天正是个顾家的男人，对自己的妻子言听计从。尤其是此时，妻子已经有了几个月的身孕，他更是每天准点回家，就连事务所夺了今年律师界的大奖的庆功宴，他也想缺席。同事们不可能在这种时候放过老板，强行将他留了下来。

晶晶喝得多了些，勾着王天正的脖子，要他送她回家，然后给了海萍一个眼色。

海萍就是省城人，但为了上班更近一些，所以和晶晶一起住在公司为她俩租的一套两室一厅的房子里。可是因为晶晶偶尔会带个帅哥回来，海萍觉得自己成了个灯泡，而且她实在无法在晶晶整夜的浪叫声中入眠，于是她们心照不宣地达成了协议，晶晶若要带人回来，会提前告知海萍，而这一晚，海萍就会回到十几公里外的自己家里住。与人方便就是方便自己，海萍一直这样觉得。

夏日的周末晚上最热闹。海萍下了公交车，漫步在热闹的街道，看着熙熙攘攘的夜市里勾肩搭背的男女，浮起一丝自怜。二十四岁了，还从未有一个男人能走进她的心里。想着刚才晚宴上晶晶的奔放表现，她心想，若是自己也能像晶晶那样没心没肺就好了。

海萍不愿意回家，因为一回家，父亲、母亲和哥哥就会分别来刺探她的感情现

// 第十五案
金屋残娇

状，生怕她嫁不掉一样。所以，周六一早，趁着父母还没有起床，海萍就拎起包准备回宿舍去。阳光明媚，和晶晶一起逛一整天街也不失为一件趣事。

海萍开门走进宿舍的刹那，仿佛闻见了一丝异味。晶晶的房门是关着的，估计昨晚折腾得挺晚，到现在还没有起来。海萍躺倒在自己的床上，拿出手机刷微博。可是她越来越觉得那种异味很不正常。她是律师，实习时也会去案发现场，那种异味闻上去就像是血的味道。海萍越想越害怕，跳起来敲了敲晶晶的房门，一片死寂。

海萍找到备用钥匙，抖着手打开了晶晶的房门。门刚推开一道缝，浓烈的血腥味就扑鼻而来。她往后退了一步，几乎不敢往房里看去……

我们赶到现场的时候，海萍还没有缓过神来。她坐在派出所的警车里，双手抱膝、瑟瑟发抖，脸上满是泪痕，一副楚楚可怜的样子。

"有头绪吗，胡老师？"我看眼前这个报案的女孩肯定是吓得说不出话了，于是转头问身边刚从现场出来的胡科长，"什么情况？"

"估计是性变态杀人，"胡科长说，"很有头绪，嫌疑人已经被控制了。"

"又是一个铺垫基础的案例啊。"因为单位也位于省城，所以省城市公安局管辖的命案，即便不是疑难、重大案件，师父也会要求我尽量参加侦破，从而掌握大量的基础案例作为提升自己业务素质的铺垫，让自己迅速成长。

"不过手段是蛮残忍的，"胡科长说，"漂漂亮亮的一个小姑娘，现在追悼会都没法开了。"

现场有明显的打扫痕迹，痕迹检验部门也确认了凶手杀人后用拖把拖了地，抹除了可能留下的痕迹物证。

"打扫现场，"胡科长说，"通常是熟人所为。"

我点点头，问："尸体运走了吗？原始状况是什么样的？"

胡科长走到位于现场内侧卧室的床边，指着床沿说："当时死者就躺在这里，全身赤裸、四仰八叉，四肢被尼龙绳绑在床沿四角，嘴巴被胶带粘住，衣服被撕碎，扔在床边。死者身上、脸上加起来估计有两百多刀，都是深达皮下。"

我想象了一下原始现场的原貌，不禁后背发凉："那死者是被疼死的？"

"现场有大量血迹，初步考虑是失血性休克，也就是慢慢失血、慢慢死去的，死者生前承受了一般人不可能承受的痛苦。"

"尼龙绳和胶带是哪里来的？"我问。

"问了报案的小女孩,她说是之前她们搬家用剩下的,都放在死者卧室的床头柜里。"胡科长说,"所以说,肯定是熟人喽。"

"还有个熟人的依据,"胡科长想了想,补充道,"就是通过初步勘查,我们没有在死者相关部位发现威逼伤和抵抗伤,说明凶手是在死者不备的情况下,突然发难的。能进入一个单身女孩家里且能够寻找机会突然发难,一定是熟人。当然,也可能这种捆绑就是凶手和死者之间的一种协议。"

我点头认可。要控制被害人,又要有充分时间寻找绳索,是很难做到的一件事情,所以我更愿意相信是凶手和死者在玩SM(虐恋)游戏,只是死者没有想到凶手会变态到要动刀。

"嫌疑人是什么人呢?"我问。

"死者的老板,一家律师事务所的首席律师王天正。"胡科长说,"昨晚正是这个王天正送死者回家的。"

"有证据吗?"

"小区的监控,记录车的情况没问题,只是晚上看不清人脸。"胡科长说,"但是在现场,我们提取到了一枚避孕套。"

"会打扫现场的凶手,怎么可能在现场留下避孕套?"我很质疑这个证据。

"避孕套是在床缝里发现的,"胡科长说,"可能是凶手用完后,不慎将它掉落,想再找却找不到了。如果这个避孕套里的精液是王天正的,那就是直接证据。"

"可是,"身边的侦查员插话道,"目前王天正否认和死者有过性关系。他说当晚只送死者到楼下,楼都没上。通过对王天正妻子的询问,王天正回家的时间也很正常。王天正的同事都说王天正特别'妻管严',这种事儿肯定不敢干。"

"那可不一定,"胡科长说,"如果真的是王天正干的,他的妻子很有可能在给他打掩护。越是道貌岸然的人,越是有可能心理变态。他的妻子不是怀孕了吗?他这时候出去作案完全有可能。"

被胡科长这么一说,我的心头闪过了"云泰案"的影子。

"如果避孕套里的精液是王天正的,那么他所有的供述都不成立了。"我皱皱眉头,说,"先去检验一下尸体吧。"

死者的死状很悲惨,仅面部就被锐器划了数十刀,看不清眉目,一副狰狞的面孔。女性的特征性部位也被不同程度划伤,黄色的脂肪组织翻出了皮肤外,创口阴森森地滴着血。

"看,"胡科长切开死者的四肢关节,说,"没有发现任何约束伤和抵抗伤,凶手不约束、威逼死者,是怎么做到找绳子、捆绑人呢?"

"会不会是把死者弄晕了以后,利用死者昏迷的时间寻找绳索呢?"我问。

"昏迷无外乎药物、颅脑损伤和窒息才可以形成,"胡科长说,"没有发现相应的损伤啊。毒物检验也正在进行,应该不会有什么发现的。"

"尸体上能看出窒息征象的口唇、眼睑、手指都被凶手用刀破坏了,"我说,"但是刚才我看了颅底,发现有颞骨岩部的出血。"

胡科长说:"不错,机械性窒息死亡的尸体,确实常见颞骨岩部出血。但这不是机械性窒息的一种非特异性指标。不是说有颞骨岩部出血,就一定是窒息死亡,必须要有导致窒息的原因存在。"

我点点头,用纱布擦拭着死者颈部已经被我们逐层分离的肌肉,说:"颈部被划了好几刀,虽然没有伤到大血管,但是污染了颈部的肌肉,我们看不出她的颈部生前有没有遭受过暴力。但给我的感觉是,死者的舌骨大角活动度右侧大于左侧,不知道能不能作为有被扼颈的依据。"

胡处长沉思了一下,说:"不好说。另外,你看,死者的生殖道里有片状的黏膜内瘀血,这是生前进行性行为的依据,可是我们在死者的生殖道内没有发现精斑,这说明我们在现场提取的避孕套就很有价值了。"

"避孕套是新鲜的吧?"我的脑海里又闪过了一丝"云泰案"的影子,但是我心里很清楚,这起案件和"云泰案"的诸案无任何关联,显然不是一个人所做。

胡科长点了点头,说:"肯定是这两天用的。而且,和死者同屋的那个女孩海萍证实,这些天,死者都不曾有过性行为。所以,这个避孕套只有可能是昨晚用的!"

我隐隐觉得有一些逻辑漏洞,却又无法挑出毛病来。

"那这处损伤是怎么形成的?"大宝有了新发现。

2

大宝发现的,是位于死者右手掌心处的表皮擦挫伤,很轻微,但是因为皮瓣的存在,所以方向性很明显。形成这样的损伤是一种较锐的物体的刮擦力,力的方向从掌根到指尖。

"这是什么物体形成的?"大宝质疑道,"而且力的方向和打击形成的方向正好相反。"

"抓大放小吧。"我说,"死亡时间是凌晨两点,可以确定吗?"

大家一起点头。

分析现场不能面面俱到,不能因为一些小的不符合而更改大的推断方向,这就是专家们经常会说的"抓大放小"。法医是人不是神,不可能解释所有现场现象,所以对于案件的分析,只需要能解释清楚大的方向即可。

我拿起死者的手腕和脚踝,白皙的皮肤上被绳索勒得血痕累累,可以看得出来,死者生前有过痛苦的挣扎。

"你说,"我转头看着胡科长,"既然是熟人,玩SM,为什么要用胶带封嘴?"

胡科长知道我的意思。胶带下方没有沾染血迹,胶带上面却浸染了血迹,胶带覆盖的皮肤并没有被划伤,这说明是先用胶带封了嘴,然后才动刀子的。凶手显然不是因为划疼了死者,怕死者喊叫才封嘴的。

"会不会是有动刀的准备,所以提前封了嘴?"胡科长说。

我低头不语。

胡科长的手机铃声突然响起。

现场发现的避孕套内的精斑,确实是王天正所留。

"哈哈,"胡科长兴奋起来,"案子破了。新鲜的避孕套,还是王天正所留,之前王天正一直否认到过死者家里,这次看他怎么狡辩。"

既然有了铁证,我也没再说些什么,仔细缝合了尸体,然后收队。

这个爱漂亮的女孩,死后也应该不愿意太难看吧。我们尽力细缝了解剖创口,然后用酒精棉球擦干净她脸上创口内的血迹。

第二天一早,我就接到了胡科长的电话。

"王天正这小子嘴硬得很,"胡科长说,"突审了一夜,他就是不交代。在铁证面前,还是一味地哭喊着冤枉。"

"那侦查部门怎么说?"我问。

侦查员在长期的审讯、侦查过程中,会因为经验的积累而出现一种"直觉"。事实证明,这种直觉往往很准确。侦查员的直觉,对现场勘查员的勘查方向也是个重要参考。

// 第十五案
金屋残娇

"这就是我们想叫你过来继续参与侦查的原因。"胡科长说,"据主办侦查员说,王天正在整个审讯过程中,一直强调自己没有去过晶晶家里,在听到避孕套的证据时,先是愣住了,然后大喊冤枉。主办侦查员说自己对最近比较流行的姜振宇的微反应学说很感兴趣,听过姜老师的课,用微反应的理论来判断,这个人不像是在说谎。"

我沉吟了一下。

"另外,"胡科长接着说,"视频侦查部门又对小区的监控进行了研究,虽然小区进出的人非常多,而且监控看不清身体特征,但据王天正的同事反映,他当晚穿的是红色的夹克。视频侦查的同志发现一对男女晚九点半进小区,男的九点四十出了小区。这个男的穿红衣,女的衣着也和晶晶相似。"

"如果是他们,王天正就没有作案时间了?"我问。

"他连上楼的时间都没有。"胡科长说,"那他的避孕套怎么会留在晶晶家?这一点解释不通。另外,因为前天是周末,所以凌晨两点晶晶死亡的时间点也有很多人进出小区,也有穿类似红色衣服的人,所以,监控证明不了什么。"

"不如这样,"我叹了口气,"十五分钟后,我们在晶晶家楼下集合,再去看看现场。"

现场封存,因为不透气,所以依旧血腥味儿十足,海萍也已经搬离了现场。据说这房子的房东天天在正律师事务所吵着闹着要赔钱,可是王天正现在正在被刑事拘留中,也没人能出来做主,房东就转战辖区派出所,在派出所门口堵门。

大宝和林涛满房间寻找新的痕迹物证,我却被现场大门锐利的白色门框吸引了过去。

现场的大门是铁质的大门,内侧有个白色的木头门框。可见这个房子是在重新装潢的时候,把老式的木门换成了铁质的保险门,只是遗留下了那一圈白色的门框。

用四甲基联苯胺进行了化学处理,门框上意外地出现了翠蓝色的血反应,而且这个反应出现在门框的锐利缘。

"这个门框的锐利缘朝向是大门的门框,擦蹭是不可能擦到这里的。"我用放大镜看了看血迹形态,说,"那么,这里的血是哪里来的?"

胡科长蹲在身边,看了会儿,瞪大眼睛,说:"死者的手!"

"对,"我笑着说,"就是大宝发现的那处损伤,门框的锐利缘可以形成。"

大宝听见自己的名字，赶紧跑过来参加了讨论："再结合损伤的方向，那么死者应该是用手抓住门框，身体向后，手掌在锐利缘形成损伤。"

我点点头，说："这处损伤说明了两个问题，一是结合死者颈部可能存在的损伤分析，死者是在门口突然遭受袭击，下意识地用手抓住门框，但是力量不及凶手的力量，被推进门去。说明凶手是在门口进攻，而不是和平入屋；二是大门上有猫眼，如果不是熟人，死者不可能半夜给一个陌生人开大门。"

胡科长说："很有道理。简单归纳你的意见，凶手应该是晶晶的熟人，但不是王天正。因为晶晶给海萍的信号，就是要把王天正纳为裙下之臣了，那么王天正应该可以和平进屋。"

"倾向性意见是这样，"我说，"但是不能完全排除王天正性子急，在门口就开始施暴的可能。通过这个迹象，基本可以认定凶手是在门口突然袭击，然后掐晕了晶晶，在晶晶昏迷的状态下，找到绳索和胶带，捆住她的四肢，然后强奸、切割她的。"

"可是避孕套怎么解释？"大宝说，"事实证明，晶晶遭受了性侵害，而阴道内没有精液，精液都在床缝的避孕套里。"

"这个我也解释不清楚。"我垂着眼皮，摇了摇头，"不过，我觉得我们应该公开搜查一次王天正的家。别忘记了，我们知道王天正当天晚上穿的什么衣服，而死者大量失血，凶手的衣服即便被清洗过，也应该有微量血痕反应。"

王天正的家里。

一个美艳的妇人挺着大肚子，正在哭泣。一个女民警坐在她的身边，轻拍着她的肩膀，柔声安慰着。

我的心里不禁有一丝担忧。这次突发事件，给这个怀着孕的女人带来的心理创伤可想而知，如果我们抓错了人，实在是对不起人啊。

越是担心的事，越是会发生。王天正前天晚上穿的衣服扔在洗衣机里，还没有清洗。我们花了近一个小时的时间对衣缝、衣角进行了显血实验，可是未果。

"我们可能真的抓错人了。"我不禁脱口而出。

一旁的妇人停止了哭泣，睁着大眼睛充满期待地看着我们。

我满心内疚，走到妇人身边，说："因为现场有铁证，所以我们抓了你的丈夫。但是从目前情况看，他很有可能不是凶手，应该是个好男人、好丈夫。"

第十五案
金屋残娇

妇人张了张嘴，惊得没说出话。

王天正不可能在门口就施暴，如果施暴的话，衣服上不可能不黏附血迹，唯一无法解释的就是那一枚新鲜的避孕套。

突然，我的脑子里灵光一闪。

"胡科长，你说那枚避孕套有多新鲜？"我问。

"两天之内用的吧。"

我又转头问身边的妇人："你和你丈夫最近有过性生活吗？"

妇人的脸颊染上一层红晕。

"她怀着孕啊。"胡科长做了个制止我说下去的动作。

妇人知道我是在帮王天正，于是小声说道："前一天晚上，我们有过。"

"既然这样，"我看着胡科长，大胆地说，"会不会是有人用王天正用过的避孕套栽赃陷害？"

胡科长明白了我的意思，拿出手机，迅速拨通了DNA实验室的电话："现在需要对这一起命案的重要物证——避孕套进行补充检验，对避孕套的外侧进行检验，看看它的外侧DNA是属于哪个女人的。"

妇人不解地看着我们，又是紧张又是困惑。

其实道理很简单。现场发现的避孕套内的精液是王天正的，如果是王天正和晶晶用的避孕套，那么避孕套外侧的女性DNA应该是晶晶的。如果外侧的DNA是王天正老婆的，那么他们俩用过的避孕套怎么会跑去现场呢？只有可能是栽赃陷害！

"另外，我觉得能做出这样事情的人，肯定是性心理变态的人。"在回去的路上，我说，"性心理变态多发在一些有性功能障碍的男人身上。比如这个案子，如果真的是栽赃陷害，那么这个实施性侵害的男人没有在死者体内或体外遗留精液，很有可能在性功能方面有些问题。说到这个，我一直在跟的'云泰案'，前四起案件都有少量精斑，却无精子，无法检出DNA，最后一起案件却有精液、有精子，能做出DNA，我一直都想不明白为什么。"

"我们省内有位生殖科学的医学临床专家，"胡科长说，"我给你引荐一下，你不妨去请教请教。可能我们觉得很头疼的事情，到专科专家那里就不算什么问题了。"

我点点头，认为胡科长说的不无道理。

3

在法医眼里，每具尸体都会说话，他们的证词虽然无声，却能被法医们听见。

这起案件便是如此。

现场提取的避孕套外侧，检出的是王天正妻子的DNA。这个证据，充分证实了这是一起精心预谋的栽赃案件。

"如果是这样，"我微笑着说，"案件就好破了。"

胡科长点点头，对着专案组的侦查员们说："我们可以肯定，凶手是王天正和晶晶的熟人，不然晶晶不会半夜给他开门。还有，凶手很可能是性功能障碍的患者，比如有一种障碍叫作不射精。"

晶晶的会阴部损伤明确，可以肯定凶手和她发生了性行为，但是没有留下精液。胡科长说的这种病，是指患者有性欲，也可以正常勃起，但是在进行性行为时，不会获得性高潮、不会射精，所以这样的患者很痛苦，且无法生育。

"你是说，"主办侦查员说，"天正律师事务所的职工，没有结婚或者结了婚没孩子的？"

王天正和晶晶唯一的关系交汇点，就是一个律师事务所的同事了，他们共同的熟人，自然也是同事的可能性最大。

胡科长点点头："我觉得这个不难查吧？"

"前期，我们对律师事务所的人员也进行过调查、摸排。"一名侦查员翻出笔记本，说，"这个事务所一共有二十七个人，除了八个女性和王天正本人，还有十八个人。这十八个人……"

侦查员翻了翻逐条记录的相关人员信息，数了数，说："结了婚有孩子的，是十个人。剩下的八个人，五个是去年和晶晶、海萍一起被招录进来的。这五个人中，有四个人和晶晶保持不正当男女关系，剩下的一个住郊区，每晚回家，案发当晚也不例外。"

"也就是说，要从另三个人中甄别了？"我问。

侦查员点点头："这三个人中有一个已经结婚两年，没孩子，其余两个谈着恋爱，没结婚。目前，没法确证哪个嫌疑最大。"

我揉了揉眉头，说："这三个人有没有谁和王天正有矛盾呢？"

第十五案
金屋残娇

侦查员摇摇头，说："王天正虽然是'妻管严'，但是在事务所里有着绝对的权威，没人敢和他对抗。当然，王天正也可能因为工作问题得罪了人，落下祸根。"

"我纯属瞎猜哈，"我笑了一下，说，"这个人针对王天正的意图非常明显，而且有精心预谋，能够获得王天正使用过的避孕套，那么有一点可以肯定，他们住得不远。你们想，凶手总不能总是待在王天正楼下，等着他扔垃圾、找他的避孕套吧？如果住得近的话，可能无意中看到王天正的避孕套，就顺手收集了。"

大家一起点头。

"还有一点，"我说，"个人觉得从目前掌握的情况看，那个结了婚没孩子的最可疑，因为这样的人没法有孩子，那么对任何方面都比他强的男人肯定妒恨有加。王天正的妻子正好怀孕了，会不会是因为妒忌而起了陷害之心呢？"

主办侦查员说："虽然不是证据证实，但是分析得有那么一点儿道理。好消息是，这个结了婚没孩子的人就住在王天正隔壁楼。"

"既然大家都觉得有道理，"一直缄口不言的杨支队长说，"那么兵分三路，一路去秘密搜查这个嫌疑人的家；另一路去排查他当晚的衣着情况，并和监控录像进行比对；第三路去排查案发当晚这个人有没有作案时间。"

在我们第一路兵马还没有出现战果的时候，第二路兵马就传来了喜讯。

这个嫌疑人叫作孟春埚，从小多灾多难。十二岁时，因为车祸，跛了脚，经过一年的康复训练，还是没能恢复正常。

就因为跛足这个特征，视频侦查组发现，夜间一点左右，有一个跛足的人夹杂在一群可能是出小区门去喝夜酒的人中间，走出了小区。

"你们推断的死亡时间准确吗？"杨支队给胡科长打了电话，说，"嫌疑人可能是一点钟离开的现场，可是你们推断的死亡时间是两点左右，左有多少？右有多少？"

胡科长说："一个小时的误差完全可能。另外，死者是不断流血、慢性死亡的。凶手离开现场的时候，死者不一定死亡了呀！"

"好，既然你这么说，"杨支队说，"那我就下达命令抓人了！"

胡科长有些犹豫，看了看我。

我给了他一个肯定的眼神。

之所以这么有信心，是因为我作为第一路兵马，也就在刚才获得了战果。

孟春埚家的阳台上晒着几件衣服，因为这两天下雨，还没有干透。根据第三路兵马调查的情况，这几件衣服就是孟春埚在聚会当晚穿着的衣物。

在其中一件棉质T恤的纤维中，林涛无意中发现夹杂着一小枚绿色的东西。

那是尼龙绳的纤维。

尼龙绳是硬质的纤维，在剪短、割断绳子的时候，绳头可能会留下小段的尼龙纤维。很不幸，这枚尼龙纤维被孟春埚黏附在了衣服上却全然不知，甚至洗衣机也没能将这枚纤维洗掉。

当然，若想人不知，除非己莫为，孟春埚的衣服被DNA室的同志剪碎后，在几处布片上都检出了死者的DNA。

从我们释放王天正的那一刻起，孟春埚就已经做好了被捕的准备。到案后，他没有做多余的抵抗。

孟春埚是王天正发家的合伙人，但是吝啬的王天正并没有安抚好这个"三朝元老"，反而对他处处提防。

发财的是王天正，获奖的是王天正，天天被美女们簇拥着的也是王天正。他孟春埚就是一个跛子，一个躲在阴暗角落里不被人注意的小角色。

但这都没有让孟春埚萌出嫁祸的想法。

直到那个让他魂牵梦萦的晶晶也对王天正眉来眼去，这让孟春埚妒火中烧，夜不能寐。

孟春埚是个不射精的患者，他不知道性高潮是个什么滋味，但是每每看到妻子在自己的身下死去活来、醉生梦死，他在心理上也能获得一种满足感。

可是这些满足感无法替代他不育的阴影。

王天正妻子怀孕后，可能出于关心，也可能出于炫耀，王天正总是有意无意地询问孟春埚的子嗣问题。

"两年了，还不怀孕，你们不小了，该考虑孩子的问题了。"每每听见王天正如是说，孟春埚都会悄悄地握紧自己的拳头。

这一天，时机终于来到。

孟春埚碰巧看见王天正下楼丢弃的垃圾里有一枚避孕套，不知道是什么力量支配着他，他悄悄地藏起了这枚避孕套。其实到这一刻，他都不知道自己究竟要做什么。

当晚，晶晶很迷人。

第十五案
金屋残娇

可她并不是想来诱惑孟春埚的,晚宴后,她带走了王天正。

醋意再次占满了孟春埚的心头,他跟踪他俩来到了晶晶家楼下,却意外地发现王天正这个傻子连楼都没上,就挣脱了晶晶的纠缠,离开了。

晶晶失望的表情,刺痛了孟春埚的内心。"别失望,还有我呢,我会让你很舒服的。"孟春埚暗自想道。

和我们分析的一样,孟春埚骗开了晶晶的门,掐晕了她,然后把她绑牢在床上,用刀尖一点点地划碎她的衣服,强奸、杀人、栽赃、打扫现场。

孟春埚说一开始他并不想杀死晶晶,他奋力地在晶晶身上上上下下,却无法获得心理的满足,当他不小心划伤了晶晶的皮肤时,看着晶晶痛苦而激烈的挣扎,他的心里竟有了一丝快感。

于是他失去了最后的自控力,滑向了黑暗的深渊……

| 尾 声 |

无声证词

若我拥有所有,若我失去所有,
那我是谁?

——埃里希·弗罗姆

法医秦明
无声的证词

"云泰案"会不会也是这样呢?

不,如果是不射精的情况,就不会在体外有精液的残留,而"云泰案"的前四名死者的体内存在极少量的精液,和孟春娲的情况还是不同。胡科长说得对,医院里多的是专家,我怎么就这么笨,一直都没想到去医院请教呢?

不能再耽误时间了,按照胡科长的指点,我赶在下班前,来到了省立医院不孕不育门诊。虽然天色已晚,不孕不育门诊的候诊室里,还是坐着两对等候诊疗的夫妇。为了不破坏医疗秩序,我没有因为有熟人引荐就插队,而是默默地坐在了那两对夫妇的后面。

他们频频回头,窃窃私语,不时地抛来同病相怜的眼神。

"看什么看,我……我很正常的好吧……"我只好在心里默默辩解。

"你说的这种情况并不是什么难题,"专家就是专家,说出话来一针见血,"有一种叫作逆行射精的疾病,就可以留下极少量的你们所谓的精斑,却不留下能进行DNA检验的有细胞核的精子。"

"逆行射精?"我第一次听说这个名词,"另外,什么叫我们所谓的精斑?"

"据我所知,"专家说,"你们进行精斑预实验的原理,是检测检材中是否含有酸性磷酸酶。这种酶在前列腺分泌的液体中存在。"

我点头。

专家接着说:"我说的这种疾病,可以在性交的过程中,由前列腺分泌出少量液体,流入对方生殖道,但是在性交达到性高潮时,虽有射精动作,精液却不会从尿道口向前射出,而是向后射入膀胱。"

这一连串的术语将我绕得有些头晕,我摸了摸脑袋,试图理清思路:"那是不是意味着,这样的病人也可以获得性高潮?"

专家微笑着点了点头。

尾声
无声证词

"嗯,这就对了,"我自言自语道,"有性高潮,才是促使他反复犯罪的动力。"

"不过,"我接着说,"最后一起案件,还是同一个凶手,为什么却发现了大量的精液,还能做出DNA了呢?"

专家乐了,说:"那很正常啊,这种病可以治好的。"

"可以治好?"我更加惊讶,"性功能障碍不都是疑难杂症、不易根除的吗?"

专家耐心地解释道:"以现在的医疗水平,很多不孕不育的患者都可以通过手术等诊疗方式治愈。拿这个逆行射精来说,发病原因有很多,也有先天性就这样的。只要找到病根,通过手术治疗,可以完全恢复。"

"我明白了,"我故作镇定地点头,却掩饰不住自己内心的喜悦,"我们前期一直在寻找那些没结婚或者结了婚没孩子的人进行DNA检验,却忽视了这一点啊!"

"是的,"专家说,"说不定他经过治疗,就已经有孩子了呢。"

"我还有最后一个问题,"我眉飞色舞地看着专家,"患这种病的人多不多?什么级别的医院能够进行这种疾病的治疗?"

"你这明明是最后两个问题嘛。"专家也被我的神情逗乐了,笑道,"我觉得,市级医院都可以治。"

"我明白了,"我开心得差点儿上前拥抱他,"谢谢您!"

第二天一早,我就坐上了开往云泰市的大巴,恨不得马上就能跑到黄支队的面前。

"凶手很有可能患上了一种叫作逆行射精的疾病。"我一见到黄支队就滔滔不绝地说了起来,"这种疾病有可能被治好,所以我们只需要在市里的几家大医院查询从三年前到一年前这个时间段利用手术治疗治愈本病的人就可以了。"

"你没事儿吧?"黄支队一头雾水,"这大清早的,你不是梦游吧?"

"我说的是'云泰案'啊!"我吼道。

黄支队这才一惊,露出了欣喜的神色。听完我的推断,他又忍不住自责地叹了一口气:"如果我们早想到这一步就好了,法医虽然对每个临床科室的业务都会有所了解,但不可能精通每一个专业方向,我们以后还是要多多和医院交流合作啊。"

"别这样,"我安慰他,"要不是在最后一名死者身体里发现精液,我们也无法确证凶手患的就是这种可以治好的性功能障碍,更无法通过诊疗记录来寻找凶

法医秦明
无声的证词

手。现在掌握了他治疗的信息，我们才有更多的线索去抓他归案，现在真相快要水落石出了，你该高兴才对啊！"

云泰市公安局的民警雷厉风行，在黄支队布置完任务后，迅速兵分多路，对市里各大医院的留存病案进行了筛查。没想到一查才发现，患这种病的人还真不少。什么先天的、后天的、做了手术的、没做手术的，厚厚的病历本堆成了小山，而且三年前的病历还不够规范，要从小小的病历本中找出患者的职业信息还真是大海捞针。

没有办法，只有逐个儿摸排。

两天的忙碌调查之后，一个叫水良的运钞车押运员引起了我们的注意。

"这个水良，今年二十七岁，是先天性的逆行射精患者。"侦查员介绍道，"两年前，他结识了一个富家女，两人很快结了婚，婚后不久水良就去上海市市立医院做了手术，手术后恢复得非常好，半年前两人已经诞下一子了。"

"各项条件都很符合，押运员有相似的制服、有逆行射精的病史且被治疗成功。"我点着头说，"今年是二十七岁，那八年前就是十九岁。十九岁开始作案，选择的都是年龄相近的女生，也可以解释得通。半年前诞下一子，那么一年前他的妻子正好是怀孕初期，不能进行性生活，所以他又出来作案了。"

"可以密取DNA吗？"黄支队问。

"不太方便。"辖区派出所民警说，"水良的岳父是我们市一家上市公司的董事长。因为这个董事长的妻子早逝，他一个人拉扯女儿长大，所以对女儿极为溺爱。水良是入赘的，这个董事长心疼女儿女婿，就让水良夫妇俩成天在家里带带孩子，不工作。家里还有保姆，所以没法密取。"

"那就申请拘留证，直接去抓人！"黄支队一拍桌子，下了指令。

眼看真相即将大白，我也掩饰不住自己的激动，强烈要求侦查员带我一起去抓捕。我们趁着夜色赶到一个富人的别墅区中，远远地监视着水良家的动静。此时此刻，水良家的别墅窗口透出了些许暖黄色的灯光，隐隐能够听到婴儿的哭闹声响。

"我就想不明白了，他有个这么有钱的老婆，为什么还要去强奸杀人？"我身边的侦查员小声地抱怨道，"就算拿点儿钱找小姐也比奸杀强啊！"

"还真不好说，"我轻声说，"前两天我刚办一个案子，就是一个性功能障碍的人，心理超变态！我觉得吧，像他这种性功能有问题的人，不排除心理上也有问题。说不定，他就是迷恋那种被害人反抗的感觉。"

/// 尾 声

无声证词

侦查员一脸恶心地摇了摇头。

"万一抓错了人怎么办？"黄支队一时冲动发布了命令，现在反倒有些后怕，"毕竟这家有孩子，给这么小的孩子留下阴影，我们可就是在造孽了，能不能想办法把那孩子隔离开？"

"怎么隔离？"侦查员说，"一隔离，嫌疑人还不跑了？不过说得也有道理，不如我们先撤，找机会再动手？"

黄支队犹豫不决。

我悄悄走到别墅的一棵树旁，这是棵前不久被暴风刮歪了的石榴树。引起我注意的是，树干上捆着的固定树干的绳子。

那个熟悉的绳结！

"错不了！"我低声说，"肯定是他！"

"那也得等机会！"黄支队对一旁的侦查员说，"盯一晚上，明天白天找机会。"

第二天，在车里酣睡的我被一旁的黄支队推醒："快看，奔驰来接孙子了。"

今天是周末，看来水良的岳父是想给小两口留一些个人的空间，早早就把孙子给接走了。奔驰一走，黄支队就下达了动手的指令。

保姆睡眼惺忪地打开大门的时候，被屋外荷枪实弹的警察吓得张大了嘴巴。黄支队指了指她，让她不要出声，她僵硬地点了点头。我们悄悄爬上了二楼，她始终保持着惊恐的表情。

二楼有四五扇房门，侦查员们挨个儿趴在房门上侧耳倾听，然后在第三间房门口停了下来，转身向黄支队示意。在黄支队的默许下，训练有素的侦查员以迅雷不及掩耳之势踹开了房门。

迎面的一张大床上，一个赤身裸体的男人正从一个长发女子的身上抬起头来，我们突如其来的闯入让床上的两人都目瞪口呆，直到看清了侦查员手中的枪，那女人才惊叫起来。这一声尖叫提醒了那个男人。他连衣服都没穿，突然从床上弹起，冲着窗口扑去。说时迟，那时快，我身后的三名侦查员已经一个箭步上前，将他死死按在了地上。

"你们在干什么？！放开他，放开他！"回过神来的女子也顾不上裹住自己的身子，胡乱地上前推着侦查员们，声音带着哭腔，"水良，水良！你们放开我家水良！光天化日之下还有王法吗？你们这帮强盗！"

法医秦明
无声的证词

看着眼前这个只穿了条内裤的赤裸女人扑了过来，三名侦查员有些乱了阵脚。负责戴手铐的侦查员一边向门口的黄支队投去求救的目光，一边解释着："我们是警察，警察！别动，别动，你干什么？"任凭他怎么解释，那个女人却仿佛发了狂一般上前凶猛地厮打起警察。侦查员一动不动地低着头，按住男子没敢动弹。身后随行的女警早已冲上前去帮忙，却被那疯狂的女人回肘一击击中面门，鼻血直流。

一直在幕后做法医检验的我，从没见过这么混乱的场面，黄支队已经飞快地扑上前去帮忙了，我也只好硬着头皮冲上去，和黄支队一人一边抓住女子的一只手臂，将她按在了床上。那个流着鼻血的女警赶紧拿过旁边的毛毯将她的身体裹住。

"池子，池子！"被按倒在地的男子也激烈地反抗起来，"别动我老婆，你们这些狗日的！一帮大男人对付一个女人算什么本事！"

"这句话该问的是你吧，"黄支队满头大汗地喘着气，说，"水良，你涉嫌强奸并杀害五名女子，我们现在需要带你回去配合调查。"

还在挣扎哭泣的女子听到这里，整个人都抖了一下，然后嚷道："你们肯定是搞错人了，不可能，这不可能！你们凭什么冤枉我家水良！我爸认识你们局长，我要让你们全被开除！"

"冷静点儿，"我看她已经不再挣扎，放轻了手上的力度，说，"我们有证据证明水良有重大作案嫌疑。我们不会冤枉一个好人，也不会放过一个坏人。"

水良已经默不作声，裹着毛毯的女人眼见再也拦不住，终于瘫软在床上，哭肿的双眼死死地盯着在场的每一个人，断断续续地抽泣起来。

已经过去了五个小时，昏暗的审讯室里，水良仍然一句话都没说。

我走出监控室，来到DNA实验室门外，点起一根烟，等待着DNA比对结果。门终于开了，看着我期待的眼神，郑科长笑着说："等急了吧？对上了，就是他。"

我一脸欣喜地拿着报告走回审讯室，路过走廊时，正听见有人在那里大声吵嚷，原来水良的岳父得知此事之后已经脑出血住院了，暴跳如雷的律师叫嚣着要追究我们的法律责任，却不知我手上的证据足以让他闭嘴。

"知道这是什么吗？"我关上门，把报告扔在审讯椅上，对水良说，"DNA证据，你以为你杀了五个人能轻易跑掉吗？"

水良的嘴角抽动了一下，很快恢复了镇定，变换了一下坐姿。

"既然你不愿意说，我来帮你说。"我正色道，"你从十九岁就开始犯案，一

尾 声
无声证词

直到二十三岁,在云泰市、云县、龙都县作案多起,杀死多人。惯用伎俩就是在隐蔽位置蹲伏,寻找你看得上眼的单身女性,伺机挟持、捆绑、强奸、杀人。你可能不知道,你惯用的打绳结的手法,成了我们破案的线索。"

水良快速地眨了几下眼睛,吸了吸鼻子。

我接着说:"你有逆行射精这个毛病,所以我们一直没能抓住你。直到你认识了你妻子以后,开始收心,不再作案。你傍了个富婆,过上了人上人的生活,老婆又颇有姿色,所以你想忘掉自己罪恶的历史。可你没想到,你已经控制不住自己了。"

水良的嘴唇有些哆嗦。

我说:"当你的妻子有了身孕之后,你无法和她行房,时间一长,你又按捺不住诱惑和冲动,再次犯案。这次你依然不可避免地使用了自己熟悉的打结方式,而且在死者的体内留下了精液——你以为你还能像几年前一样逃之夭夭,却没想到已经留下了最致命的罪证!这几年你睡觉的时候不会做噩梦吗?你还记得那几个被你残忍杀害的姑娘吗?她们也是人,和你老婆一样活生生的人!"

水良颤抖着端起水杯,却怎么也送不到嘴边,说:"别说了!别说了……是我干的。你们枪毙我吧。"

"不要挑战法律的尊严!"黄支队吼道,"你跑得了一时,跑不了一世!告诉你,别以为你留不下证据,别以为死人不会说话!有一种证词,叫作无声的证词!没有完美犯罪,即便你再有反侦查意识,再有先天条件,只要犯罪了,就必须要接受法律的严惩!"

水良低头不语。

我没再旁听接下来的审讯,拿起电话拨通了铃铛的号码:"你妹妹的仇,报了。云泰刑警这些年的心结,解了。"

话筒那边传来了一阵静默,然后便是铃铛难以抑制的哭声。

"我记得在抓捕的时候,水良喊了两声'池子',对吗?"我问黄支队。

黄支队点点头:"好像是这样。当时就顾着控制人了,没顾上搜搜他们家的池子里有什么东西。"

"现在去搜也不迟啊。"我说,"弄个搜查令吧。"

还是那个保姆开的门,依旧用那种极度惊恐的表情,目送着我们几个拎着各自的勘查箱走进了别墅里。浴缸、洗脸池、厨房、院落,所有可能被称之为"池子"

的东西都被我们搜了个遍，甚至用四甲基联苯胺进行了潜血反应，可惜一无所获。突然，我想起这栋别墅还有二楼，二楼也应该有卫生间吧？

我走上了二楼，走进水良的卧室。粉红色的灯光下，一个长发人形的影子映入眼帘。在这个月黑风高的夜晚，这一幕把我吓了一跳，勘查箱险些掉落在地上。

梳妆台旁，一个少妇正在梳头。

"小姐，请配合一下我们的工作。"我知道这个女人的厉害，赶紧出示了搜查证。

少妇一边抹着口红，一边缓缓转过头来，苍白的脸上已经看不到任何一丝泪痕。现在的她看上去和白天判若两人。不知为什么，这毫无血色的脸庞让我觉得脊梁上一阵发凉。

"秦明科长，我当然会配合你们的工作，"少妇款款地走了过来，几乎是贴着我的耳朵小声说道，"我一定会好好地配合你们的工作。"

说完，她便往门外走去，消失在二楼走廊的黑暗中。

轮到我回不过神了。

她怎么知道我的名字？我的职务？她，究竟想干些什么？

| 番外 |

欲望之名

生命是一团欲望，欲望不满足则痛苦，满足便无聊。

人生就在痛苦和无聊之间摇摆。

——亚瑟·叔本华

法医秦明
无声的证词

我叫水良，今年二十七岁，无业。哦，准确地说，我有工作，我的工作就是帮他们汪家带孙子。是的，就是孙子，而不是外孙，因为我是入赘的。我的儿子姓汪，不姓水。

我不在意这一点，因为我的儿子会成为汪氏集团的继承人。他含着金汤匙出生，从小养尊处优，不会承受任何人间疾苦。这就足够了，管他姓什么呢。

当然，如果不是汪家出了大价钱请了专家，我这辈子也不可能有什么儿子，注定孤独终老。这几年来，我以为我的人生转向了，我有了老婆、孩子，住了别墅，开了跑车。这一切似乎离我很远，但我确确实实地过上了这样的生活。有的时候，我在想，是不是我的罪恶就这样被赦免了呢？

世界上有很多人，我相信绝大多数都过着最最平淡的人生。锄地的、跑小生意的、坐办公室的，平淡无奇，三十岁就可以看见七十岁的样子。即便是穿着警服神气的你们，也一样不可能享受到我这样大起大落的人生。

我一直认为，大起大落的人生最过瘾。不论那些东西是不是你的，只要享受过就好了。但现在面对死亡，我才知道，生命比任何东西都宝贵。我真的还想再活下去，哪怕只有十年，哪怕回到以前饥寒贫苦的日子。

不过现在看起来，都是痴人说梦。

这几天在看守所里，我想了很多。我想过，如果不是一年前的犯案，是不是你们就抓不住我呢？不用你们回答我，我自己都知道，用你们的话说，"法网恢恢，疏而不漏"。我知道，我被你们抓住，只是时间的问题。

正是因为想了很多，所以才很迷茫。我现在的心情，可以说是后悔，也可以说是内疚，甚至还有很多解脱的情绪掺杂在里面。

我以前从来不相信鬼神之说，但是在这几年里，我信了。

因为那几个姑娘，天天在我的梦里，索命。

既然是解脱，也就没什么好瞒你们的了。我的故事很简单，我全部告诉你们就

/// 番外
欲望之名

是。但我希望自己被执行死刑之前，还可以看一眼汪海润，我的妻子。那个我深爱着的、对所有人任性只对我服服帖帖的妻子，那个给了我锦衣玉食、给了我生命延续的妻子。我说的生命延续，是我的儿子，他就是我生命的延续。

好了，那我们就开始吧。我要剖开我的胸膛，把这个藏在我心底八年的秘密，第一次展现在人们的面前。我知道，你们所有人都称我是个杀人不眨眼的恶魔，我也不否认，我的心里，确实有一半，是恶魔。

二十七年前，我出生于云泰市郊的一个小村落里。我的父母是谁，我不知道。从我记事开始，我就是在这个亲戚家过几天后，再到另一个亲戚家混几天，居无定所，又或者说，吃了上顿没下顿。

大家都把我看成一个灾星，但是碍于亲戚之间的情面，他们才不得已收留我。只言片语之间，我仿佛能感觉到，我的父母在我小的时候就双亡了，具体什么原因搞不清楚，但这源头是我。

当然，原来我是不信的，不过现在我信了。

据说，我出生的那一天，我父母抱着我去村里一个很神的算命先生那里，求个名字。我们村里的人似乎很信他，几乎所有孩子的名字都是他取的。可是，到了我这儿，出了点儿状况。

算命先生看过我的八字，说我五行属火，且为恶火，偏偏姓了个水字。水火不容，最终会使得煞气大增。总之，意思就是说我很克身边的人。算命先生还说了，若遇贵人，水淹凶火，可能从良行善；如果水火相冲，必将危害众生。

为了表达对我这个灾星归属的美好祝愿，算命先生给我起了这个名字——水良。

可惜，我没有遇到贵人。不知道在几岁的时候，父母就相继去世。那个算命先生的话，似乎应验了。所以，周遭的亲戚视我为灾星，都是不敬且远之。他们互相算着日子，表面上让我轮流寄养在他们家，其实，所有人都对我一样，不是打就是骂，再就是饿。

别说他们的孩子了，即便是学校里的同学，都离我远远的。那些没有离我远远的同学，也就是为了在冷嘲热讽我的时候让我听见，于是我跟他们打架，天天打架。

孤独一直伴随着我。

小的时候，可能对孤独并不害怕。那些日子，只要不被打骂，不挨饿，我就很满足了。到了初中，我三姨家的儿子死了，好像得了一种什么绝症，花完了三姨的所有积蓄，但还是死了。对，你们猜对了，这笔账，又算在了我的头上。因为那个

329

讨厌的弟弟被查出绝症的时候，我恰好在他家寄住。

于是，我这个灾星被"合理"地拒之门外，他们全部断绝了对我的"养育"。为了生计，在好心的村支书的帮助下，我在村委会的一个工厂里找了份勤工俭学的工作，是当保安的。这样，我算是可以养活自己了。他们之所以让我当保安，是因为我在初中的时候，就已经长到一米七八了。

那个时候，除了上学的时间，我都住在村工厂门口的保安室里，既可以赚钱，又不愁没住的地方。

初中的孩子，已经有了爱恋之情，我们班有不少早恋的同学。不过，我没有。倒不是因为我不想，而是没有人敢接近我。从小到大，灾星的帽子给我扣得严严实实的，这份原罪，一直萦绕在我的人生中。我认为自己的外表并不差，但从来没有哪个女生和我多说过一句话。

孤独，让我越来越恐惧。

在这个世界上，我一个朋友都没有。如果一定要说出一个朋友，那就是保安室里的那台VCD机。

在那个时代，有一台VCD是一件挺奢侈的事情。不过我们工厂保安室里还真的有一台，也可能是因为厂长想省去拉有线电视线的麻烦。

所以，我唯一的业余生活，就是去云泰城东的VCD商店租一些片子来看。你懂的，都是那种片子。

因为有这些片子，我体会到了快感。

虽然，我会觉得自己和别的男人有些不一样，但是不管怎么说，有快感终究还是有快感的。有什么不一样？就是我有病而已，一种叫作逆行射精的病。当然，那个时候我自己是不知道的。我只知道，片子上的男人，都可以排出白乎乎的液体，但是我不行。

我不知道这种不正常会有什么不好，但似乎并不会影响我的生活，也不会影响我想得到的快感。所以，我并不在意。

现在想一想，你们之所以这么多年都没有抓住我，似乎还正是因为这个病。别人的病，会让人的寿命减少；而我的病，让我多活了八年。别人的病治好了，就可以正常活下去；而我的病治好了，生命也就终止了。这是多么讽刺的一件事情啊。

不管怎么说，在那个年代，那个年龄的我，沉迷于此。

其实整个初中时代，我的学习还是不错的。不说云泰的重点高中，一般的高

/// 番外

欲望之名

中，我还是可以考得上的。可是，我的业余时间全部用来看片了，哪还有时间去学习呢？初三开始，我的学习一落千丈。初中还没有毕业，我就知道自己是不可能考得上普通高中了，于是干脆辍学，专心地做我的保安吧。

随后的三年，我觉得自己过得还是不错的。虽然还是没有人愿意和我交往，虽然我的收入很低，但至少可以吃饱、穿暖。这对经历了风雨飘摇的童年时代的我来说，已经是最大的满足了。

可是好景不长，在我十九岁那年，工厂终于因为偿还不了巨额债务，倒闭了。

这对没有存款、没有住处的我来说，可以说是晴天霹雳。拖欠工资不要紧，厂子里萧条不要紧，只要能给我一个住处，能隔几个月发一次工资，我就还能活得下去。可是，厂子倒闭了，这最起码的保障都没有了。

卖掉父母房子的钱我已经用完了，对我来说，已经没有后路可退了，已经没有老本可啃了。

在这个社会里，没有本钱、没有熟人、没有学历、没有本事，我凭什么去找工作？我凭什么活下去？

接下来的几个月里，是我最为艰难的日子。即便是小时候被轮流寄养，也没遭过那样的罪。我来到了云泰市城东，开始了流浪生涯。就和那些大街上的流浪汉没有两样，没有地方睡觉、没有地方洗澡，饿了只能去垃圾堆里寻找一些肮脏的残羹来吃。运气好了，能找一些塑料瓶卖掉，换几个馒头钱。

生理的需求，就更不用说了。没了VCD机，没钱租片子，我根本就获得不了快感。虽然我的心中，有着强烈的欲望，但那又怎么样呢？肚子都吃不饱，还想着那些事？

说出来你们也不会相信，我的第一次作案，是一场意外。

我知道，你们肯定推测我是在女厕所潜伏，等到猎物出现后，对她施暴。你们说得对，也不对，因为林笑笑根本就不是猎物，她是我的女朋友。

至少我是这样认为的。

什么？我怎么知道林笑笑的名字的？我当然知道！

那天晚上，不是我和林笑笑第一次见面。

我和林笑笑第一次见面，是在云泰十二中的大门口。当时我正在垃圾堆里想办法把里面的几个饮料瓶从狭小的垃圾箱口弄出来。

林笑笑和我年龄相仿，是十二中的学生。她当时恰巧拎着一个盒饭，从外面回

331

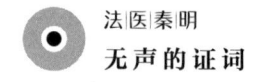

学校，看见了我的狼狈模样。

什么冷眼和嘲笑我都已经受惯了，但不习惯的，恰恰就是林笑笑眼中同情的眼神。

她问我，是不是没吃饭？

我点头。

她就把盒饭给了我，然后看着我狼吞虎咽地吃完那一盒美味佳肴。一点儿也不夸张，几个月的时间了，我都没有吃过像样的盒饭了。

她又问我，是不是没钱买饭？

我又点头。

她就把口袋里的钱都给了我。我记得很清楚，一百二十一块钱。这足够我好好地吃上十几顿了。

最后她对我说，我的样子不像是个乞丐，有手有脚的，应该去找一份工作。

说完，她就走进了学校。

那一刻，我断定，她喜欢我。

虽然现在想想，也可能是她的怜悯心吧。不过，都不重要了，至少在那个时候，林笑笑是和我说话最多的女性。

对了，我忘记描述一下林笑笑了。她，很美。嗯，很美、很美。

可能是因为吃饱了，自然就会想一些其他的事情了。我的想法很简单，既然她喜欢我，就应该和我做片子上那些人做的事情。

所以，我连夜翻墙进了十二中，然后在女厕所附近等着她。我知道，学校宿舍里没有厕所，所有的学生都是要到宿舍旁边的公用厕所上厕所的。

第一天，她没来。

第二天，她和同学一起来的。

第三天，她又没来。

……

我也不知道等了几天，终于有一天，我看见她了。她穿着一件红色丝绸睡衣，把她那完美的身材暴露无遗。还有那一头秀发，简直让我不能把持自己。

等她从厕所里出来，我正在门口等她。她吓了一大跳，准备喊，被我用手捂住了嘴。我说："别喊，你不认识我了吗？"

她确实不认识我了。因为我从她的眼中，看到的全是惊恐。

/// 番外
欲望之名

这个时候的我，很是失望，似乎也没有了什么欲望。但是当我的手碰到她柔软的胸脯时，我的欲望被重新点燃了。

我看见厕所后面是一片小树林，就把她往树林里拉。她一路上不停地挣扎、想喊叫，可是，她那么瘦弱，又如何是我的对手？

到了树林里，我告诉她："不要喊，我不会伤害你。"她全身颤抖地点头，于是我就放手了。我问她："你叫什么名字？"她说，她叫林笑笑。我说："你还记得你给我的一份盒饭吗？"她似乎想了起来，却说："我帮助了你，你为什么要伤害我？"

我什么时候伤害她了？我根本就没有伤害她好不好！

沮丧至极，我说："你躺下，我想要你。"她瞪大了眼睛，又想喊叫。幸亏我反应快，在她喊出来之前把她扑倒在了地上。

她不断地挣扎，我费了半天劲也没能脱下她的睡裤。不过到了这个时候，让我放弃是不可能的了。压抑了几个月的欲火，已经把我吞噬了。

为了方便实施，我一手按住她的后脑勺儿，把她的脸压在泥里，这样她就喊不出来了，一手去撕扯她的睡裤和内裤。可是这个丫头真的倔强得很，整个过程都在不断地挣扎。

这和片子上的情景真是不一样啊！片子上的女人，都是那么服帖、那么配合、那么享受，为什么你林笑笑就要这样拼死抵抗呢？想到这里，我气不打一处来，可能是用的力气大了，所以在我成功撕掉她的裤子之后，她就不动了。

当时我以为她是放弃抵抗了，但是为了我能好好地爽一把，我顺手从一棵小树旁边拿到一根麻绳，学着片子里的模样，把她的双手捆绑了起来。捆得有些复杂，但我觉得很顺手。

果然，我获得了久违的快感。

不过，在快感来临后不久，我就发现惹了大祸，因为我发现，林笑笑死了。

我没有杀她，我不知道她是怎么死的。

所以我说，这是一场意外。

那些天我特别害怕，夜夜睡不好觉。倒不是因为害怕你们警察抓到我，而是我一闭上眼睛，林笑笑就穿着一身血红的睡衣，披着长发来到我的面前。

我害怕，真的怕极了。

接下来的一年，我就是在这种胆战心惊又饱受饥寒的状态下度过的。

我说过，我的心里，有一半是恶魔，也有一半是好人。我没有往自己的脸上贴金。我也看过很多武侠片，我的心里也有一颗行侠仗义的心。

比如我遇见了费林。

那个时候，我以为费林就是我命中的贵人，像算命先生说的那样。也许他的出现，可以赦免我的罪行，可以给我一个全新的人生。这，就是我当年的信仰。

遇见费林的时候，是他遇难的时候。

当时，他拎着一箱子钱，被五六个小混混儿围住了。

我知道，那是抢劫。

说好听点儿，叫行侠仗义；说不好听，我当时真的饿得不行了，我想，如果我帮了他，说不定他能给我一笔钱让我过上一段好日子呢。

于是，我就上前和那五六个小混混儿打了起来。他们有刀，但是伤不了我。我从小就经常挨大人的打，又和同龄人经常打架，我有十足的实战经验，也有强壮的身体。所以，即便我以少敌多，但依旧赢了。尤其是在我夺下一把匕首，并伤了一个小混混儿之后，他们就抱头鼠窜了。

我没猜错，费林不仅给了我一笔钱，而且让我做了他的贴身保镖。倒不是因为费林有钱、阔气，而是因为我这个保镖要得实在不多，一顿饱饭而已。

不管怎么说，我不再是那个浑身臭气的流浪汉了。虽然我住的是车库，但是至少不用日晒雨淋了，至少有地方洗澡了，至少有不错的伙食了。

费林是跑业务的，和银行有一些关系，具体跑什么业务我不清楚，但在那个没有手机银行的年代，他经常要带着几十万元现金赶路。我的工作就是保护这些钱。

我也不用天天跟班，只是在他需要我的时候，我就会出现。而平时，我就住在他家的车库里，看看电视、玩玩电脑。他家没住别墅，就是普通的房子罢了，但是他有一个车库，没有车，所以车库就成了我的住处。

有了温饱的生活，又有了可以租片的小钱，我乐此不疲。

可是，有了和林笑笑的销魂一夜，那些千篇一律的片子，已经很难刺激到我的兴奋点了。我知道，我已经吃了肉，哪还能继续吃草？

好在这个世上，肉还是比较多的。比如，费林住的小区旁边，就是一所私立高中。

不知道为什么，林笑笑的死亡并没有引起什么轰动，这所私立高中的围墙，依旧形同虚设。于是，我心中的那一半恶魔复苏了。

大约是五年前的一天晚上，我翻墙进了这所私立中学，在公用厕所的门口守候

/// 番外

欲望之名

着。很快，来了一个女生，没有林笑笑漂亮，但好歹是一个女生，而且是独自一人。

几乎是和之前一样，我把她拉到了厕所后面，用同样的办法按住她的后脑勺儿，绑住她，直到她不再挣扎，然后做了我想做的事情。

这一次，好像有一些轰动效应了。我总是能看到街面上无处不在的警察。他们穿着便服，但我知道他们是警察。他们查得很卖力，甚至还有警察来我这里询问我，但最终还是没能抓到我。我觉得自己的运气真好。

慢慢地，我也就没那么害怕了。除了每夜梦见的长发女鬼，没有什么能让我害怕。可是费林不知道为什么害怕了。他开始不出门、不跑业务了。而且，慢慢地，他变得有些暴躁，总是找我的碴儿，教训我。

而我，似乎也找不到机会去继续发泄欲望，每所学校的围墙上都架起了摄像头，还有什么巡逻队每夜巡逻，甚至有很多学校把公用厕所给拆了，直接在宿舍里改造出了厕所。我根本就没机会去作案了。

就这样过了一年，我天天无所事事，费林也无所事事。我们的伙食越来越差，他也不给我零花钱了，日子过得捉襟见肘。

终于有一天，费林来告诉我，他要去县里发展了，问我和不和他一起。为什么不呢？有人提供吃喝，还能去一个新的地方继续寻找猎物，为什么不呢？

于是，我们一起去了云县。

大约在四年前，已经在云县安顿下来的我，像是中了毒瘾，天天焦躁不安。我知道，我需要再找一个女人了。

云泰市里的学校都有了防范，不代表云县的学校有防范。

几乎是同样的办法，我又干了一票。

这个女孩身材真好。

不知道为什么，没过几天，刚刚安顿下来不久的费林又说云泰待不下去了，县里也待不下去，必须换个地方，于是我们又辗转到了龙都。

龙都这个地方也挺好，我找到的另一个女孩，不知道是学生还是女工，至少有种新鲜的感觉。正因为如此，我不抵触费林更换居住地的想法。可是，这一次更换，他却要抛下我。

那一天，我看到了他的护照和签证，他想出国！

我表达了我的抗议，他却说，如果有警察来问我，我必须告诉警察，他去东北了，绝对不能说他出国。作为封口的代价，他会让银行的一个朋友保荐我一份不错

335

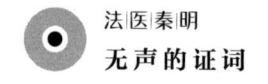

的工作。

既然这样,并不想出国的我觉得也是个不错的选择,于是我同意了。而且我很诧异,为什么警察要来抓费林?难道警察是怀疑他杀了人?

后来警察还真的来找了我,倒不是因为那几个女孩,而是说费林涉嫌集资诈骗。我自然不会出卖他,因为他还真帮我找到了工作,还是很威风的工作,拿着枪干活的工作——运钞车押运员。

到了这个时候,我知道费林不是我的贵人,因为他并没有让我不去危害众生。

这份押运员的工作号称"高风险"职业,其实吧,我心里清楚,在中国,抢劫运钞车的生意是没人去做的。我的收入不低,工作稳定,又很威风,我很喜欢这份工作。

唯一不好的是,工作地点是在云泰市。那几个女孩的案子好像被警察称之为"云泰案",可见,整个云泰都是风声鹤唳、草木皆兵的,所有的学校、工厂都无隙可乘。压抑了一年,我都找不到机会去发泄,我都快疯了。

直到我遇见了海润。

说来也巧,我遇见海润的方式,居然还是"行侠仗义"。

那天早晨,我依照惯例去上班。其实我们押运员的任务还是比较简单的,当我们的运钞车抵达银行门口之后,我和我的一个同事会拿着我们的97式18.4mm防暴枪到运钞车尾门保护银行职员拿到他们银行的箱子,然后一名队员护送职员进入银行金库,而我就持枪在运钞车和银行大门之间警戒。

在那些人来人往的市中心银行营业点的门口,我们会比较紧张一些。事情就发生在云泰步行街口的建行门口。

步行街两侧都是密集的写字楼,所以早上人来人往,川流不息。我们押运员在培训的时候,听老师说过,在高度紧张的情绪之下,可以通过观察进出银行人员的方法来集中精神。而且这种观察,很有可能发现一些可疑人员,从而提前做防范。

于是,我就打起精神观察着,然后,我就看到了海润。

她还是很出众的,我说的不是长相,而是那种骨子里傲慢的气质。这种气质,让我有了一种征服她的欲望,就像征服之前那几个女孩子一样。

当然,我不可能在大庭广众之下做些什么。这些景象,不过是在我的脑海里虚幻地存在着而已。

然而,机会来了。

/// 番外

欲望之名

海润当时在ATM机上取了一些钱,在离开银行的时候,就被小偷盯上了。小偷下手的那一刻,我就准备再行侠仗义一次。在我的眼前偷钱,真是吃了熊心豹子胆,不知道我手上有枪吗?

没想到,小偷的动作被海润感觉到了。更没想到的是,海润居然没有选择沉默,而是反手就抓住了小偷,和他厮打了起来。一个柔柔弱弱的女孩,居然在那个时候爆发出那么强大的力量,小偷竟然一时无法脱身。看着海润那"泼妇"一般的动作,和她"淑女"一般的外表实在难以匹配,我都看笑了,你们无法想象当时的画面多有意思。

我饶有兴趣地看着他们厮打了好久,直到小偷掏出一把小刀,并且划伤了海润的胳膊。这就不能忍了,你偷东西就偷东西,怎么能伤人呢?盗亦有道不知道吗?

当时的海润,可能是看到了自己的血,似乎更加疯狂了,她疯了一样地去厮打小偷。我知道这很危险,狗急了还跳墙呢,毕竟人家手里拿着刀。

所以,我从银行门口冲了过来,一脚把小偷踹得飞了出去,然后用枪指着他,让他跪下。这个可怜的小偷当时就吓傻了。想想也是,有多少人这辈子会被枪指着脑袋啊。而且我的那把防暴枪,很酷的,很有威慑力。

小偷还了钱,而且跪在地上连连磕头。磕头也没用啊,你遇上我算是倒霉了。可没想到,拿回了钱的海润,突然像是变了一个人。她走到我面前,低着头和我说谢谢,而且脸颊都是绯红色的。我当时就觉得这个姑娘太有意思了,她的两种性格怎么可以转换得这么快?刚才还是个"女汉子",转眼间就是"萌妹子"了。对于这个两种性格附体的女生,我是没有抵抗力的,所以她让我放了那个小偷,我就放了他。

即便是到这个时候,我也没多想些什么。毕竟英雄救美了一次,我还是蛮开心的。出乎意料的是,海润居然主动来问我要电话号码。而且,她低着头、垂着眉眼来要号码的害羞表情,实在是太惹人怜爱了。

当然,除了那惹人怜爱的表情,我还看到了她腰间那个GUCCI的小包,还有那枚满盘是钻石的手表,我毫不犹豫地把自己的号码告诉了她。哦,你们误会了,其实我并不是觊觎她的钱,只是我真的很想征服她而已。留了号码,我觉得这种事情机会会更多一些吧。

那个时候微信还不流行,所以我的业余时间,基本是和短信一起度过的。短信的那一头,当然是海润。

我们从短信聊天开始，到一起出来约会。当然，每次约会都是她买单。她真的是非常有钱，感觉她的那张信用卡永远也刷不爆。人与人之间的差别怎么就那么大呢？因为我们俩的经济实力差距很大，这更刺激了我征服她的欲望。很快，我等来了机会。

那天，我和海润一起吃完饭，看完电影，我打车送她回家。到了她家楼下，她居然和我说她爸爸今晚不在家，保姆也回老家了，问我要不要上去喝一杯拉菲。这是什么意思？我猜测着，虽然我不知道拉菲是什么，不管是什么意思，但我知道这是千载难逢的机会。在所有学校都加强防范之后，我已经很久没有尝鲜了。

所以，我上楼了。也没有喝什么拉菲，因为我上楼后，就直接把她按在了床上。

从林笑笑之后，我就有随身带绳子的习惯了，这天也不例外。我把海润捆了起来，把她的后脑勺儿按在床上。

她果然和其他人是不一样的。其他人都是拼命挣扎，只有海润，似乎很享受。我说过，我不喜欢别人挣扎，既然海润不挣扎，我就没继续按下去，而是直接开始了。她原来真的很享受，就像那些片子里的女人一样。

我从来没有那么快活过。和这一次相比，前面的那些原来都没啥意思。

她说我是她第一个男人，我也说她是我的第一个女人。

从那一天开始，我们真的是如胶似漆了。我们白天在一起吃喝玩乐，和以前一样，都是她买单。晚上，如果她爸爸在家，她就会和我去开个房间。我们俩没有哪一天不在一起的。

那简直就是神仙一般的生活啊。

我经常会觉得海润像是两种人格附体的人。她对待别人，冷若冰霜、孤芳自傲，但是对我，温柔体贴、小鸟依人。她碰见街上那些碰瓷的，真是得理不饶人，吵起架来就没输过。

我记得有一次，我们俩开车和一辆逆行的车子蹭上了，对方司机还在那里叫嚣。海润一开始还坐在副驾驶上靠着我的肩膀哼歌呢，这一出事故，她突然就变了脸，从车上拿了个扳手就要下车打架。这吓坏我了，这丫头怎么可以说变就变呢？变形金刚都没这么快。

但是海润对我，从来没有给过一个坏脸色，从来都是那样美美的、羞羞的。现在想起来，都觉得无比温暖。

当然，在她的心目中，我可能也是双重人格吧。我是不允许任何人伤害她的。

/// 番外

欲望之名

比如那次碰擦事故，也是我出了头，把对方打伤了，后来还是海润爸爸花钱调解了事。在外人面前，我就像是海润面前的一堵墙，谁也别想靠近她。对海润，我也真的是用了心。

我们在一起的时候，我从来不让她多做一点事情，尤其是后来结婚以后，除了保姆该干的活儿，其他的家务，都是我来承担的。她要是生病了，都是我亲自伺候，药汤都是一勺一勺地喂的。所以在结婚前，她有个头痛脑热的，都不愿意待在家里，而是开个房间和我在一起。对待她，我也从来没有说过一句狠话，我们俩之间没有拌过一句嘴。

后来有一天，她提出让我娶她。我倒是愿意啊，可是她毕竟还有个土豪爸爸，她的爸爸能看得上我吗？

果然，第一次见她爸爸，我就碰了钉子。这个土豪看不起我的工作，看不起我的身世。这个时候，我像是从梦里被惊醒，我不过就是一只癞蛤蟆，天鹅肉是吃不着的。

不，其实我吃着了。我说过，只要有过就可以，没必要长长久久。

所以，我并不沮丧。

但很快，我发现了转机。我的身边总有一些神神秘秘的人，不知道做什么。但我能感觉到，他们在跟踪我，还在给我照相。我甚至听到风声，有人去我住的村子调查我。开始我是很害怕的，我以为我暴露了行踪，被警察盯上了。但很快，海润就帮我打消了疑虑。她告诉我，她爸爸正在调查我，让我最近老实一些。

原来如此。就怕不调查，调查就有希望。

那段时间，我谨小慎微，甚至可以说，我是个演员。我扮演了一个老实忠厚、乐于助人的银行押运员的角色。

后来，土豪又单独找了我一次，说是他同意我和海润的婚事了，不过有个条件，就是生下来的孩子，要姓汪。

这就是让我入赘嘛，在我们村，不同意入赘的都是父母，我又没有父母，有什么关系？姓什么都不重要，重要的是我的人生可能发生转机了。

我一直都相信，海润就是我的贵人。算命先生说的，遇见贵人，我就可以从良行善了。我的人生就此发生了转折。

两年前，我们结婚了。婚后的生活简直就是神仙一般的生活。土豪让我们俩都不用上班了，我们的生活，除了吃喝拉撒睡，就是玩了。我们出去旅游，在各种夜店疯狂，回到家里，就是各种快活。

海润对我无微不至，而且能让我每次都获得极大的享受。这样的女人，夫复何求！

不过，海润也很早就发现了异常，她知道我没有精液，肯定是一种病。不知道她是什么时候把这件事告诉了她的父亲。这可是一件大事，对她父亲来说。

后来的半年时间，她父亲请了好几个专家来家里给我看病，并且出了一套手术方案。然后，我被"运"去了上海，做了手术。

医学还是很神奇的，手术恢复之后，我又试了一次，果然，我成了一个正常人！

后来，海润怀孕了。土豪简直把这件事情当成了天大的事情。他包了一个饭店，把所有亲戚朋友都喊来吃饭、喝酒，然后，不准我再碰海润，说是为了孩子好。

这怎么行？我已经习惯了夜夜笙歌的生活，现在让我洁身自好，那怎么可能？

海润对我有多好？我告诉你们，她给了我钱，让我去找妓女。你说，她对我好不好？于是，我就去了大酒店，然后电话招妓。在我想用绳子把妓女给捆起来的时候，她居然开始反抗、挣扎。当然，她的反抗是没有用的，我还是完成了该做的事情。

这一次以后，我想了一下，已经习惯了海润的服帖的我，似乎又开始想念那种用暴力征服的感觉了。

从那一天开始，我蠢蠢欲动了。

我每天晚上都出去游荡，可是，现在所有的学校都防范严密，我丝毫没有可乘之机。于是，我想到了龙都，那个破落的小县城。

我找了个理由，从海润那里拿了一点钱，去了龙都。时代发展得真快，这才没几年的工夫，就连龙都的学校也都发生了改造，找不到那种可以守候猎物的公用厕所了。就在我即将放弃的时候，我看到了一家纺织厂，里面有很多女工，离厂子不远的路边，有一个厕所。

这样的场景我是多么熟悉啊，又能体会到那种征服猎物的感觉了，现在想想，都觉得很兴奋。

那一天晚上，我得手了，和以前几乎一模一样。

不一样的是，我留下了很多精液。看电视上说，警察能通过精液找到凶手，这让我很焦虑。回到云泰之后，我足足躲了一个月不敢出门，就连海润都觉得我很奇怪。没想到，一个月过去了，似乎并没有人来调查我。

原来你们警方的命案必破，是吹牛的。

/// 番外
欲望之名

看着海润的肚子越来越大，我似乎暂时放下了心里的欲望。当然也可能是龙都的这一次，让我过足瘾了。在孩子出生前后的那一段时间，我收了心，安心地伺候着海润。

在这段时间，我觉得生活还是不错的，至少土豪对我们是无微不至的。唯一不好的就是，我做噩梦的频率比以前增加了。到后来，几乎天天都是噩梦，梦见林笑笑和那几个女孩化作了厉鬼来索命。我每天夜里都会惊醒几次，直到全身汗透。

不过无所谓，比起以前穷鬼一样的生活，做点噩梦算什么？我现在有钱、有女人，也有家庭。

我们的儿子我不喜欢，长得皱皱巴巴的，不好看，也不好玩。但是土豪把他当成了个宝，时不时就要接走去玩几天。而这几天，也就是我可以重新获得快感的时间。

可惜的是，我现在似乎不太喜欢海润的这种风格了，我似乎又开始喜欢上了被反抗的感觉。而且，海润即便是装作反抗，也很难让我尽兴。

所以，即便噩梦越来越侵蚀我的心，我还是义无反顾地开始谋划着下一次的行动了。

你们还是很厉害的，在我准备接下来行动之前，抓到了我，不然，不知道哪个倒霉鬼又要在我的胯下丧命。

你们不要因为我看似冷淡的描述而发怒，其实我是有良心的人。每次完事之后，我也会后悔。直到现在，我也后悔。

我想过，如果我没有再犯罪，而是和海润就这样生活下去，那么我的人生是有多完美啊！我们可以拥有任何一件想要的东西，我们有花不完的钱，我们想去哪儿就去哪儿，我们有的是时间。这样的生活，怕是有无数人都羡慕不已吧！

可是，在我的欲望来临的时候，我似乎就忘记了这一切。在我看来，反正我已经杀了好几个人，时光又不能倒流，所以多杀一个也是杀。人生嘛，就是要及时行乐嘛。

欲望，就像是毒瘾一样，让人丧失理智。

我要说的，就这么多了。我活不了了，但希望海润和儿子能好好活下去，希望他们一辈子不要犯罪，因为一次犯罪，就足以葬送人生。

不要指望什么贵人的救赎，海润也不是我的贵人，不然我就不会坐在这硬邦邦的审讯椅上了。

自己才是自己的贵人，谁都一样。

图书在版编目（CIP）数据

法医秦明. 无声的证词 / 法医秦明著. — 南京：江苏凤凰文艺出版社，2019.4（2025.7重印）
ISBN 978-7-5594-3449-4

Ⅰ.①法… Ⅱ.①法… Ⅲ.①长篇小说－中国－当代 Ⅳ.① I247.5

中国版本图书馆 CIP 数据核字（2019）第 047816 号

书　　　名	法医秦明. 无声的证词
著　　　者	法医秦明
责 任 编 辑	王　青
特 约 编 辑	谢梓麒
出 版 发 行	江苏凤凰文艺出版社
出版社地址	南京市中央路 165 号，邮编 210009
出版社网址	http://www.jswenyi.com
印　　　刷	嘉业印刷（天津）有限公司
开　　　本	700mm×980mm　1/16
印　　　张	22.5
字　　　数	389 千字
版　　　次	2019 年 4 月第 1 版
印　　　次	2025 年 7 月第 36 次印刷
书　　　号	ISBN 978-7-5594-3449-4
定　　　价	48.00 元

江苏凤凰文艺版图书凡印刷、装订错误，可向出版社调换，联系电话 025-83280257

法医秦明六周年纪念活动

《无声的证词》六岁啦!
六年前,《无声的证词》首次发布
六年后,《无声的证词》温暖回归
鬼手佛心的法医秦明
胆小帅气的痕检林涛

神经大条的"人形警犬"大宝
熟悉的面孔,新鲜的万字番外
这本书的哪个细节让你印象深刻
不管你是新入坑还是老"芹菜"
欢迎分享你的声音

参与方式

1)豆瓣:搜索"法医秦明:无声的证词"
打分并在"我要写书评"区发表
2)微博:发表微博并@法医秦明
无论选择哪个平台,都请记得
加上话题 #第X次读法医秦明#

参与福利

在2019年12月31日前参与活动
将有机会获得法医秦明签名海报
详情关注微博@元气社
微信公众号:法医秦明

珍藏版胶卷碎片

耐心集齐全卷,等你拼凑画面中的隐藏故事!
六张胶卷碎片,散落在万象卷的每本新书之中

扫码关注

法医秦明微信公众号
追踪冷门悬案,揭密法医专业,细说高分影片
撕破黑暗,和法医秦明一起,给世界一束光

你也可以关注微博@元气社 微信公众号
@早安元气社 豆瓣@大元 微博@磨型小说
了解#法医秦明无声的证词#更多有趣活动

法医秦明所有作品

法医秦明系列

万象卷 | 死亡不是结束，而是另一种开始

第一季《尸语者》

第二季《无声的证词》（已出典藏版）

第三季《第十一根手指》（已出典藏版）

第四季《清道夫》（已出典藏版）

第五季《幸存者》（即将出版，敬请期待）

第六季《偷窥者》

众生卷 | 众生皆有面具，一念之间，人即是兽

第一季《天谴者》

第二季《遗忘者》

第三季《玩偶》（即将出版，敬请期待）

守夜者系列

无论黑暗中有什么，我都是你的守夜者

第一季《守夜者：罪案终结者的觉醒》

第二季《守夜者2：黑暗潜能》

第三季《守夜者3：生死盲点》

第四季《守夜者4：天演》

法医科普书系列

不留心死亡，便看不见生活

《逝者之书》

《法医之书》（即将出版，敬请期待）